殷寻 著

致命亲爱的 2

My dangerous lover

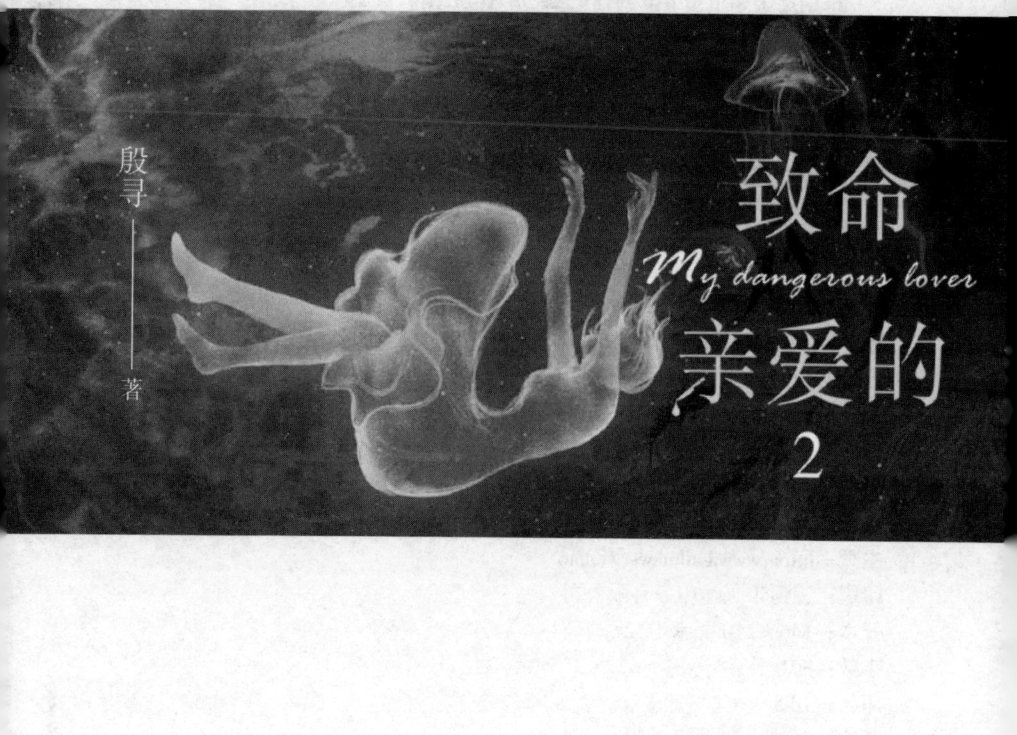

天津出版传媒集团
百花文艺出版社

图书在版编目（CIP）数据

致命亲爱的 . 2 / 殷寻著 . -- 天津 : 百花文艺出版社 , 2021.8
ISBN 978-7-5306-8084-1

Ⅰ . ①致… Ⅱ . ①殷… Ⅲ . ①长篇小说—中国—当代 Ⅳ . ① I247.5

中国版本图书馆 CIP 数据核字 (2021) 第 105373 号

致命亲爱的. 2
ZHIMING QINAI DE. 2
殷寻 著

责任编辑：魏 青　　**特约策划**：DORIA
特约编辑：落 溪　　**封面绘图**：符 殊
版式设计：刘珍珍　　**封面设计**：46 设计
新浪微博：@ 闲闲拾光官博
出版发行：百花文艺出版社
地址：天津市和平区西康路 35 号　**邮编**：300051
电话传真：+86-22-23332651（发行部）
+86-22-23332656（总编室）
+86-22-23332478（邮购部）
主页：http://www.baihuawenyi.com
印刷：三河市兴达印务有限公司
开本：146 × 210 毫米 1/32
字数：301 千字
印张：10.5
版次：2021 年 8 月第 1 版
印次：2021 年 8 月第 1 次印刷
定价：45.00 元

如有印装质量问题，请与三河市兴达印务有限公司联系调换
地址：河北省三河市皇庄镇开发区
电话：0316-3515999
邮编：065200

目录 Contents

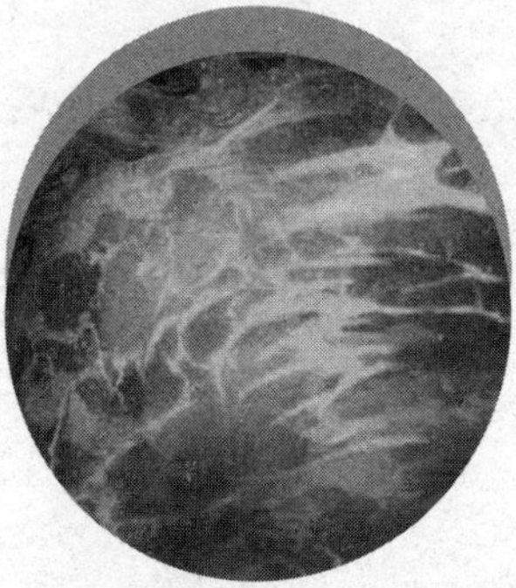

/ 第一章 /

既然命运要她回来

专机抵达北市时是下午两点。

虽说是一天之中温度最高的时间段，但相比沧陵，北市的气候还是冷了些。蒋璃几番将大衣收紧，仍旧会瑟瑟发抖。

北市的冬是最萧瑟的季节，比南方城市漫长，又比更北方的城市少了冰雪。尤其是晚冬，触手可及的是火石电光，越是接近初春就越是干冷。

杨远出差上海，没跟他们一同搭专机回来，同行的除了陆东深和景泞外，还有陈瑜。

这一路上陆东深几乎都在处理公事，景泞也是忙得团团转。蒋璃陷入沉思不能自拔，更是没空搭理陈瑜，所以从沧陵飞往北市的途中，充满了诡异的尴尬。

天际集团派了车子过来，出了机场，陆东深就接了个电话。

蒋璃抬眼看了一下天空，有霾，不及沧陵的清澈。每一口呼吸入肺的仿佛不是空气，而是压抑、紧张和彷徨，这些情绪交织成了北市的味道。

北市，她还是回来了。

曾经拼尽全力想要留下来的城市，也是曾经拼了性命想要逃离的城市。

陈瑜一回北市就接到了总部培训的通知，需要马上赶回公司，临走前终于熬不住，趁着陆东深还在打电话，问蒋璃："你是打算在陆门任职吗？"

蒋璃几乎将脸埋进衣领里，汲取身上仅存的一点温暖，只留了两只眼睛在外面。“你在担心什么？怕我抢了你的饭碗？”

陈瑜笑：“怎么会？我希望你能留下，这样我也能向你学习。”

“怕是不能如你所愿，事实上就算我入职陆门也是气味构建师，论级别比你高，你有心学，只怕我没心教。除非，”蒋璃说话还是不冷不热的，眼珠子朝陆东深的方向示意了一下，“你跟他商量一下让他别聘请我，或者将我降为调香师。”

陈瑜唇角微僵了一下，好半天才问：“你真是夏昼吗？”

蒋璃冷哼一声，没搭理她。

景泞这时走过来：“陈小姐，你的车子已经到了。”算是给她解了围，陈瑜扫了蒋璃一眼，再看向景泞时笑容重回脸上：“东深在打电话，我就不打扰他了，今晚让他少喝点酒。”

景泞不卑不亢：“好。”

陈瑜走了，可落下来的这个“酒”字像是长了脚似的跑进蒋璃的脑子里。

昨晚她喝得烂醉如泥，等再醒来时才发现自己躺在别人的怀里。

这别人正是陆东深。

飞往北市的一路上她惶惶不安了许久，胸口像是揣了只兔子上蹿下跳。昨晚发生的所有事就像是被她用芬兰刀划得细碎的画卷，再如何摧毁，总有零星片段扎进她的大脑皮层。

脑中残存的碎片在她醒后看来更像是做了场梦。

在映着雪光的房间，男人的手很温柔，昏昏沉沉间只觉得那张脸尤为好看，在那双眼里，她似乎看见了自己的倒影。

明明是令人忌惮的广袤海域，她却觉得那一刻那双眼像极了湖泊，宽厚又纵容。

然后……

她努力去想，心总会在某一瞬间的行径中分崩离析，这一瞬间就是，他似乎吻了她。

轻柔，强势，再到如霏霏细雨般的绵长。

她似坠入了万花筒，脑子里和眼睛里炸开的都是幻象。那无数幻象的影子拼凑成了一张男人的脸。耳边似乎还回荡着男人低低的嗓音：现在知道我是谁了吗？

蒋璃知道昨晚醉到离谱，从房间管家的眼神里她就能知晓，可再觉得离谱都不及现在心中想的脑中念的：陆东深吻了她。

陆东深接完电话后就朝着这边走过来了，景泞先上了车等他。蒋璃这头还在拼凑昨晚上发生的事，眼角余光瞥见他上前的身影后，那颗好不容易压平的心又开始莫名地狂跳，她竟紧张了。

见她整张脸都埋在衣领里像只鸵鸟，陆东深笑了，将大衣脱下来披在她身上，蒋璃觉得有点怪，刚要说不用，他就说："披好。"

为她裹紧了大衣，他又道："要赶场应酬，我让景泞先送你回酒店，行吗？"

蒋璃一时恍惚，费了好大劲才反应过来北市也有天际酒店。当然，她恍惚的不是天际产业落地开花的局面，而是他现在的行径和语气，让她费解。

"不用，我回家。"

陆东深不解。

蒋璃深吸了一口气："没错，我回家，我在这里有住的地方。"

景泞使命在身，蒋璃三番五次婉拒相送，可她格外坚持，末了说："夏小姐，这是陆总交给我的任务，工作没完成我是要被扣奖金的，你就当普罗大众吧。"

经她这么一说，蒋璃也不大好意思再行拒绝，毕竟是个美女，于心不忍。

景泞不愧是陆东深手下的人，说话办事滴水不漏，打从飞机离开沧陵地面的那一刻，景泞就不再叫她蒋小姐，每每唤她都是夏小姐。仿佛是在提醒她，蒋璃只是沧陵的蒋璃，回北市的这一刻起，她就是夏昼了。

这般大张旗鼓不是她一个助理该有的姿态，不用多想也知道是受了陆东深的指示。

车行至东四环的时候堵，景泞亲自开车，稳稳地在车流中穿行。合生霄云路 8 号依旧安静，蒋璃拒绝了景泞将其送入院的好意。景泞将车子停好后扫了一眼小区："原来夏小姐住这里啊。"

蒋璃没多说，将身上披着的大衣拿下来："衣服我放这了，替我谢谢陆总。"

岂料景泞说："这是陆总私人的东西，夏小姐还是亲自还给他的好。"

蒋璃一愣，清清嗓子："怕是他等着穿吧，你要是不方便给的话，放在车子里总行吧，这不是他的车吗？"

"这是公司的车。"景泞轻笑，"所以更不大方便存放陆总的东西。"

蒋璃总觉得景泞的笑有故意之嫌，理由站不住脚，但也让人找不出辩驳的言辞来。

景泞离开后，蒋璃一手拖着行李箱，一手搭着陆东深的大衣进了小区。小区里的保安竟还是三年前的老面孔，见了她后先是一愣，然后惊讶地说："夏小姐您回来了啊，好些年没见着您了。"

这种久别重逢的问候并不适合蒋璃，有些回忆对她来说就是把刀子，每每碰触都会伤得血迹斑斑。

她在原地僵站了许久，嘴角牵强地扯了扯当是回应："物业还有我家的备用钥匙，麻烦跟物业那边说一声，找个小时工收拾一下房间吧。"

保安说："夏小姐您不知道吗？"

"知道什么？"

"以前经常送您回家的那位先生每周都会派人来给您的房间做卫生呢。"

蒋璃忽而窒息。

是饶尊。

沉默少许，蒋璃道："还是找人做一下清洁吧。"

将行李一并交给保安，她终究还是没勇气踏进房间一步。

素叶这段时间减少了工作量，一些轻患者她能转就转了，手里只留几个重点个案跟踪。

办公室的门被推开时，助手李圣诞的声音有点着急："哎小姐，你不能直接闯啊，我得通报——"

"通报什么通报，我见她还用通报？"

素叶扭头一看，惊讶。

"听说你去沧陵当了三年的爷？"等李圣诞将咖啡果茶和点心端上来离开后，素叶问她。

蒋璃靠躺在贵妃椅上，一身懒洋洋的，拿了个苹果在手里把玩："倒不如说做了三年的逃兵。"

"感觉怎么样？"素叶也很放松，坐在贵妃椅旁的沙发上。

蒋璃咬了一口苹果："挺好。"

素叶笑："你明白我在问你什么。"

蒋璃沉默了半天，再抬头时眼珠子在素叶身上打转："我怎么觉得你有点变化呢？"

"例如？"

蒋璃上下打量："好像胖了。"

素叶指了指肚子："当然。"

蒋璃惊讶，素叶见状起了身，在她面前站定。她穿的衣服宽大，蒋璃这才瞧见她微微隆起的肚子。"谁啊？没经过我同意就搞大了你的肚子！"

素叶笑着上前，手往蒋璃的肩膀上一搭："是啊，在国外的时候咱们好歹一年也能见上几面，想着回国了又都在北市怎么着也能经常见面，结果您倒好，改名换姓在个小山沟里藏了三年，我是耐不住寂寞找了男人，你想怎么着吧？"

蒋璃手一伸就将素叶顺势拉坐身边，然后搂住她的腰，笑起来有点痞："那你男人呢？叫出来，我解决了他。"

素叶面色微微变化，却没逃过蒋璃的眼睛："怎么了？"

素叶眼里有丝苦涩："没什么，我跟他结了婚，又离了婚，就这样。"

蒋璃狐疑，眉头一挑："他是谁？"

"年柏彦。"

蒋璃想了半天，原来是那位赫赫有名的钻石大亨。她多少听说了他的事，商业犯罪、雇佣杀人等罪名落下来，现在锒铛入狱。她没跟那个男人接触过，只听说过他的事，但素叶她是了解的，能入得了素叶眼的男人，哪会是池中鱼？

想来这其中也是一番愁苦的滋味。

"这就是你背叛我的下场，以后别背着我跟男人鬼混了，外面太危险，好好陪着我，我罩着你。"

"行啊，我知错了。"素叶也是个怕矫情的人，所以才跟蒋璃的性子这么搭，她重展笑颜，"以后我就专心伺候您一人，不过您能先告诉我您这一路抱进屋的大衣是谁的吗？"

她用眼神示意了一下搭放在沙发扶手上的男式大衣，她眼睛尖，这衣料和裁剪，金贵着呢。

蒋璃难得尴尬。见状素叶指着她："没意思了啊，我都如数告知了，大衣的主子还掖着藏着的？"

蒋璃瞪了她一眼，咬了口苹果："陆东深。"

这会儿轮到素叶瞪圆了双眼："你还真跟陆门太子爷搞上了？"

这话听得蒋璃一阵皱眉，指了指她的肚子："注意胎教啊。"

素叶捂住肚子。

"另外，什么叫还真？"

素叶也不瞒她："陆东深身边有个叫杨远的人，他查过你的事。"

蒋璃咬着苹果若有所思，少顷抬眼看她。素叶在她的注视下说："我跟他承认我认识你。小夏，我知道你以前的所有资料都被谭战洗了，再加上你以前很少抛头露面，换作其他人怕是穷尽一生都有可能查不出你的过往，但陆东深未必。"

蒋璃收回目光，没滋没味地啃着苹果，半天甩出句话："他知道夏昼这个名字。”

“他是只知道这个名字还是知道了全部？”

蒋璃思忖：“估计了解的情况不是很多，至少他连我在北市有住所这件事都不清楚，十有八九只知道名字，应该很多事是在猜测中，毕竟谭战的能力不容小觑。”

素叶摇头：“我倒不这么认为。”

蒋璃不解。

“你认为陆东深是不想查还是查不出来？”素叶说，“虽说我没见过陆东深这个人，但我见过他弟弟陆北辰，一个尚且游离在陆门之外的陆家儿郎心思都特别缜密，更别提陆门长子陆东深了。年柏彦之前跟陆东深有商业上的往来，是聊得来的朋友，他曾跟我提过陆东深，别看陆东深年纪轻，可极有商业头脑和手腕，心思难猜得很。所以就像我刚才说的，如果陆东深有心要查，他一定能查出来，他可不是什么普通角色。”

蒋璃蜷起双腿，一抬手，手里的苹果核就在空中划了一道优美弧线，准确无误地落在墙角的垃圾桶里，十分八卦地问了句：“年纪轻？有多轻？”

“听说只有三十四岁。”

蒋璃撇嘴：“对我来说不年轻了。”

“没错，是比你大上不少岁。”素叶凑近她，取笑，“但我不明白的是你为什么要拿他的年龄跟你比？”话毕她抬起根手指轻轻挑起沙发上的大衣一角。

素叶有心调侃，但蒋璃魔高一丈，抬手摘去她手指头上的大衣一角，顺势攥住她的手指：“多想了素姑娘，对于一个间接害死谭爷并且心思难测的人，我没跟他动刀子就不错了。”

素叶听了这话着实吃了一惊，她现在怀着孕甚少上网，所以并不知道谭战离世一事。她是多少听说过谭战的，也是威风凛凛的人物，竟栽在陆东深手里。

“所以，你现在避无可避，隐世隔绝了三年，到头来还是要回北市面对一切。”素叶下了结论。

在她被谭战带回沧陵的那一天起她就明白宁静生活的可贵，素叶的话跟饶尊所讲的异曲同工，不管她有多么不想承认，她都明白，在沧陵的宁静终究会被打破。

“走了一个谭战，我很怕再卷入陆东深的生活里。”

“这话怎么讲？”

蒋璃思量少许：“你知道部国强吧？”

素叶点头。

“有人要害他。”蒋璃微微眯眼，补上了句，“推断没错的话，应该是他身边的人。”

素叶吃惊：“利用气味？”

“对。”蒋璃将部国强在沧陵发生的事大致跟素叶描述了一遍。

“其实部国强身上有很淡的烧焦糖味，这是枫糖尿症病人的特征体味。有人常年利用散沫花和清风草混合的气味来影响部国强，这两种气味单独使用都没有毒性，但将散沫花叶中的指甲花醌成分分解，与清风草根部的甲氧基成分抽离，二者成分结合，那就能形成淡而不易察觉的气味，能危害脑细胞，常年使用会造成脑组织严重损伤，引起病人智力明显减退，甚至会成为白痴。”

之前江山图一事，她也是利用部国强对幻剂的敏感程度而为，可她的那些东西不伤他性命，而他身后的人，是想要了他的命。

素叶知道气味伤人于无形的威力，可听了还是觉得脊梁发凉：“所以，你还是出手管了？”

蒋璃长喘一口气，是啊，她还是插手了，所以她才给了部国强一个锦盒，跟他说是块老香，出院后每晚燃上一个时辰。实际上那不是什么老香，是克制散沫花和清风草的绛仙子，将花蕊中最刺激的甲基成分抽离，只留下无刺激性气味的几样成分进行重组，再与水沉木碾制成香。

那块香燃烧时普通人闻到的只有水沉木气味，但蒋璃以防万一，才命部国强在燃香时身边不能有人，并且燃完后要开窗半个时辰。

那香能救得了部国强的命，可能救多长时间她就不知道了，只怕想害部国强的人不会善罢甘休。所以，她并不怪素叶在杨远面前提及过她，一旦她出手救了部国强，她就知道她的身份一定会被部国强身后的人知道。

“你怀疑是陆东深？”素叶问。

蒋璃说：“也许是他，也许是他们部家的人。”能如此深谙气味的，据她所知只有两个人，一个是季菲，一个是卫薄宗。这两人一个就职陆门，一个就职长盛，怎么就这么巧？

因此，当时她只把锦盒给了部国强本人，如果是卫薄宗，那么部国强的一干儿女就不可靠；如果是季菲，那么陆东深就不可靠。

她不相信他们任何一个人，但很显然陆东深对她在医院里的迟疑起了心，他眼睛太毒了，稍不留神就能被他察觉。

气味原本单纯，可一旦跟利益挂钩就变得跟人性一样复杂。

等蒋璃回了家，坐在偌大的客厅里，看着满室的奢华，起身推开衣帽间的门，那一排排限量版的鞋子、包包、衣服、首饰充塞着她的视线时，她就在想，三年前她到底是怎么忍受这样的生活的？

正想着，门铃响了。

蒋璃一激灵，心中不知怎的就延伸出一丝莫名的恐惧来。

门铃一声响过一声，很有耐性。

她终究还是走到玄关开了门。

是饶尊，斜靠在门边半笑不笑地盯着她。

蒋璃恍似做了场大梦。

梦里是在沧陵的岁月，清澄的阳光，明朗的星月，新雨长阶白兰曳香。这三年宛若一段美得太不真实的时光，伴着她回北市的步伐，梦终究是醒了。

谭战的很多产业都没有了，但他给她留了不少东西，但凡不会将她牵扯进案子里的东西尽数都是给她的。可对于她来说，人活着比什么都重要，谭战的离世，塌陷了她大半截的生命，徒留着钱还有什么用？

除了钱，谭战还留了样东西给她。

无人的时候，谭战在信中的话一遍遍在她脑中过，他说：洗去一个人的资料很容易，但洗去一个人的记忆却很难，阿璃，你终究有一天还是要面对过去找回自己，所以我给你留下了这个。不管怎样，你只要开心就好。

寥寥几笔，却道出谭战为她倾尽的心思。

三年前，谭战救她于水火，她给自己起了个名字：蒋离。

蒋离，将离。

那是她决定告别过去的决绝。

谭战轻抚着她的头说，那就叫蒋璃吧，琉璃的璃，女孩子，这个字好听又好看。

将离，终究她还是没能离开过往，所以，这个名字在最开始诞生的时候其实已经预示了她的命运。

当饶尊出现在她家门口，那张脸被走廊的灯光映亮，她就想起他的那句：你想忘却前尘，前尘却因你而来。

蒋璃最直接的反应就是关门。

男人的大手却一把控住房门，让她强行关闭不得，下一秒房门就被饶尊推开。

蒋璃后退了两步。

饶尊闲庭信步地走了进来，像是踩着众生的影子前行。见她目光瑟瑟，他笑了，尽数风流就匿在他微挑的单眼皮和狭长的眼里。若是在其他人看来，他一笑如染尽世间风华，自是英俊，可在蒋璃眼里，他的笑是她的梦魇，跟他的人一样令她恨不得退避三舍。

“怎么样，三年没回家了，还习惯吗？”

蒋璃整个人都贴在墙壁上，没说话，可后背发凉，像是有蜈蚣在爬，慢慢地，是汗。

饶尊在她面前站定，手指轻搭她的发尾，宽大的掌心贴着她的脸颊，感受到她有一丝颤抖，他的眸色很快就变了。手劲一收就控住了她的后颈，二话没说将她拉到了镜子前，她脚步踉跄不稳跌坐在地，镜中的女人脸色苍白。

她低垂着头，目光能及的只是饶尊擦得光亮的皮鞋和西装裤腿。

“抬头。”

蒋璃没动。

饶尊蹲身下来，长指一挑勾起她的下巴，将她的脸扭向镜子，坚实的胸膛压在她的后肩上：“你自己看看你现在是什么德行？”镜中饶尊俊脸铁青，“你逃了三年，结果怎么样？现在不还是一样不敢面对我，甚至不敢面对你自己？”

“我没逃……”这话蒋璃近乎拼尽了全力，可挤出来的声音极小。

“是吗？”饶尊将她扳到镜子前，“看着我！”

蒋璃逃脱不开，抬眼，看着镜中的男人。饶尊的目光在对上镜中的她时就变得温柔了，不忍苛责，“夏夏，我们回到从前不好吗？”

一句“夏夏”让蒋璃突然变了脸色，一把将他的手推开，双手捂耳蜷缩到镜子一角：“别这么叫我！”

饶尊见状皱了眉头，上前扯下她的手，任由她挣扎都箍得紧实：“不这么叫你还怎么叫你？我告诉你，事情发生了就是发生了，你想逃到什么时候？”说着，捧起她的脸，一字一句，“你不是蒋璃。”

这句话像是压倒骆驼的最后一根稻草，绝望衍生了恐惧，恐惧盘旋成了愤怒，她陡然歇斯底里，推搡着他：“你为什么要出现？为什么还要出现？饶尊，你已经逼死了一个谭战，现在你还想逼死我是吗？”

“谭战是作茧自缚，我不过就是顺水推舟。”饶尊也恼了，手劲之大让她动弹不得，“逼死你？你说这话良心呢？这么多年我对你怎么样你不知道吗？我宁可逼死我自己也不舍得逼死你！”

蒋璃情绪激动，拼命避开他的钳制，这令饶尊更是不悦，一把将她扯进怀里，低头就来寻她的唇。

“放开！”

饶尊一腔热情干脆就来个霸王硬上弓。

就在两人纠缠之时，门口有声音落下，极淡，却深沉得很。“都说君子不夺人所好，尊少这般硬闯强行就没劲了吧。”

饶尊一僵。

蒋璃只觉得有清新的气流入肺，趁机挣脱开饶尊的桎梏，朝着门口一瞧，竟是陆东深来了。

刚刚饶尊进门时房门没锁，也就方便了陆东深。心底的那一大片阴霾和绝望像是被日光驱散，就算她再不想也得承认，她很感激陆东深此时的出现。

饶尊是尊贵之人，做不出当着陆东深的面还强行耍赖的行为。他起身，矜傲地整理了下身上略凌乱的衬衫。不在公众场合，他明目张胆地冷嘲热讽："陆总何尝又不是夺人所好？而且这个时间突然上门，跟我也没什么差别吧？"

"哪会一样？"陆东深笑得清浅，上前来，长臂一伸先将蒋璃拉了起来，十分自然地给她整理了微敞的领口，"同样是夺人所好，也分夺得来和夺不来。既然我有幸成了前者，那尊少自然就成了后者。所以，我没有所谓的硬闯强行。"

说到这，陆东深的手一伸圈住了蒋璃的腰："换句话说，我来看自己的女朋友，天经地义。"

蒋璃虽说紧张的情绪全都集中在饶尊身上，但也能品出陆东深这句话怪异的意味来，可究竟怎么怪异她还说不上来。

然而饶尊找到了言语的关键，这不是陆东深第一次从他手里抢人，之前在凰天，他扣上的借口是来捞自己的女人。但今天，从陆东深嘴里吐出"女朋友"三个字这就变了意味，这倒是让他不得不引起警觉。

"陆总在投放真心之前是不是该看看身边人的情况，你以为她是只羊？"他的目光又转到蒋璃脸上，暗沉，"说不准她是头喂不熟的狼。"

蒋璃被饶尊的目光逼得无路可退，撇开眼，心里丝丝缕缕蜿蜒的都是寒凉。

她听到陆东深低笑，然后下巴就被他挑起来。她撞进他的眼，他似含笑又似打量，她却觉得他的眼是一片夜色下的汪洋，能承载她这艘船，可同时也能吞噬她这艘船。

"如果她是只羊，我给她千亩草原；如果她是头狼，我就给她万顷森林。”陆东深松了挑着她下巴的手，看向饶尊，“所以，她在我身边是羊还是狼那就不烦尊少操心了。”

蒋璃心头拍过惊涛骇浪，因为陆东深的话，她突然觉得他说这话很认真，认真得竟让她相信了。

饶尊目光冰冷，蒋璃近在咫尺，可他碰触不到强抢不得。他收了手，悄然攥了拳头。

“另外，她已经是陆门集团的气味构建师，不管论公论私，尊少都没有插手的余地。”陆东深句句堵人后路。

“陆门的气味构建师？”饶尊嘴角弧度寒意森森，“陆总，你还真当我是三岁孩子？”

“文件可以作假，但当事人的意愿不会骗你。”陆东深不疾不徐，低头看她，语气就柔和很多，“回北市的路上你是怎么跟我说的？”

这句话纯粹是睁眼说瞎话了。

怎么跟他说的?

蒋璃心想着，从登机到落地，她跟他说过的话一个巴掌都能数得过来。

但事情就是这样，陆东深已经不动声色间将她和饶尊逼到绝路，尤其是她。所以不管前方将会是怎样一场暗波涌动，她只能硬着头皮前行。

她只好顶着饶尊的目光说：“我已经同意到陆门任职了。”

饶尊着实是寒了眼，死盯着蒋璃许久，然后冷冰冰地问：“你的良心是被狗吃了吗？”

蒋璃没吱声，紧紧咬着唇。

饶尊字字咬出：“你还真是只养不熟的白眼狼！”

等饶尊离开后，蒋璃整个人窝在沙发里。每次遇到饶尊都像是她的一场劫，如同抽骨断筋。

“囡囡？”陆东深的嗓音低低的，又带笑腔。

蒋璃冷不丁抬头，见他正靠在相片墙旁，手拿着只实木相框，见她看过来，他含笑示意：“原来你小时候就挺漂亮的。”

自然不是什么隐私，他说的也是称赞的话，可被这么个大男人评头论足蒋璃终归觉得不舒服，快步上前从他手里抽回相框：“你怎么能乱碰别人的东西？”

“你又不是别人。”陆东深抬手给了她个脑瓜嘣，很轻很亲昵，“字是你父母写的？”

相框里是张合照，一对夫妻手牵着个小姑娘，小姑娘笑得开心，相片的一角写着三个字：爱囡囡。蒋璃抬手轻抚照片里的夫妻，好半天才“嗯”了声。

陆东深察觉她眼神中的落寞，问：“怎么了？”

“没什么。”蒋璃没多解释，见他又要继续看照片，身形一晃挡在照片墙前，双臂交叉于胸前，“不准再看了！”

其实墙上也没什么，都是她的个人照片，还有很小时候跟父母的照片。

“你似乎没什么朋友。”刚才趁她发呆的时候，他扫了一眼照片墙。

“没错，我这个人就是很惹人烦，就是没什么朋友。”蒋璃觉得挺纳闷，正常人逻辑，他应该更关注她和饶尊的恩怨才是吧，怎么只字不提，净说些有的没的。

陆东深被逗笑：“遭别人烦没关系，我喜欢就行。”然后将最后一排照片看完，又补上了句，“你兴趣挺广泛，上山入海滑翔攀岩，怪不得没什么朋友，时间都花在路上了。”

蒋璃的重点没落在陆东深最后那句话上，脑子里盘旋着的都是他前句话，有些深层次的东西她不敢去想，然而心底深处有一种感觉在渐趋明朗。

就像是在景汀送她回家的路上跟她说，夏小姐，其实陆总挺为你花心思的，你也知道，陆总个人时间少得可怜……

“囡囡啊……”陆东深看完了照片后，靠在沙发扶手上唤她。

蒋璃一个激灵，眉头一挑：“你叫我什么？”

“囡囡。”陆东深好笑地看着她，修长的手指敲了敲刚刚那只相框。

蒋璃不得不提醒他：“你的中文老师没把你教好吧？这两个字是你能叫的吗？你知道是什么意思吗你就叫？”

陆东深抿唇浅笑：“小姑娘，这两个字落你头上最合适。”

小姑娘？过去的三年里，蒋璃已经听惯别人跟她叫爷了，冷不丁听着句“小姑娘”她着实是别扭，但也能忍，不能忍的是他对她的称呼。

“我有名字。”她不高兴，“虽然跟三十四岁高龄的你比起来我的确占了年轻的优势，但还没小到被人当成黄毛丫头。”

陆东深干脆坐在了沙发扶手上，饶有兴致地看着她。她被他看得周身发凉，又觉得他的目光里藏了钩子，勾得她一颗心脏七上八下地乱窜。她清清嗓子：“你想说什么？”

陆东深嘴角微扬时有说不出的性感和潇洒：“一个女人对一个男人的年龄如此关注，说明什么？”

“说明我想害你易如反掌。”

“有意思，说说看。”

蒋璃道：“当我越是清楚你的个人情况，就越能精准分析属于你的气息构成，你的气息能暴露你的生理和心理上的秘密，知道了你的秘密，我想救你或害你可不就是易如反掌的事？”

陆东深闻言起身，朝着她这边走过来。蒋璃瞅着他，直到仰起头，他在她面前，居高临下，少顷，高大的身影罩下来，双臂搭在她两侧的沙发靠背上，笑：“那你说说看，我现在心里藏了什么秘密？”

气息很近，抚落眉骨鼻梁，浅淡又好闻，如此接近，蒋璃又不经意想起恍恍惚惚的吻来，似真似梦，像是现在。她扯了扯嘴角：“你想占我便宜。”

陆东深被她逗笑，却说了句：“还真被你说中了。”

像是有只手一把揪了蒋璃的心脏，卡在嗓子眼儿里，半死不活地乱蹦。

陆东深刚开始也不过就是想逗逗她，可这般亲近，她的气息就勾得他呼吸沉重，他有些情不能自控，低头，俊脸压下来。

双唇相贴的瞬间蒋璃一下子反应过来，一把将陆东深推开，美眸圆瞪：“陆东深你大爷的，你还真占本小姐便宜啊，你——”

下一秒她的下巴就被陆东深掐住，紧跟着他攫住她的唇。

像是惩罚，唇角生疼。

蒋璃只觉得耳畔嗡嗡的，却离奇般能听见他的呼吸声和自己的心跳声，然后没由来地想到他曾经说过的那句：如果再让我听见你骂人，我就……

所以，他就这样吗？

恍惚间，她又觉得他放轻了力道。

与醉酒的记忆吻合，蒋璃有一瞬间心脏是炸开的，唇角成了痛痒，像是流入心底的感觉，微涩又甜蜜。

少顷，陆东深放开了她，掐着她下巴的手摩挲她的唇角，低笑："骂一次，亲一次。"

"那我以后不骂了呢？"

陆东深眼里的笑更浓："也会亲。"

"凭什么？"

"全凭心情。"

"陆东深你——"蒋璃觉得自己被他耍了，又要爆粗口，冷不丁止住话头。

这一次陆东深笑得爽朗。

有一种变化在发生，蒋璃能够感觉得到。

或许是从醉酒那晚开始，也或许是陆东深牵着她的手一路走出祈神山开始，更或许是从陆东深出现在沧陵的那一刻开始。

她还记得那一天阳光很艳，谭战远远地唤了她名字，回头抬眼的瞬间，陆东深就罩在大团浓烈的阳光下，洇在光影里的身影英挺潇洒。

她一直不肯承认的是，其实第一眼的撞见就有逃不脱的心跳，就如同逃不脱的宿命。

但有些关系是她想都不会去想，碰都不会去碰的。她能透过他温厚的笑看到他背后的野心，她也能从他平静的双眼里看到他的狠绝。

她害怕了波澜壮阔的日子，而陆东深就是那个能掀起巨大风浪的男人。

陆东深不知道她在想什么，抬手揉开了她微锁的眉心："一周的休息调整时间够不够？"

这话问得蒋璃莫名其妙。

他好心给出解释：“到陆门任职。”

蒋璃沉默片刻，问他：“你对我了解多少？”

“但凡从事气味工作的，大多数都是经过后天培养和训练的，但听说几年前，在闻术界出了个很有天赋的气味构建师。她天生嗅觉灵敏，能闻到别人闻不到的气味，所以一出道就成了难得的天芳师。只是此人行踪神秘，又不热衷参加活动，除了圈内寥寥几人，外界能见着她的人少之又少，可也是经手了几件其他气味构建师无法解决的案子。”

陆东深靠在沙发背上，语气不疾不徐，目光是落在蒋璃脸上的：“本该是大好前途，然而三年前离奇失踪，现如今跟她同期的卫薄宗和季菲，一个是闻术协会的会长，一个是副会长，前者就职长盛集团，后者任职陆门，都有了极高的声望和地位，唯独那位极具天赋的天芳师下落不明。有人说她是杀了人犯了事被关起来了，有人说其实她早在三年前就死了，总之众说纷纭。”

蒋璃面无表情：“你跟我讲的这些我并不感兴趣。”

陆东深抿唇微笑：“她的事你不感兴趣，她的名字或许你会感兴趣。她叫夏昼，挺特殊的名字。”

“不过就是个名字罢了。”蒋璃冷笑，“所以你认为她就是我，然后打算为我改头换面？”

“你也说了，不过就是个名字而已，你是或不是她不那么重要。”陆东深四两拨千斤，“但有句话你说对了，我的确打算让你改头换面，以夏昼的身份重新生活，目的是彻底摆脱你在沧陵的麻烦。”

蒋璃微微眯眼：“你怎么知道夏昼这个名字没有纷争没有麻烦？能离奇失踪，保不齐这期间发生了什么不可告人的事。”

陆东深的回答轻描淡写却意味十足：“你能经历蒋璃的生死，难道承担不起夏昼之重？”

蒋璃怔愣。

“人的过往不重要，重要的是以后。”陆东深淡淡补上了句。

蒋璃沉默。

陆东深看着她，她虽不说话，可眼里有挣扎，他看得出。对她来说，无论哪个名字都是生命中无法承受的痛。谭战曾经拜托他保她周全，他跟谭战说，如果她是蒋璃，就注定逃脱不了。

谭战思量了许久，说，她可以不是蒋璃。

陆东深右腿优雅地叠放在左腿上："有饶尊压着，你的择业范围很受局限，部国强对你感兴趣，可部家儿女都不是省油的灯，你在那儿未必会如鱼得水，更何况还有个卫薄宗。陆门虽说复杂，但你是由我来担着的人，对你指手画脚的人不会很多。"

"你们集团可有个季菲。"蒋璃说。

谭战出事后，部国强私下对她发出过邀请，希望她能任职长盛，或者高薪聘请她为私人调理师。她没对外张扬，陆东深却在不动声色间知晓这件事，足可见他眼观六路耳听八方。

"你跟季菲不同，你是我的人。"

蒋璃笑了，不过有点冷："陈瑜也是你的人。"

"话里有话。"

蒋璃也不绕弯子了："一个气味构建师，尤其是行业里的翘楚，其重要程度不次于管理高层，能为己所用，那更是不可估量的杀手锏。季菲不是你的人，所以你急需一件有利的武器来为自己保驾护航。原本陈瑜倒也可以，毕竟你给了她三年机会让她不断往上爬，但她资质终归有限，你倒不如用个现成的，这才是你费尽心思救我于囹圄的原因吧。陆门正值权力相争的阶段，我虽不能明着帮你杀人，但暗里助你一臂之力的能力总是有的。陆东深，你觉得我分析得在不在理？"

蒋璃的声音不急不躁，却字字跟蹦豆子似的干脆直接，就跟她的性格一样，讨厌弯弯绕绕，凡事都有明确的态度。

陆东深也没恼，始终嘴角噙笑，温温浅浅。待她说完后，他才发表看法。

"你分析得倒也没错，但表述有问题。一个企业能够长盛不衰，新鲜血液是重中之重，与其说我招兵买马，不如说我是招贤纳士。你有陆门所需要的才能，我有你需要的平台，这样的合作本来就是一拍即合。但你有一点是说对了，陆门正值权力相争，头把交椅早晚会成为陆家晚辈们追逐的碗中饭眼中肉，到时候血雨腥风在所难免，我及早丰满羽翼也没什么不对。可你怎么知道我不是除了对权力势在必得外，对人也感兴趣呢？”

蒋璃不动声色，虽说陆东深的最后一句话像是一场强势的倾盆大雨，可她还是压了上蹿下跳的情绪，淡淡地说：“商海浮沉，真的成假的，假的成真的，都成了再平常不过的事。利益下，人性已经成了最廉价的东西，更别提出卖情感了。”

陆东深听出她话里所指，笑了：“出卖情感？我有那个必要吗？”

那陈瑜……

蒋璃差点就脱口。

在沧陵时他是怎么偏袒陈瑜的她可是看在眼里，既然不是出卖情感，那就是真情实意了？陈瑜是他的真情实意，还招惹她做什么？

见她沉默，陆东深倒是饶有兴致了：“还是在你眼里，我就是个追逐利益不择手段的人？”

至少在她眼里是这样。

他在沧陵所做的一切都有所图，每一步都是精心算好，丝毫不会出了他计划外的纰漏。这种人最擅人心算计，步步为营，沧陵的人和事，哪一样没落入他的盘算之中？

而最终将沧陵搅得天翻地覆、夺人势力丰了自己江山的他却成了局外人。

“你生在陆家，长在陆家，怕是早就习惯了，也不会觉得什么。”

陆东深一听这话心里明镜似的，她心里还沉着一股子怨怼，毕竟是他拆了她在沧陵的保护伞。可她也是个聪明人，很清楚知道沧陵的平静早晚会被打破，就算没有他陆东深，还会有其他人。利益的市场本来就是个无硝烟的战场，每一个能从战场里走出来的人，谁不是踩着血淋淋的尸体前行的？

所以她明白这个道理，也所以她只有怨怼，而没对他剑拔弩张睚眦必报。

她的这份怨怼就成了小女孩的任性，没道理可讲，但情有可原。

“前怕狼后怕虎不是你的性格。”陆东深一针见血，“既然没了退路，那倒不如一往直前，想成通力合作也好，想成你认为的相互利用也罢。说句最实在的，你总要工作吧。”

她当然要工作了。

沧陵的两家店都被她转手了，谭战的钱她也没打算要，总得为以后的生计做考虑。

陆东深忽而又笑了：“当然，你不想工作也没关系。”

这句话说得跟上句相悖，就连态度上也截然不同。语气轻，似调侃，可更有意味深长。

蒋璃的心跟着他的笑忽悠一下：“我可没说我不想工作。”

陆东深唇角含笑看着她，她被他瞅得全身不自在，别过脸。少许后只听他轻叹一声：“囡囡，你要记住，命运如果躲不过，那就既来之则安之。”

蒋璃心口有了不小的震动。

因为他很是自然脱口的“囡囡”，也因为他后半句语重心长的话。

三年前她在命运的角斗场上一败涂地，所有的骄傲和自信都在那场历练中粉碎，她丢盔弃甲如狼狈的丧家犬。与其说在沧陵安稳了三年，倒不如说是避世了三年。

她逃避所有跟三年前有关的人和事，试图将自己活成另外一个人，可每每午夜梦回她总能惊醒，冷汗涟涟，三年前的噩梦如影随形，如同一只无主的孤魂尾随着她，扼住她的脖子。

她做了许多尝试，走遍了大江名山，读遍了香典野史，采集了很多从前见都没见过的气味原料，调配出了不少珍贵的气味，但唯独没做到的就是既来之则安之。

饶尊说，你想忘却前尘，前尘却因你而来。

陆东深说，命运躲不开，既来之则安之。

现在想来他们说得都对，逃不掉甩不了，既然命运要她回来，那她就回来了。

/ 第二章 /

因为，她是他们深爱的女人

天际集团除了发展有前途的二线城市外，一线地盘的占据也是重中之重，北市的天际更是成了领头羊。

高层领导会议上的氛围诡异，虽说表面风平浪静，但大家心里明白，这场会议早就波澜暗涌。

视频会议的另一头是陆门董事局。

陆门从成立到搬迁海外再到上市，直到现在，董事局里每一位成员都在集团里有职能职位，他们不是闲着只拿分红的人，每一位叫出来都算得上是商界里举足轻重的角色，各个头脑精明得很，眼睛毒得很。

陆振扬于席位的正中央正襟危坐，眼角眉梢看上去倦怠，但威严不减。

在他左右手，股东们依次而坐，陆振名没出席会议，这是常事。

沧陵天际打了个漂亮仗，但陆东深在沧陵与执法部门的行为也惊动了董事局，他们最终做出决断，陆起白有天际运营的决策权，在遇重大举措时有权直接向董事会汇报申请。

换句话说，作为跟杨远同样是副总的陆起白，虽说跟杨远分摊的业务不同，管辖的范围也不同，但在权位上已经碾压杨远，甚至可以钳制陆东深总经理一职。

直接通报和申请，无须经过陆东深同意，尤其是在运营权上，这就好比捆住了陆东深的手脚，限制了他的大刀阔斧。

陆东深对董事局做出的决定没有异议。陆起白始终优雅自若，散会后跟陆东深说："堂兄，我初来乍到，对国内的情况也不熟，以后多多关照了。"

陆东深从容淡定："相互协助。"

杨远从旁扫了一眼陆东深，没说什么。

会议室只剩陆东深一人时，陆振扬那边也散得只留他一人了，他在那头直截了当问："听说你就是为了捞个女人出来？"

陆东深没隐瞒："是。"

"胡闹！"陆振扬怒了。

与陆振扬相比，陆东深很冷静："她是个很有能力的人。"

"你想招才纳贤我不反对，但一定要剑走偏锋吗？"陆振扬一脸不悦，"现在董事局对你的做法已经很不满意了，你做事向来沉稳妥当，这次怎么就这么出格？"

陆东深不卑不亢："您放心，我知道自己在做什么。"

陆振扬沉了沉气："你也清楚陆门现在复杂的情况，董事局的股东们虽表面不说，但实际上几个阵营已经分割，东深哪，你要注意不能落人把柄，你明白我在说什么吗？"

陆东深看着陆振扬："我明白您的意思，沧陵再有发展前景，也不是一线城市，我在那边的一举一动不可能那么快传到董事局，所以我会注意。"

"有怀疑的人吗？"

陆东深若有所思："很多人都有可能，我身边的人，沧陵酒店的人，或者饶尊也有势力渗透到陆门。"

陆振扬皱眉："你自己要注意，还有，别被个女人左右了心思，你怎么能肯定她不是对你有企图？"

"她不会。"

陆振扬不悦，但没发作，也没再多说什么。

景泞敲门进来的时候，陆东深与陆振扬的视频会议已经结束了。

他燃着一支烟。

景洿不知他在想什么，目光所及是他在光影里的宽阔肩膀。她说：“陆总，环嘉传媒的投资预期报表财务部那边已经审核过了，您看，投资审核会议是您亲自参加还是派杨副总去？”

环嘉传媒是天际集团入主大中华区后收购的一家文化传媒公司，也是目前国内最有前景的文化公司，旗下拥有不少一线明星，所看好的项目稳赚不赔。

陆东深沉默。

景洿等了半天，迟疑开口：“陆总？”

陆东深这才有了反应，将手里的烟摁灭在烟灰缸里：“景洿。”

景洿走上前：“您吩咐。”

陆东深的手还捏着烟头，一点一点地捻，像是在掐死一抹希望：“你觉得，谁最希望我死？”

父亲的话说得隐晦，但意思明白。有人在盯着他的一举一动，换句话说，他身边有内鬼。

景洿一愣，原以为他会叮嘱些公事给她，不承想听到这么一句。

“她会吗？”陆东深又问。

景洿的大脑高速运转，他口中的他（她）指的是谁？是男还是女？末了，她回答：“陆总多虑了。”

“是吗？”陆东深语气轻淡，“你认为我在说谁？”

景洿哪敢揣摩陆东深的心思，决定沉默不语。

陆东深靠在沙发上，目光始终落在脚下的如织车流上：“谭战的死她始终会算上一笔在我头上。”

景洿方才落下心，道：“夏小姐性子虽乖张，但不是心思歹毒的人。”

陆东深若有若无地点头，眼皮一抬，目光落在景洿脸上：“那你呢？”

景洿一愣，紧跟着说：“陆总，我更不会。”

陆东深微微扬唇，收回目光，重新看向窗外。景洿站在他身边，眼里有一丝惶惶的光，见陆东深不再说话，她也噤声。许久，陆东深开口：“环嘉的会通知陆副总参加。”

景泞微微一怔，说：“好。”

一周后蒋璃正式入职。

因为有陆东深的担保，蒋璃在入职程序上挺顺当。入职陆门是大事，更何况还是一跃成为陆门的气味构建师，陆门品宣部很快打来跨洋电话，就新的气味构建师入职一事召开媒体宣传会。

景泞询问蒋璃的意见，是否愿意暴露人前，蒋璃思量许久，问景泞：“陆东深什么意见？”

景泞回答：“陆总的意思是，夏小姐高兴就好。”

“陆东深人呢？”蒋璃问。

景泞说：“陆总出差意大利，但他说，只要你决定好了，剩下的交给他去交涉就行。”

蒋璃心头涌起一丝莫名的暖意来，想了想说：“还是不要大张旗鼓的好。”

手续传到总部后，蒋璃的办公桌上就摆满了资料，还有员工陆陆续续地往里搬送文件。资料全都是近几年陆门气味构建师所涉及的产业和成果，还有不少是调配气味、气味应用的总结，果真也都是内部资料。

由于陆东深现在所管辖的重点落在大中华区，尤其天际集团是重中之重，所以，作为陆东深亲手招进来的气味构建师，蒋璃的重点工作落在天际集团上，以及兼顾其他子公司的气味相关工作。

她有调配总部及国内天际所有调香师人员的权利，也有组建自己团队的权限。对此，景泞抱了不少人员资料给她，让她对已有的人员进行调配，如果还不满意，可以再招。

就这样，相关杂事和摸索用了一周左右的时间。

这一周她都没看见陆东深回公司，据秘书处说，他一直在出差。

倒是陈瑜来了。

她是天际的调香师，从职位上来说，蒋璃是她的领导。在蒋璃没入职之前，她负责天际集团上上下下，其中包括今年刚刚收购的 H 品牌旗下重点香水、护肤品等气味控制和管理。蒋璃来了后，在一周时间内迅速组建了团队，重新调配了手下调香师的工作范畴，陈瑜只负责支线品牌的气味管理工作了。

她来是送 H 品牌下一年度产品气味分析报表。

H 品牌是法国深具年头的尖端品牌，主打工匠精神，以皮革制品起家，后来女性产品迎头赶上，于是女性提包成为该品牌重点宣传对象，除此，女性香水、护肤品也是重中之重。

全球资本活跃起来后，该品牌就被陆门收购，成为旗下众多尖端品牌之一。

H 品牌在国内也一样被有钱人追逐，所以，针对大中华区的订制产品也是重点工作。

蒋璃新请的小助理茱莉为陈瑜开的门。

进去后，蒋璃正躺在沙发上休息，一本资料盖着脸，那只文着眼睛刺青的手从沙发上耷拉下来。整个集团的人都是西装革履仪表堂堂，就唯独她一身休闲，脚上踩着的还是双挺狂野的马丁靴，正交叉叠放在沙发扶手上，洒脱羁傲得很。

茱莉小心翼翼地上前，生怕会不小心惊到蒋璃，就半蹲在蒋璃身边，小声说："夏总监，陈小姐来了。"

陈瑜在天际的职位相当于部门经理，但因为是调香师的身份，所以大家都习惯叫她陈小姐。

蒋璃只是嗯了声，没多余反应。

等茱莉出去后，陈瑜环顾了下四周，强压下心头阵阵酸涩，说了句："亚洲区限量版香水气味分析报告我拿来了。"

蒋璃懒洋洋："放在桌上就行。"

陈瑜将资料放好后，没马上出去，沉默了许久后，说："我听过夏昼的一些事。"

蒋璃没动静。

她盯着蒋璃："人倒是很有才华，被称为千年难见的天芳师，听说所有气味都逃不过她的鼻子。只可惜，风评不好。"

见蒋璃还是没反应，她继续道：“男女关系混乱，还做过一个神秘富商的情人，更有传言说，她手上沾了血，杀了她的男朋友。”

蒋璃的声音从资料下传出来：“你想说什么？”

陈瑜靠在办公桌旁：“我只想说，让你依着这样一个女人的身份活着，很可惜。”

蒋璃这才有了反应，拿下资料，起身坐了起来。她没看陈瑜，顺过茶几上的湿手巾擦了擦手，拎了个苹果在手，用水果刀一点点削皮。

“你弄错了一个概念。”她说。

陈瑜盯着她。

“我只是借了她的名，至于夏昼是个怎样的女人，对我来说并不重要。”

陈瑜微微皱眉。

很显然蒋璃不怎么会削果皮，一刀下去，苹果肉都被削去大半，她思量了几许，决定放弃，抬眼看陈瑜：“就像你换了个名字一样，实际上，你还是你。”

陈瑜的脸色不大好看：“不管你怎么想我，我只想提醒你，季菲可不是个简单的人。”

蒋璃轻笑，没说什么。

“一山不能藏二虎，你进了陆门就是在抢季菲的饭碗，她在陆门这么多年，该有的资源都有了，你拿什么跟她斗？”

“斗？”蒋璃好笑地一挑眉，“怕是她也没资格跟我斗吧。”

陈瑜微微眯眼：“闻术协会的副会长，你说她没资格跟你斗？除非你就是夏昼本人。”

蒋璃手里玩着刀子：“我现在就是夏昼。”

陈瑜急了：“我说你这个人怎么油盐不进呢？你以为我跑过来跟你说这些是为了什么？嫉妒你？还是要害你？我虽然没进陆门，但也知道里面的水有多深！”

“行了，我知道了。陈楠楠，隔了三年我发现你怎么磨磨叽叽的？”蒋璃将刀子插在苹果上，“我既然敢入陆门就做好了一切准备。你的提醒我心领了，但你来我这更是想看看陆东深重视我到什么程度吧？”

陈瑜被她说中了心事，脸上一阵红一阵白的。

“你喜欢他全公司的人都知道，有本事就把他拴在身边，让他心甘情愿地为你拼为你狂，像陆东深那种男人，他身边的女人多如过江之鲫，你还一一去盯着啊？”

陈瑜死死抿着嘴，再开口就不客气了：“我不用你假惺惺地教训。”然后敲了敲资料，“你看完了赶紧签字，下面的人还等着要呢！”

蒋璃笑了：“我告诉你啊，我是你领导，新官上任三把火，你得先习惯我的做事风格。天际上下那么多的文件都等我看呢，有比你这份更紧要的文件，凭什么先看你的？或者你说点好听的，说不准我就给你开绿灯了。”

“有你这么工作的吗？”陈瑜还头一次听见这种话，“东深把天际的事交给你是信任你，你就这么糊弄他？”

蒋璃身子往沙发上一靠，双臂交叉胸前：“我怎么做事还需要跟你汇报？”

“你爱看不看！”陈瑜气结，狠狠一跺脚，气愤地离开了。

等陈瑜出去后，蒋璃起身伸了个懒腰，缓了腰酸背痛，拿了陈瑜留下来的文件，刚翻开，手机就响了。

是陆东深。

蒋璃觉得心脏有一瞬加快跳动。

“做什么呢？”

蒋璃看了一眼时间，心底大致估算一下，他那头应该是晚上了，听声音有点倦，看样子是刚应酬完。

“我在看你情人给我留的工作。”

陆东深在那边似无奈地低笑：“景泞说你这一周都住在休息室。”

“没办法，你留的资料那么多。”

“分配好工作和休息的时间很关键。”

蒋璃嗯了声。

陆东深又道：“听说，在个人宣传上你曾询问过我的意见？”

蒋璃一时窘迫：“也不算是询问吧……”

陆东深笑："想知道我的想法这件事，有什么丢脸的？"

"我哪有想知道你的想法了？"蒋璃马上否认。

那边笑出声："好，当我自作多情。下周三我回国。"

蒋璃心头闪过一丝雀跃，扫了一眼桌上的日期，还有六天，但嘴巴不饶人："回就回呗，告诉我干什么？还要听我跟你汇报工作？"

"这倒是个不错的主意。"

入夜下了场雨，洗净了北市长街小巷整个冬天的萧瑟味。立春后的夜雨少了刺骨的凌厉，多了几许温柔。霓虹之下仍旧车水马龙，甩着一长串的尾灯蜿蜒着夜色如漫长星河。

北市西城根南街的一处宅邸却很安静。

府墙高耸，灰白墙体靠近朱漆大门的位置深嵌了巴掌大的石碑，碑名斑驳只能依稀瞧见最后一个"府"字。干枯的常青藤藤蔓爬满墙顶，从紧闭的朱漆大门中看不到里面的结构，却也能从门前的石狮、挑高的门楣和门上的金珠瞧出这府邸曾经的辉煌来。

景泞收了伞站在门前。

一滴雨坠着门前石檐滴到她头上，顺着头皮滑落。

她哆嗦了一下，冷。

推开沉重的朱漆大门，穿过幽长曲廊，重门叠户院落深深，入耳是假山叠嶂间水流飞溅的声响，还有雨水打落人工湖面的滴答声；涟漪阵阵，要么是雨滴坠落声，要么是围着枯莲的鱼儿吐泡声。占地面积不小的四方庭院，若不是对这里熟悉的人必然会迷失方向。

宅院西翼就遗世独立了不少。

是一处戏楼。

坐南朝北。

上下场门上仍旧挂有锦缎绣花门帘，屋脊、壁柱、梁枋等雕工了得，明眼人一看就知道出自老匠人手艺，青绿彩虽已晦涩，但梁上透雕清晰可见，贴金洒银足见府邸主人对戏曲的喜爱。

室内戏台大多以实用为主，但这里气派辉煌，架势直逼紫禁城内的皇家戏楼。

台下设的位置不多，原本也只是供府邸主人赏戏之用。

戏台上亮着灯，没人唱戏，光线落在空旷的台子上，乍一瞅有些瘆人。

台下幽暗。

主椅上坐了一男子，身影颀长，一手搭在椅子的扶手上，指骨修长，食指有一下没一下地轻敲。

景泞的高跟鞋声很轻，但还是声声回荡。

男子没回头，轻敲扶手的动作停止了。

“这处宅子是不错，怪不得陆东深势在必得。”他嗓音浅而淡，很悠闲。

景泞在他旁边的椅子坐下，将收好的伞立在椅子一侧，伞面的雨滴滑落，很快在地上汇聚出一小摊水来。

“我们不能再见面了，这是最后一次。”景泞的声音有点冷。

男子笑看着她：“消息你该给已经给了，有第一次就有第二次，现在想着收手？”

“他已经开始怀疑我了！”景泞的情绪有些波动。

男子嗤笑：“他相信过谁？”

景泞紧紧抿着唇。

“这处亲王府荒了太久，阴凉得很，但胜在寸土寸金的地段上，陆东深这人瞄准目标的能力还是很让人敬佩的。”男子啧啧了两声，“只是可惜了这戏台，估计着是保不住了。”

景泞挺直了脊梁：“你到底想说什么？”

“很简单，我要陆东深的底价。”

景泞身子一颤：“什么？你要这片地做什么？”

男子看着戏台，笑：“我要的不是地。”

景泞全身绷紧，死盯着他的侧脸。稍许，她倏地起身：“我看你是疯了！”话毕要走。

手腕被男子一把控住，紧跟着一个用力，景泞就被他拉坐在怀里。她惊喘挣扎，推搡间却被他搂得更紧，她急了，喝道："放开我！"

"床都上过了，还有什么可害羞的？"男子低笑。

景泞陡地僵住。

见她不挣扎了，男子抬手轻抚她的脸，指尖摩挲着她的眉眼，再开口时嗓音低沉温柔了许多："有没有想我？"

景泞呼吸急促："不想。"

男子微微抿了唇，下巴的弧度僵了些许，但很快浅笑："所以，只保持床笫之欢也不错。"

"我不会再单独见你！"

男人扼制住她的逃脱，眯眼横生魅力，却足具威胁："你以为你不见我就能洗白了？你出卖过陆东深这是不争的事实，别管是一次还是几次。景泞我告诉你，陆东深的底价我势在必得，而底价的价码我希望是从你嘴里说出来。"说到这，他修长的手指轻抵她的唇，"毕竟，我们也做过露水夫妻，我到现在还怀念你的滋味。"

等男人走后，景泞跌坐在主椅上，愣神了许久。

她痴迷了一个本不该痴迷的男人。明知道他是危险的兽，明知道他不会真心待她，她还是一头栽了进去。无论想要如何逃脱和挣扎，只要他稍稍钩钩手指，她就忍不住想要靠近。

景泞紧紧攥着伞，恨不得用尖细的伞尖戳进心窝。

痛，也好过这般不清不楚道德沦丧的拉扯。

她感到窒息，想要逃脱，起身往戏楼门口走时，余光却不经意扫到一抹白影。倏的一个激灵，她回头，戏台上却空无一人。

景泞屏了呼吸，总觉得背后有双眼睛在盯着她。

汗毛都竖起来了。

刚到门口，却听见空气中一声叹息。

幽幽的，是个女人。

轻轻忽忽地像是有人在唱戏，若有若无的，充斥着整间戏楼，可又像是从戏台后面传出来似的。

景泞咽了一下口水，下意识提醒着她的是赶紧离开，可双脚不受控地朝着戏台方向过去。

戏文具体唱了什么景泞听不懂，只觉得凄切得很。

就在她踏上戏台的一瞬，全场的光源倏地灭了。

景泞全身一抖！

唱戏的声音还没停止，像是一只手在召唤她一样。

她在戏台上站了好一会儿，等适应了黑暗的光线后，壮着胆子一步步朝着后台走去。

后台是以前供演员们休息换妆的地方，现如今早已荒凉，甚至还有点潮霉味。

歌声幽幽，透过半开的房门钻了出来。

景泞的手指刚碰到门扶手，歌声戛然而止。

这一刻，她胆怯了。

双脚顺应大脑的命令想要离开，可刚转身，不知从哪吹来的阴风，竟将她身后半敞的房门给吹开了，嘎吱一声，于这寂静的夜里显得刺耳得很。

景泞脊梁骨僵直，没回头，却也能从余光里瞥见那抹白色的影子，离她似近似远。

她缓缓回过头，都能听见脖骨在咯咯直响。

月光扫在她身后的房间里。

景泞倏然瞪大双眼，想喊，喉咙早已堵住。

转眼周一。

时间在北市这座繁忙的城里变得金贵。蒋璃许久没这么过过日子了，想她在沧陵时逍遥自在，捡上个明媚的午后能打盹到夕阳西落炊烟袅袅。

周末，蒋璃抱着厚厚的资料跑到图书馆待了两天。

再上班时，陆门在华的公司情况她都了解得差不多了，也对季菲在国外的业务清楚了些，但毕竟隔着山水，分摊的业务也不同，所以她目前没跟季菲有任何工作上的交集。

气味团队最后由十人组成，除了陈瑜外，其他九名都是来自全球各地、各个知名品牌的调香师、气味分析师，统一由蒋璃培训、管理和调配。

蒋璃按照个人习惯制订了培训计划，做完计划后窗外就燃起了霓虹。

她抻了个腰，随手将计划书发送给培训部和品宣组，抄送给了杨远，最后想了想，在抄送的名单里又加上了陆东深，并按照职位高低将陆东深的名字调到了最前头。

做完这些，前期的筹备工作就算是告一段落，蒋璃突然觉得浑身像脱了骨似的，一点力气都使不出来。

还没等休息五分钟手机就响了。

是陆东深。

他虽人在国外，但这阵子电话来得倒是频，几乎是每天一个电话。

蒋璃没起身，顺手抓了手机按在耳朵上，半死不活："喂……"

那头似乎被她逗笑："怎么了？"

"没什么。"蒋璃撑起身子，又半死在椅背上，"我发的计划书你看了吗？"

"嗯。"

蒋璃瞅了一眼时间："看完了？"

"嗯。"

蒋璃一下子坐直："不带这么欺负人的吧？我辛辛苦苦做了好几天，你几分钟就看完了？我周末都用在图书馆里了，还冻得要命。"

"没感冒吧？"陆东深问。

蒋璃噎了一下："你的态度让我诚惶诚恐。"

"怎么讲？"

"你是想先给我个甜枣再批我？"蒋璃揉着太阳穴问。

陆东深在那边问："为什么要批你？"

"一般来说，能让人一目十行的计划书往往存在问题。"蒋璃如实说。

陆东深笑了："对于工作我从不敷衍，你的计划书我逐字逐句看过，很不错。"

蒋璃差点咬了舌头，逐字逐句看过？她的计划书要是打印成册的话会是厚厚的一摞，他是怎么在如此短的时间内一字一句看完的？但既然老板发话说不错，那她也就不计较那么多了。

“打电话来是要问你，想要什么礼物。”陆东深说。

蒋璃半天没反应过来：“礼物？”

“意大利这边倒是有不少手工饰品店，我也是听秘书说的，你要是喜欢，我找时间选来给你。”

蒋璃半张着嘴，不是在说计划书的事吗？

“我的计划书的确是没问题了对吧？”她不放心。

“是。”

“那经费申请上也没问题对吧？”

“就在刚刚我已经发邮件到财务部，你随时可以签走经费。”陆东深说。

蒋璃狐疑：“所以，你只是单纯地想送我礼物对吧？”

陆东深忍俊不禁：“我出门在外，送你一份礼物，就是这么简单。”

“哦。”那她放心了，想了想说，“其实我对接收礼物这种事没太多经验。”

陆东深轻笑：“好，我知道了。”

等挂了电话，蒋璃想了半天也没想明白他为什么突然送礼物给她。

就算送，也是送给陈瑜合适吧。

左思右想，她一个电话打到财务部，整家公司最常加班的部门就是财务那里，所以蒋璃也不怕找不到财务总监。一听蒋璃是询问培训经费的事，财务总监笑道：“是，没错，我已经收到了陆总的邮件通知。”

蒋璃挂断电话后，突然觉得自己有点小人之心度君子之腹。可这念头刚起她就马上摁下，陆东深在商场耍的手段算是君子行径吗？所以也别怪她对他处处提防，谁不知这陆东深跟人相处都是一步一个坑？她可不想掉进坑里摔个腿折胳膊断的。

蒋璃到家快九点，这个时间尚早。

刚进家门就接到了蒋小天的电话，一声“蒋爷”喊得她恍若隔世。“以后叫我蒋璃吧，或者夏昼也行。”

回到北市，她近乎与沧陵那边断了联系，只将新的电话号码给了蒋小天。是她终究割舍不下沧陵的风月，所以才想从蒋小天嘴里知道沧陵以后的岁月是什么颜色。

芙蓉离开凰天后就再没有消息，其他的姑娘也是走的走散的散，欣慰的是没人为难蒋小天，他将她那两家店经营得挺不错。

蒋小天说：“你一天是蒋爷，一辈子就都是我的蒋爷。”

蒋璃压下心头苦涩：“小崽子嘴巴越发甜了。”

“前两天听说有个女的在沧陵天际酒店的江山图前站了好久，我还以为是蒋爷你回来了呢……”说到这，蒋小天竟哽咽了，“爷，你说以前的日子咱们是真的再也回不去了吗？有时候我就觉得像是在做梦一样，如果梦醒了发现其实一切都还没有变该多好……”

蒋璃心里也堵得慌，如果能回到从前……她也觉得挺好，可这世上就是有种叫作时间的东西，来时刻提醒你所谓的如果不过就是一场奢念。

“有人对江山图感兴趣？”她还是摘出了理智。

蒋小天说：“应该就是懂画的住客吧。”

蒋璃微微蹙眉，左右不过蒋小天的一句闲话，可她怎么就觉得哪里不对劲呢？

刚落电话，门铃响了。

蒋璃看了一眼门镜，是保安处的一名保安，脸熟，在这小区里做了很多年了。

开了门，小保安挺热情的，将手里的盒子递给她：“您好几天没回来，这东西一直搁在物业呢，瞧您回来了，所以赶紧给您送来。”

是个黑色的盒子，巴掌大小，没放进快递袋子里，外面就是缠了一圈透明胶带。“不是快递公司送的？”

小保安摇头：“好像是有人放在物业门口的，下面压了张纸，写着您家地址。”

等保安走后，蒋璃晃了晃盒子，很轻，没动静。

她拆了透明胶带，慢慢打开盒子。

里面的物件倏地刺痛了蒋璃的眼，心口忽悠一下，紧跟着窒息。

她一把抓起盒子里的东西，好半天才喘过气来。

许久才反应过来，拿起手机拨了过去。那头响了几声接通。声音嘈杂，像是应酬场合。

蒋璃拨通后喉咙就堵住了，半天都没出声。那头“喂”了两声，见没人说话只闻呼吸就沉默了，少顷，那头就安静了，应该是对方离开了原来的位置。

“夏夏？”

蒋璃呼吸急促。

那头似喜：“你终于肯给我打电话了。”

“饶尊。”蒋璃微颤唇齿，“你太过分了！”

“首先，这不是我送出去的东西。”饶尊将盒子里的东西拿在手里，“其次，你想想看最近有没有接触到以前的人和事。”

在接到蒋璃的电话后，他就扔下应酬二话没说赶来了。

赶到时，蒋璃就站在楼下的夜色里，远远的身影娇小，若不是有路灯，她会淹没在漫长的黑夜里。可她脸色苍白，匿在黑发里像是清浅月色。她没让他上楼，而是上了他的车，饶尊将车子择了一处好说话的地界后这才发现她一直在抖。

他想握她的手，可她把他的手甩开了。

蒋璃压在心头的恐惧终究成了歇斯底里，她扭头盯着他，一改往日对他的战战兢兢：“不是你还有谁？论跟以前有关的人，也只有你才知道我的住所！”

“你冷静点！”饶尊箍住她的肩膀，“我有这么做的必要吗？图什么？只是为了吓你？”

蒋璃的身子颤得厉害，如此距离，饶尊都能听见她上下牙齿相撞的声响。他轻叹一声："你能确定盒子里的就是左时的东西吗？"

盒子里是一方纯黑色的手帕，手帕的右下角绣了一张很小的戏曲脸谱。

就是这么一块帕子，引得蒋璃情绪大变。

她将帕子攥在手里，点头。是左时的东西，但凡是他的东西她都不会记错。

饶尊质疑："左时没有用手帕的习惯，而且，就算他用过手帕，怎么就能证明这条是他的？"

蒋璃几番才压下颤抖："这块手帕是左时出事前我送他的，是一次我们去梅府吃饭时买下的，这种脸谱手帕其他地方没有，是梅府做纪念梅兰芳活动时才出的刺绣手帕，买下手帕的就只有我和左时一桌。"

饶尊了然。

蒋璃猛地一颤，突然一把抓住饶尊的手腕："是不是左时回来了？当时……当时发生的所有事其实都是假的？"

饶尊见过她惶惶不安的样子，也像今晚一样，他的心揪着疼，忍不住将她拉进怀里："手帕交给我，我给你查这件事。"

男人温柔的语息并没能安抚她无处安放的心，反而让她情绪更加波动，将饶尊拼命推搡："为什么？为什么当初你要那么逼我？我已经躲了三年，你为什么还要出现？饶尊，你是鬼吗，所以才阴魂不散的？当初死的人为什么不是你？"

饶尊任由他身上的衬衫被她拉扯得凌乱，只是，在听见最后一句话时脸色变了，寒凉又不悦，一把掐住她的下巴："你就这么恨我是吧？那当时你知道我有多恨你和左时？我对你怎么样你不清楚吗？可自从左时出现后你就变了！夏夏，你是属于我的，凭什么左时把你抢走？"

蒋璃眼角的泪悬在眼眶，死死不肯落下，她盯着他，一字一句："饶尊，我从来就没属于你过！"

饶尊掐着她下巴的手一僵，许久放开她，整个身子靠着车座，狠狠砸了一下方向盘："是！是我自作多情！"然后转头看着她，目光阴霾，"我一直都很想知道，左时到底有什么好？凭什么你选他不选我？”

有些人，注定会成为另一些人的阳光，他们的好会像冬日暖阳穿透寒凉给予人温暖，那光亮不激烈不刺眼，暖得温柔，左时就是冬日暖阳，所以，饶尊永远都不会知道左时在她每天游走虚妄的日子里扮演了怎样重要的角色。

而饶尊，他是烈日，身上的野性会将人灼烧，直到成为灰烬。

她坐在副驾上，用苟延残喘的力气回答了他的问题：“他懂我。”

只有三个字。

可这三个字比“我爱他”更具威力，饶尊的脸色冰得很，咬牙切齿：“好一句他懂你啊。”

蒋璃去开车门。

手腕被饶尊控住。再开口时他已经管好了自己的情绪：“这件事交给我去查吧，你什么都不要管了，也许……”他咽下后半句话，没有也许，更不会有人在恶作剧，这一点她很清楚，否则就不会这么失去理智。

蒋璃虽脸色差，但一通嘶喊和发泄已经驱散了心中的恐惧，她抽回手说：“如果对方是针对我的话，我想躲也躲不开。饶尊，这件事我不需要你插手！”

车门关上后，车厢里只留着她的气息。

隔着车窗看着她渐渐沉入夜色的身影，饶尊有几次想要下车去追的冲动，可是，即使追到又怎样？他看着自己的手，人人都说他尊少没有得不到的东西，只要他想，就会有人乖乖地将他想要的东西亲手奉上。

他的手，得到了太多的权和势，却无法用这只手来将她控制得心甘情愿。

三年前……

他也痛恨三年前！

饶尊转头看着茫茫的夜色，她的身影已不再了。

可脑子里回荡着的是她曾经哀求的声音，她哭喊着哀求他：“求你……饶尊，我求你别逼我……”

饶尊倏地闭眼，额上青筋凸起。

是啊，只有左时才懂她。

可是，如果当时换成是左时呢？他相信左时会做出跟他一样的决定。

因为，她是他们深爱的女人。

黄沙漫天，一柱龙卷风由远及近很快拔起扎在戈壁滩上的军用帐篷，远远近近被几年前的风蚀成各个形状的雅丹如巨兽，沉默地看着眼前的一切，静候所有生命都埋葬在这片一望无际的戈壁里。

紧跟着是刺眼的阳光，然后光亮转得柔和。是夹着花香的午后，玻璃房里男子正在工作。

光线落在他白得发亮的白大褂上，他的眉眼柔和又认真，哪怕就是远远看着也美若画卷。

他抬头朝这边看过来。

嘴角含笑。

那笑，就如冬日暖阳，如枝头春情，静谧柔和。

转眼又是幽明的湖底。

一束光如锥直穿水面，却又被黑暗给逼了回去，只散了极弱的光亮浮游在深渊之中。

飘忽不定的尸堆。

苍凉绝望的脸庞。

远远的，被尸菌水母包裹着的那具尸体在水母散发的流光中陡然睁了眼。

血汩汩而流。

从那空洞的眼眶和嘴巴里。

那具尸体像是很痛苦，朝前伸着被水母包裹着的胳膊，似乎要抓什么，终究还是徒劳。

尸体的嘴巴在嚅动……

那口形依然是：救我！

蒋璃猛地睁眼。

眼前似乎还是如黑沙流动的湖水，冰冷蜿蜒。

耳边有人在唤她："夏总监？"

蒋璃恍惚不知所闻，脑子里还是那具浮游在寒水之中的尸体，寒气像是从四面八方而来无孔不入，顺着毛孔流进心脏，整颗心渐渐寒凉冰封。

她的胳膊被人轻轻推了一下："你还好吧？"

蒋璃这才回到现实，寒凉如潮水般驱散，可额头濡湿，抬手一抹，是冷汗。

她竟不知道什么时候睡着了。

景泞隔着张办公桌看着她，眼中关切。

"没事，做了个梦而已。"蒋璃觉得自己像是活过来了似的，深吸几口气，这才压下梦里的惶惶不安。

景泞也不便问她做了什么梦，直接说了蒋璃交代给她的事："沧陵天际那边查了监控，江山图前有不少人逗留过，如果说每个人都要仔细盘查的话，沧陵天际那边需要有上级的授权。"

"需要陆东深的签字？"蒋璃问。

景泞想了想："原则上是这样，但陆总目前不在国内，你也可以找杨副总批示，只是……"

蒋璃见她迟疑，问："只是什么？"

景泞笑了笑："也没什么，我觉得要不然等陆总回国呢？这也就是眼前的事了。"

蒋璃思量片刻，说："没关系，我直接找杨副总。"

虽说陆东深这阵子对她的态度和蔼可亲，可不意味着会同意她再插手沧陵的事，说不准真等他回来，她再想查就更困难。蒋小天说者无心，她却很清楚江山图里藏了些什么，最怕的是，有人捷足先登。再加上将那块黑色帕子寄给她的人，她只好先斩后奏了。

见景泞狐疑，她又补上了句："我一会儿就给陆东深打电话，让他授权杨副总。"

景泞点点头，没多说什么。

等到了门口，景泞停了脚步，蒋璃见状问："还有事？"

景泞欲言又止。

蒋璃觉得奇怪，虽说跟景泞认识的时间不长，可经过这些天的相处她也能看得出景泞做事向来干净利落，突然这般支吾倒是罕见。景泞一手搭在门把手上，想了少顷终究还是问出口："之前……你在沧陵的时候，有见过很邪性的事吗？"

她迟疑，一是不想违反陆东深的意愿提及沧陵；二是她觉得这件事也许是她多想。

那荒凉的戏台，幽幽的曲调，她虽听不懂也觉得毛骨悚然。

那天她追到了后台，并没找到唱曲之人，反而惊悚发现高悬着的一袭戏服。风从敞开的窗子里钻进来，那戏服飘飘荡荡，像是女人摇曳的身姿。

当时她吓坏了，转头就跑。

可跑到府门的时候理智就回来了。

又折了回去想要一探究竟。

然而那件戏服却不见了，原本挂着戏服的地方空空荡荡，更甚者，休息室的窗子也是紧闭着的，不见一丝风吹过。她仔细看过窗棂情况，上面铺着厚厚的灰尘，如果有人打开了窗子必然会留下痕迹，可上面没有丝毫迹象。

那天的一幕，就像是哽在她喉间的刺，吐不出咽不下，每每想起都会陡生冷汗。

蒋璃没料到她会这么问，微怔一下，说："在沧陵我以气味治病，因为他们不懂里面的门道，所以叫我巫医，至于你说的邪性的事，我没见过。"

景泞也觉得自己问了个可笑的问题，忙说那就没什么了，她也就是随便问问。

蒋璃瞧见她眼角眉梢的迟疑，跟她说："景泞，你遇上任何问题都可以来找我。"

杨远的办公室在陆东深的楼下。

蒋璃来找他的时候他刚开完会，正跟陆起白一前一后从会议室里出来。蒋璃甚少跟陆起白接触，抬头瞅了他一眼，心中感叹，陆家儿郎果真个个都是相貌堂堂人中龙凤。陆起白知道她，跟她微微颔首微笑当作打过招呼，她也礼节性地做了回应。

等陆起白从她身边经过时，她闻到他残留在空气里若即若离的气息，微微蹙眉，这气息怎么有点熟悉呢？

杨远对她不算太友好。

至少一副公事公办、铁面无私的样子。

等她说明来意后，杨远淡淡地说了句："一切等陆总回来再说吧。"

蒋璃最怕这样，站在他面前挺直了脊梁："这就是陆东深的意思，事态紧急，只要杨副总一个电话给到沧陵那边就行，签名什么的后补。"

杨远兵来将挡："那也可以让陆总打电话到沧陵那边。"

"陆东深现在那边是深夜，这个时间让他处理公事？"

杨远不紧不慢："反正他几乎都不睡觉。"

蒋璃心里一咯噔，不睡觉？她想了想，道："行啊，那你打电话给他吧，我之前打给他的时候他就说让你全权代办，信不过我的话你就打过去证实好了，现在就打。"话毕将手机往他桌上一扔。

杨远一愣，许是没想到蒋璃这般干脆利落，少许："真是陆总同意的？"

蒋璃用下巴指了指手机："你可以问他。"

杨远盯着她看了半天："好，我签字。"这通电话他是打不得的，不管她是不是在撒谎，她是陆东深挖过来的气味构建师，一通电话真的拨过去只为了证实她有没有拿到授权，以后在公司里还怎么抬头不见低头见？

蒋璃闻言后放了心。

杨远先是打了个电话到沧陵那头，然后又走了个开证明签字传真的程序。等做完这一切后，他说，最快也要一小时。

蒋璃表示可以等，道了谢，转身要离开时杨远叫住了她，可他叫的是"蒋璃"。

蒋璃有瞬间的恍惚，不过才短短数日，她怎么就觉得似乎许久没人这么叫她了？

杨远看着她，直截了当："你到底有什么目的？"

闻言，蒋璃并不惊讶。暂且不说饶尊最后的插手，就单算陆东深跟谭战的那场明争暗斗，但凡有点脑子的人都会怀疑她同意任职陆门的初衷。在杨远他们这些人的眼里，早就视她为谭战的帮凶，现在谭战人没了，势力倒了，她这个帮凶怎会安分守己回头是岸？

"活着。"她说。

"什么？"

"我的目的很简单，就是活着。"蒋璃一字一句地说。

杨远一愣，他想过她能给他的所有答案，方方面面，却没料到她的答案会是这两个字。

"很奇怪是吗？"蒋璃轻轻一笑，"这世上最艰难的不是求富贵伴携手，而是活着。杨副总，不管你信还是不信，能够好好地活着，这就是我回来的目的。"

她尝试过从最高处一落千丈的滋味，也被仇恨蒙蔽了双眼，更在自责中疯狂和歇斯底里，她形同困兽、人不像人鬼不像鬼，那种活着的滋味比死去还不如。沧陵是个神奇的地方，大开大合的世间风情教会了她什么才是活着，才知道人生苦短，世间荣华最像是一场镜花水月。这是在历经苦痛过后，再丧失生存再得生存后的体会。

除了生死，这世上再无大事。

所以，有米有酒的日子，这就是活着，不求大喜大悲，只求从容自在。

杨远很想从她的眼神或只字片语里窥出假意来，毕竟活着的意义厚重，不应该从她这么一个年轻的姑娘嘴里轻易倒出来。可他不知怎的，就在潜意识中相信她的诚意，也许，恰恰就是被她口中"活着"二字所震撼。

"你用'回来'形容自己。"杨远从烟盒里取出一支烟，没点燃，只是在指间玩弄，"所以，你并没有否认你的身份，既然这样，你想让我对你放心，更是不可能。”

蒋璃深吸一口气，胸口闷胀。

“无论你是蒋璃还是夏昼，你就是你，三年前和三年后你都有不纯的目的。”杨远将烟叼在嘴里，打火机点燃，吸了一口，隔着浓烈的烟雾盯着她，“但陆东深已经将你带回来了，我也尊重他的想法，今天只想提醒你一句。”

“杨副总请说。”

杨远夹着烟：“陆东深为了你的事已经被董事局架空了权力，如果你尚算有良心的话就别做对不起他的事。”

蒋璃暗自吃惊，架空权力？

“我跟陆东深同学多年，算是最了解他的人，外界对他的误解很深，再加上他是陆门长子的身份，添油加醋的更是数不胜数，其实，他是个很重情重义的人。”

蒋璃攥了攥手指，松开：“杨副总，这世上最难还清的就是情义，我不想欠任何人的情和义，所以，你担心的事不会发生。陆东深在商场摸爬滚打这么多年，我自认为没那么大的本事能在他眼皮底下瞒天过海。”

“但愿如此。”杨远吐了一口烟雾，在心底又补上了句：只要，他别是英雄难过美人关。

等蒋璃出了杨远的办公室，方才觉得手心里攥满了汗，心口还是闷得厉害，为陆东深目前的境况，也为杨远的态度。她本就不是个很在乎别人想法的人，可就是讨厌别人误解她，尤其是陆东深身边的人，就算她有多不想承认，她还是很清楚自己的心思，她想得到陆东深身边人的肯定和承认。

她只在她的领域擅长，商界的尔虞我诈她并非能手，所以陆东深在公司里有多举步维艰她无法知晓，然而她从杨远的话里嗅出了危险的意味，她竟有点怕，唯恐陆东深会是下一个谭战。

穿过长长的走廊，斜对面就是电梯间。

蒋璃神情恍惚间瞧见一抹身影从里面出来，由于蒋璃站在墙的凹口，对方并未看见她，就径直穿过走廊拐去尽头的办公室了。等确定对方走了，蒋璃走到电梯间一看，对方是从楼上下来的。

上了楼，景泞不在，小秘书正在整理文件，各个标签贴得仔细，挂着精致的胸签：Dora 。见到蒋璃后，她声音很甜地道："夏总监你好。"

她点点头，问："刚刚从总经理办公室里出来的人是陈瑜？"

"是，陈小姐每天都会来陆总办公室一趟。"

"做什么？"蒋璃不解。

Dora 笑了笑："陆总有洁癖，陈小姐怕保洁阿姨每次打扫完办公室都会留下清洁剂的气味，所以会再来清除一遍室内的味道。"

"她可以随便进出？"

"是，她是集团的调香师，这也是她的本职工作。"

蒋璃若有所思，想走，但总觉得心里不安，也不知道这份不安出自哪里。她说："我能进去看看吗？"

Dora 闻言有些为难："陈小姐能进出总经理办公室是当初陆总批准的，现在陆总不在，又没有明确的批示……"

蒋璃轻轻敲了两下桌面："Dora，我现在是陈瑜的领导，我来检查她的工作做得是否得当有什么不对？我先进去，你随后可以打电话跟你们陆总汇报情况。"

Dora 听她这么一说就放心了，忙不迭地为她开了门。

这是蒋璃第一次进陆东深的办公室。巨幅弧形落地窗，几乎能将大半个北市城的繁忙踩在脚下。

办公室里很干净，干净得让人一看就是处理公事的地方。蒋璃瞅了半天才恍悟不对劲的地方，就跟在沧陵天际他下榻的房间一样，没铺设地毯，只有冷硬的黑色大理石，异常光洁。不见跟公事无关的装饰摆件，换句话说，一丝生活的味道都没有。办公桌上签字笔摆放整齐，办公桌后是整排书架，大抵都是跟商业、金融有关的书籍资料，各种语言的。

蒋璃瞅得仔细，书籍分门别类得要命规整，剩下几排的就都是厚厚的文件夹，密密麻麻却也按照时间逐一收纳。

休息室的门没锁，看样子，陈瑜刚刚也进来了这里。就是一个开间的面积，衣帽间和卧室没打隔断，这倒是令蒋璃有点受宠若惊，她的休息室都有他的两个大了。

但仔细一品，他的办公区有她的两个大。

看来杨远所言非虚，陆东深这个人对睡眠环境远没有对办公环境严苛，他是没时间睡还是睡不着?

她打开衣柜。

衬衫不少，颜色从浅及深一字挂开，然后再是西装等外套、裤子等，清一水的商务装。她拉过一件衬衫的衣袖闻了闻，想了想，又闻了闻其他衣服，都是同样的气味，极淡，好闻。

床上是酒店式的白色床单被罩，她闻了一下，阳光的味道。

浴缸挺大。

蒋璃放了放水，接了一捧在手心里，也闻了闻，目光又落在洗漱用品上，竟不是陆东深自带的，而是一次性的，都出自天际酒店。在沧陵时蒋璃也用过，所以她的视线很快撤了回来。可想了想，又将浴液、洗漱用品、牙膏等包装都拆了开来，逐一闻过，若有所思。

休息室是最隐私的地方，蒋璃最后确认了一下后就退了出来。

经过一圈环视，蒋璃简单总结出陆东深的毛病：洁癖、强迫症和严重失眠。

办公室不见一丝灰尘，挺可怕的一件事。

无论是衣物还是床上用品都有极淡的薰衣草、洋甘菊气息，却被木质气遮掩。

蒋璃用手指滑了一下桌面、沙发扶手等位置，闻了闻手指，同样也是薰衣草和洋甘菊气味，但已经极淡了，还是被木质气分解。蒋璃闻了下沙发上的靠垫，除了本身的皮革味外就是木质气。木质气不难分析，由侧柏、杜松和长叶竹柏组成。

由此蒋璃就有了大致的判断。

应该先是负责办公室的保洁人员用带有薰衣草和洋甘菊气息的清洁剂给房间做了清洁，然后陈瑜再用调配好的清洁水稀释薰衣草和洋甘菊的气味。

木质气绵长持久，对于淡化前味有很大的作用，这也是很多香水中木质香作为尾调的原因。

薰衣草和甘菊都有镇静的作用，可很显然，陆东深对这两种花香不是很喜欢，所以，陈瑜在保留了清洁剂的清洁功能外，用木质气对花香进行淡化。

侧柏枝叶可入药，种仁可养心，从种仁的主要成分中提取出 α－侧柏烯可促气味纯粹，更有安神功效；从杜松的主要成分月桂烯、金合欢烯、石竹烯中进行提取做出的气味也有放松肌肉的作用；而长叶竹柏味苦性平，气味清雅，与其他两味相掺，起到中和嗅觉的作用又不喧宾夺主。

无论是清洁剂中的薰衣草和甘菊，还是陈瑜后来使用的木质，其作用都昭示着陆东深的睡眠极弱。

可让蒋璃不解的是，既然陆东深不喜欢薰衣草和甘菊这类花香，那清洁剂里除掉这些气味只保留清洁功能不就行了？想要促进陆东深的睡眠，何不都改成木香?

蒋璃双臂交叉于胸前站在办公区中央，目光巡视着房间里的每一寸，最后，视线落在办公桌上座机旁的烟盒上。她上前将其打开，里面码放着十二支香烟，抽出一支闻了一下，不陌生，陆东深曾在沧陵天际酒店的酒吧里抽过。点燃，里面特制的气味徐徐而来，是她那晚闻见的。

气息如游丝钻进蒋璃的鼻腔，空气里还浮荡着已经所剩无几的薰衣草和甘菊气。突然，蒋璃将大半截烟摁灭在光洁的烟灰缸里，又闯进了休息室，径直进了浴室拿起那支浴液，重新闻了一下，又闻了闻洗脸皂……

霎时，她的脸色变了。

/ 第三章 /

气味是良医，又是隐形杀手

周三，午餐时间刚过，蒋璃就接到了行政处电话，通知她到大会议室开会。

一进会议室，她竟是来得最晚的一个。

会议桌的正中央，陆东深正襟危坐。

在撞见他的身影后，心脏竟不经意地撞了一下，蒋璃一时间站在会议室门口忘了进来。

还是陆东深看见了她，被她的样子逗笑，示意了下全场唯一的空位置：“坐吧。”

陈瑜也在场，她接过秘书端来的茶水放到陆东深面前，抬眼瞅了蒋璃一下，没做任何表示。蒋璃顶着众目睽睽朝着空位置走去，经过陈瑜身边时，茶水的浅香也钻了她的鼻腔。

她止步，又折了回来。

在陆东深的注视下，蒋璃将怀里一直抱着的文件夹递给他：“这是 H 品牌的气味分析图样。”

陆东深伸手来接，蒋璃顺势松手。

这一接和一松手间就有了空当，文件夹掉落，桌上的那杯茶也挨着文件夹的一角被打翻在地，会议室没铺地毯，杯子应声而碎，一时间惊讶四座。

陈瑜惊呼。

陆东深扫了一眼被茶水溅湿的裤脚，抬眼看着蒋璃，似无奈地说了句："看来，我还真得斟酌一下铺地毯的必要性。"

蒋璃笑得有点尴尬。

倒不是因为陆东深这刚回来她就洒了他一裤子水，他的话，外人许是听不出端倪来，她却想起在他怀里醒来的那天早晨，他揶揄地跟她说，作为天际酒店的老板，他很抱歉让她住进一个没铺地毯的房间。

据后来陆东深说，那晚她掉地上好几次，怪不得她醒来总觉得腰酸背痛。

陈瑜在旁不高兴，但也没表现得太过明显，轻声说了句："还是回休息室换一下吧。"

陆东深也着实没有湿着裤子开会的习惯，别说他向来注重仪态仪表，就单拿他的洁癖症作祟都无法在椅子上多坐一秒。他跟大家道了个歉，便暂离了会议室。

秘书很快收拾了一地残碎，准备离开时蒋璃叮嘱了句："给陆总再备杯白开水就行。"

杨远主持了会议，暂代陆东深听报告。

陆起白一如既往地矜默，偶尔给出意见却是一针见血。

陈瑜是挨着蒋璃坐的，市场部总监在汇报各项数据时，她压低了嗓音问蒋璃："你什么意思？"

"什么什么意思？"

陈瑜说："手滑打翻茶水这种事怎么看都不像是你做事的风格。"

"还真是手滑。"蒋璃皮笑肉不笑，"另外，我做事什么风格连我自己都不清楚。"

陈瑜被噎得半天说不出话。

很快，陆东深返回会议室，衬衫西裤始终一丝不苟。秘书尚算听话，果真给他端了杯白开水来。陆东深扫了一眼杯子，没多说什么，目光只是在蒋璃的脸上落了一落然后继续开会。

有他在的会议室，充斥着紧张气氛。这是蒋璃第一次看见他开会时的样子，惊诧于他的心思缜密。天际集团旗下产业繁杂，除了酒店、大型商超外，还有子公司、子品牌遍地开花。每一项业务汇报下来，光是听着就很头大，至少蒋璃这么认为。

于是，她拄脸瞅着陆东深的脸开始神游太虚。

这会议室里充斥着多种多样的体味，别人闻不出来，但逃不过蒋璃的鼻子。陆东深不仅是换了裤子，就连身上的衬衫也换了，十分符合他强迫症的特性。清冽的木质，是她在他办公室里闻到过的气味。

她的心口紧了紧，脑子成筛子，一遍遍仔细过滤筛查。可越是筛查越是确认她就越是后背发凉，这世上怕是没有比气味更能影响人的东西了，悄无声息间，能治愈一个人，也能杀了一个人。

是良医，又是隐形杀手。

大多数人对气味存在的概念只局限于好闻或不好闻，因为在多数人眼里，气味更多的是生活调剂品，而蒋璃与气味为伍，恰恰是知道气味存在的意义，所以此时此刻她才脊梁骨阵阵寒凉。

有能用气味治病的人，必然就有用气味杀人的人。

是谁？

陈瑜吗？

还是……

正想着，就听见有人在唤她。

蒋璃蓦地醒过神来，唤她的人是杨远，正皱着眉盯着她，还有全场的目光都落在了她身上，包括陆东深。许是见她刚刚一直在盯着自己发呆，陆东深落过来的目光略有笑意，饶有兴致。

相比杨远，陆东深倒是挺有耐性，替杨远重复了一下刚才的问题："关于H品牌旗舰店的空间气味构建上，你还有其他要补充的吗？"

蒋璃其实在会议的后半段基本上都处于游离状态，压根就不知道他们在谈论什么，但陆东深很聪明，在询问上将问题说得清楚明白，让她也不至于一头雾水，但也意味着她开会时神魂出窍的状态陆东深是看在眼里的。

人前示弱绝不是蒋璃能做出来的事，她面不改色心不跳："我需要出现场，然后会根据H品牌的目标受众出一套气味构建方案。"

"要尽快出方案。"陆东深叮嘱了一句。

"没问题。"蒋璃说到这，顿了一下。

陆东深心明眼亮："还有什么问题？"

蒋璃思量少顷，却也没想出合适的托词，干脆就开门见山："我需要重新调整一下天际集团及旗下酒店、大型商超涉及的所有日用品的配方比。"天际集团有自己的供应商，所使用的日用品也都出自自家供应商，这是在沧陵部国强昏迷事件发生后蒋璃就知道的事，这些日用品的配方都要经过集团总部的严格审查方才投入生产。

她提出的这个要求不算过分，毕竟现在是由她全权负责大中华区所有产品的气味审核及开发工作，但从另一个角度来说，她的要求又相当于推翻了之前的配方，换句话说，她要推翻季菲多年来的研究和方案。

所以，她的话音刚落，在场的人就开始狐疑，尤其是陈瑜。

陆起白也没料到她会有这个要求，微微侧身看她，眼里倒是有了一丝意味深长。

陆东深若有所思地看着她。

杨远开口了："理由是什么？"

蒋璃不紧不慢地回了句："我不喜欢里面的气味。"

这个理由甩出来让全场人皱眉，杨远更是不悦，刚要发作，陆东深说话了："这个工程量不小。"

"没有金刚钻不揽瓷器活。"蒋璃轻描淡写，"季菲的领域我不去碰，但属于我的工作权限季菲也要让出来。"她知道，这话会让全场人听了不舒服，因为怎么听都像是在跟季菲隔空争权。

果不其然，全场开始窃窃私语，杨远压下众人议论，转头对陆东深说："如果只是出于个人喜好，我建议不要动，会惹出不必要的麻烦。"这算是杨远在会议期间说得最重的一句话。

一来指责了蒋璃的感情用事；二来暗指了总部那边季菲会有意见，所谓的不必要的麻烦，无非就是女人间的暗斗。

蒋璃又不傻，自然听得出，她双臂交叉靠在椅背上静等陆东深的决定，现在谁的意见都不重要，重要的是陆东深愿不愿意看着即将平静的局面被打破。

陆东深作为天际的负责人，又被总部董事会死盯，但凡行差踏错一步都会身陷囹圄，所以杨远的提议不无道理。可陆东深看着蒋璃，平静地问她："你想好了？"

这句话信息量不小，蒋璃暗自深吸一口气，点头："是。"

"好。"陆东深微微颔首，"只要你想好了，那就去做吧。"

一场会开得劳心劳力。

直到蒋璃在洗手间里待了足有二十多分钟才总算缓过来，正要推门出去，就听洗手池那头有人在说话。

"听说在会上陆总给夏昼开了绿灯。"

"秘书处那边说，陈瑜是红着眼睛从陆总办公室里出来的，看来开绿灯这件事是真的。那个夏昼挺厉害的啊，刚来公司就把陆总迷得失了理智，我还以为陈瑜是陆总的女朋友呢，也不知道陆总这是移情别恋还是脚踏两只船？"

然后，第三个声音插了进来："我是道听途说了一些事。"

"什么事？说来听听。"

"都说现在的夏昼不是夏昼，是沧陵的蒋璃，听说沧陵有人为了她都能豁出命去，现在又轮到咱们陆总了，你们说她是不是真会什么邪术啊。"

"我好像也隐约听到过这种传言，不过你说的现在的夏昼不是夏昼，这是什么意思？"

"你们入职晚，又对气味这行不熟悉所以不知道，以前真有个叫夏昼的人，属于闻术界的扛把子，但那个人挺神秘的，很少露面，后来就离奇失踪了。我刚才的意思是，咱们陆总是让蒋璃顶了夏昼这个名字在公司里就职。"

有人提出质疑："说不准她就是夏昼呢？"

一阵沉默，许是这个说辞有点大胆，是其他两人都没想过的事。

蒋璃大大方方推门出来，走到洗手池旁，手一伸，水龙头哗哗落水，顺势扫了一眼镜子，没记错的话，那三人中有两个是行政部的，一个是品宣部的。三个姑娘没料到会在这里撞上蒋璃，一时间尴尬得很。

还是品宣部的姑娘机灵，隔着镜子跟蒋璃问了声好，然后擦了手同其他两人发了牢骚："你们就好了，下班直接回家，我一会儿还得伺候祖宗去。"

蒋璃认出她的声音，就是提及她是蒋璃的那个姑娘。

其他两位顺水推舟，问她出什么事了。品宣部的小姑娘说："商川啊，在圈子里脾气好是出了名的，今儿剧组里的一新人碰坏了青衣行头里的发钗，惹得他暴跳如雷，停了一下午的戏，我得去做思想工作啊。"

蒋璃这边已经洗好了手，方才想起会上提过环嘉正在投拍一部剧的事，请来的男主角正是目前炙手可热的商川。听说环嘉为了能请到他费了九牛二虎之力，也怪不得一出事品宣部就都头疼得要命。

三个姑娘也不过就想借个由头找台阶下，刚要离开就被蒋璃叫住，暗暗叫苦。蒋璃悠哉地靠在洗手池旁，对那位质疑陆东深脚踏两只船的女孩说："平时喜欢吃菠萝蜜吧？"

女孩一愣，然后点头。

"菠萝蜜是湿热水果，你体又热，这就是你脸上容易起闭口痘疮的原因。"

女孩"啊"了一声，照着镜子摸着自己的脸："真的呀？那我以后再也不吃了！"

蒋璃又看向说她就是夏昼的那位姑娘："你容易腹泻吧？胃也经常疼。"

女孩连连点头，求救："夏总监，我肠胃可脆弱了。"

"平时没事的时候吃点无花果，配合昙花的精油熏香可以调节一下。"

"那我呢？我有什么问题夏总监？"品宣部的姑娘急忙问。

蒋璃的目光落在她脸上："你？"她调整了一下站姿，笑了笑，"你不用熏香，去中药店买些紫茉莉的叶子回家泡水喝吧。”

“有美容的效果吗？”品宣部的姑娘问。

“也算是吧，活血解毒嘛，硬是要往脸上用的话，可以将紫茉莉的种子胚乳晒干研细制成香粉用。但让你用紫茉莉的叶子泡水，是为了治疗你的痔疮，这才是当务之急吧。”蒋璃说完这话将手里的纸巾准确无误扔进废纸箱，转身离开。

品宣部的姑娘臊得满脸通红。

回到办公室，蒋璃心里堵得慌，抓起手机，想了想发了条朋友圈：心情也能影响体味，明朗芳香，阴郁酸臭。心情好的途径是什么？吃！通过食物来填充味蕾，至少丰富了体味。

没一会儿，竟有了两百多个赞。

这是她新的手机号，更像是个工作号，因为上班第一天她的微信就被同事们传开了，所以朋友圈里都是同事。正要放下手机，就见又蹦出来一条赞，一看，这个赞竟是陆东深给她点的。

手一滑扔了手机。他怎么有闲心看了朋友圈？

快六点的时候蒋璃才燃起了斗志。孤家寡人的好处就是不用急着回家，工作岗位随时都是遮掩下班后孤苦无依的避风港。

办公室的门被推开，有人进来了。

蒋璃以为是茱莉，头也没抬：“我今晚准备加班，你先走吧。”

头被人摸了一下，像是在摸宠物狗，伴着头顶的轻笑。

蒋璃一个激灵抬头，竟是陆东深。

视线微微一偏移，瞄到了茱莉仓皇逃窜的身影，就像是看见了不该看到的事一样。

陆东深手一伸合上了她的电脑：“走吧。”

“去哪啊？”

“不是心情不好吗？”陆东深将外套披她身上，“带你去吃好吃的。”

晚餐的地方没有高楼林立，藏匿在老城区的胡同里。

两扇朱漆大门隔开了季节，门外是尚冷的春夜，庭院内已是暖风拂面。在北市太多藏在深巷里的美食，但费心找过来的绝对就是有心人。

蒋璃收到了份挺不错的礼物。之所以说不错，缘由是她一眼看过去觉得挺有眼缘，不花哨。

一条项链，链坠是枚玉石，式样很像平安扣。看似很简单，甚至说没什么设计，可那玉石一看就是有年头的，润得哪怕像她这种外行人都能看出是极好品质。有些东西光鲜但不经琢磨，有些东西简朴但受得住端详，这条玉石项链就是后者。尤其是玉心处有红色纹路，那纹路一看就是天生天长，竟形成了一枚白兰花的图案，着实罕见。

陆东深亲自给她戴上。

送镜子上来的是个女服务生，看她时眼神里多了不少羡慕，眼睛瞄向陆东深后脸就红了。蒋璃看着镜子里的自己，有种自己也脸红了的错觉。

陆东深的动作并不娴熟，甚至说有点笨拙，好不容易扣好了链扣，他微微侧脸看着她问："喜欢吗？"

镜子里，他修长的手指落在她的脖子上，指间温热，她却觉得像是被烫了似的。玉石着实漂亮，她点了头，道了谢，然后问了很关心的问题，"是不是很贵？"

陆东深见她喜欢也就放心了，回到椅子坐下，拿了餐刀，慢条斯理地说："不贵。"

菜做得精致。

陆东深吃得不多，更多时候是看着她吃，她也没觉得不好意思，更没有其他姑娘扭捏的姿态，最后在吃到甜品轮的时候终于忍不住问："除了闲聊咱们能说点别的吗？"

"闲聊才是男女间增进了解的途径，也是约会的必要体现。"陆东深总结了句。

"约会？"蒋璃怔了怔，算是约会吗？将叉子一放，她拿了餐巾纸擦擦嘴，"约不约会的咱先放一边，陆东深，你不想问我真正的原因是什么吗？"

"什么真正的原因？"

蒋璃直截了当："改配方的事。"

陆东深开车没喝酒，拿了杯子抿了口水，浅笑："不管理由是什么，我相信你是出自深思熟虑的。"

蒋璃没料到他会这么说，在她认为，以他的聪明绝对不会看不出她是故意打翻茶杯，否则在秘书给他端上那杯白开水时他就不会意味深长地瞅了她一眼。

"你现在想说吗？"陆东深轻声问她。

蒋璃略有思索："有些事还不能完全肯定，所以，我不知道该怎么跟你解释。"

"你想说的时候随时都可以来找我。"

蒋璃抬眼看他："陆东深，其实你明白我的担忧，对吧？"

陆东深嘴角的笑收敛了少许，拉过她的手于掌间把玩，眸光沉亮。他在她面前肃了神情的时候不算多，哪怕是在冬祭那天她逼着他喝下那杯酒，他也都是嘴角含笑地问她一句"满意了吗"，所以她一时间也忘了抽手回来。

他说："囡囡，你要知道，不管是在陆门还是在商场之上，想无声无息要我性命的大有人在。"

蒋璃倒吸一口气，手指一颤。

陆东深却又被她逗笑，拉了她微颤的手指送至唇边："吓着你了？"

男人炙热的唇息落在她指尖，可她心头依旧寒凉。她看着他，莫名就心疼了。果真他是想到了，可这么沉重的事他说得风轻云淡，是真的不怕死吗？许是只有经过人性悲凉，他才会在得知有人害他后这般平静。

冷不丁地想到陈瑜说过的话，她说，第一次见陆东深时他浑身是血……

"我是有点怕，气味这种东西一旦被打上了居心叵测的标签，就会变得跟人性一样复杂可怕。"蒋璃坦承地说。

陆东深手肘抵着餐桌双臂交叉："我倒是有点高兴。"

高兴就高兴，还有点？蒋璃迟疑："这话怎么讲？"

"'担忧'这两个字用得不错，说明你开始关心我了。"陆东深一挑唇。

蒋璃恍悟，敢情一本正经下还藏着戏弄呢，将餐布攥成团朝着他就扔过去："我在跟你说认真的呢，你倒好，完全不当回事啊！"

陆东深笑得爽朗，接住餐布，少顷，放到一边说："我是有失眠的毛病，很严重，但这个毛病是在很早之前就有了。"

那一年南深被绑架，陆家上下陷入惶惶，他成宿成宿地担忧焦急，最后南深回来了，他却失去了睡眠。

蒋璃闻言一愣，不是后天影响？寒意又似袭来。

"如果是这样，那对方的意图更可怕。"她说。

陆东深看着她，这一次倒是认真了："所以，把我交给你，如何？"

蒋璃低眼不去看他，咬着吸管，故意四两拨千斤："既然我任职陆门，那顺带管管你的事也不是不可以，否则我今天就不会提出调整配方，还隔空把季菲给得罪了。你放心，跟工作有关的事我不会怠慢。"

陆东深将她的小心思看在眼里，心知肚明她是能装傻就装傻。

他朝后一靠，清清嗓子："我的意思是，从今以后我的起居生活等等这些你都要管。"

蒋璃差点咬了舌头，这一次不再遮掩情绪，目光不悦地甩了句："不管。"

她又不傻，自然听得出他更深层意义上的邀请，她顾左右而言他就是想告诉他一切不过就是她的职责所在，这男人听不出好赖话是吧，换作别人也能听出她话里的意思不再纠缠了才对。

陆东深忍着笑，手指摩挲着杯沿："做人不能恩将仇报吧？"

"我什么时候恩将仇报了？"蒋璃听着这话觉得是六月飞雪了，她恩将仇报？气味是她的专长，可人心叵测尔虞我诈不是她所擅长吧，今天为了他的事，她脑浆子都快飞出来了。

陆东深不紧不慢地说："有很多事我就不一笔一笔跟你算了，咱们单说祈神山上没我在的话，你死过不知多少回了吧，所以我也不多算，就当你欠了我三次。刚刚是我提的第一个要求，你应了我，就算还了我一次了。"

蒋璃脑筋转得快，呵呵了两声："据我所知，跟你上山的女人叫蒋璃吧？我是夏昼，陆总你忘了？是蒋璃欠了你的，你找蒋璃要去啊。"

陆东深手里轻轻转着水杯，不怒反笑："聪明啊，用我的话来堵我的嘴。"

一顿饭竟吃了三个多小时。

蒋璃一直觉得她跟眼前这个搅得沧陵一团乱并趁机得利的男人没有太多话题，可一顿饭聊下来，她知道了他平日里的时间分配，知道了他喜欢吃什么不喜欢吃什么，知道了他其实跟她一样喜欢出入无人之境，越是险要之地就越是向往。

他说，只有充分去体会天地间的大开大合，在面对人性争斗时才不觉得悲凉。

这期间他的手机响了很多次，能在餐桌上简单解决的他就解决了，十分果断。

就这样，陆东深一直将她送到家门口。

蒋璃开了门后倚在门边，慵懒地说："今天谢谢你的晚餐啊，改天我做东回请啊。"

陆东深也没急着离开，一手搭在门框上，离她很近，走廊的光影投下来，他的身影就罩在她身上。他沉笑："改天是哪天？"

一句话问得蒋璃一愣。不过就是句客套话，他还当真了？

见状，陆东深笑得爽朗："真心回请也别择日了，今天也行。"

"今天？你要干吗？"蒋璃警觉。

陆东深抬手，修长的手指轻轻敲了敲她悬在脖间的玉坠子："口渴，进门讨杯水喝。"话毕径直而入了。

蒋璃气归气，但想着一来人家是自己的顶头上司，二来出手不打笑脸人，也就忍了，倒了杯水到客厅，见陆东深甚是悠哉地坐在沙发上，心想着还真反客为主啊。

上前将水杯递给他："送人礼物还得想着讨回点利息，陆东深，你说这算不算是堂而皇之耍流氓？”

陆东深接过水杯时却顺势用了点力气，蒋璃没料到他会这么做，身形一晃，他长臂一伸圈住她的腰，水杯被他搁到茶几上，紧跟着将她压在身下。

“既然蒋璃的三次债我讨不到了，那就说说夏昼。”

蒋璃怔愣。

陆东深很满意她的反应，手指摩挲着她的脸颊唇角：“小姑娘嘴皮子厉害很容易吃亏，从在警局里捞人的那刻起，不少人都知道夏昼是我的女人，所以，就算我对我自己的女人耍流氓也不为过吧？”

蒋璃忽而窒息了一下，然后气促气短。

他压得太近，嗓音沉沉的像只钩子，勾着她那颗卡在喉咙里的心一直悬着。

他的唇形性感，会让女人心甘情愿沉浸于一场忘我的风月里。明明就是个危险的男人，明明就是个轻易碰不得的男人，可他眼里的风情、身上的气息都成了诱惑的鸠毒，忘情地饮上一口，宁可抱着醉生梦死身亡。

仅存的理智不停拉扯，蒋璃开口，气息短得要命：“你别乱来。”

陆东深从没这样端详一个姑娘，心从没这么慌过，意从没这么乱过，明知道这是轻薄这是无礼，却忍不住逗弄她。

“乱来？是这样吗？”话毕，他低头吻上了她的唇。

这一次跟醉酒无关。

也跟惩罚她说错话无关。

只关乎太美的夜色，也只关乎男女之间最纯粹的吸引。

蒋璃也圈住了他的脖子。

有一种情感在迸发。

对于蒋璃来说，这种始终被她摁着的情感熟悉又陌生。她也经历过一次情感，来自左时，他慢慢地揉进了她的生活里，成了她赖以生存的源泉。那情感跟此刻的多像，可不像的是，陆东深闯入她的世界大开大合，不给她喘息的机会。

似烈火，熊熊燃烧。

这种情感的来临让蒋璃感到既陌生又害怕。

所以，当陆东深炙热的长指烫了她的脊梁时，当她明显察觉到男人的身体起了变化时，蓦地将他推开。

结束了情感恣意的荒唐。

一时间，两人都有些尴尬。

她朝后蹭了蹭，跟他隔开了一人的距离，清清嗓子："那个……行吧，不就是欠你三次吗？还你就是了。不过说好了，你不能借机得寸进尺，提出些不合理的要求，我负责你所在的起居环境，可不是你的保姆。"

说话逻辑倒是缜密，这令陆东深有点挫败感，看得出她是有心躲他。他压了压奔腾的欲念，看了她许久，说："好。"

"在负责你之前，你得先跟我说清楚一件事。"蒋璃蜷起双腿，胳膊环住，"你究竟有几个好妹妹能随意进入你办公室啊？"

"好妹妹？"

蒋璃翻了下白眼："我的意思是，除了你的情人陈瑜，还有谁能像走城门似的进你办公室。"

"景泞和秘书助理。"陆东深慵懒地靠在沙发背，手臂往沙发扶背上一搭，"除此之外，任何人进入都需要通报。"

蒋璃一听他这么说，心口就压了点火，瞅着他那条胳膊怎么瞅怎么不顺眼，抬手就掐了一下，陆东深哪会料到她突然人身攻击，吃痛，弹开手臂："祖宗，我又怎么得罪你了？"

"既然从今以后你让我负责了，陈瑜进出你办公室的权利就要收回。"蒋璃说到这又解释了句，"其他人我管不着，毕竟陈瑜是调香师。"

陆东深："好。"

蒋璃觉得他太好说话了，忍不住问："我限制了你情人陈瑜的权利，你不会在背后给我穿小鞋吧？"

陆东深冲她钩了钩手指头："你过来。"

"有话就说。"蒋璃生生把后半句咽下去。

“你刚才把我给掐疼了，给我揉揉。”

蒋璃心里万马奔腾，抿抿嘴：“陆东深，咱们就不能说点正经的吗？要是实在唠不出正经话那我就送客了啊，都几点了，你有失眠的毛病我没有啊。”

陆东深忍着笑：“行。”

她眼前一亮，这是要离开的节奏吧。

紧跟着他话锋一转：“那咱们就说点正经的。”

蒋璃恨得咬牙切齿，说话带这么大喘气的吗？

“首先，我这个人不喜欢睚眦必报，别人若是得罪了我，我会直截了当裁了对方的生路，背后给人穿小鞋这种事我做不出来。”

夜色下的陆东深慵懒得性感，但这番话说出来干脆利落，让人脊柱发凉。“其次，是谁跟你说陈瑜是我情人？”

蒋璃的大脑有瞬间的短路，但很快就接回来：“全集团上下谁不知道这件事？而且我眼睛又不瞎。”

“来，那我看看你的眼睛。”陆东深玩心又起，一个沙发再大能有多大，他长臂一伸就把她给扯过来，她要挣扎，他就箍住了她的脸，笑道，“再乱动我亲你了啊。”

蒋璃就不动了。

他满意地抿了抿唇，手指摩挲了她的眉骨，这一次语气认真：“有时候耳听为虚，眼见也不一定为实。你想辨别真假，不能凭耳朵或眼睛，要靠你的心。”

像是顾左右而言他，可蒋璃竟觉得他已经解释了与陈瑜的关系。

“我只相信我的鼻子。”蒋璃轻轻将他推开，这一次他放了手。

“在清洁剂的气味添加里，甘菊和薰衣草的混合的确能让人安神，你不喜欢这类花香，陈瑜就选用了带有侧柏、杜松和长叶竹柏这类木质香为主的除味剂。她选用的除味剂也没问题，这三种植物气味的确也可以松缓神经。

“但是除了侧柏、杜松和长叶竹柏这三道主香外，除味剂里还有一道强心草的气味，强心草是长在石崖缝隙里最不起眼的一种无根草，像是空气凤梨一样哪怕不接触土壤也能在空气中存活。

“鲜少有人会用到强心草，因为量少难采集，强心草本身味淡，可具有强大的分解气味的功效，用在除味剂里会迅速对清洁剂中的薰衣草和甘菊香进行干预，同时能弱化除味剂中的三味木质香。换句话说，目前所使用的除味剂和清洁剂，里面的味道对安抚你的神经甚至促进你的睡眠没有太大帮助。”

既然想管他的事，她觉得还是将事情原本说清楚的好，哪怕有些只是她的猜测。

陆东深若有所思：“但你怀疑的不单单是这些？”

“是，如果只是从清洁剂和除味剂的气味相克来看，都不足以对你产生影响，但是，你的香烟有问题。”蒋璃拉过个抱枕抱在怀里，一手拄着脸，胳膊肘抵在抱枕上。

“香烟？”陆东深想到办公桌上的那盒定制烟草。

“嗯，可能是某个人太渴望得到你了，又或者想要投其所好，所以给你定制烟草的时候加了能催情的依兰，不过量很少，只会让你心悦，心性坚定的人不会受其影响。还有味香的肉蔻，也算是比较暧昧的气息，除此之外还有胡椒提取味，使整支香烟燃烧起来气味甘烈。”蒋璃嗤笑，“当然，我重点说的不是对方想要通过香烟让你的生活多点情趣的问题，我要说说香烟里的胡椒。”

陆东深之前抽那款烟的时候是觉得气味馥郁，余味硬朗，可后来他就一直抽市面烟草了，许久没碰那盒烟。

“胡椒……不是调料吗？”

“胡椒的用途很大。”蒋璃拄脸拄得也累了，头一歪靠在沙发靠背上。

“胡椒在中世纪的时候被称为黑金，最开始是用来治疗黑死病的，后来才被广泛用于菜肴，但实际上直到现在，胡椒也是最好的解充血剂，用作治疗呼吸系统疾病很有效，尤其是哮喘。你烟里的胡椒提取剂原料如果没分析错的话应该是产自印度南部的胡椒，气味纯烈，用在香烟里的好处，一是可以缓解过多吸入烟雾后形成的呼吸疾病，二是与依兰和肉蔻相融合时气味硬朗，更适合男性。这种特制的烟本来也没什么，充其量就是显得给你做烟的人有点野心罢了，可胡椒提取物一经燃烧所散发的气息一旦跟强心草的气味相撞，那性质就变了。”

蒋璃盯着陆东深一字一句：“两者气味结合会形成一种叫作石蒜碱的有毒成分，长期吸入，不但会使人神经衰弱，更会导致人体功能衰竭而死。”

陆东深一怔。

“有一种叫作仙茅的中药不知道你清不清楚，古人常说仙茅久服长生，其实并不对，仙茅少量使用的确能够提升体内精血助长阳气，但过量或久服就会中毒身亡，原因是仙茅里就含有石蒜碱的成分，在体内积累过多会毒发身亡。只要你在办公室里抽定制烟时，烟雾就会跟空气里残留的气味形成石蒜碱成分，这成分会在你体内沉淀。哪怕是你后来不吸烟了……”

陆东深见她稍有迟疑，语气微肃：“说下去。”

“休息室里的浴液和面皂里也都有薰衣草的气味，薰衣草少量可助眠，但气息浓郁的话反而会让人失眠，再加上里面添加了龙葵的精油成分，龙葵从某种程度上来说跟胡椒的作用相同，都能提升气息的硬朗性，但在激发兴奋神经上又强过胡椒，所以，定制的烟你可以不抽，但浴液和面皂这些你会用，一用，龙葵的气味就会取代胡椒，还是会形成石蒜碱。刚一开始我怀疑是有人故意造成你失眠严重神经衰弱，现在想想并不是这么简单，既然你的失眠是早年就有的，那对方的目的就是人身伤害了。”

陆东深起身踱到窗子前，沉默少许，摸出支烟叼在嘴里，刚要点又拿开烟，转头跟蒋璃示意了一下：“介意吗？”

蒋璃摇头。

陆东深转身将窗子敞开一条缝，点烟时脸微微一偏，烟雾弥漫，他眯了眯眼，然后看着窗外夜色不语。

“没人会重视气味间的影响，但实际上，你的办公室就是典型相生相克的气味场。清洁剂、除味剂、香烟、浴液、皂类这些，随便哪样单品来看都没问题。但气味一挥发就有了致命点，除味剂中的强心草与香烟里的胡椒或浴液中的龙葵相冲产生石蒜碱，石蒜碱又刺激清洁剂和浴液中的薰衣草气味。”蒋璃拿了只橘子在手，将整皮剥下，起身到他身边。

“气味一环扣一环，如此精细的打算人为的可能性最大。此人心思缜密，哪怕这气味的问题真被查出来，那顶多就是会查到引发失眠，真要是像我说的冲着人命去，那背后之人也能轻易脱身，因为这些用品里所有的成分都是无毒的。检测机关检测时都以切实成分为主，气味相冲未必能查出来。”她将橘子皮推到他面前，充当烟灰缸。

陆东深弹了下烟灰，转头看着她。

幽暗的光影里映出她小小的身影，可所说的话让人后背发凉。在会议室里只用了个蹩脚的理由来驳斥杨远，不懂她的自然会觉得她嚣张跋扈不可理喻，但他懂她，在面对专业问题上她向来都不是四两拨千斤的人，所以不说，必然会有道不出口的理由。

现在他明白她的担忧。

气味相生相克间着实复杂，很难检测，怕是惹得一身骚。别看她平时随性大咧，经过沧陵，陆东深知她实则心思七窍玲珑，论谋略和胆量都不输给男儿，所以，他能想到的她自然也都能想得到。

“我不知道你以前经历过什么，但气味相克能杀人于无形，这比明刀明枪来得还狠毒。”蒋璃轻声说。

陆东深的目光落在指间的香烟上：“气味相克，杀人于无形，我领教过。”

蒋璃一颤。

“所以我才更需要你。”陆东深抬起夹烟的手，摸了她的头，他没笑，唇角的弧度也是严肃，“但不意味着将你推进火坑，囡囡，我会护你。”

蒋璃没由来地一窒，她竟害怕他这么说，曾经，谭战也说过这话。

“我会护着我自己。”

陆东深笑了，将大半截烟戳灭在橘子皮里：“怎么护着？凭着一把芬兰刀吗？陆门水深，没那么简单。改配方看上去是小事，但牵动的利益线层层叠叠，所以在会上我问过你，你想好了吗？”

“我从来都没认为这是件简单的事。”她动的何止是季菲的利益？先不说季菲在陆门里拉拢了多少人脉，单拿她背后的闻术协会想碾死她蒋璃都是易如反掌的事。

陆东深眼里是黑魆魆的光："所以只要你想好了就去做，我会尽量给你铺路。一旦气味都被人利用成工具的话，那受到影响的何止是我一个人？"

蒋璃明白了。

不经意想到部国强。

心头沉甸甸的，压得紧，又无处将这份沉重安放。

"我会尽快给出配方调配方案，只是毕竟实验室有限，在时间上会耽误些，前期还是要以清除石蒜碱为主，你长期失眠，我再想想其他配方。这段时间茶水就不要喝了，尤其是你那个情……"蒋璃说到这改了口，"尤其是陈瑜给你备的茶，茶本身就让人睡不着觉，而且你体内一旦有石蒜碱成分的沉积，就会在茶碱的影响下加重。"

陆东深靠在窗子旁："好。"

蒋璃也学他的姿态，靠在窗子旁，双臂交叉于胸前："这段时间你以白水或柠檬水为主吧。"想了想又道，"算了算了，你入口的东西我来调吧。

陆东深一听："行啊，有你把关，我有什么不敢吃的。"

"定制款香烟的好处就是防止尼古丁过量，我给你配吧，不过你得先告诉我你喜欢哪种气味。"

陆东深看着她："你身上的气味。"

"那可千金难求啊。"

"不难求。"陆东深笑看着她，"把你留在身边就够了。"

一句话说得蒋璃心跳加速："那我得要求加薪。"

陆东深浅笑："好。"

等送他出门的时候，蒋璃不知怎的就有了私心，其实她还想知道得更多一些。

"哎……"脱口后她又后悔了。

陆东深停住脚步，站在玄关口借着幽暗的光亮看她。

她舔舔唇，既然都把他给叫住了，那干脆就正大光明问吧。

“你相信陈瑜吗？”能让她自由出入办公室，怕是对她太信任了吧？

陆东深却回答干脆：“不相信。”

蒋璃一愣，半晌后问：“那就是你喜欢她，所以包容她的一切。”她很漂亮，是男人都喜欢漂亮的女人。

陆东深却笑了：“不，她不是我喜欢的类型。”

“那你喜欢什么类型的？”她随口一句，然后，觉得自己有点神经病。

陆东深的目光稳稳落在她脸上，“你说呢？”

蒋璃一时心乱，有种预感在心口盘旋，她却迟迟不敢拿出来细品：“那你相信我吗？”这是个严肃的问题，将他的身家性命交到她手里，难道他就不怕有一天她会倒戈相向？

“我相信你。”陆东深的眼角眉梢很是认真，轻捏了她的下巴，“而且……”

他低头，覆上了她的唇。

剩下的那句话全都湮没在这一吻之中了。

北市迎春花开得最早，在乍暖还寒时已是嫣黄一片。但也不过几天光景，紫丁香也追了迎春的脚步，春光日暖，长街小巷都染了丁香的清甜。

饶尊的脸色不好看，手里的资料看到最后，眼角已是霜寒。高全一直在旁边候着，等饶尊看完，他说：“现在能查到的就只有这些，再往下查恐怕就是大海捞针了。”

在查那块黑手帕的事，并不顺利。

调监控倒是很容易找到送包裹的人，但对方也不过就是受人所托，说是收了笔钱要他送货。再顺着监控往上找就很费工夫，大街小巷一条条查看，最终只锁定了一个很模糊的身影。

看不出是男是女，监控没有拍全，像是个鬼影似的。饶尊不相信这世上有鬼，命高全再去查，高全又是跟相关部门努力了几天后以失败告终，太模糊了，想进行技术修补都难。

高全想了想建议：“尊少，人如果查不到的话，我看倒不如给夏小姐安排点人，哪怕是守着她的住所也能保障她的安全。”

饶尊将资料在手里攥得沙沙响，少顷，点头："拨五六个人过去暗中盯着吧。"

高全刚要松口气，不想饶尊又说："算了，她不会喜欢。"

高全瞧见他似舍又不舍的神情。

"陆东深最近动作挺大？"饶尊取了支雪茄。

高全见他转移话题，也知道这次他是真对夏小姐妥协了，说："是，别看陆东深才刚刚接手天际，可旗下酒店运营丝毫没受影响，大型商超前不久又有两家世界顶尖级品牌入驻，听说是陆东深亲自洽谈签下长约，预计在未来五年会抢下一线商超不少份额。另外，天际旗下针对尖端客户的会馆要做，陆东深盯上了亲王府，H 品牌引入大中华区并且有针对性地开发新产品，形象店铺和旗舰店似乎也在紧锣密鼓之中，哦对了，商川签了环嘉影视。"

饶尊微微挑眉："他不是正在拍环嘉的剧吗？"

高全说："听说商川这次是跟环嘉签了长约，未来几部剧都是跟环嘉合作，照这个架势，商川就是奔着 H 品牌代言人的位置去的，看来天际给他开的条件不错。"

饶尊若有所思。

高全又说："长盛前段时间传出消息，部梓莘频频与四大行的行长见面，又亲自飞往美国，看样子融资的事八九不离十了。有意思的是，天际在杭市刚谈下'江南春'的项目，部梓莘那头就开始争临近江南春的长湖开发权。落在北市这边，陆东深有意收购大恒置业，目的就是要获得大恒商圈核心地块的开发权，有人在跟陆东深暗争，估计跟部梓莘脱不了干系，那个女人在商场上的手段有一套。"

饶尊燃了雪茄，吐出大团烟雾："天际有陆门的背景撑着，国际资源自然是少不了，所以拼国际资源天际首当其冲，陆东深对国内行情尚且生疏，但对赢得国际资源这种事是易如反掌。至于国内资源是我们的强项，也是巧了，天际和长盛关注的项目恰好我也感兴趣。高全，你约上刘秘书长和规划局的高部长，就说，我近日闲来没事想跟他们聚聚。"

/ 第四章 /

陆东深，我们在一起吧

蒋璃一门心思扑到新配方的开发和调配工作里，除此之外，她又驳回了陈瑜在 H 品牌大中华区限量版香水的气味调整方案。

这令陈瑜很不悦，但蒋璃意思很明白：这就是工作，没有商讨的余地，要不然你就别做了。

陆东深休息室里的所有日化产品，包括定制的香烟等等都被蒋璃清空，要求清洁人员在配方未出来之前一律使用清水擦洗打扫。

并且也要到了陆东深家里的钥匙，但鉴于他都不怎么回家住，所以蒋璃并不着急登门排查。

总部那边有反弹是她和陆东深早就料到的事，虽说蒋璃只动了大中华区的配方，但总部的态度已经很强硬了，这份强硬来自谁，蒋璃不用想都知道。

这也是杨远早就料到的事，给蒋璃直接去了通电话，连面都不想见，传达总部意见：动配方不是不可以，但要先经过检测部门的检测证明原配方有问题才行。

蒋璃思量过后一个电话打到景泞那儿，她想询问陆东深的意见。景泞说陆总在外开会还没回公司，建议她直接打给陆总。

蒋璃听了这话觉得奇怪，按照公司流程也不该是直接打给陆东深吧。景泞笑着告知，这是陆总的意思，日后公事私事都不用通过秘书转达，直接打给他就行。

放下电话蒋璃的脸就有点燥热，她虽忙于工作，但脑海中总会时不时窜出他那晚的吻来，这种关系似乎就隔着一层窗户纸，陆东深有意戳破，她有意回躲。

打了电话过去，那头很安静，果真是在开会，少许听陆东深示意那头先停一下，问她怎么了。她说了总部刚刚发来的决定，陆东深沉吟片刻问："你想接受检测吗？"

"应该要做的……"

"你在担心什么？"陆东深的嗓音透过电波低低沉沉，很好听。

蒋璃轻叹："这决定肯定是季菲做的，她信誓旦旦，怕是这件事没那么简单。"

"没关系，你只管同意检测。"陆东深低笑，"剩下的事还有我呢。"

放下电话，蒋璃的心在咚咚直跳，耳边还回荡着陆东深的那句：还有我呢……

回执了邮件给总部，在写落封的时候，她想了半天，然后打上"夏昼"二字。

这是她第一次给总部回执。

夏昼。

她正式以夏昼的名义跟季菲宣战了。

快到中午的时候，蒋璃的手机响了。

一个海外的陌生号码。

接通。

对方没有说话，她没催，也没开口。

电波里是沉默，拴着双方各一头，只有清浅的呼吸声，像是在寂静里的较量，又似乎是一场执拗的挣扎。盘旋在心头的预感愈加强烈，虽然对方一直没开口，但她觉得，是她熟悉的人。

就这样陷入死寂般对峙了一分多钟，对方终于开口了："夏昼？"

入耳是太过熟悉的嗓音，撞疼了她的耳朵，似近，却是横亘着千山万水。蒋璃觉得胸口堵得紧，那些过往的事和过往的情都成了一道道压着她透不过气的枷锁。

许久，她才吐声："是。"

那边的呼吸稍稍急促，却没再说什么。

蒋璃这边已经压下情绪，再开口时嗓音甚是清冷："季菲，我们之间的账该算一算了。"

通话结束后，蒋璃一手压着手机，一手抵在胸口上。像是被锋利的刀刃划过似的，血流不止时才察觉疼痛。

脑中是曾经的嬉笑嗔骂。

"古有桃园三结义，今有我们平谷四结义啊……"

"小夏，我领到我人生中第一份薪水了，走啊，请你吃你最喜欢的进口大水蜜桃去。"

"菲菲，你故意馋我是吧？我对桃毛过敏啊。"

"放心吧，我绝对把桃子给你洗得半根毛都不剩……"

"这还差不多。"

"我好吧？"

"你最好了。"

蒋璃努力地深吸气，这才把红了眼眶的悲怆给压下去，抬眼再看，自己的手早已攥拳，指甲深陷掌心。

因为下午还要回实验室查看培植样品和开会讨论 H 品牌旗舰店空间气味构建、主打香水气味重组，所以蒋璃的午餐没在外面吃，选择了公司食堂。

公司地下一、二层为食堂，足足两层的面积，上下层是打通的，两边是旋转楼梯，水晶灯于中央棚顶垂落，最惹人注目的是贯穿两层的近乎六米高的巨幕，除了整座大厦下班，其余的时间都是开着的。有时候会放电影，有时候会放 MV，有时候会有关于天际旗下各个公司的最新消息。

蒋璃简单地打了几样菜，坐下后就有一波女同事拥过来，于她对面或周围而坐，唧唧喳喳的。蒋璃定睛一看，有行政部的、人事部的、品宣部的等，倒是齐全。

打从上次在洗手间对脸上爱起闭口痘痘和肠胃脆弱的姑娘提点一二后，她们都有了好转，于是她“神医”之名就在她们之间传开了。

在几下解决姑娘们的难题后，蒋璃问品宣部关于商川的事，品宣部的姑娘说：“商川的事是朵亚负责的，具体情况我也不大清楚，但听朵亚说商川自从接了这部戏后脾气就变得很奇怪，昨天又对着我们这边的人发了通火呢。”

《浮生》是一部有年头的电视剧了，20世纪80年代的时候火遍了大江南北。

讲述的是清末民初国内背景下，戏痴琫生和亲王之女浮瑶的爱情故事。但此剧能称得上是经典，更重要的是反映当时年代戏剧的发展及从事戏剧之人的悲欢离合，是戏剧的一部时代史诗。

经典剧翻拍，这让众多影视公司都跃跃欲试，最后环嘉以高价版税拿下《浮生》的翻拍权，并且依照原著剧本中所提到的宅子进行了一比一的还原，光是搭景来看就费尽心思。

商川饰演戏痴琫生。

蒋璃赶到剧组时恰巧有一场他的戏，剧中的琫生擅长青衣，兼刀马旦。那戏台高悬，商川饰演的琫生水袖轻浮，唱腔婉转妩媚，身姿极为柔软。

有工作人员在旁说着：“商川这段戏都不用找人配音了，本人唱得极好啊。”

盈盈曲调于戏台徘徊。

“这兄妹本是夫人话，只怨那张生一念差、说什么待月西厢下，你乱猜诗谜学偷花……”

蒋璃听得仔细，商川唱的是京剧《红娘》中叫张生的选段。

这场戏是一遍就过，可见商川的演技和唱功之好。

中场换妆的时候是在临时搭建的休息室里，京剧上妆耗时，卸妆也不似平时妆容卸得那么简单。等蒋璃到了门口时，镜子里的商川已洗了第三遍脸了，换上了一身民初青色长袍，眉目硬朗英气非凡，估计是为下一场戏做准备。

她正寻思着进还是不进，就听里面一声呵斥："什么东西这么难喝？赶紧给我拿走，看着眼烦。"

然后就听见杯子应声而碎。

没一会儿从里面出来一个姑娘，蒋璃定睛一看，就是那个叫朵亚的，低着头红着眼眶，手指头还有点流血了，许是刚才去拾了碎玻璃。

见着蒋璃后她一愣，然后哽咽地叫了声："夏总监。"

蒋璃见她梨花带雨的，也不忍再挤兑她当时在洗手间里的刻薄，抬下巴冲里面指了指："经常这样吗？"

朵亚点点头，还有点闷气地说："我是甲方公司的人，又不是他的助理，凭什么对我大呼小喝的呀？"

蒋璃想了想："你等我一下。"

再返回来时手里多了只茶杯，连着托盘一起给朵亚："送进去给他喝。"

"还送茶？"朵亚连连摇头，"我可不进去挨骂了，大牌就了不起啊，我不伺候了总行吧？"

蒋璃拍拍她的肩膀："进去吧，我保证他这次骂不了人。"

朵亚疑惑，但还是照做。

商川这边已经准备走戏了，但导演助理几次催，他都坐在镜子前没动，看样子很烦躁，女主角是当今新晋的花旦，虽人气挺高，但论腕儿自然还是商川最大，所以哪怕着急也不敢出一声。

气氛焦灼间，朵亚进来了。

商川见她又端着茶杯进来，眉头倏地一皱："我已经说了不喝剧组里准备的茶，听不懂话是吧？"

朵亚一哆嗦，马上把茶杯放到他跟前："这是我们夏总监的意思。"

"夏总监？哪来的夏总监？"商川嗓门拔高，近乎要拍案而起。

导演助理马上上前，给朵亚递眼神，示意她赶紧把茶端走，朵亚一个头两个大，不端走挨骂，端走了吧又没办法跟夏总监交代。

正焦头烂额呢，就见蒋璃推门进来了："两个选择，要么喝口茶消消火赶紧拍完收工；要么就跟我出去痛痛快快地打一场，打到你没火气为止。"

休息室的人不少，听了这话后都吓一跳，通通朝着蒋璃这边看过来。

商川也顺势一看，怔愣。

商川的助理反应最快，皱着眉头道："你谁呀？怎么这么跟我们川哥说话呢？"

蒋璃压根儿就没搭理助理，走到商川面前，双臂交叉于胸前，问他："你选吧，喝茶还是挨打？"

朵亚一见这架势，顿时对蒋璃空前崇拜起来，觉得她格外的帅。她马上躲到蒋璃身边，清清嗓子跟商川说："这位就是我们集团新来的夏总监。"

商川使劲抿着嘴，盯着蒋璃看了好半天，然后，竟在众目睽睽之下端起茶杯。一掀茶盖，清雅之气于空气中扩散。

他顿了顿，然后将杯中茶饮尽。

等他将杯子放下后，蒋璃拿过对讲机，果断利落："导演，五分钟后让商川走戏。"

导演那头也愣住了，好半天才说了声："好。"

蒋璃将目光落在商川脸上，问："现在还有问题吗？"

商川摇头。

蒋璃将对讲机朝他手里一抛，转身离开休息室。

感情戏走得是否缠绵悱恻蒋璃就不关心了。

趁着大家都在忙，她在剧组搭建的棚景中参观了一番。今天的戏景主要集中在亲王府，所以大部队都在这。

偌大的王府，长廊回转山石嶙峋，淙淙溪流锦鲤畅游，远处飞檐之下红灯笼一片。如果不说这是搭建的，蒋璃完全都能把它当成真正的王府去逛了。

戏台的那场戏已经拍完了，现在正在拍肆生和浮瑶在花园里私会的戏，所以刚刚还热闹的戏台现在已经冷清了。

上台入口的缦帘轻轻荡着，按照戏楼的常规设计，穿过缦帘下了阶梯就会到休息室，是可供上台戏人换妆休息的地方。

蒋璃站住脚，抬头看着戏台之上，看着看着，就仿佛瞧见台上多了三个孩童的影子，在嬉闹欢跑，似乎整个戏台都装不下他们的快乐。很快，有只手一掀帘子："再在台上打闹今晚就罚你们倒立。"

三个孩子虽规整了些，但还是嘻嘻哈哈，那人就冲着他们摇摇头，笑里有着纵容。

像是一张老旧的照片，四角都泛了黄，照片里的人影也似乎变得斑驳，可帘子后面的脸却依稀可见。那张脸在教导时多是严肃，可私下又是和蔼可亲。

蒋璃的胸口闷疼，有一瞬的呼吸不畅。

脑中的旧照片终究还是被一簇火苗燃了边际，火舌渐渐蔓延，过往云烟通通燃尽于这场漫天的火势中去了。

"这个戏台就是按照亲王府中的戏台比例搭的呢。"身后是朵亚的声音。

她有主动示好的意图，不管怎样，蒋璃刚刚也算是给她解了围，她心存感激，但同时她也疑惑。商川是个多骄傲的人，像他那么大的腕儿，怕是也没人敢那么跟他讲话。

然而蒋璃单枪直入，言辞十分不客气，更让人惊讶的是，商川竟没气没恼乖乖听话。

刚刚那一幕，估计全场都震惊了。

蒋璃依旧看着戏台，开口有些迟疑："你说的亲王府是指西城根的那处吗？"

"对。"朵亚是一直跟这部戏的，所以对剧本内容十分熟悉，"剧里的府邸就是西城根的亲王府，听说当初编剧在创作这个本子的时候没少下功夫，好像就是根据亲王府里真实发生的事情改编的呢。"

蒋璃不以为然，别说是一座亲王府了，就是上了年头的寻常百姓家也能多少积累点故事底子。

朵亚跟蒋璃不太熟，所以对于她的喜好和性格把握不准，想了想又说："其实，亲王府里流传着的是另一个版本的故事呢。"

"说说看。"蒋璃从一侧上了戏台，端详着梁柱上的雕画，虽说知道是临时雕刻上去的，但也惊叹这雕画的精美。

朵亚也跟着她登上了台："听说当年亲王最宠爱的小妾迷上了一个戏子，经常去听他唱戏，一来二去戏子也对亲王的小妾钟情了。两人私订终身，并相许此生永不分离。结果这件事就被府里的管家发现了，告知了亲王，亲王暴怒，命人将戏子的双腿砍了，将小妾关了禁闭。戏子虽残疾了，但对小妾的爱并没减退，夜夜爬到府邸戏楼的位置，隔着一道高高的府墙给小妾唱戏听，就这样，两人一个墙里一个墙外，用唱戏的方式来诉衷肠。"

蒋璃掀了一下帘子，轻描淡写道："这跟《浮生》的故事挺像啊，只不过《浮生》里肆生爱上的是亲王府的小姐。"

《浮生》这部剧当时火遍大江南北时还没她呢，这是听说商川接了这部戏后她在闲暇时大致浏览了一遍，她对这部剧没什么太大情结。

"对，这亲王府的传闻跟《浮生》的故事一脉相传，但，这只是传闻的前半段。"朵亚神秘兮兮，"还有后半段呢，那亲王最终还是知道了戏子和小妾仍旧私会，终于痛下杀心，将那戏子给杀了，小妾得知消息后疯了，没几天就传出她在戏楼里悬梁自尽的消息。一个死于府宅深处，一个死于府墙之外，天人相隔永不能见面。从那天起，人人都传亲王府里闹鬼，有人总会在夜里听见府邸戏楼里唱戏的声音，大家都说那是小妾阴魂不散，她在用唱戏的方式来寻找戏子的魂魄呢。再后来亲王府就没落了，可传闻流传下来了，一直到现在。"

这后半段的传闻倒是引起了蒋璃的关注，她转过身来看着朵亚："你的意思是，西城根的那座亲王府有闹鬼传言？"

"是啊，那座亲王府是跟朝外 81 号齐名的，都是北市鬼宅。"朵亚说。

蒋璃陷入沉思。

她怎么隐约听说天际有意要收了那片宅子呢？那块地寸土寸金，虽说她不清楚陆东深的意图，可如果能收下来当然是好，但怎么就成了鬼宅了？

因为拍摄地在郊区，所以晚上蒋璃就住在剧组里。

郊区多山脉，白天的气温都要照比市区低上几度，到了晚上更是凉得很。蒋璃已是许久没适应北市的早春气候了，开了暖风，又温了杯茶。

商川敲她房门的时候已经十点多了。

外面落了夜雨。

他身上裹挟着一股子山中寒气。

蒋璃靠在门框旁，抱着膀看着他。商川已经卸干净了妆，一张俊脸恰似山中月水里花，眉目硬朗得很，身形颀长，哪怕不笑，那眼角眉梢都让人痴迷。

一般做男演员的最怕帅，因为观众很容易出戏。但商川不同，他长了张明星的脸，却始终恪守在演员的职业框架中。

这几年他挑战过不少角色，美的丑的胖的瘦的，善良的阴狠的，单纯的复杂的……他不是个很在乎自己长相的人，他在乎的只有角色。

就像是这次的肆生，挑战不小，青衣的规整和美都要体现得淋漓尽致，而在当今一线年轻的男演员中，除了商川没几人能做到。

半晌后，商川开口："不打算请我进去？"

蒋璃示意了一下时间："你不怕流言蜚语，我怕。"

商川盯着她："怕？这世上还能有你怕的事吗？如果你怕，你就不会回来。"话毕，他径直进了屋。

窗外夜雨打得勤，山雨往往这样，尤其是北方的山雨，一旦下了总会倾盆，或连绵不绝，不像沧陵的雨，下下停停不以为然。

商川是北方人，所以做事说话自是大开大合。蒋璃将早就煮好的茶端上前，虽说回了北市，但她在沧陵煮茶的习惯保留下来了。

商川盯着眼前这杯澄清的茶，跟白天她给他的一样，他没喝，只是用手轻轻转动着杯子，那茶香隐隐而生，他低声：“蜂蜜花和缬草，上一次喝的时候已经是三年前了。”

蒋璃在他对面坐下，也给自己倒了一杯：“肆生这个角色深入人心，电视剧之前的经典又摆在那，你焦虑甚至发怒发狂也是正常，这些天喝水的时候就以缬草为主吧，能缓解你的焦虑不安。”

商川将杯中茶饮尽，放下茶杯看着她，一字一句问：“你为什么要回来？”

“我为什么不能回来？”蒋璃轻描淡写反问。

商川皱了皱眉头。

“其实你不用担心，肆生这个角色如果连你都驾驭不了的话，那当今就没人能演好这个角色了。”蒋璃又给他添了杯茶，“当年我们在看《霸王别姬》的时候你就说过，如果你能演程蝶衣的角色，死了也甘心。”

商川默默地喝茶，良久后说：“我之所以接《浮生》这部剧，不是因为肆生像极了程蝶衣，而是因为里面的廷凉。”

廷凉？

蒋璃一愣。

商川抿了一口茶，那缬草和蜂蜜花混合在一起的气息纠缠于唇齿，像是伤痛在拉扯着挣扎着。

“这部戏里不但有爱情，还有友情，肆生和浮瑶的爱情故事固然感人，但肆生和廷凉的友谊也让人感叹不已，他们两人从小在一起学艺，历经孩童时期的顽劣，走过动乱的年代，每次肆生有难时廷凉都出手相助，可让肆生遗憾的是，战争爆发廷凉失踪，肆生在临死之前都没见到廷凉一面。在我看来，有时候男人之间的友谊照比爱情更可歌可泣。”

蒋璃刚刚的惊讶已沉底，换上不动声色的平静了，她说：“人生如戏戏如人生，怕是你们做演员的体会更深吧。”

商川低叹：“是啊，也不知怎么了，最近一段时间我总会做些梦，梦里像是发生过的事，也像是在戏里发生的事，但梦见最多的就是咱们三人在戏台上嬉戏打闹时的场景，还有师父教我们唱戏时的一桩桩一幕幕。”

他抬眼看她："以前你还总跟我们到梨园玩上一玩，吊吊嗓子，现在呢？"

蒋璃捏了捏茶杯，竟一时觉得千斤重，干脆也就不喝了："已经许久不唱了。"

商川的身子朝后一靠，看着她："是啊，时过境迁，人走茶凉。只是我还记得师父说过的话，他说三人之中，你的戏根最正。"

蒋璃呼吸一滞。

她有过不堪回首的往事，可若要一并扔掉，其中还能择出最美好的回忆来。

商川，就是她惨痛回忆中盛开的那朵温婉的花，哪怕她一出生就注定了是个孤儿的命运。

她自小生活在福利院，打从懂事起，她最亲的人就是福利院的院长和院里的小伙伴们。

可福利院的孩子私心还是重的，所以能跟她玩得很好的人就是商川。

他在那个时候就叫商川，现在即使出了名也没改名，任由媒体将他是福利院出生后被收养一事传得沸沸扬扬。

福利院的孩子没有不想被收养的，只有商川，他拉着她的手说："我不想被收养，如果被收养了就再也见不到你了。"

商川比她小几个月，当然，她和商川都一样，压根儿就不知道自己的生辰，所谓生日都是福利院给出的大概估算。

当时她也不想被收养，但天意如此，她终究是早于商川被现如今的养父养母领走。

养父养母待她犹如亲生，她央求着他们带她回福利院探望商川，养父母倒是依着她了。

那一天，她在福利院里见到了收养商川的人家。

一位德高望重的京剧大师，也是出了名的慈善家，他收养了商川，并且问跟他一同来的孩子："你喜欢这位小弟弟吗？"

跟他在一起的孩子穿着贵气，眉目也是英朗，他拉过商川的手说：

“以后你就是我弟弟了，别怕，哥哥会保护你。”

那个孩子，就是左时。

左时出生戏剧世家，父亲左国堂被誉为京剧名家，而左家再往上的祖辈们都在御前唱过戏，被皇室宗亲钦点的，搁在现如今就叫作国手级大师。

但左时并不喜欢戏剧，也不喜欢唱戏，由此左国堂收养孩子也更多的是想培养后代。

于是那一天左国堂看见了商川，也顺带的，瞧见了恰好去探望商川的蒋璃。当时左国堂让蒋璃说句话听听声，她不明就里便照做了，左国堂感叹说，这孩子有学戏剧的根骨啊，是个极好的苗子。

她不知道左国堂怎么就看出她的皮骨端正了，总之，养父母见赫赫有名的戏剧名家都这么说了自然是高兴，便恳请左国堂收她为徒。

儿时最欢愉的时光怕就是在戏楼里度过的，唱念做打，她学得漫不经心，但左国堂教得十分用心，即使商川是左国堂的养子，也要按照行规叫上左国堂一声师父。

其实当时她并不懂戏剧，唯一想学戏的念头就是能经常见到商川。跟她一样不正经的还有左时，他有很敏锐的嗅觉，恰恰她也是，渐渐地，他们两人会时常对些花花草草感兴趣，为此领过左国堂不少罚，在他认为，唱戏是天，其余的都是胡闹。

就这样，大概学戏学到十五岁，她跟着养父母搬到了北市，几年后，三人又在偌大的北市相遇。

相遇那年，她已经钻进了气味分析领域，左时也跟她钻研了同一行业，而商川虽说练就了一副好嗓子，但终究也没从事戏剧行业，一心想做演员。

为此在某一天，他们三人齐刷刷地跪在左国堂面前领罚，左国堂终究还是没舍得责骂他们一句，就说，练功学戏，练的是秉性，学的是做人，你们已经大了，能做到在自己喜欢的领域里持之以恒、严于律己，这也不枉费我教你们一回。

那一年，商川在电影学院里已是崭露头角，她20岁，左时22岁，虽说她和左时都还有学业在身，但在气味领域也已经小有成就。

直到，三年前。

商川轻轻转着茶杯，唇齿间都是缬草的气味，他说："我总在想，如果没有你的话一定没有我商川的今天。那年的戏对我来说尤为重要，如果不是因为当时的一杯缬草，我想我肯定就会搞砸自己的饭碗。"

蒋璃为他续了一杯茶："那年你很紧张，缬草最能定神，又吻合你的体质，所以也算是对症下药了。这些年你走得顺风顺水，圈里的人都知你温和稳当，现在又罕见地现了老毛病，看得出你对这部戏很谨慎。"

商川慢慢品茶，若有所思，半晌后才吞吐开口："其实我这些天情绪反复一是受剧情角色的影响，二是觉得……"

蒋璃拿起杯子，挑眼看他。

他抬眼与她对视，没继续刚才的话，反问："你知道左时的去向吗？"

蒋璃的手指微微用了点力："不知道。"

商川盯着她，半晌后说："自从你和左时都跟那个叫饶尊的人搅和在一起后，你们就都变了。"

"商川，变的只有时间。"蒋璃轻声说。

"那你告诉我，三年前到底发生了什么事？"商川皱眉。三年前她和左时同时失踪不见，后来，他辗转打听才知道她在沧陵，但左时始终不得消息，现在她回来了，左时却依旧不见踪影。

蒋璃将目光落在茶水上，也似那茶水的浮面不见波澜。商川等了半天不见她回答，坐直了："我听说了一些事。"

蒋璃这才把杯中茶饮尽："关于我的一些事你听到也很正常。"

"包括你杀了左时后入狱？难道这些都是真的？"商川问。

蒋璃使劲抿抿唇："不，我没杀左时，而且，我也没坐过牢。"

"你没杀左时，左时却到现在都不见踪影。"商川盯着她，"咱俩一同长大，虽说后来分开了几年，但我相信自己还是很了解你的。你在沧陵躲了三年，现在既然敢回来，那一定就是冲着左时的事回来的，难道左时是被别人害死的？”

他顿了顿，补上句：“或者，饶尊也脱不了干系！”

蒋璃呼吸时像是带锯，每一下都划得鼻腔生疼，她摇头：“跟饶尊无关。”她抬眼看着商川，“而且我回来，只是为了回来。”

商川狐疑地看着她。

“我回来是要解决一些事，但不是你想的那样。”

商川微微眯眼：“你的意思是，左时只是失踪了？”

蒋璃咬了咬唇：“是。”

商川不说话了，靠在沙发背上，手里还轻轻转着茶杯，蒋璃微微抬眼时就能看见他转茶杯的动作，那是左时喝茶时惯有的举动。

良久后他才说话，嗓音很低：“像是我们做孤儿的，哪怕穷极一生其实都是孤独的。我在这世上没什么亲人，除了师父就是你和左时，你是我最好的朋友，左时也是。在我看来，你们两个比我的命还重要。所以，你有事瞒着我不说，这比杀了我还难受。”

蒋璃心疼地看着他：“有些事不说，不是因为别的，只是不知道该怎么说。商川，三年前的事我不想提，我想……换作是左时的话，他也会跟我一样不愿想起。”

商川一点一点喝光了茶，说：“你有你不知道怎么说的事，例如左时，例如你的那些传言。我也有我不知道怎么说的事，就像我刚才没说完的话。”

“也是关于左时的？”蒋璃敏感地问。

商川将杯子放下：“其实……我一直有种预感。我觉得，左时已经死了。”

“英雄不得志，反被小人欺。可恨王伦，妒贤嫉能，限俺三日，立下投名状，方肯收留……”

“不，别逼我！我求你……”

“你这个疯子！你会遭报应的！”

“会不会遭报应不知道，我只知道从今以后没人再会相信你说的话……”

“夏夏……”

蒋璃蓦地睁眼，最后留在她耳边的是左时常用的那声称呼。额上的汗珠陡落，冰凉，哪怕是室内还呼呼地吹着空调她也觉得寒凉。

心底的凉哪是这空调能焐暖的？更何况这乍暖还寒的早春时节？

蒋璃将脸埋在手里，曾经的过往都化作了噩梦，像是冤魂索命似的缠着她。

冤魂……

她冷不丁想起商川最后那句话：“那晚，我像是见到左时就在台上唱戏呢，那句‘可恨王伦，妒贤嫉能，限俺三日，立下投名状’的念白还跟从前一样总是说不好。”

是的，在梦里她也梦见他在念那段词。

她的手在抖，寒凉像是手扼住了她的脖子，令她呼吸不畅，要窒息。一种空前的绝望和害怕纠缠着她，让她在这个地方一刻钟也待不下去。

她摸出手机，按键的时候手指还在抖，拨通之后，竟不知道该如何开口，就连为什么要打给他都不清楚。

那头见她打通了又不说话，问：“怎么了？”

蒋璃使劲攥了攥手机：“陆东深，我想回家。”

“现在？”

“嗯，现在。”她说完，整个人蜷缩在一起，心底的凉促得她牙齿都在打战。

“好，等我。”

放下手机后蒋璃就后悔了，凌晨两点，无疑是给人添了麻烦，她甚至都没问一句是否方便。

她环住蜷起的双腿，用被子再把自己裹紧，就这样靠在床上。

蒙眬间她像是听到了一些声音。

影影绰绰像是有人在吊嗓子，咿咿呀呀的，那声音缥缈悠长，近在耳畔，又远在隔壁。可她清楚记得朵亚在安排房间时跟她说过，她隔壁房用来存放道具了，没人住。

又听见有人敲门，一下下的，她想去开门看个究竟，可整个人都动弹不得，像是一场梦魇。

模糊中她好像又走到玄关了，透过门镜看外面，走廊外空空荡荡没人，只有刺眼的光亮。可很快，光亮里就似乎多了一个影子。

她贴得更近。

那影子一点点挪进了她的视线。

是个穿着戏服的人，耷拉着脑袋，拖着脚步来到房门口。她透过猫眼，恐惧如蜈蚣在心间爬，她想回到床上，可是又一动不能动，就这么眼睁睁地看着那人缓缓抬头。

一张没画脸谱的脸，五官却是模糊不清，只有一双空荡荡的眼眶，血汩汩而流。

歇斯底里的一声从嘴的位置发出来：“为什么这么对我？”

蒋璃一个激灵猛地睁眼。

眼前着实有张男人脸，但并不恐怖，相反英俊硬朗。他抬手抚在她脸颊：“囡囡？”

他工整的衬衫袖口有夜雨的寒凉，却没冷却他的指温，那温暖成了涓涓细流，正试图驱散萦绕在她心头的冷。

蒋璃有好半天的恍惚不定，刚刚是睡着了吗？而他，只因为她的一个电话就来了？

扫过墙上的表，下午两点五十，他从市区到这边竟用了不到一小时的时间。

见她一脸呆愣，陆东深忍不住笑：“怎么了？不认识我了？”

蒋璃主动搂住了他。

陆东深一愣。

然后就听她低低地说：“陆东深，你抱紧我。”

陆东深察觉她在抖，一手圈紧了她，腾出一手轻抚她的后背："不管遇上什么事，都不用怕。"

她在他怀里渐渐放松下来，陆东深觉得怀里温热，是情绪的蒸腾，是内心的波澜。

车行一路，他脑子里徘徊着的都是她的那句：陆东深，我想回家。

不同于面对谭战之死时的悲怆，也不同于面对饶尊咄咄相逼时的恐慌，她是无助，是将最脆弱的情绪交付给了他。

她就那么靠在床头，哪怕睡中也是艰辛过梦，他命工作人员打开房门后看到的就是这样一幕。

她辗转于梦里，嘴里喃喃：左时。

他坐在床头看着她的脸，在想，男女之情真是怪得很，不知从什么时候开始，他竟十分介意有左时的存在了。

或许是谭战将她交付他手的那一刻；也或许是在祈神山上她像个孩子似的追着麝香鼠跑；又或许是第一眼见到她时，在古城的青石街上，她转头朝着他这边看。

在那之后不知多少个失眠的夜里，他总能想起那个午后。阳光艳得很，她似罩在光线之中，周遭都是身穿奇装异服的人，唯独她似遗世独立，洒脱自在。虽是远远的那么一眼，却如同惊鸿。

也许就是青石街上的那一眼，他就将她看在眼里，留在心里了。

蒋璃的情绪终究还是平复下来了，一时间竟不知道该如何面对他。

他千里迢迢竭尽全力，这样一个男人，就这么出现在她面前，她感动之余又觉得惶惶，心底深处有预感在蔓延，好像从今晚之后，她和他之间会有什么东西在悄然改变。

"我……没想到你能来。"

陆东深低笑："不，其实你能想到我肯定会来。你很清楚，只要你一个电话我就会赶到，不管有多晚，不管我有多忙。"

蒋璃止语。

他一语中的，其实她在抓起手机的那一瞬就清楚地知道，不论她在哪，他一定会来找她。

少顷，她说："你都不问我什么事吗？"

陆东深坐在那看着她："如果我问，你会说吗？"

蒋璃沉默。

陆东深不怒反笑，捏她的下巴："这天底下没什么事会比你的安危更重要，你没事就行，至于有些事有些话，你不想说我也不逼你。"

车行一路。

凌晨之后黎明之前的北市找不到黑暗一说，出了郊区拐入市区，哪怕是清凉的街也都弥散着白日的喧嚣和繁忙。

车子里暖气大开，她身上还披着陆东深的外套，但还是昏昏沉沉，头抵着车窗，任由雨点隔着车玻璃震荡脸颊。

车子停下来的时候，一睁眼瞧见的是处车库，面积不算太小，规整地停放了几辆车。

蓦地清醒，"这不是我家。"

"嗯，我家。"陆东深说着就熄了火。

他带她回他家？这个时间？

蒋璃被他一路拖进了电梯，近乎抗争："我有你家钥匙，想来随时都能来，又何必急于这一时……"

房间气味清洌，只是普通的消毒水蒸发后的味道。

由此判断，给他家打扫的只是普通的小时工，跟陈瑜和那些个配方都没关系。

蒋璃多少放心了。

窗外是迷惑人眼的小夜景，宽敞的落地窗视野极佳，如同整个苍穹尽收眼底。

窗玻璃上晃出高大的男人身影，越来越近，直到他从背后将她轻轻搂住，她头一忽悠，心开始乱蹦。

蒋璃被他胸膛烫了一下："你别靠我这么近，太热了。"

没推开。

陆东深反倒压近，笑得低沉，“不是嫌冷吗？”

“我……”

剩下的话被他突如其来的吻打断。

“陆东深，我们不能。”蒋璃撑着他的肩膀，只觉得匿藏在他体内的那团火透过毛孔烫了她的指尖，勾得她的血液都跟着沸腾。

“为什么不能？你是我女朋友，深更半夜共处一室，干柴烈火也正常吧？”

蒋璃瞪了双眼：“谁是你女朋友？陆东深，你好歹也是三十好几的人了，怎么净造谣啊？”

陆东深没再有霸王硬上弓的迹象：“我怎么造谣了？从你跟着我回北市那天你就是我女朋友了。”

蒋璃吃惊地看着他：“你是没谈过恋爱吗？我是你女朋友这件事我怎么是最后知道的？”

陆东深略有尬色，但很快又泰然自若：“我约你吃饭、接送你上班回家、出差时时跟你报备、关心你的生活和情绪、相信你包容你，等等这些，难道还不说明我们是在谈恋爱？”

蒋璃噎了一下。

见状陆东深心里有底了，直了身子：“再说了，上次我对你的态度还不明确？你是个很聪明的姑娘，听不出来我话里的意思？还是你在这跟我装傻充愣呢？”

蒋璃脑筋转得快，就是他说到半截话吻了她那次。他说他相信她，而且……

那一吻其实她是想到的，只是不敢再往下深究。

“你自己说说看，这段时间我对你好不好？”陆东深看着她道，“一个男朋友该做的我都做了吧？”

“咱俩的关系不能是你一句话就拍板了吧？”

“那你想怎样？”陆东深被她逗笑，“想让我当众求爱？”

“我的意思是，恋爱这种事就跟结婚一样，不能儿戏。”蒋璃强调。

陆东深闻言，眼里容了些严肃进去：“夏昼，我从来不玩感情游戏，不擅长也不屑去玩。我喜欢你，换句话说就是，我看上你了，所以，我让你成为我的女朋友有什么不对？”

蒋璃像截木头似的戳在那，满脑子都是他那句：我喜欢你……我看上你了。

半天才反应过来他嘴里的夏昼就是自己。

“如果你觉得儿戏，那我接下来的话就认真点说。我知道我的方式太单刀直入，因为我很明确我的心思。囡囡，我做事喜欢按照计划走，所以原本想着再给你时间让你多了解我一些，到那个时候再提结婚也不迟。但如果你想婚后慢慢了解我也可以，我觉得，我们两个的相处方式可以灵活些，谁说一定要先恋爱后结婚？反过来也行。”

蒋璃又凌乱了，不是刚刚在捋恋爱的事吗，怎么一下子又提到结婚了？

“我们……还是先来说说恋爱这件事吧。”

“好。”

“我们认识的时间并不长。”蒋璃甩出个强有力的理由。

“但经历的事情不少。”陆东深接得稳妥。

蒋璃想了想：“我们是两个世界的人。”

“地球只有一个。”

蒋璃微愣，咽了下口水：“我觉得，我们相互之间还有好多事不清楚不了解。”

“我们有的是时间。”

“我……并没有你想象中的那么好。”

陆东深看着她：“我喜欢就好。”

“可是，值得你去喜欢的姑娘还有很多。”

陆东深一字一句：“这世上会有千般好万般好的姑娘，但都不如我看上的好。”

“你怎么这么倔啊？”

“因为这是你欠了我的，总得还吧？”

蒋璃愕然。

“当初你欠了我三次，来集团上班还了一次，你现在答应做我女朋友，算是还了第二次。”

“陆东深，不带你这样的吧？”

“欠债的就要还钱，欠人情的就要还人情，更何况我次次还都是救了你的命。”陆东深步步紧逼，“滴水之恩都要涌泉相报，我让你以身相许过分吗？”

蒋璃半天说不出什么来。

倒是陆东深发问了：“你不喜欢我？我不相信你对我一点感觉都没有。”

“我……”她敛下眼，半天回答，“始终是忘不了一个人的。”

“左时？”

“是。”

陆东深微微抿了抿唇，再开口云淡风轻：“所以，我更不会给你太多时间。”

蒋璃抬眼看他，不解。

“忘不了前任是因为现任不够好，又或者还没碰到更好的人。”陆东深攀上她的脸，“我不想去做谁的替身，也不想给你时间去伤春感秋，做我的女朋友，把你的余生交给我。”

话说得太透，所以将她逼到了尽头。如果不是这么直接，她还可以继续抱着糊涂过活。

“你为什么要这么……”她快透不过气了。

陆东深端详着她的脸：“我对爱情的态度很简单，不喜欢的不会留有余地，喜欢的寸步不让。你呢？人都是要不停往前走的，不可能永远沉湎于过去。你以为你对他念念不忘，其实……”他的手按在她的胸口，“你已经把我放进你这里了。”

一夜多梦辛苦。

一会儿是左时的脸，一会儿又成了陆东深的。大团的迷雾，影影绰绰，迷雾散去竟是饶尊，他跟她说，我是为你好。

她在梦里吓得不停跑，饶尊就在身后不停追。

直到她被一个温暖的怀抱搂住，跟她说，别怕，我在。

她这才又沉沉入睡。

再醒是明朗的天。

褪去了冬日的阴霾，北市的春算是一年四季中最沁人心脾的季节。哪怕隔着落地窗，也似乎能闻得到枝头春上的气味。

陆东深在接电话，应该是公事，蒋璃从卧室出来后隐约听见他在提亲王府那片地的事。

她看见了站在窗子前的他，裸着上半身，肌肉线条嚣张，穿了条浅灰色的家居裤，慵懒随意。点了支烟，见她出来后就马上掐了，通话还在继续，只是目光一直落在她身上。

蒋璃晃荡进了厨房。

餐桌上有早餐。

煎鸡蛋、火腿、三明治还有沙拉，外加一小份面条，一杯牛奶一杯绿茶。

除了牛奶和绿茶，其余的卖相都不好看，尤其是煎鸡蛋，乍一看就跟糊了墨似的。

她尝了尝，没味，轻轻一碰外皮就破了，里面的蛋黄流了一盘子。

再尝沙拉一口，差点吐出来，齁咸。

一张纸巾及时地递过来，紧跟着是男人略尴尬的声音："不好意思，我没怎么下过厨，平时早餐也都是在公司吃的。"

蒋璃接过纸巾擦了擦嘴，给了句评价："的确不好吃。"

陆东深叉着腰看着满桌子的早餐，吐了口气："其实……还好吧？"

"你尝过吗？"

陆东深解释："还没来得及尝就有电话进来了。"

蒋璃笑而不语。

他想了想说："这样吧，我记得还有麦圈，给你换份最环保的营养大餐吧，牛奶泡麦圈怎么样？”说着就开始翻箱倒柜。

“哎，陆东深。”

“嗯？”他应了一声，终于在最上层的橱柜里翻出麦圈来，未开封，扫了一眼保质期，可用。

“你自己做的早餐不吃点呀？”

陆东深扫了一眼桌子：“……算了吧。”

蒋璃将沙拉推到他跟前：“我让你吃呢？”

陆东深笑了，麦圈盒往桌上一放，腿一抬把椅子钩了过来，坐下：“行，我吃。”

于是她就拄着下巴，看着他吃一口皱一下眉头，忍不住笑。

见她笑，他也笑了。

沙拉快见底的时候，蒋璃的心思也突然变得澄明了，幸福淡而浅，可真实存在着。

她开口说：“陆东深，我们在一起吧。”

陆东深拿叉子的手一滞。

“你说得对，人是要不停往前走的，最重要的是，”她看着他，“我的确喜欢你，不管怎么逃避，其实我都是喜欢你的。我不知道咱俩的感情能走到哪一步，但至少现在，我们是彼此喜欢的，那就在一起吧。”

陆东深眼里有波澜，又像是掀起了巨浪，然后渐渐趋于平静。他起身到她面前，探身下来：“从今天开始，你的心里只能有我。”话毕吻上了她的唇。

下一秒就被她推开，抗议：“咸！”

/ 第五章 /

是左时回来了

转眼周一，天温热了许多。北市大片的迎春花都谢了，冒出鲜绿的叶芽，樱花开始层出不穷。

关于天际旗下配方更改已进入了正常的审核程序，与此同时，蒋璃已经将新的配方向总部提交，新配方主要针对天际旗下酒店的所有洗护用品，包括沐浴液、洗发护发、皂类、护肤类产品进行了全新的配方提升，并扣上了 H 品牌调香团队的名义进行研发。

新配方蒋璃主要以草本、木质香为主，减弱了花香甜腻的成分，推出的概念虽说跟之前所打出的“舒缓”定义相差不多，但因为拉上了 H 品牌，所以就更加高端了。

陆东深这边，蒋璃做特殊对待。

在新配方通过之前，蒋璃已经下发了通知，但凡陆东深所在的场合，如办公室、会议室、休息室，进行清理时都只选用市面上气味较小、容易扩散的消毒水。

给陆东深定制的烟草样品出来后蒋璃先做审核，比例同市面上烟草相同，但拿在手中的分量能稍稍重上些，通体银灰色，过滤嘴为深灰色，质感极好。

到总经理办公室的时候，景泞正好从里面出来，告知她，陆总正在里面会客。蒋璃手底下还一堆事，所以就没在外面候着，将烟草的样品留在了景泞那。

往办公室走的时候，正巧碰见陆起白和几名公司高管从电梯里出来。瞧见后，蒋璃只是点头当作打招呼，一直以来她跟陆起白都没怎么接触过，加上平时他在公司很少露面。

不过她也听说这陆起白也是有一套经商手段的，他目前在负责天际旗下江南春项目的跟进。江南春是今年之后的重点项目，其星级程度跟天际酒店并行，算是级别最高的园林式建筑酒店。

天有万星河，地有江南春，想来是冲着碾压市面上顶级园林酒店的架势去的。蒋璃觉得江南春挺适合陆起白，名字就跟他本人的气质很符合。可他接手项目后那雷霆万钧的速度倒是让人刮目相看，且不说他能跟杭市当地政府迅速打成一片，就单看跟在他身后那几名顶尖级的市场高管，就足以见得他很会笼络人心。

倒是陆起白主动跟她打的招呼，丝毫副总的架子都没有，一笑时眉眼跟陆东深有些相似，但又比陆东深柔和些。陆东深那个人笑的时候还是藏着凌厉。

陆起白只是跟她询问些日常如何保健，他说他不大适应北市的气候，尤其是开春以来喉咙紧得很。蒋璃说北市气候本就是偏干，回头她会在加湿器里给他添些舒缓的精油，再调些润喉的代茶饮给他。

陆起白十分感激："这本来是应该你指派个手下人去做的工作，动用你，大材小用了。"

蒋璃宠辱不惊："陆副总，我是为公司和大家服务的。"

陆起白点点头。

她刚要走，陆起白突然又道："听说夏总监一直在查沧陵天际酒店的事？"

蒋璃微怔，这件事原本就没张扬过。

陆起白笑了笑："不是我有心打听，只是今早沧陵天际那头提交了将江山图运往北市的申请，负责沧陵天际的杨副总开会，申请就转到了我这边，我这才知道原来夏总监曾经查过那边的监控。"

"江山图怎么了？"蒋璃心里一咯噔。

陆起白看着她："具体发生什么事，我想你还得去问杨副总。"

杨远那厮一直在躲着她。

至少，她这么认为。

从那天跟她说查监控需要点时间后，每次她去找他，秘书都告知不是开会就是出去了。

直到现在，之前在江山图面前站着的那个人是圆是方她都不清楚，后来她又打电话给蒋小天，蒋小天说："爷，我也没亲眼见着啊，就是听人说那个人可像你了。"

硬闯杨远办公室的时候，身后的小秘书都快哭了，跟她说："夏总监，杨副总真的不在啊。"

他的确不在办公室，她连休息室都翻了也没找到他的影子。蒋璃死盯着小秘书说："今天我找不到他我就不走了，我这边一停了工作，从 H 品牌的调香师到最下面物料师的工作都得耽误，你自己看着办吧。"

小秘书一脸为难，左也不是右也不是，正在这时就瞧见杨远从外面晃进来，喊了声杨副总。

那杨远一见蒋璃戳在那，转身就走。

蒋璃紧追上去，一直追到洗手间，杨远钻了进去。

蒋璃抿着唇站在门口，来往的几个女同事见她站在男洗手间门口十分奇怪，但还是恭敬地跟她打了招呼。

很快从里面出来个男同事，没料到撞见个女人脸，吓了一跳，反应过来后叫了声夏总监。蒋璃冲着里面一扬下巴："还有人吗？"

"杨、杨副总在里面呢。"

"只剩他了？"

"嗯，只剩他了。"

蒋璃二话不说，抬脚就踹开了洗手间的门。

里头，杨远已经解了裤链站在便池旁，听见一声巨响后扭头这么一瞧大惊失色，手忙脚乱地提裤子。

蒋璃不慌不乱地走上前。

杨远气急败坏：“蒋璃你有病啊？”

“慌不择言了杨副总。”蒋璃道，“果然在躲我啊，你躲啊，我看你还能躲哪去。”

“这是男厕所！”

蒋璃凑近他：“我管它男厕所女厕所的，敢躲我蒋璃的人，上天入地我也把他逮住。想当初有人躲着谭爷不出面，最后也是躲在男洗手间里，我把他的头按在马桶里让他喝了一天的水，不是喜欢往洗手间里躲吗？对付这种人，我的办法有的是。”

杨远气得一张俊脸直哆嗦。

蒋璃一把揪住他的领带，发了狠：“别以为你是副总我就不敢打你，我跟在谭战身边三年，他会的手段我会，他不会的手段我也会，你当我蒋爷的名号是白叫的？”

杨远可领教过她的狠，知道这女人一翻脸是半点情面都不讲的，于是示弱：“蒋老大，不是我躲你，是我真拿不出来监控录像啊。”

“你放屁！沧陵那边说监控录像已经到北市了，而且江山图也出了问题是不是？”蒋璃喝了一嗓子。

杨远哀叹：“监控哪是到我手里了啊，直接被陆东深给截走了，还有你说的江山图的事，具体情况我估计也只有陆东深才知道。”

蒋璃心跳漏了一拍，失声：“陆东深怎么知道这件事？”

“你当他坐在那个位置是瞎的？他什么事不知道？就是不说罢了。”杨远一下子找到了理由，费劲地从她手里扯出领带，“所以我就一直不知道怎么跟你说这件事，陆东深都知道了，你想啊，他最反对的就是你再插手沧陵的事。”

蒋璃心里没底了。

当时她决定要查监控的时候，景泞都把自己给择出去了，其实大家心里都明白这件事是陆东深的忌讳。想他当初为了救她出沧陵费了不少劲，而如今陆起白能在天际这边压着杨远甚至直逼陆东深的业绩，这也是拜她所赐。所以她宁可找杨远帮忙，都不愿意去惊扰陆东深。

现在，监控录像竟无声无息地被陆东深收走了，看来，他早就知道她在查这件事。

这么多天他却只字不提，这个男人的心思还真是深不可测。

快到中午的时候，景泞打电话过来说，陆总快会完客了。

蒋璃掐着时间上楼，刚刚好。

她这边到了总经理办公室门口，那边办公室的门就开了。

从里面出来的人竟是郜国强。

看上去比在沧陵的时候精神了不少，他也瞧见了蒋璃，笑道："法师，好久不见了。"

蒋璃硬生生将在杨远那生的闷气压下去，笑了笑。

陆东深亲自相送，闻言道："郜伯，还是叫她夏昼吧，现在她已经任职天际集团了。"

"听说了，可惜啊可惜。"他转头对陆东深说，"你也知道郜伯伯我是惜才爱才的人，像是法师这种人才，陆世侄可否相让啊？"

陆东深眼里的笑很淡："郜伯说笑了。"

风轻云淡地掐断了郜国强的念头。

等郜国强离开后，蒋璃跟着陆东深进了办公室，景泞将那烟草的样品放在办公桌后出了门。

陆东深没坐回椅子上，靠在办公桌旁，一身颀长。他松了松领带，拿过烟草样品看了看，没抽，先暂放一旁。

朝着她一伸手："过来。"

蒋璃见他笑也不笑，心里开始打鼓，满脑子想着的是他要跟她清算沧陵监控的事，可转念又觉得不像，这么多天都没说，今天更不会无缘无故地提起吧。

说真的，她还指望着他能主动提及呢。

到了他面前，他拉过她的手，看着她，似打量又似端详。

蒋璃心里发毛："怎么了？"

陆东深微微攥紧了她的手："没什么，今晚上加班吗？"

蒋璃想了想说："下午会去趟你家放些能让你安神的东西，估计一来一回的也快下班了，所以不加了。"

"那就在我家等我吧，今晚有个宴席，你陪我参加，下班后我回家接你。"

"啊？"

陆东深微微一用力，就将她锁在怀里，他低下脸埋在她的颈窝，低喃："真不想让你抛头露面。"

"我也不喜欢那种场合。"

陆东深抬脸看她："第一次也是最后一次。"

"那为什么要有第一次？"

陆东深抬手摩挲着她的脸："也算是宣告你我关系的一种方式。"

蒋璃的心不要脸地跳了跳："办公室恋情不能曝光吧？地下恋情多好。"

陆东深就笑了："胡说。"

"终于笑了啊。"蒋璃嘀咕了句，心里急的可不是商宴的事，沧陵的监控录像她是一定要看的，关键是怎么跟他提。

陆东深随手把烟草的样品拿过来，拎了支出来："挺漂亮的。"

蒋璃见状，觉得更没机会提了，只好继续压着。

"抽起来口感会更好，你试试。"

陆东深叼了烟在嘴里，没动，笑看着她，蒋璃瞪了他一眼，但还是拿了打火机。

点了烟，烟雾很细，气味柔和。

蒋璃询问他烟感如何，他吐了口烟雾："尼古丁含量很少，但抽起来倒是挺舒缓神经的。"

"气味呢？"

"很不错。"

蒋璃抿唇笑："里面都是花香啊，你最不喜欢的。"

陆东深微愕："闻不出来。"他也不是很讨厌花香，只是受不了太香腻的气味。

蒋璃掰着手指头跟着他说："主要有荷花、啤酒花和香堇菜，哦，香堇菜是学名，别名一说你就知道了，紫罗兰。"

陆东深迟疑："这里有紫罗兰？"紫罗兰的气味太香，他平时是受不了的。

"我分解了紫罗兰里的紫罗兰酮等一些的芬香成分，使气味变得清淡，荷花本来气味清雅，我将荷花成分里的石竹烯和啤酒花中的香叶烯进行分解重组，这样一来，作为烟草的主要香料就变得清淡了，口里留香也偏柔雅。"她凑近他，仰头看他，"所以，你喜欢吗？"

"我很喜欢。"陆东深说。

"荷花、啤酒花和香堇菜本身就具有助催眠的作用，我将药效的主要成分进行提取，你晚上睡不着的时候抽上一支就能舒缓不少。"

"好。"

"既然你喜欢，那我就命下面的人去制作了。"

"行。"

蒋璃顺手将他办公桌上的烟盒拿走："以后都不准再抽市面上的烟了，尼古丁太重。"

"你给我的只是样品，离成品出来还有段时间，我抽什么？"陆东深哑然失笑。

蒋璃手快，将烟盒里的烟全都掰折扔进垃圾桶里，烟盒攥成团往陆东深手里一塞："忍着，什么都不抽！"

话毕要走。

陆东深长臂一伸将她捞进怀里，低笑："要不然你就别走了。"

"什么意思？"

他低头，唇贴着她的脸颊："搬过来跟我一起住。"

蒋璃一把推开他："美得你！"

"搂着你就能治失眠。"

"果然是文雅的流氓，找的借口都更上一层楼。"

陆东深笑。

蒋璃临出门的时候警告他："别背着我抽烟啊，我能闻出来！"

蒋璃往外走的时候，瞧见一保镖在不远处负手而立，看她出来了，他走上前朝着路边停放的车辆做了个"请"的手势。

是郜国强，从天际出来后一直没走。

而蒋璃，也多少猜出郜国强始终候着她的原因。

上了车，与郜国强并坐，司机站在路边跟保镖抽烟聊天。

"郜董事长应该不是为了想聘我的事留在这吧。"

郜国强笑了笑："法师聪明。"看了一眼手表，"午饭的时间了，不知道法师能否赏脸跟我共进午餐呢？"

"郜国强。"蒋璃直接叫了他的名字，"饭我就不吃了，有事直说，我想你的时间也挺宝贵的。"

郜国强早就领教过她不冷不热的性格，否则早就怒了，他叹了口气："既然这样，那我就开门见山了。之前在沧陵医院的时候你给过我一块老香，我想知道，是谁想要我的命。"

蒋璃没惊没愕。

当时郜国强在医院里浑浑噩噩，接到老香的时候自然不会想那么多。但时隔数月，精明如他自然能想得明白她之后又要他燃老香是为了什么。

"是不是想要你的命我不敢下结论，但你处于一种对你身体有影响的气味环境里倒是真的。"

郜国强微微眯眼："那这跟杀人无异。"

蒋璃说："从你的气色和体味来看，那块老香已经扶正了你的身体根本，所以你没有性命之忧。"

"但并不代表我不去追究。"郜国强转头盯着她，"法师闪烁言辞，我就问一句，害我的人是不是陆东深？"

"你怎么会这么想？"

"我死了，陆东深是得利者。"

蒋璃不客气地说："郜国强，你体内沉积的毒素可不是一天两天了，据我所知你也是在沧陵那会儿才回国的吧？陆东深拿什么害你？他是千手观音啊，手能伸那么长？”

“你的意思是，我的身边人？”部国强也不笨。

蒋璃懒得跟他废话：“利益之下人性坍塌，我想部董事长也见怪不怪了吧？谁想害你，还能通过气味使你中了慢性毒最后能死于无声无息等等这些都不是我去调查的事，我已经救你于生死，至于查出谁是害你的凶手，这不是我该去做的事。”

见她要下车，部国强急了一把拉住她的手腕：“哎，法师——”

蒋璃扫了一眼他的手，抬眼时有点冷。

“那个……”部国强有点不自然，松了手，“今天你既然没时间我也不勉强，你看，今晚或者明天，再或者你哪天有空的话，咱们——”

“部国强，你喜欢我是吧？”蒋璃直截了当。

部国强一愣，他是对她有点心思，也有点其他别的想法，但没料到她会这么干脆。

见状，蒋璃说：“第一，我已经入职天际，所以不会再去长盛；第二，我对做情妇不感兴趣；第三，我不喜欢你。”

喜不喜欢这种事对谁来说都是有预感的。

像是刚刚在办公室里陆东深的不苟言笑，想来他是从部国强说的那句话里品出些端倪来。陆东深是什么人？别人哪怕只说了三分之一的话他都能猜出对方全部意思来，岂会看不穿部国强的心思？

所以，她势必是要态度明确，给自己的理由就是，做人家的女朋友要有操守。

部国强的脸一阵红一阵白，想解释点什么给自己挽回点颜面，但蒋璃没给他机会，直接推门下了车。

不远处的街角。

一只镜头默默地注视着这一切，在见到蒋璃从部国强车上下来后，快门一按。

景泞一直有陆东深家的备用钥匙，作为陆东深的特别行政助理，她也是事无巨细，平时会叮嘱小时工勤去打扫，一旦小时工那边缺什么少什么也都是她来处理。

所以，当景泞把钥匙交到蒋璃手里时如释重负，跟她说："虽然陆总不常回家住，但我也是提着一颗心的，就怕家里脏一点，你也知道他……"然后看着她意味深长地来一句，"那个家啊，太冷清了。"

她第一次踏进陆东深的家门时就有这种感觉，哪怕身边站着陆东深。今天下午，蒋璃再进家门时还是有这种感觉。

工整得像个作品，没有家的味道，就跟陆东深的办公室似的。

蒋璃换了鞋进了屋子。

总觉得这清冷还来源于全屋通体的大理石地面。

她不喜欢用冰冷冷的石头来装点地面，喜欢木地板，尤其是原色的。哪怕是上了年头，踩上去嘎吱嘎吱地响，那也是一种烟火气。

物业打了电话过来核实是否有订货，蒋璃说是，没一会儿，就有个小伙子扛着大箱子气喘吁吁地从入户的电梯出来，问蒋璃："是您先生订的吧？您签收一下吧。"

一句话问得蒋璃面红耳赤的，嗯啊了两句签了字。

拆开包装，是一架一米五高的鎏金香炉，仿古设计，四角绘有上古瑞兽。这是她前几天专门定制的，当时就随手签了陆东深的名。

香炉专门盛放香丸。

在精油、香氛盛行的今天，蒋璃偏好香丸。国内是用香大国，泱泱千年，香气的历史也绵延千年，古人偏好香丸，因为香气凝固厚重，绵长持久。

这是精油和香氛所不能比拟的。

但现如今，会制作香丸的调香师和芳疗师越来越少，更别提气味构建师了。蒋璃是为数不多的一个，再加上这三年来她的深入简出，制作香丸的手艺更是自成一家。

就像是用于冬祭的香丸，小却芳香持久，这要求在原料上的提取就很考究和专业。

这就是蒋璃制作香丸的能耐，经她手的香丸堪比粳米，却能容得下百余味的原料提取成分。

陆东深长期失眠，除了需要镇静外还要调理身体。

从野生五味子中抽出 β－月桂烯、C－杜松烯、D－杜松醇等性温安神的成分，去除橙花叔醇的芳香成分；选用欧洲乌头里的糖醛成分，地中海黑种草的种子，可治疗心悸失眠的荷花种子；抽取黄秋葵中具有龙涎麝香香气的种子；采用云南、西藏深山之处的甘松和蜘蛛香，二者经过蒸馏阴干就有理气舒缓的功效。

将上述提取出的成分进行重组，蒸馏液体，最后以水沉香固形，就成了蒋璃手中用于调整陆东深失眠状况的香丸。

将香丸置放于香炉之中，经过加热，气味扩散，持久绵长，又清新淡雅，花香被木质香、龙涎香所取代，同时又柔和了龙涎香的干烈。

因为考虑到房间面积太大，所以蒋璃才定制了这般高的香炉。

将香炉拖到通风的位置。

蒋璃瞅着地面上被香炉的炉脚划出来的那长长一道子，挠了挠头，拎起拖布擦了多久都无济于事，干脆也就不管了。

等气味徐徐而散，她瘫在沙发上半死不活。

隔了好久才歇过来，她看着地上那一道子，心想着势必是要牺牲一下钱包了。她起身溜达了一圈，巡视一下气味扩散的结果。

到了书房，书架上刨去那些财经类的书籍外，有几本爱情小说倒是吸引了她的目光。

如数看过去哑然失笑，竟还有爱情攻略之类的鸡汤书。

陆东深看的？

将几本书通通拿下来堆在一起，拍了张照片，顺势发了朋友圈。

照片拍得可圈可点，只有书，看不到背景，文字也是重点得当：西装革履下一颗少女心，这般痴迷鸡汤为哪般。

快出门的时候，她看了一眼朋友圈。

杂七杂八的留言不少。刚要退出又蹦出条留言，蒋璃定睛一看是陆东深，写道：为了追你。

心口又是一悸，耳根子也热了，然后又驴唇不对马嘴地回了句：那个……你家地面可能要重新铺了。

手机刚要放包里突然响了。

吓了蒋璃一跳，第一反应是陆东深打来的，掏出手机一看，微怔。

接通，那头的呼吸压抑。

许久后才传出一声："夏夏，是左时……是他回来了对吗？"

夕阳染红了大半片天，鳞状般云层连绵不绝，嵌入妖异的艳亮。很快又渐渐沉落，天际线的最边缘有了黑的光。

余光之下是众生的忙碌，为即将到来的晚高峰。

景泞推门进来时，落地窗前的男人身影被余晖拉得老长，倒落在地面上，黑暗压抑。

她将手里的文件夹往桌上一扔："你要的东西都在这了。"

男人拿过文件，翻看了几页，冷笑："这陆东深为了能拿到亲王府这片批地也真是下功夫，倾了不少陆门资源跟政府合作啊。照这么看，如果纯拼资源的话，部国强还未必是陆东深的对手。"

景泞抬眼看着他，他逆光而站，一张俊脸湮没在大片的红光之中，眉眼沦在黑影里，衬得他的瞳仁异常黑暗。

"你到底想做什么？"她问。

男人未作答，与她对视少许，抬手来碰她的脸，景泞眉头微蹙，头一偏，他的手就擦着她的脸颊落在空气之中。他的眼又暗了几层，没收手，直接掐住她的下巴，紧跟着压下脸。

唇齿相碾。

景泞由最初的反抗到顺从。

当男人撤回唇的时候，她的眼眶有点红，但还是生生压回去了。他的手指落在她的唇上："你永远都拒绝不了我，所以不管我做什么，哪怕是下地狱，你也是注定要陪我走这一遭了。”

景泞的手在颤：“上次我已经说过了，这是我最后一次为你做事。”

“有些路一旦走了就再也回不了头。”他笑，“你觉得陆东深还能信你多久？到时候你的退路就只有我。”

“只要我这次收手……”景泞说这话时声音有些发飘。

男人笑了，像是嘲讽。

“其实你也清楚，这件事就是个导火线，不是说你想收手就可以的。”他凑近她，唇落在她的发丝轻轻摩挲，“陆东深那个人生性多疑极为狡猾，他早晚会知道你出卖过他，所以，我们争取的就只有时间。在他发觉之前，无声无息地杀他个措手不及。”

“我不想参与你们的事。”景泞心里的不安一圈圈扩散，推开他，不想再受蛊惑，“所以，以后别再逼我了！”

手腕被男人一把箍住，语气肃杀：“你是我的人，所以，最好别忘了你的身份。”

景泞呼吸急促，甩开他的紧箍仓皇而逃。

蒋璃赶到亲王府时，天际最后一抹红光已被黑暗吞了，红黑相交相替间如同一片厮杀的战场。

荒凉了近一个世纪的宅院，推开斑驳的朱漆大门，一阵阴凉的风就从枯败的宅子里钻出来，吹在人身凉进心骨。

如果不是接到商川的电话，蒋璃估计这辈子都不会来这种地方。

商川就坐在戏台下。

看椅虽旧，但从上了年头的红木原料到椅背上的雕花，依旧能看出府宅主人的讲究来。

暗光已经爬上了屋梁，戏台之上就吊着一盏灯，青幽幽的光，落了一大片的黑影在台下。她只能瞧见商川的影子轮廓，乍一看形同鬼魅。

只是，她没料到饶尊也在。

饶尊手插裤兜站在戏台旁边，在往台上打量。听见动静，他转身过来，台上那一点幽明不定的光落在他脸上，平日吊儿郎当不再，眉眼严肃。

商川转过头瞧见蒋璃，蓦地起身。

她深吸一口气，走上前。

“我见到左时了！”商川重复了一遍在电话里的意思，只是这一次他的态度很明确。

“不可能。”蒋璃条件反射回了句，“他——”

“夏夏。”饶尊不着痕迹地打断了她的话，“商川拍到了一个视频，你看一下。”

蒋璃一激灵，视频?

商川拿出手机调出个视频，递给她。她接的时候有些迟疑，抬头看了饶尊一眼。阴暗中，饶尊跟她微微点了下头。

蒋璃压下微促的呼吸，接过手机。

一段不到半分钟的视频，挺短，点开，眼前是一片黑魆魆，模模糊糊中可瞧见戏台的轮廓，就是眼前的戏台。

然后镜头扫过戏台，拍向旁边的楼梁，紧跟着就听见倒吸凉气的声音，镜头一闪又定格在戏台上，只见戏台一道身影！

是穿着戏服的身影，在台上一荡而过，随后，视频就终止了。

蒋璃怔愣。

商川伸手过来，将视频进度条往回拉，定格在戏台上的身影上。虽说模糊，但还是能看出那影子的扮相来。黑色平金绣金黄网子穗，哭脸，额头左右隐隐能看出个“寿”字。

蒋璃冷喘一口气，手一松。

饶尊稳稳接住手机，还给商川。商川有点魂不守舍，看着蒋璃，眼里有急切还有期待：“这是我助理拍到的，虽然是黑天，但台上的角儿也看得清楚，《霸王别姬》里项羽的扮相，以前左时唱得最熟的角色。”

昨天收工早，他便和助理来了亲王府，想要在剧本中原著的地方找找感觉，从郊区到市区，到了这片荒凉的府宅时已是天黑，助理也是四处瞎拍想给他记录，不承想就拍到了戏台上的那个影子。

助理一直念叨着有鬼，并且当晚回去就病倒了，他百思不得其解，今晚再来了这里，反复查看视频，总觉得不论是从身高还是身形都像极了左时。

“如果是左时，他不可能不现身，装神弄鬼做什么。”饶尊轻声说了句，见蒋璃脸色苍白，手臂环上她的腰，暗自给予她力量。

商川听了这话很激动：“如果不是左时还能是谁？我跟他从小长到大，不可能看错！”转眼看向蒋璃，“你说，是不是他？”

蒋璃的胸口起伏：“我不知道……”

“你不知道？”商川愤恨，“你们一个两个的都不知道，然而对当年的事又闭口不谈！好，饶尊那我问你，左时哪去了？”

饶尊对上他的怒视：“他失踪了。”

商川紧紧攥着手机：“失踪？凭你，找一个人很难吗？如果视频里的不是左时，那就是左时的魂魄！”

“你瞎说什么？”饶尊皱了眉。

商川紧紧抿着唇，许久后冰冷冷地问：“你们希望左时回来吗？”

人人都怕饶尊，商川可不怕。一来商川在社会上的影响力很大，二来他们之前交情尚算不错，也是通过左时。在与夏昼相遇后，左时顺带认识了饶尊。

但随着左时失踪，夏昼避世，他们之间的友谊也就瓦解了。

春风依旧，物是人非。

那时，也是这样的早春。师父家的后院栽种了一棵两人环抱粗的老梨树，据说有七百多年了。草长莺飞的季节里，一树梨花就似皑皑白雪，风一吹，雪落了满院。

她最爱趴在竹桌上听师父唱《梨花颂》，曲调悠绵回荡，呼吸间是金骏眉的清甘之味，偶有梨花落于茶水之上，就使得茶香平添了少许淡冽。

梨树就在戏台边上。

是搭在后院里的一处简单戏台，平日里供他们仨练功吊嗓用。

左时唯一唱得挺顺的就是《霸王别姬》，缘由是，她唱虞姬唱得格外好。曾几何时，左时问她，你这么喜欢唱虞姬是因为喜欢这个角色？她说她讨厌虞姬，空长了张漂亮的脸。天数将尽，那就还没尽，换作是我，我会告诫项羽好死不如赖活，那么年轻又身经百战，总有东山再起的那一天。

左时拿起眉笔给她绘眉说，有时候选择死，是因为要保护活着的人。然后又问她：如果有一天我死了呢，你会怎样?

她想了许久这个问题，最后告诉他：我会替你继续活下去。

左时似乎很满意她的这个答案，笑着说，这样就好。

后来，她和左时在一起共事，她张扬嚣张，他温吞祥和。她总是在想着，若真是要闯出什么祸事来那也只能是她。

直到现在，蒋璃终于承认，自己不是瞧不上虞姬，而是无法承认自己没有她那份以死明志的勇气。左时看透了生死，明白生的本质死的意义，她则是抱着"好死不如赖活"这句看似励志的人生格言在明哲保身苟且度日。

等她坐回车里，她的耳朵里还回荡着商川的那句质问。

希望。

她当然希望左时能回来。

如果时光能倒回，她情愿取代左时。

内疚是痈疽，这痈疽一留就在她身上留了三年多，除非剜肉剔骨，否则这辈子都会跟着她折磨着她。

饶尊将车子停到路边，熄了火，转头看着她。

她浑浑噩噩，痴怔如在梦中，看着窗外的长街霓虹，就如同在看着炼狱里的光怪陆离。

饶尊扳过她的身子，面色凝重："夏夏，你这样不行。"

蒋璃好半天才听清他在说什么，目光聚焦在他脸上，答非所问："你说，是左时吗？"

"荒唐。"饶尊眉心一皱。

"荒唐……"蒋璃惨着一张脸，拨开他的手，整个人似被抽骨，"是啊，一切都太荒唐了，所以，我反而希望他能回来。”

“你清醒点！”饶尊不悦，“三年了，夏夏，已经三年了，你还要折磨自己到什么时候？”

“难道你会心安理得？”蒋璃陡然提高声调。

“会。”饶尊盯着她，“只要是为你好的，我就算丧尽天良也会心安理得。”

蒋璃呼吸急促：“饶尊，你就是个疯子！”

饶尊火了，一把钳住她的手腕：“那你让我当时怎么做？眼睁睁看着你去死吗？既然你活下来了就给我理智点儿！你给我记住，左时失踪了，一切都过去了！”

“别说了，闭嘴！”蒋璃甩开他的手，伸手要去开门。

“你又要干什么？就不能老实待一会儿吗？”饶尊一把扯住她的胳膊。

“我回家！”她要回去看看那块黑手帕有没有莫名其妙地回来，那天，她已经将那块手帕扔了。

饶尊将她死按在车座上，一收安全带，恶狠狠地说：“我送你！就你现在这德行哪个司机敢拉你？”

“我不用你送。”

“不用我送，我就连人带车一起撞树上去，你信不信？”饶尊厉喝。

蒋璃争不过他，也相信他能干出这种事。

一路飞驰。

谁都没说话。

三年成了一个分水岭，三年前的他们无话不谈，三年后的他们互相伤害。

车行东四环，小区前刚要转弯，蓦地刹车。

蒋璃从晃荡的惶惶不安中猛地清醒，挡风玻璃前一片刺亮，这光落在饶尊脸上，衬得他眸色阴凉。

光刺得让她睁不开眼，看不清前方的状况。

饶尊十分不客气地按了喇叭，车鸣声几乎划破长空，前方似乎不为所动，他微微一眯眼，跟对方一样也开了远光灯。四柱光线相交相抵，瞬间亮如白昼。

他看清来者后，脸色沉凉，下了车。与此同时蒋璃看清了对面的状况，也赶忙开门下了车。

是陆东深。

车子堂而皇之地停在那。

他靠在车子上，一身再正式不过的深灰色商务装、黑色衬衫，藏青色领带，整个人规整又严肃。见蒋璃从饶尊车上下来后，他吐了一口烟雾，用夹烟的手顺势松了松领带。

蒋璃的反射弧终于回归了正常，方觉晚宴的时间都已经过了，一时间懊恼，她该给陆东深打个电话的。

蒋璃走上前："等了很久吗？"

陆东深的目光落在她脸上："还好。"

蒋璃看着他的神情，似乎不见愠色，可也觉得哪里不对劲。饶尊缓步上前："陆总有阵子不见了。"

"尊少健忘，前不久我们还在投资峰会上见过。"陆东深不疾不徐。

饶尊嘴角一挑："是啊，论事业心我不及陆总，我自由散漫惯了，走心过脑的也全都是些风花雪月的事。"

陆东深笑了，转头看向蒋璃："看来你耽误了尊少的风花雪月，听说今晚来的名媛不少。"

蒋璃着实心累，一听这两个男人明里暗里都藏着刀就更是头疼。

饶尊轻笑："论姿色，怕是满场名媛都比不上一个夏昼。"

陆东深夹烟的手顺势扣在蒋璃的腰上，微微一用力就收她入怀，低笑："尊少在夸你。"

蒋璃顺势扫了一眼，他指间的烟头隐隐发亮，她的胳膊哪怕动上半分都能被烟头烫到。她抬眼说："我累了。"

"好，回家。"陆东深纵容，又看向饶尊，"不好意思，今天太晚了，改日回请尊少。"

“回请倒是不必了，因为，说不准我还得摆上一桌跟陆总你赔罪。”

“这话听上去挺有意思。”

饶尊哼笑：“亲王府的项目，陆总认为花落谁家？”

“原来尊少也感兴趣。”

“虽然我不认为争得一个项目比得到一个女人更令人兴奋，但对方因为是陆总，所以我倒是愿意试上一试。”

陆东深嘴角笑容清浅：“能跟尊少过招，荣幸之至。”

陆东深将蒋璃送回家后并没急着离开。

他坐在沙发上，又点了支烟，是白天她留在他办公室里定制的样烟。

茶几上放着一只银灰色礼盒，陆东深进门时拎进来的，坐下后他没打开，也没说让蒋璃打开。

不用猜也知道，里面应该是参加晚宴的礼裙。

蒋璃也不希望他马上离开，如果不是因为商川的那通电话，她现在应该挽着他的胳膊去了晚宴，现在等同于他被她放了鸽子。

在他身边坐下，将前两天新买的烟灰缸推到他跟前：“那个晚宴很重要吗？”

陆东深伸手弹了烟灰，语气清淡：“你不去，就不重要。”

“对不起啊，我没想到会临时出些事情。”

陆东深隔着青白的烟雾看着她：“没关系，跟我说说，发生了什么事？”

蒋璃的嘴巴张了又合，一股脑的话卡在喉咙处倒不出来。

她曾跟他说过自己放不下一个人，就算陆东深嘴上不说，但不意味着他能接受。所以，她再动不动拿着左时的名字来刺激他，无疑是在挑战他的底线。

“其实也没有什么，一场误会。”

陆东深笑了，可眼睛里似乎没有笑的温度：“是吗？只是误会就好。”

蒋璃有种想亲近他抱着他的冲动，可这冲动就像是被什么力量压着似的。

倒是陆东深朝着她一伸手："过来。"

蒋璃就凑到他身边，他轻轻一搂，她就顺势枕着他的腿侧躺了下来。

他掐了烟，大手轻抚她的肩膀："累吗？"

累。

商川太过坚决的态度让她心慌，还有视频里的身影，其实是像极了左时的。

不，不但是像。

这一路上她都在脑子里反反复复过滤那个视频，视频里的项羽在挥下楚戟的瞬间手臂是微微抬高的。

这是左时惯用的动作。

曾经师父不知有多少次纠正他手拿楚戟的姿势，但左时总忘，也或许真不是唱戏的材料，所以这种习惯就一直保留下来。

如果有人模仿，怎么会连那么细枝末节的习惯都能一并模仿了去？如果是左时……又怎么可能呢？

脑子里万马奔腾，但不似在车上那么彷徨无助了，蒋璃说："这么靠着你就不累了。"

头顶上是男人的沉默，他的大手一下下轻抚着她，从他袖口中散发着的是她一手调配的烟草味，她觉得很放松。

可她感受不到他的情绪，或喜或怒，这种感觉就像是在沧陵第一次见到他的时候，深不可测。

"怎么了？"陆东深语气虽沉，但嘴角有笑。

见他笑了，蒋璃起身面向他："其实……有件事我想跟你商量一下。"

"说吧。"

"那个，关于沧陵天际酒店的监控录像……"

"在我这。"陆东深语气轻淡。

蒋璃没料到他会这么开门见山。

"那能不能——"

"不行。"

蒋璃一怔。

陆东深朝后一靠，刚刚唇角的笑已经消失殆尽："我可以纵着你平日里的乖张放肆，但你借着我的名义来查过往的事，不行。"

"我是不得已才打着你的名号，对于这点我很抱歉，但是，这件事对我来说很重要。"

"很重要？"陆东深伸手掐了她的下巴，"我来告诉你什么才是最重要的，忘掉过去和好好爱我，就这么简单。"

蒋璃没避开他的手："我知道为了能让我平安离开沧陵你牺牲了很多，可一个人的过去怎么可能说忘就忘？再说了，我有直觉，站在江山图前面的那个人绝对不简单，江山图现在还完好无缺吗？"

"江山图前的那个人的确不简单，江山图也的确出了点状况，这件事我正在查，你不用插手了。"

"我可以帮你，我——"

"不用。"陆东深肃了语气。

蒋璃急了："陆东深，我必须看一下江山图才行。"

陆东深微微眯了下眼，少许后问："江山图跟左时有关系吗？"

蒋璃呼吸一滞，好半天才道："有关系。"又郑重地说，"但是，有些事我也要查明白。"

"所以，你去见了饶尊？"陆东深眼里一点暖意都没有了。

"我没有。"蒋璃委屈，又有点气，"陆东深，今天我没交代一声就失了约是我不对，但你也不能就是因为看见他送我回家就怀疑我吧？"

陆东深的大手绕到了她的后颈，微微用力将她拉靠在前："你以前爱过左时也好跟过饶尊也罢，过去的都过去，我通通不去追究。我说过，你过去怎样我不管，我只在乎你的未来。你现在是我的人，忘了左时不见饶尊，安分守己些有那么困难吗？"

蒋璃一听这话就恼了，挣开他的手："陆东深，你说谁不安分守己？左时、饶尊，你还差了个谭战，你怎么不干脆骂我水性杨花或者人尽可夫？"

蒋璃是匹野马，潇洒不羁，同时她又率真激烈，他喜欢她的性子，但同时又希望能降得住她这个性子。他没指望她能瞬间变得柔情似水，但也绝不是这么剑拔弩张。

一时间气氛压得紧。

蒋璃不知道怎么处理这种矛盾，她从沙发上下来，走到玄关将房门打开：“陆东深，我困了。”

陆东深沉默了良久，然后抄起外套就走了。

从他进门到现在，他没冷喝没怒吼，哪怕是他离开，房门在关上的瞬间也没发出震天巨响。

可蒋璃就是觉得寒凉。

这种寒凉来源于陆东深。

来源于他的沉默，来源于他堪比往日的平静，让她觉得，其实这般沉冷远比发了火气还要可怕。

蒋璃没回客厅，就坐在玄关。客厅的灯影拉不了那么长，所以她整个人就罩在暗处，影子被清浅的黑暗给吞了。

在一段恋爱关系里，这样的争吵让蒋璃觉得手足无措和茫然，她气她恼，又像是有种情绪发泄不出来，堵得心口难受，是伤心难过，是悲凉是惶恐，是她陌生的无法收拾的疼痛。

/ 第六章 /

她活在阳光下，心却在冢墓里

蒋璃惊醒时窗外是黑魆魆的天，不见半点光，像是星月都落入了一张巨大的口，她也被困在这口中逃脱不掉。

透不过气，又觉得周遭绕着一股子诡异。

她听到了那个声音。

咿咿呀呀，如绵长的糖丝被拉到遥远的天际。

在唱戏，熟悉的声音，但一时间又想不起是谁的声音。

蒋璃摸了床头开关，灯不亮。

没有电，整个屋子像是黑暗的牢笼。

她摸着黑下了床，顺着声音找过去，像是在楼下的客厅。房间的尽头是楼梯，拾阶而下，楼下有荧荧光亮，像是一豆烛火在晃动。

借着这么一小点儿的亮光，蒋璃看到有两个人影在晃动，身着戏服，女的妖娆男的高挑。那戏袖轻轻一甩时如浪花席卷，女人凄凄切切：“劝君王饮酒听虞歌，解君愁舞婆娑……”

女人唱着一转脸。

站在阶梯之上的蒋璃定睛一颤，脚一软差点儿滚下楼去。

唱戏的女人竟是自己。

男人也转过身来，那张脸在隐隐的光亮中乍现，一眉一眼都是她见过的模样。

是左时！

蒋璃只觉得脖子像是被人掐住，死活呼吸不上来，瞪大双眼，全身僵直。

画着脸谱的左时借着唱腔念白，却是死盯着她的："我们是在冢里，夏夏，我的冢是你亲手建的，别怕，我会永远陪着你……"

话毕他竟来到她身边，朝着她伸出手："我就在你身边。"

蒋璃头发丝竖起，仓皇逃窜，左时却如影随形，始终在她左右，那熟悉的戏曲念白也不离不弃：十数载恩情爱相亲相倚，眼见得孤与你就要分离……

女人依旧悲戚回应：大王慷慨悲歌，使人泪下。待妾妃歌舞一回，聊以解忧如何？

蒋璃惊恐大叫，陆东深……

她睡前没拉窗帘，放眼是难得艳烈的天。她怔怔地看着地板上的阳光，许久，方才觉得自己是活过来了，只是喉咙沙哑。

蒋璃将脸埋在被子里。

冢。

没错，她活在阳光下，心却在冢墓里。

能带她走出冢墓的人，昨晚被她气走了，所以她的心被左时追杀。

她借着阳光看着自己的手，冰凉。

床头的手机响了，成了挽救蒋璃于阴冷世界里的救命稻草，她渴望是陆东深的声音。却是杨远，懒洋洋的："夏昼，沧陵天际酒店的录像视频陆东深准许你看了，另外，江山图已经运到了公司，陆东深传下话了，你能看，赶紧过来吧。"

蒋璃赶到公司的时候，敏感察觉出公司上下气氛不对劲，甚至前台的小姑娘们说话都在敛着，大气不敢出一声。

碰见景泞从行政部那头出来，蒋璃拉她到一边问了两句。

"大中华区这边的业务压力不小，陆总接手之后首先要打通的就是政府关系，亲王府那片地是最好的搭桥方式，但问题是前有狼后有虎，部国强是外资入注，会跟咱们天际拼到底，现在又多了个饶尊，他想插手政府项目是太容易不过的事了。”景泞说得明白，“那片地要是拿不下来，天际在北市日后要走的路不会太顺当，但要是拿下来，陆总肩上扛的压力也不会小。”

“亲王府是出了名的鬼宅，本来就荒凉，流言蜚语落下来的局面不好收场，怕就怕会成了烫手芋头，到时候陆总要怎么跟陆门交代？”

“所以现在集团上下人心惶惶？”

“人心惶惶的倒不是因为这件事。”景泞说，“今早陆总辞退了市场一部的负责人，是公司的老人了，说辞退也就辞退没留丝毫情面，并且整合了市场运营部和营销部，所以全公司上下都提着一颗心，谁都不敢出差错。”

蒋璃对那人有点印象，手底下的市场资源不少：“为什么辞退？”

景泞顿了顿，说：“是跟华力集团的人走得近了些。”

蒋璃的心一提。

“非常时期，饶尊又来势汹汹，一部的负责人这个时候靠拢华力的确让人怀疑。换句话说，现在谁跟华力扯上一点关系都会遭殃。”景泞说到这儿，又补了句，“陆总做事，宁可错杀不会放过。”

蒋璃全身一阵紧过一阵，又想起他昨晚说的话，突然意识到，也许相比左时，饶尊这个名字更让陆东深不悦。

“他人呢？”

“正跟市政的人开会。”

杨远亲自给她开的门。

蒋璃一把将他推开：“视频呢？江山图呢？”

杨远跟在后面不悦：“我说你怎么进我办公室跟走城门似的？”

视频不算长，应该是在视频海里截出来的一小段，有两分钟左右。

一个女人。

没拍到她的脸，只有背影。身穿白色长袍，长发编在一侧，松散慵懒，打远瞧着就潇洒绝尘。

蒋璃盯着视频里的女人，面色凝重。倒是杨远看得好奇，一张俊脸快贴上电脑屏幕了，瞅了半天，又瞅着蒋璃："跟你很像啊，但你不可能出现在沧陵。"

所以，有问题。

对方故意装扮成她的模样，意欲何为？

江山图被安置在公司的储藏室。

一路上杨远简单地跟她说了下事情的来龙去脉。

前不久，沧陵天际行政酒廊的水管爆裂，殃及江山图。沧陵天际生怕画幅受损便找了专业画师进行修复，但修复完也不敢保证江山图的完好无缺，便送往总部，一来可以重新安置，二来需要审查一下。

等杨远将事情解释明白，蒋璃也把江山图看了个遍，语气凉冷："还能找到那个修复师吗？"

杨远说："这个得让沧陵天际那头去查。"

江山图是立在墙角的，蒋璃蹲身下来细细查看，伸手抵在其中一个角落，轻蹭了一下，闻了闻手指，说："不用查了。"起身扯过一张面巾纸擦了擦手，狠狠咬出一句，"就算查也查不出来，沧陵天际酒店里的那群废物！"

杨远微愕："江山图被人动了手脚？"

"江山图里不是普通的颜料，越是这种画颜料就越是讲究。名画代代相传颜色经久不衰就源自罕见的颜料。"蒋璃盯着江山图道，"这些颜料都是来自深山的各色矿石，有的矿石搁到现在已经是找不到了，所以江山图才这么昂贵。那个修复师盗了其中的一种颜料，补上的是市面上最普通的颜料。"

"怎么能断定是盗了？沧陵那边说江山图当时是被水浇过，所以颜料受损缺失也正常吧？"杨远冷静分析。

蒋璃转头盯着他，看得杨远直发毛。

她一字一句："缺失的那块颜料不怕水。"

杨远一激灵，好半天问：“对方要颜料做什么？”

蒋璃沉默。

“这件事怕是陆东深不知情。”杨远思虑。

“先别告诉他。”

杨远看着她，目光迟疑。

“一来他现在分身不暇；二来不过就是幅画，别说颜料缺失，就算丢了毁了他也未必放在心上。小事而已，别去烦他了。”蒋璃说得风轻云淡。

杨远靠在桌子旁，抱着膀，笑看她：“你当我三岁孩子好骗呢？你这么紧张江山图，这里面肯定有事。”

“有事也跟你没关系，你怎么那么八卦？”蒋璃顶了句，“这件事我会在合适的时候告诉陆东深。”

陆东深昨晚就那么走了。

没多说一句话，之后到现在，一通电话也没有。

他说他只要求她好好爱他。

爱一个人是需要资本的，三年前的事耗尽了她的资本。她心里的结哪是她一个人的？一旦真的跟陆东深和盘托出，那最后就将会是两个人的心结。

可他终究还是没为难她，能让她看监控录像和江山图，是不是意味着他又让了她一分？

“你之前说过陆东深不轻易发火，可一旦发火挺吓人的是吗？”蒋璃双臂交叉环抱于胸，“他发火的时候是什么样子？”

杨远睨着她：“不吼不叫，不砸东西不骂人，直接动真格的。”

蒋璃一激灵：“例如今早辞人？”

“你也听说了？”杨远笑，“对方在这个时候跟饶尊接触的确踩了陆东深的底线，当然还有其他原因，一部负责人在报表中做了手脚被陆东深查出来了，这才是关键。他是个商人，利益至上，对方碰了他的利益，他自然会出手，不是辞退那么简单，他是直接让那人在商圈永远混不下去了。”

蒋璃听他这么一说，心里多了几分底气，陆东深昨晚不声不响，按照杨远描述的睚眦必报的发怒后果，估计她今天不会得到个能看视频和江山图的结局。

那是不是说明，其实他是不生她气的？

“亲王府的口碑出了名的不好，天际有必要跟华力和长盛争到底吗？”

杨远盯着她，似笑非笑的：“照理说有些事我懒得跟你讲，也不该跟你讲，你背景复杂言行粗鲁的。但没办法，你是陆东深的女人，我也得多少有点爱屋及乌的表现吧。”

蒋璃最烦他阴阳怪气的样，不悦：“有话就说有屁就放！”

杨远也懒得跟她计较，直奔主题：“亲王府处于北市寸土寸金之地，但受闹鬼传言，周遭一片区域的经济都起不来，流言蜚语这种事不是靠拆了就能解决，但也不能就此空着吧，所以政府决定盘活那一带，以亲王府为中心向四周辐射做旅游商业街。如果不是政府项目，谁都不会接手亲王府那个鸡肋，但有了政府做依托，意义就不一样了。天际是陆门在国内的重要前哨，亲王府那个项目对天际的未来发展很重要。”

原来如此。

亲王府闹鬼一事后来她在网上查了，果真是流传已久，但是……

“那块地拖到现在才开发，应该不单单是闹鬼吧？”

杨远点头：“这其中的确有不少的麻烦事，所以统统归结到闹鬼传言上了，但不管怎样，现在既然是政府牵头，那就意味着政府是下定决心要动那片地了。”

蒋璃终于明白华力和长盛紧咬不放的原因了。

临出门前，蒋璃问杨远：“陆东深以前谈过恋爱吗？”

杨远笑得张扬：“追个女人还得看爱情鸡汤，你觉得他像是谈过女朋友吗？”话毕又叮嘱了句，“陆东深那个人脸皮薄，大男子主义心又强，你可别问他这话了。”

蒋璃这才突然想起那次的对话，当时她问他有没有过恋爱经验，他看上去是挺尴尬的。

“哎——”杨远又叫住了她，“在商场上，陆东深是有人惹他三分他回对方七分，可在感情上他生气具体什么样，我可就拿不准了啊，我就没见过他跟哪个女人生气过。”

往办公室走的时候，蒋璃又惴惴不安，经过杨远的一番话，她想的是或许自己猜错了，不是他原谅她了，而是放弃了，所以任由她查什么就查什么，他不管了。

她想给陆东深打个电话，又不知道打通了说什么。道歉吗？可又觉得自己这么做有点低三下四。道谢吗？问题是，陆东深领情吗？

电梯门开了。

蒋璃一抬眼，愣住。

电梯里四五个人，陆东深如众星捧月，英俊挺拔。

他目光直落她脸上，脸上无涟漪，倒是身边的运营部经理很是热情地跟她打了声招呼。

蒋璃被陆东深的目光逼得身形一矮，心乱如麻，忙说：“按错了按错了，我是打算上的，你们先下。”

脚底刚要抹油开溜，陆东深就伸手按住了电梯，低声喝道：“进来。”

蒋璃头皮一紧。

前脚进，后脚电梯门就关上。

陆东深身边和身后都站了人，蒋璃没处落脚，就只能站在他前面。电梯间的面积再大能有多大？再加上陆东深人高马大的，后背虽是对着他，其实也是若即若离地贴着，能清晰地感觉到他落下来的气息。

深沉，温热。

烫到她的后颈，又顺着她的毛孔呼吸熨了血液。

这个男人就是让人致命的毒，也是让人复活的药。

“找我有事？”冷不丁的，陆东深在她身后开口。

“啊？”蒋璃转头看他。

蓦地反应过来，她刚刚说自己要上楼……杨远的楼上还能有谁啊，就是总经理办公室了。说出来的话形同泼出来的水，只能顶风而上：“也不是，没事了。”

陆东深沉默地看着她。

她转过头，瞄了一眼电梯门，金属门上的男人眼始终盯着她。

电梯徐徐而下。

不知过了多久，又听陆东深说了句："晚上跟市政的人有应酬，下班后你自己吃饭，不用等我。"

蒋璃身子一僵，脑子里如藏了枚闷雷炸开，然后，她敏感听见四周倒吸冷气的声音。

正想着电梯门开了，一楼。

她怎么都没按电梯就跟着下一楼了？

电梯外站了些人，几乎都是天际的同事，陆东深却站着未动。他不动，身后的人也不好意思出，门外的人一看是总经理在里面，更是不方便往里进。

末了，还是运营部经理小声提醒了句："陆总，到了。"

陆东深瞅了她一眼，微微抿紧了嘴，没再多说什么，从她身边经过。

电梯里的人陆陆续续而出，她看着陆东深的背影也浑浑噩噩而出。等电梯门在身后关上后，不知怎的心里腾起一丝异样，这异样的名字就叫勇气。

"哎！"她脱口一声。

明明是很小声，至少她是这么觉得，人来人往的办公楼大厅，随便一个经过的高跟鞋声音都能掩住她的这声"哎"，可是，陆东深就听见了。

他停了脚步，转身朝着她这边看过来。

蒋璃快步上前。

"那个……视频我看了，江山图我也看了，谢谢你。"她在他面前，竟不敢去看他的眼。

"嗯。"头顶上很冷淡的一声。

蒋璃抬眼，见他目光果然跟声音一样薄凉，硬着头皮问："你还生气呀？"

"嗯。"陆东深又是淡淡一个字，但比刚刚有了点温度。

“那昨晚咱们就是吵架了？”

“嗯。”

蒋璃想了想：“你别生气了呗？”

“为什么？”陆东深尊口多了几个字。

蒋璃瞅了他身后正在等着他的那群人，凑到他跟前：“你头低一点，太高了。”

陆东深嘴角扯动了一下，没说话，却低下头。

她贴着他的耳畔，小声说了句：“我以后绝对不会主动见饶尊，我向你保证。”

陆东深闻言，嘴角微微有了弧度，抬起脸，语气也柔和了许多：“好。”

“那你忙吧。”蒋璃心里的压抑倏地就不见了，嘴角有藏不住的笑。

“等等。”陆东深在身后叫住了她，朝前走了两步：“晚上我尽量早结束，不管多晚，你都要等我一起吃饭。”

蒋璃诧异：“你刚才还说不用我等你。”

“刚才是刚才，现在我反悔了。”陆东深抬手掐了掐她的脸，眼里有笑，“必须等我。”

陈瑜主动约谈的时候，蒋璃正好从气味实验室里出来，口罩刚摘，陈瑜就从身后跟了上来，叫住她。

“关于H的香水配方你什么意思？”

“什么什么意思？”蒋璃没正眼瞧她，将摘了的一次性口罩扔进垃圾桶，洗了手进了更衣室。

陈瑜洗完手后紧跟其后，同蒋璃一样脱下白大褂挂进衣柜后，盯着她说：“那个配方一直是我负责的，你现在收回去什么意思？”

蒋璃将柜门一关：“意思很简单，从今天起，我亲自调配这款香水。”

“过分了吧？这个配方耗费了我不少心血，你说拿走就拿走？”陈瑜不悦。

“我曾经做过的一帧帧笔记就不是我的心血了？你不是说拿走也就拿

走吗？”蒋璃毫不客气。

陈瑜被这话堵了一下：“所以，你纯粹就是打击报复是吧？看我累得跟孙子似的，然后你再来接手。蒋璃，你在工作上打压我有意思吗？现在耽误的可是H香水研发的时间，你对我个人有意见可以，但别公私不分。”

“你还算不笨啊，知道我对你打击报复，所以以后你在我面前最好安分守己点，否则不用别的，在工作上我就能碾死你。还有，”蒋璃提醒她一句，“你最好同别人一样喊我夏总监，实在叫不出口的话那就叫夏昼。蒋璃这个名字被旁人听去了倒也没什么，落在陆东深耳朵里那就是忌讳。”

陈瑜攥了攥拳头，冲着她的背影说了句：“我们谈谈吧。”

快下班的时间倒是能偷出几许闲来。

蒋璃还保留着在沧陵时喝茶的习惯，不管天冷天热都喜欢煮茶喝，因为煮出来的茶喝的是髓，泡出来的茶喝的只是味。

将煮好的茶舀进过滤茶碗里，然后分别倒了两杯，她不疾不徐地开口道：“你找我谈话，不单单是为了工作吧，重要的还是陆东深。既然这样，我就先跟你简单说几句工作上的事，然后再来跟你谈你最关注的。”

陈瑜没动眼前的茶，盯着她：“好，工作上的事我希望能听个实话。”

蒋璃端起茶杯抿了一小口，放下：“刚刚也不过是打闹的玩笑话，实际上是作为H品牌香水的首席研发者，你的资格还不够，有陆门的其他首席调香师提出质疑，说H品牌团队中比你更有资格做首席研发师的大有人在。”

陈瑜脸色僵白。

“作为大中华区气味工作的总负责人，只有我接手了才能平息质疑。”蒋璃轻轻转着茶杯，“那么问题就来了，H品牌的这款香水是针对大中华区研发，日后的发行也只在亚洲，怎么就引起陆门其他调香师的公愤了呢？陈瑜，你也是个聪明人，不难想吧？”

陈瑜微微抿着唇，半天端起茶杯喝了一口，才说：“有人借着总集团首席调香师们的手来挑拨你我的关系。”

蒋璃点头：“我是陆东深招进来的，如果没有我，平步青云的会是你。

首席调香师们联合上书，作为负责人我势必要干预，干预的后果就是取消你作为研发师的资格，能平息众怨的就只有我亲自负责，这么一来，你算是新仇旧恨都放在我身上了。当然，我相信对方来这么一招只是试探，日后还不定有什么在等着我呢。”

“你到底跟季菲有什么恩怨？”陈瑜直截了当问。

“我发现你还真是不傻啊，知道做手脚的人是季菲，人漂亮心思也玲珑剔透，倒也不是个傻白甜。”蒋璃抿尽了最后一点茶水，拿起茶舀，“恩谈不上，我跟她，怕是只剩下怨了。”

陈瑜不解。

“说实话你挺有天赋，香水的二次改进配方基本上没什么问题，从气味构建的结构和主题来讲挺不错的，但还差一味，我接手也好，补上那一味配方也就没问题了。”

蒋璃说到这看着她：“我知道你很想通过这次的香水研发窜到陆门，与总集团首席调香师平起平坐，估摸着陆东深也是这么打算的吧。可惜人心照比污潭还要肮脏，所以，你就再等等吧，有合适的机会我会给你。”

陈瑜拿茶杯的手微微一滞：“你不再计较我以前做的那些事了？毕竟我抢了你的光环。”

“光环？”蒋璃嗤笑，懒洋洋地靠在椅背上，“我平生最讨厌跟人抢东西，因为我觉得，能抢走的都是垃圾。”

陈瑜眸光怔了怔：“那你又何必跟我抢陆东深？”

蒋璃轻轻一笑：“陆东深属于过你吗？”

“至少你没出现之前，我是在他身边的。”陈瑜不满蒋璃的云淡风轻，补上一句，“不争不抢是因为你有，如果有一天有其他女人把陆东深抢走了呢？我就不信你还这么风平浪静。”

“陆东深那种男人怕是最清楚什么是自己要的，如果像他那种男人的心思都不在你身上了，再抢回来有用吗？如果有一天他真爱上别人了，我会放他走。感情这种事两厢情愿最好，一方没了心，另一方拖泥带水的，没劲。”

“蒋璃。”陈瑜一字一句，“陆东深就是一剂致命的毒，你跟他待得越久中的毒就会越深，到那个时候你想干脆利落？怕是你也会跟我一样，日夜受尽噬骨之痛！”

蒋璃的一腔随性不知怎的就凝固了，陈瑜的眼神如此坚定，坚定到让她开始怀疑自己，如果真有那么一天，她是否会像今天这么洒脱？

“陈瑜，你有些自作多情了。”末了，蒋璃说了句。

陈瑜不怒反笑：“自作多情？陆东深就是女人的劫，你终究也会的。”她自顾自地添了茶，语气已放得缓和，在天际的这三年，就算再乡野的丫头也会学得情绪控制。

抿了口茶后，她看着蒋璃：“他曾经的一个情人，被他送了人，但即使这样，他的那个情人至今对他还是念念不忘。”

蒋璃手劲一松，茶杯险些从手指间滑落，好在又稳稳捏住，这才没让瞬间失衡的心思外泄。

“看来也不是什么重要的人。”

她轻描淡写了一句，将茶杯放桌上：“你是想告诉我你在陆东深心里的不同？但实际上，全公司上下不过认为你是他的情人，这情人的定义，你刚刚也说了。”

陈瑜没恼：“陆东深从来没碰过我。”

蒋璃一愣。

一来全公司上下都知道陈瑜是陆东深一手提拔的人，两人的关系早就被传得沸沸扬扬，陆东深守着这么个美女心动身动也很正常；二来，依照陈瑜的来势凶猛，就算陆东深没碰过她，这件事她也应该扭曲了事实来搅得蒋璃一团乱才对，怎么会跟蒋璃和盘托出？

“我知道陆东深对你是动了心思，在沧陵的时候我就知道。”陈瑜面色清凉，“但，我是第一个让他跟陆门翻脸的女人，蒋璃，你明白我的意思吗？”

蒋璃曾经查过陈瑜和陆东深的事，虽不是闹得众人皆知，但顺着部梓莘那条线往下捋总能知道大概的事情经过。

至于查这件事的目的，蒋璃跟自己说的是闲得无聊，实际上现在想来，她其实是很在意这件事的。

陆部两家联姻，本就是顺理成章的事，但因为陆门出手干预甚至绑架了陈瑜，所以陆东深一怒之下当众撕毁婚约，并让陈瑜步步高升。知情的人都知道因为一个陈瑜，部家在陆门面前折了面子，因此也损了大笔生意。

一度蒋璃认为，如此深情两人必是朝着婚姻去的，那个时候，看到他们两人在一起，其实她是有些嫉妒的。直到陆东深主动追求了她，她才明白，恩情，有时候比爱情还要重要。

所以，她明白陈瑜的意思。

陆东深可以对任何一个情人狠了心，但唯独可以特殊待她，哪怕她嫁不了陆东深，哪怕她不是跟陆东深有身体关系的情人，她也是独一无二的。

这，才是陈瑜敢跟她宣战的真正原因。

但面上认尿从来都不是蒋璃，要她做到云淡风轻，至少面对陈瑜还是可以的。

“谭战这个人你知道吧？”

“当然。”只是她不清楚蒋璃为什么突然提起他了。

蒋璃舀茶，缓缓续杯：“人人都知道我是谭战的女人，这三年来我别的没抓住，倒是把谭战的心给抓得死死的，谭战待我可谓含在嘴里怕化了捧在手里怕摔了，就是到了他临闭眼时心里想着念着的都是为我铺路。”

说到这儿，她将茶舀放在一旁，抬眼看陈瑜，“谭战是个嗜血过日子的人，我尚且都能把他迷得神魂颠倒，更何况陆东深？”

“陆东深跟他不一样。”

“怎会不一样？这男人一旦动了情全都一样。”蒋璃慵懒地靠在那，任由舀着的茶气飘摇。

“我出事，陆东深压上名誉保我；配方的事，陆东深搭上前途信我。你说了，别人碰过的东西陆东深不会碰，我曾是谭战的女人，陆东深仍旧对我动了心，陈瑜，你说你在他心里的那点恩情我有没有本事挤走？”

陈瑜被她这番话呛得够呛，好半天道：“配方的事你以为陆东深会相信是我动手脚？”

“你还没有这造化，也没这本事，能利用气味无声无息害人的哪会是你这么一个小小的调香师？”蒋璃说得十分不客气，“这件事没完，不管是有意还是无心，不但是我，我想陆东深也会查个明白。”

“别怪我没提醒你，陆门就是个地狱，会活活剥下你一层皮，到时候，你不想放手也难。”

“今日不知明日事，我从来都是走一步看一步。”

荒凉了近百年的亲王府今天很热闹，门口停了几辆车，又有七七八八的保镖守着，偶尔有路过的人瞧见，都被这架势震慑得绕着走。

市政府有心动这块地，下大力度整顿这一片的经济，所以派了人下来做考察，陪同考察的有陆东深和部国强。

部国强最显正式，偕同夫人何姿仪。要说这何姿仪也算是背景响当当的女人，即便后来其父家道没落，可部国强和何姿仪的感情始终不错。

这次部国强特意带了她来，是因为听说徐秘书长的夫人也跟着来了，所以，除了能给市政府的人留下个夫妻和顺的好印象外，想来也是从徐秘书长的夫人身上拉亲近。

由此，徐秘书长才语重心长地拍着陆东深的肩膀：“每次见你都是只带助理，该交女朋友了吧？”

陆东深笑笑：“女朋友脸薄胆小，带来只会让徐秘书长见笑。”

徐秘书长哈哈一笑，指了指他：“你啊，金屋藏娇。”

果不其然，何姿仪和徐秘书长的夫人一见如故，两人相聊甚欢。

后来相携去洗手间的时候，陆东深和部国强已经陪着徐秘书长走到前厅，徐秘书长一脸凝重：“能盘活整条街的势必是要公司实力雄厚，所以，不管是你们哪家拿下这标书，都不能只是拿政府做背景当幌子破坏性改造，这是一条有着几百年文化的老街了，要在尊重传统文化的基础上进行有效开发，必须在规定时间内提交阶段性的开发进度报告，我们既然要动这片地，就要对这一片的经济和民生负责。”

陆东深和部国强应允，尤其是部国强，像有十足的把握。这一路上他跟徐秘书长沟通得比较频繁，再加上两人的岁数相仿，便有了更多话题。

徐秘书长的夫人先出来的，她生得和善，微微发福但皮肤保养得不错，眉里眼里都是对陆东深的喜爱，见三人稍稍有了空闲，就旁敲侧击陆东深是否交了女朋友。

徐秘书长岂会不知道夫人心思，笑呵呵道：“想做媒啊你晚了一步，陆总已经有女朋友了。”

徐夫人“哎呀”了一声，很是遗憾：“这么俊还这么年轻有为的小伙子应该肥水不流外人田才是啊。”

陆东深浅笑：“徐夫人过奖了，我就是个全身铜臭味的商人，真要是入了仕界这个田，那会熏臭了一片庄稼地。”

众人被逗得直笑，却见何姿仪从里头跑了出来，向来形象温雅的她，此时此刻竟像个疯婆子似的大呼小叫，一把揪住部国强指着洗手间的方向：“鬼！有鬼啊！”

“胡说什么？”部国强眉头一皱冷喝，但想到还有外人在场，便缓和了语气，将何姿仪拉住，“一定是你昨天晚上没休息好，别胡思乱想了。”

然而何姿仪真是被吓得不轻，所以压根就顾不上部国强的心思了，声嘶力竭：“我没看错！就是有鬼，一个女鬼……她、她刚刚就站在戏台上唱戏，那张脸惨白！”

离这里最近的就是戏台入口处的洗手间，从那头出来，眼能瞧见的就是那处戏台。

部国强脸色不好。

这闹鬼传言都是这里的街坊四邻传开的，虽说的确影响了这一带的运营，但作为政府的人是绝对不愿听见这种流言蜚语的，更何况，还在今天这么个节骨眼上。

徐夫人见状上前拉住何姿仪的手，安慰道：“你八成是听了些这里的传言，其实啊，都是没影的话，不用相信，这世上哪来的鬼呀，别自己吓自己了。”

何姿仪一把反握徐夫人的手：“你不信我？你们不相信？我刚刚真的看见了，白飘飘的，脸上画着脸谱，走路没脚的……”

部国强将何姿仪拉过来，压低嗓子：“够了。”

“我真的看见了！”何姿仪一脸惊恐。

徐秘书长的脸色不大好看，轻咳了一声：“我看，要不咱们就过去瞧瞧，八成是来亲王府捣乱的人。”

部国强面子上挂不住。

徐秘书长看向陆东深：“陆总觉得呢？”

“哪用劳烦徐秘书长？”陆东深含笑，转头给了景泞一个眼神，景泞领会，命几名保镖过去查看。

徐秘书长欣慰地看着陆东深。

就这样，几名保镖将亲王府上上下下翻了个遍都没瞧见半个人影，更别提在戏台上唱戏的女人了。

何姿仪的精神状态十分不好，无奈之下，部国强只好先行带她离开。

陆东深亲自送徐秘书长回到车上，临关车门前，徐秘书长看着陆东深有些意味深长：“别看你年纪轻，做事倒是沉稳冷静。现在华力闹出些不好的传闻来，部家夫人又疯言疯语的，陆总啊，你们天际可别在这个时候出岔子。”

“您放心，天际不会让您失望的。”陆东深手抵着车门，眉眼波澜不惊，“餐厅的地址我已经给了司机，您一会儿跟在我车后面走就行，今晚的厨师做得一手地道的上海本邦菜。”

话毕微微压下头看向徐夫人：“最拿手的当数腌笃鲜，已经给您备下了。”

徐夫人笑道：“真是有心了。”

陆东深关上车门后又叮嘱了司机几句，然后回了自己的车子里。

车门一关，车子徐徐前行，徐秘书长的车子紧跟其后，再前再后就都是保镖的车子了。

景泞坐在陆东深身边。

陆东深沉默了许久后问景泞："邰夫人撞鬼一事你怎么看？"

景泞坐得僵直："估计是眼花看错了，这世上哪有鬼呢？但这一下子倒是在市政面前的印象打了折。"

"是吗？"陆东深语气淡淡，靠在车座上，"说者无心听者有意，景泞，你的脸色很不好。"

景泞打了个冷战，忙道："陆总，我只是没休息好。"

陆东深不再说什么。

倒是景泞，心底的寒意越来越重，曾经，她也在亲王府里听见有人唱戏，但这件事是绝对说不得给陆东深听的……

华力集团出了丑闻。

大抵是商业操守出了问题，暗指其集团负责人买通商业间谍等行径。这番流言蜚语倒是没形成正规的新闻通稿上了电视，但在网络上被炒得沸沸扬扬。

网络传播迅速，一度上了热搜，虽说很快就被人撤下来了，但众说纷纭还是有的。

饶尊对此没有出面澄清，集团的公关组对外声称一切只是谣言。

蒋璃是刷微博的时候瞧见的，心中暗惊。大 V 转发的那些文章都已经被限制了，可她虽说只看见了零星一点，也是瞬间能猜测出华力目前的处境。

陆东深十分决绝地辞退了跟华力接触的一部负责人，暂且不说对方是否真有泄露商业机密的嫌疑，就是单单在这个时候做出辞退的行为也足以让外界猜测，更别提陆东深下了一着狠棋，将对方逼得无路可走。

如此高调和铁腕，自然就将矛头指向华力，也将外界的视线转到了华力身上。怎么就这么凑巧现在又是亲王府项目竞标阶段？所以，今晚这番流言四起也就有章可循了。

蒋璃隐隐不安。

陆东深做事滴水不漏，商场之上如同一头运筹帷幄的虎，永远都是伺机而动步步筹谋。

可她十分了解饶尊，今天这般吃亏他绝不会善罢甘休，如果陆东深注定是头虎，那饶尊就是匹狼。在国内的市场上，陆东深单打独斗，而饶尊身后可是有背景的。

未来的路，哪怕没有长盛集团，饶尊也将会是陆东深最强劲的对手。

商川收工时助理过来了，小声跟他说，外面有人找。

今天是他的主场戏，已过凌晨，这个时间不可能是有什么人来探班，并且今天剧组也没有探班安排，商川想了想问，什么人。

助理说，也是个传话的，说他们老板一直在等您收工呢。

果真就是个传话的，黑色西装工整得很，但虎口有茧，看样子是个保镖。见了商川十分恭敬，但不让助理跟着，在前方引路，带着商川出了剧组范围，朝着路边停靠的一辆车子过去。

上了车，司机不在车上，保镖也守在了车外。

对面的男人正襟危坐。

本就是郊区，入了夜路灯也不及市区明朗，所以男人脸上罩了大片阴影。

商川借着微弱的光影打量了他，总觉得有些眼熟，好半天才想起，迟疑："您是……部业扬？"

部业扬微微颔首："是。"

商川不解地看着他，长盛集团的副总，经常会有些采访报道出来，曾经也在某些场合有过交集，但他和部业扬绝没到促膝长谈的程度。

"您来找我是？"

部业扬左腿叠着右腿，一手端着红酒杯，一手搭在车座上，姿态十分悠闲："我来是想卖你个人情，不知道你能不能接得住。"

商川不知他葫芦里卖的是什么药，只能拾级而上："洗耳恭听。"

郜业扬抿了口酒："你不是一直在找左时的下落吗？"

"你知道左时在哪儿？"商川一下子变得激动，但很快反应过来，警觉地盯着郜业扬，"你怎么会知道左时？"

郜业扬笑得深沉："我既然想卖你个人情，那有些事有些人总得先打听清楚吧。"

商川虽说觉得奇怪，但既然涉及左时他肯定会焦急，便追问郜业扬。郜业扬轻轻晃了下酒杯，红酒在杯里左右撞了撞，杯壁上挂了酒色，暗红似血。

他说："也许，你听完我跟你讲的事你就知道左时的下落了，也会再去衡量你要不要继续跟天际合作。"

/ 第七章 /

凭他是我喜欢的男人

总部对于配方成分调查一事有了结果时，这一天正是大风。

窗外洋洋洒洒的白絮飞过。

蒋璃随着养父母来北市定居那年也是这个季节，柳絮比这还要多，随风而过铺在地上一层又是一层，像雪。

接到电话时是上午十点。她赶到会议室时里面已经坐满了人，正中的位置坐着陆东深。在他左手旁坐着陆起白和杨远，紧挨着杨远的还有一男一女。他右手边空了一个位置，然后是景泞。

没有秘书在场做记录。

蒋璃心里咯噔一下，内部会议。

见她来了，陆东深示意了一下他手旁的空位："坐吧。"

所有人都在等她，或者，是要她给个交代。

等坐下后，陆起白做了个简单的介绍："这两位是总部检验部的负责人 Denny 和检验师 Karen。"

正要介绍蒋璃时，Denny 开口说话了："我知道你，夏昼，现在整个陆门都知道你在跟季菲宣战。"

Denny 看上去四十岁左右，下巴刮得干净，穿着商务，但那双深蓝的瞳仁里有着点不羁，搭在办公桌上的左手无名指上戴着婚戒。

哪怕隔着几个人的距离，蒋璃也能闻得到他身上古龙水的气味，外国人体味重，大多喜欢用强烈的香水味来遮掩，但是这个 Denny 不同，他身上的体味尚算清爽，那么还如此喜欢古龙水就意味着本性挺招摇的。

蒋璃开口：“我不屑于跟谁宣战。”

Denny 听了微微扬眉。

陆东深这时开了口：“两位说一下目前的情况吧。”

Denny 看了一眼 Karen。

Karen 先是将化验报告逐一给大家发了一份，坐下后直截了当：“经过我们的化验，配方里并没有发现你所提到的强心草成分，而且季菲也不承认里面添加了强心草。”

Karen 是个口齿伶俐语气犀利的姑娘，面不带笑，挺年轻的，但看上去也很保守，职业裙在膝盖，这个长度在国外大多数企业已经很难见了。没结婚，无名指上空空荡荡。

陆东深在翻看化验报告时微微蹙眉，蒋璃连报告都没看，文件一合，身子朝后一靠：“不可能，配方里有强心草的成分这是事实。”

“你的意思是我们检验部出了问题？”Karen 语气不悦，“作为总部的检验科，严谨是我们一贯的态度。”

蒋璃嗤笑：“这跟严谨没关系，跟你们是不是有本事有关。”

Denny 闻言饶有兴致：“请问夏昼小姐，你是通过什么方式找出强心草成分的呢？”

蒋璃不疾不徐：“鼻子。”

“鼻子？”Denny 笑了，“难道鼻子比仪器还要精准？你的玩笑开得有点大。”

蒋璃不悦：“我从来不拿工作上的事开玩笑。”

Karen 说话：“目前检验结果就是这样，配方中只存在侧伯、杜松和长叶竹柏的成分，没发现强心草，所以也压根没有出现石蒜碱这类有毒成分。”

蒋璃本来就觉得这两人有袒护总部的架势，听了这话更是不高兴，刚要争辩，陆东深就横过来手轻拍了两下她的手背，示意她少安毋躁。

他转头看着 Karen，问：“有关配方的检验做了几次？中途有没有人插手或者换检验员？”

Karen 十分坦然：“这件事一直是由我来负责，因为事情严重，所以过程一直是与外界隔离的，没人插手，我也没有转手给其他人，前前后后做了三次，同样的结果。”

Denny 看向陆东深说：“Marcus，总部检验科的权威和专业你应该很清楚，人的鼻子会出错，但仪器不会错。”

蒋璃心口一提，下意识反手抓住陆东深的手：“你要相信我，配方真的有问题。”

强心草并不可怕，可怕的是成分与成分结合形成的石蒜碱。大中华区的配方是统一的，虽说其他地区的配方中也含有强心草，但气味组合没有陆东深办公室里的那么复杂，之所以被蒋璃查出石蒜碱，恰恰就是因为他之前所抽的烟草与强心草起了反应。

这般细枝末节才叫蒋璃后背发凉，她很早就觉得这件事是针对陆东深的。

陆东深任由她抓着自己的手，没管在座的个个眼神有异，他看向 Karen 问：“大中华区抽了几处样品过去？”

“这件事因为涉及你，所以天际旗下但凡涉及配方的我们都做了抽样，Marcus，这是件十分耗时耗力的事情。”

Karen 说话干脆，目光直视蒋璃：“我知道气味构建师的鼻子都很灵，尤其是夏小姐的。我之前也多少听说过夏小姐的能耐，但你也许并不清楚我们陆门检验机构在全球的权威性，陆门拥有一线顶尖级调香师，而旗下诸多奢侈品品牌的气味实验都要经过我们检验机构审核才行，我们所有的检验仪器也都是花巨资耗费多年研发，可据我所知，夏小姐不久前感冒过。”

感冒是气味分析师最大的忌讳，会直接影响对气味的判断，蒋璃没料到对方竟在调查中这么事无巨细，连她的自身状况都要暗自调查。

刚要开口，就听陆东深说：“她感冒是在提交配方修改建议之后，而且并不严重。”

这也正是蒋璃想说的，那天她在剧组被冻个半死，陆东深接她回城之后第二天她的确有点难受，但也只是头稍稍昏沉，远没发展到要吃药打针的程度。而且从事气味工作她怎么会不清楚行规，别说是轻微感冒，就算是重感冒都不能轻易使用西药。

她那次也算幸运，喝点热水也就好了。

Karen 没料到陆东深会这么直截了当，愣了一下。

一直沉默的陆起白开口了："目前配方存在异议，安全起见，我们江南春不会使用天际酒店的所有日化类配方。"

Karen 多少不悦，Denny 笑了："你的意思是要做外部引进？"

陆起白从容不迫，目光落在蒋璃脸上："我相信夏总监已经有了最好的配方方案。"

奈何 Denny 并没给蒋璃开口说话的机会，驳了陆起白的话："这恐怕不行，原配方并没有检查出任何问题，所以总部的要求是继续沿用原配方，新配方如果想要投入使用的话，至少要经过总部长达半年的检验审核，不能直接拿来使用。"

陆起白微微一笑："这期间或许是有什么差错，夏总监的能力有目共睹，所以，我不相信夏总监能出错。"

杨远在旁眼观鼻鼻观心地若有所思，陆东深保持沉默，蒋璃多少愕然，不承想陆起白会替自己说话。

Denny 听出陆起白的话中所指，收了吊儿郎当，面色严肃："我们检验机构自成立那天起接手的气味配方共十三万六千五百起，检验率为零误差，所谓权威可不是我们自吹自擂的，那是靠着我们的汗水和专业一点点累积出来的。"

Karen 也道："没错，我们只做检验不管其他，如果夏总监另有所图，我想也最好别在配方上动手脚，毕竟配方检验不是儿戏。"

"你这话什么意思？"蒋璃忍无可忍，拍案而起，怒火燃了瞳仁。

Karen 没料到她能直接拍桌子，被她这番来势汹汹吓了一跳，半天没说出话来。

陆东深转头看着她："你先坐下。"

"陆东深。"蒋璃嗓音压得极低。

"坐下。"陆东深威严，重复了句。

蒋璃压下火，重新坐回椅子上。

陆东深看向 Denny："既然原配方没有问题，那就继续投入使用。"

蒋璃倏地转头，惊愕地瞅着他。

陆东深没看她，目光落在陆起白脸上："江南春的所有日化配方也都要听从天际统一调配。"

"好。"陆起白道。

蒋璃攥紧了拳头，脸色十分难看，盯着陆东深的脸，咬牙："你不相信我？"

陆东深将文件推到她面前："上面的数据不会作假。"

蒋璃的唇越抿越紧，瞳仁里如同装了枚原子弹，时刻都在引爆的边缘。杨远在她对面看得清楚，忙出面调和："我看这样吧，这件事我们会再商量商量，看看——"

"不用，配方正常投入使用，否则会影响各部门的运作配合。"陆东深打断了杨远的话，斩钉截铁。

他的这句话成了压倒蒋璃的最后一根稻草，原本想着他肯定是站在她这边的，现在这番，足以证明他并不相信她的判断。

像是被人当众掴脸，蒋璃觉得羞怒难耐，又心口生疼，再无忍耐的脾气，蓦地起身，将手里的文件往空中一扬："去你们的狗屁配方！"话毕直接出了会议室。

所有人都震惊了。

尤其是杨远，抬手擦了擦额头，冷汗都出来了。

只有陆东深，似乎早就料到蒋璃这般脾气，眉眼不见愠色，看向 Denny："关于原配方一事我会亲自汇报总部。"

Denny 微微挑眉："这件事应该要夏总监来做吧？毕竟，她要为这次事件负责。"

陆东深落在他脸上的目光肃了肃："夏昼是我的人，你想让她负什么责？就算是她出了差错，也是由我来担着，你还有什么不放心的？"

Denny 噎了一下，好半天说："由你担着，当然放心。"

蒋璃点了一本菜。

隔着天际一条街，在西北角的一家面积只有六七十平方米的小餐馆。老板是个重庆人，做得一手好菜，菜价又便宜，最适合这附近的工薪阶层，所以一到中午餐馆就爆满。

蒋璃之前被茱莉安利过一次，今天顶着一肚子气拉着茱莉来了这家餐厅，幸运的是逮着了空座。别的桌充其量就是按盘点，蒋璃一腔怒火没处撒，点菜的时候将整本菜单往老板娘怀里一塞："上一本菜！"

老板娘惊愕："菜单里的菜……全要？"

蒋璃一拍桌子："对！"

结果，老板就照着一本菜去做了，桌子又给她拼了四张，挤得其他桌的客人怨声载道，但更多的是好奇这么个瘦弱女子受什么刺激了。

茱莉盯着一盘盘上桌的菜，头疼死了，小声对蒋璃说："夏总监，这么多菜咱也吃不完啊……"

蒋璃死死攥着筷子："吃不完就打包送给外面捡破烂的！"

茱莉也不知道她是怎么了，心里惶惶的，她是在公司食堂吃过了的，哪还有胃口再吃这些，但又不敢不陪蒋璃吃。正拉扯纠结，手机就响了，接通，她紧跟着腰身一挺："对对对，嗯是，好，我出门接您。"

蒋璃没心思搭理茱莉接了谁的电话，掰开一次性筷子，两根筷子相互蹭了蹭，去了上面的毛刺，闷头吃饭。

刚吃了两口就觉得对面的光线被挡住了。

抬眼一看竟是陆东深来了，在她对面坐下。

在出卖了她的行踪后，茱莉成功地逃脱了。

陆东深出现在这种地方很不合时宜，还是开会时的西装革履，坐在塑料椅子上总觉得奇怪。

蒋璃闷头吃东西，没搭理他。

陆东深扫了一眼由四张桌子拼凑成的一张大桌，桌面油腻，桌子的一角堆着酱油和醋瓶子，上面的标签也已经被渍得腻糊了，透明袋子撕开一角，里面装着的是粗糙的餐巾纸，一次性筷子就散放在泛旧的绿色塑料筷盒里。

他坐在那几乎不敢动，总觉得哪怕稍稍一动身上都能沾上油污菜腥。

蒋璃吃得不痛快，决定眼不见心不烦，叫老板把已经做好的饭菜打包，结账落在陆东深身上。

见她起身要走，他拦住了她："行了别气了，带你去个地方。"

"不去，你也不是什么善类，万一你找个没人的地方将我先奸后杀怎么办？"

"小姑娘看问题别这么通透。"陆东深揽过她的肩膀，"虽然，我的确想把你给奸了。"

接近市区的近郊，穿过片片林立高楼，蒋璃觉得这里变化太大。

陆东深果真是把她带到了一片无人区，远处是苍青翠绿的幽山，穿过长巷，尽头是老木门和灰瓦白墙。可走近了，那木门上是最先进的防盗系统。院落极大，郁郁葱葱有绿植，还有一株参天高的樱花树，樱花已落尽，冒出鲜嫩的叶子来。还有棵古槐，与樱花遥遥相对，如此，春季樱花飞落，秋季金黄铺地。

更像是晚清的百年老宅，一面很大的半透明落地玻璃窗却添了现代感。共三院四房，格局讲究。

蒋璃置身其中，偌大客厅最显眼的当数西墙边的壁炉，像极了在沧陵时的模样。壁炉旁有沙发茶台，一盏半人高的鎏金香炉做工也甚是讲究。

最适合入冬之后，窗外皑皑白雪，屋内围炉夜话。

"这是几个意思？"她不大清楚他的目的。

陆东深没作答，牵着她的手到了西院。

相比前院这里更隐蔽些。

最让蒋璃吃惊的是，屋子里完全被打造成一处实验室，她看了一眼仪器，都是目前国际上最先进的。

“这……”

陆东深还是笑而不语，又拉着她到了后院。

后院的面积几乎是一眼望不到头，就像是一片小森林，可仔细打量，眼前的花草绿植不是天然生长，更像是后天移植栽种，占满了眼眶。

院落背阴处晒着各类植草，还有倒挂在屋檐下的，墙角有一张三米多高的梁架，铁铸而成十分结实，格子里全都是手工的瓶瓶罐罐，大小不一。

蒋璃呼吸急促，眼里激动。

熟悉，又不熟悉。

“我让他们从沧陵运来了这些，你看看还缺什么少什么。”陆东深说。

蒋璃细细打量，摸摸看看的，喃喃：“不缺，比之前大上很多。”

她在沧陵有一片隐居之地。

不但种了大量的珍贵香料，而且存放了不少她从各地搜罗来的香料，成品、半成品的都一一晒好存好。当时她离开得匆忙，都没能回去一趟，可即使回去，那么多的东西她也拿不了。

不想，陆东深竟帮她都取回来了，而且后院里栽种的植物也都是她在沧陵住所里的，甚至比以前的还要多。

“那个实验室是？”

“你一直抱怨天际的实验室太小，设备跟不上，现在这处实验室应该算得上大中华区最大的了，设备跟陆门总部有一拼。专业设备上去了，又有专业的实验基地，那有些配方就算出了问题也可以在大中华区解决，足够有理由驳回总部插手调研的传统。”陆东深说。

蒋璃被他的话惊了一下：“所以，你的意思是说，这里从此以后我就能用了？”

“本来就是给你的。”陆东深笑，“这里以后就是你和你团队的实验室了。”

“陆东深，这太突然了！”她近乎惊叫，之前一点征兆都没有。

陆东深将她的发别在耳后：“你心念着沧陵，除了那份还不掉的人情，应该就是你的实验室了，毕竟里面放着的是你多年的心血。”说到这他微微压脸，“现在，我给你了一个更大的实验室，你想怎么做就怎么做，囡囡，能把你的心从沧陵收回来了吗？”

蒋璃可真是又惊又喜的，但听了他这话也忍不住反驳一句：“你给我实验室就是为了让我收心啊？”

“当然。”陆东深毫不掩藏，“毕竟我不希望你心里始终记着个谭战，让你放手去做自己想做的事是想告诉你，谭战能给你的我能给，谭战给不了你的我也能给。”

蒋璃眼神黯淡了一下：“谭爷已经去了，你这又是何必呢，再说了……”她没说下去。

曾几何时她也问过自己，谭战在她心里究竟算什么？她到底有没有爱过谭战？

谭战足够好，她也足够喜欢他。

可这份喜欢跟喜欢陆东深的感觉不一样。

她对谭战是恩，是敬，是哪怕掏出命来她都不后悔的忠，陆东深有句话说对了，恩情大于天，谭战对她来说，就是大于天的那个人。

陆东深将她圈在怀里，似乎也能猜到她咽下去的后半截话：“女人跟男人不同，有时候恩情沉淀久了就会误以为爱情，所以，我任你怎么疯怎么闹，只要求一点，心里不准再去想其他男人，谁都不行。”

蒋璃抬头看着他：“你不让我去想别的男人，那也得对我好才行。”

“我对你还不够好吗？”

蒋璃抿嘴，也的确，他对她足够好。

“其实，你是相信我的，对吧？”她沉默半晌后问，如果不相信，哪会送这么个实验室给她。

“我从来都没怀疑过你。”陆东深说。

“可是那个配方你还继续投入使用。”

陆东深叹了口气：“我问你，那个配方除了会对我造成影响外，其他人会有损伤吗？”

蒋璃想了想，摇头，配方之间的气味要相互配合，重点是在他之前抽的烟草上面，烟跟室内的气味结合才能产生慢性毒素。

“所以，那个配方可以使用。”陆东深跟她讲道理。

“但是你怎么办？”蒋璃急了，“虽然你断了那烟，但谁知道以后配方里还能多什么？我不相信那边的人。”

陆东深听了这话倒是笑得开心：“你是有多担心我？”

“你是我男人，我担心不行啊？”蒋璃没好气。

陆东深笑着将她搂紧，这句“我男人”让他心情大好。“我跟总部申请，以后我使用的一切跟气味有关的配方都由你来做。”

“能行吗？总部的人都驳回了陆起白的请求。”

“如果是在质疑配方的基础上要求替换配方肯定是不行，但我可以凭个人喜好吧。”陆东深说，“我不喜欢那个气味，重新换一个总可以，这个借口听上去很合理。”

蒋璃忍不住笑了。

果然奸商啊，这种鬼点子都能想得出。

见她笑了，陆东深也总算放下心，捏了捏她的脸：“现在大中华区还要依托总部，所以有时候不能跟总部的人硬着来，配方一事影响挺大，季菲在总部也是有些势力瓜葛的，倒不是说总部的实验室里有她的人，单说这次事件如果总部真追究下来就有你受的。”

“可是那个配方真的有问题，这件事不能就这么算了吧？”

“当然不能翻篇，这也是我给你实验室的另一个原因。”陆东深如实告知，“总部实验室有它的权威，我倒不是怀疑他们从中做手脚，怕是真没检测出你所怀疑的成分，所以，我才要配方继续投入使用，一来不会对我和其他人有影响，二来我们还可以继续抽样做调查，两全其美。在会上你跟我公然翻脸，会使得所有人都以为我不相信你，所以更方便你来日方长的取样调查。”

蒋璃心花怒放。

在会议室里她之所以拂袖而去，一方面是因为总部的人咄咄逼人，另一方面是因为陆东深同意原配方的投入使用。

离开公司这一路上她生气，不单单是觉得他不信任自己，更多的是担忧，想凭着一个配方来削弱季菲在总部的权威不大可能，除非能有最直接的证据。

可证据怎么找？

配方问题纯属巧合的话，这件事就永远成谜，但如果有人有意为之，那这次她插不了手的话就会助长了对方的嚣张，日后必然会变本加厉。

气味害人，她要怎么防？一旦她无权干涉的话，那就是防不胜防。

一个陆门不单单是陆东深自己家开的，在入职的时候她就了解过，陆门是整个陆氏组成，陆氏人员构成复杂，所分摊的业务也多如人体血管，动一发就牵全身，各个产业盘根错节，环环相扣。

主席之外是六大股东，各个都是陆氏长老级人物，一路打拼着江山过来的，可谓势力大话语权也重。陆东深是晚辈中间冒头最快的，同时也是受到掣肘最大的，想要真正坐上主席之位哪是那么容易的事。

他有权衡有顾虑她能理解，只是怕明枪易躲暗箭难防。

现在，陆东深却把话说得这么明白，明修栈道暗度陈仓。他不但信任她，还给了她信任的资本。

她应该想得到总部不会善罢甘休，浪费了这么久的人力物力，配方又维持不变，势必是要抓个负责人出来扛雷，但很显然，她的雷陆东深帮着扛了。

陆东深见她眉梢喜动，就问她：“现在还生我的气吗？”

蒋璃胳膊一伸主动缠上了他脖子，身若无骨似的贴着他：“也不算太消气吧。”

她身上有香气也有妖气，就像是她的眉眼。陆东深最痴迷于她的眉眼，眉藏英气，可又媚在眼睛上，勾的人就欲罢不能。他圈住她的腰，不由想到她说她自己是一身懒骨，在他看来倒是一身媚骨，从眼睛里灌进骨骼、血液，又印着肌肤的香，透过很细的腰身到他的掌心。

他说：“如果这也是夏姑娘的生气方式，那我倒是认了，天天这样挺好。”

蒋璃瞧着他，他含笑时很温柔，温柔到连他眼睛里的她都变得温柔了，她搂紧他，脸埋在他怀里：“其实我脾气可不好了，但真是奇怪啊，你总有办法让我气不起来啊。”

陆东深听了心里甜：“你也很有办法，总能牵着我的情绪走。”

蒋璃搂紧他：“陆东深，你真好。”这种感觉也真好，是从未有过的好，搂着他，就像是搂着全世界一样，踏实。

“现在才知道我好？”陆东深笑问。

“早就知道。”蒋璃没避讳自己的心思，“只是不敢去深想。”

“怕什么？”

“怕中毒，怕失去，你对我越好我就越会想，如果有一天我们分开了，那我会不会病入膏肓。”

陆东深弹了她个脑瓜嘣，疼得她直瞪眼，他说：“你这一天到晚地脑子里想什么呢？跟我在一起就想着哪天分手是吧？”

“我说得多现实啊！谁能保证谁跟谁一生一世地老天荒啊？”蒋璃说。

陆东深捏着她鼻子：“你离不开我。”

“凭什么？”蒋璃挑眉笑。

“凭我的人格魅力。”

蒋璃对于他的强大自信叹为观止：“人格魅力再不灵呢？”

陆东深十分认真地考虑了一番，一本正经说：“那只能凭床上功夫了。”

蒋璃一愣，突然又被撩得耳根子燥热，冲着他龇牙：“你时时刻刻都想着对我耍流氓是吧？”

他笑：“还真是。”

“正儿八经的外皮，藏着一身风流骨。”她说，“让我想到 Denny 了，我一点都不喜欢他俩。”

“在会议室里公然把你给得罪了，你喜欢不起来也正常。”

“跟得罪我没关系。”蒋璃撇撇嘴，“你们陆门里够乱的啊，那个

Denny 跟 Karen 有奸情，今晚还不定怎么翻云覆雨呢，这次来国内出差可真是给他们那对奸夫淫妇苟合找到正当理由了。都一个已婚男士了，要脸不要脸？”

陆东深惊讶：“这话怎么讲？”

“我能从 Karen 身上闻到 Denny 的气味。”蒋璃说到这，脑子里闪过一丝光亮，像是要想起点什么来，但转瞬就忘了，没抓住，“如果不是经常在一起鬼混厮磨交颈而卧能这样吗？”

陆东深轻叹：“那是他们的私事。”

蒋璃嗤哼：“我就是看不惯而已。”抬眼瞅他，“倒是陆起白今天让我挺意外的，他跟我并不熟，所以突然出言相助让我心里很没底。”

“没底就对了，这世上不会有人无缘无故帮你，哪怕你貌美如花。”陆东深轻笑。

可心里明镜，陆起白在会议室里那番话是明帮暗踩，在那种情况下，甚至说在已经板上钉钉的情况下还有意倾向夏昼，这明摆着是有制造矛盾的嫌疑。

他的这个堂弟，可没有明面上那么和善。

蒋璃斜眼睨着他。

陆东深明白她眼神的含义：“没错，如果我不是看上你了，你以为我会闲着没事帮你？”

“听你这么说，我怎么觉着你一开始就图谋不轨呢？”

陆东深笑得不怀好意：“没错，我惦记你也不是一天两天了。”

“堂堂天际总经理啊，说话要不要这么口无遮拦的？”蒋璃听得小心脏扑腾扑腾地跳。

陆东深愈发爱逗她，笑着正要回击手机响了。

这个时间打电话来十有八九是公事。

果不其然，陆东深接起电话后脸色微沉了，那头说完后，他道：“我知道了。”

蒋璃有了不好的预感，等他收起手机后忙问出什么事了，陆东深也没瞒她，说：“是商川，到了最关键的一场戏，现在闹着要解约。”

《浮生》这部戏的翻拍受到广泛关注，又是因为商川的加入成了众所期待的剧集之一，为此环嘉影视公司投入了大量的财力物力。

而商川解约风波将环嘉彻底推到大众的视线里，事件刚起就曝了光，然后闹得沸沸扬扬。

论起解约的理由，众多媒体给出的是商川在拍摄《浮生》期间多次遭遇不愉快经历，并且环嘉严重违背合同上的规定。

具体怎么个违背，又违背了什么这等细节没有被罗列出来，闹得最凶的当数商川的粉丝，几乎是一边倒地谴责环嘉影视的周扒皮行径，因为在粉丝们认为，商川向来是性情温和不惹是非的好演员形象，若不是对方太过分，他们家的商川也不会走到解约这一步。

环嘉的老总亲自赶到天际，很显然，商川一事闹得环嘉压力倍增，就连环嘉老总这么个常年混迹娱乐圈的人都吃不准这次事件的严重性，请求帮助了。

蒋璃的工作范畴与环嘉无交集，所以无权参与会议。回了家后先是把解约事件的前因后果在网上搜了一遍，并没发现最新的事件进展情况，但众多口水仗中，有几个讨论倒是让蒋璃看着奇怪，是关于《浮生》这部戏的，有人说这部剧其实挺邪的，当年这戏在首拍时，男主角和片方也似乎闹得不愉快。

这话还得从《浮生》这部小说讲起。

当年，这部小说火遍大江南北，其作者也凭着这部小说一跃成就了写作事业上的辉煌，直到现在，这部小说也在不同版本加印中。小说如此之火，所以当年改编的电视剧也是火得一塌糊涂。

但电视剧的火热不同于小说。很显然小说的寿命更长一些，而当年的这部剧也留在那些年那一代人的心里而经久不衰。

往往热剧翻拍之前都是掀起重温老剧的节奏，但《浮生》老剧年头着实太长了，那个时代网络又不发达，想完整地将影像资料保留下来不大可能，所以大家在网上搜到的也只是片段。

蒋璃也搜过，通过各种渠道，但能到手的信息最多也是演员的。

当年饰演男一号的演员叫吴重，是当时最有发展前景的艺人，用现在的话说就是少女少妇们都为之动心的鲜肉，他出演的剧不算多，但每一部的口碑都不错，尤其是他在《浮生》中的出演。只是他命薄，这也是直到现在网络上他的资料少之又少的原因吧。

当年《浮生》的女主角是个新人，似乎在出演了《浮生》之后就退出娱乐圈，网上有关她的消息更是少得可怜。

所以，对于网上评说这部剧当年在拍摄时男主角跟片方也闹过矛盾，蒋璃查了许久都没查到。

但就是隐隐觉得不对劲。

明明就是极少数人的观点，她就觉得冥冥之中像是有什么联系。

女人想事情，有时候靠的是直觉。

蒋璃相信自己的直觉。

这些年她虽身处沧陵，但也算是个走遍大江南北的人，穿过荒芜深入大漠，潜过海底走过戈壁，往往是无人险境，所遭遇的都是最残酷的自然考验，几次面临生死时，靠的就是直觉。

天擦黑时，蒋璃给商川去了通电话，被告知关机。经纪人也联系不上，又得知商川早就离开了剧组，思来想去后就直奔了商川的住所。

敲了大半天门，没人。

末了，给他手机上留了言，又以防万一，写了张字条夹在他家的门缝里，要他看见后务必第一时间联系她。

等折腾完这些回了家已经八点多了。

蒋璃心里还在七上八下的，不知道陆东深的会开完没有，正打算打给景泞的时候，门铃响了。

开门一看，是陆东深。

陆东深换好了鞋进屋，跟她说："我一会儿还得回公司。"

蒋璃一愣，"那你来这一趟干什么？"

陆东深摸了她的头："讨口饭吃。"

前后不到二十分钟，两菜一汤，简单精致。

清炒奶白菜、小炒嫩鸡肉、鲜笃汤外加一碗白米饭。

"冰箱里仅剩的食材，也算你幸运，否则真就只能吃糠咽菜了。"蒋璃坐在他对面，倒了杯牛奶陪他吃饭。

陆东深中午没什么胃口，回到公司又一口气忙到天黑，到了现在也的确饿了，吃得挺津津有味的，但即便真是饿了，也没狼吞虎咽的架势出来。看得蒋璃直感叹，这从小生活在陆门里，得接受什么教育才能修炼得如此稳当。

"你一会儿回公司是要继续开会吗？"蒋璃拄着下巴问。

陆东深喝了口汤："不用开会，公关部今晚连夜加班启动应急方案，我亲自回公司盯着。"

蒋璃大吃一惊："是因为商川的事？"

"对。"

刚刚盘旋在心头的惶惶又漾开了，蒋璃思忖，堂堂一个总经理都要亲自盯着应急方案，可见事态的严重性。

"他究竟因为什么解约？"

陆东深言简意赅："他认为在合作期间贵公司，也就是环嘉影视存在欺瞒行为。"

"什么欺瞒行为？"蒋璃一怔。

陆东深笑："这不过就是艺人解约惯用的托词而已。"

"我好像听说商川跟环嘉当初签的可是长约对吧？"

"是。"陆东深夹了菜，"所以环嘉当初投入了大量的财力物力。"

蒋璃若有所思，又问："他不还是天际的形象代言人吗？那这么一来……"

"他真正的目的就是想推掉跟天际的合作。"陆东深一语中的。

蒋璃不解："商川目前是一线艺人不假，但天际集团的合作也是众多一线明星想拿到手的吧，这个商川究竟在搞什么？"

陆东深想了想："应该是有第三资方介入吧，才叫他有恃无恐。"

这挺像最正常的理由，可蒋璃觉得商川不像是这样的人，见利忘义绝不是他的作风，存在欺瞒这么个理由甩出来的确让人不可信，真正的原因又查不出来，也不知道是陆东深不说还是他真的不知道。

见她眉头紧锁，陆东深笑了："这件事你就不用跟着操心了，公司会解决。"他吃完了最后一口饭，起身收拾了餐桌。

等他进了厨房，蒋璃也前后脚晃进去了："公司想怎么解决？"

陆东深没用洗碗机，许是因为就一副碗筷嫌费劲干脆就水洗了。见蒋璃伸手上前，他说了句："你就别沾水了，抱着我就行。"

蒋璃从身后搂着他。

"公司的态度很明确，既然沟通不成，那就直接抠合同，从合同上说不管是环嘉还是天际都没违规，所以商川想要解约不可能。"陆东深说回商川的事。

"如果他就是坚持解约而罢工呢？"

陆东深几下洗好了碗，沥了水："很简单，那就法庭见。一旦走了法律程序，商川的胜算为零，天际会让他背负巨额违约金的赔偿。"

可想而知，商川一解约，那可是直接解了两家约，他这是疯了吗？

"没有其他解决的办法吗？"

陆东深将碗擦干净后放回橱柜里，洗了手后转过身来环着她："有啊，他老老实实回去拍戏，别再给我出什么幺蛾子，天际对他此次的行为概不追究，否则……"

蒋璃一激灵，看着他。

陆东深靠在那倒是悠闲，拇指摩挲着她的腰身："环嘉也许拿他没办法，但天际可以。"

"需要这么撕破脸皮吗？"蒋璃小心翼翼地问。

陆东深轻笑："亲王府那片地马上就要有结果了，商川这个时候给我闹事，砸的可不是环嘉的饭碗。商川现在人气高身价高，是一线艺人不假，但说白了不过就是个艺人，我想要捏死他就跟捏死只蚂蚁没什么区别。"

他抬手揉了揉她的头："囡囡，我知道你跟商川有交情，真到他逼着我对他动手那天，你也别怪我。”

蒋璃心里七上八下的，恨不得生出双翼找到商川跟他问清楚。很显然在这件事情上陆东深没什么耐性，一旦商川真的触及陆东深的底线和容忍度，那陆东深绝对是说到做到，根本不会看在她跟商川有交情上而网开一面。

怎么办？

陆东深的手机响了，是公司电话，他说了几句后就要离开。

蒋璃一把扯住他的胳膊：“那个……我跟你一起去公司吧。”

陆东深被她逗笑：“你去能做什么？”

蒋璃哑口，好半天说：“那我可以陪你加班啊，你工作，我看着。”

“听着感觉不错。”

“那当然。”蒋璃拉着他往外走，“你辛勤伏案，我红袖添香的，多好。”

陆东深将她按坐在沙发上：“你这是想帮我还是想害我？”

“你是我男朋友，我害谁也不能害你啊。”

陆东深捏了她鼻子：“还红袖添香呢，你在我眼前晃来晃去的，要我怎么能静下心来工作？”

蒋璃一下子明白了他的意思，嚷嚷着：“你就不能清心寡欲？”

“能，所以你得留在家里。”

蒋璃撇撇嘴：“行吧行吧，那我送你到大门口总行吧。”

陆东深直起身，居高临下看着她：“难得啊，今天怎么这么黏我？”

蒋璃起身搂住他的脖子：“舍不得你走呗。”

陆东深的车子停在小区外，没司机跟着，他亲自开车，蒋璃挽着他的胳膊一路将他送出小区。

等车影消失在夜色里，蒋璃才折回小区。

路过警卫处的时候，警卫探个头出来主动跟她打了招呼，她觉得警卫看着她的眼神挺怪异的。穿过郁郁葱葱的林道，蒋璃反复掂量着那个眼神，估计又是个在小区里工作上年头的警卫，曾经见过饶尊经常送她回来，现在站在她身边的男人换成了陆东深，许是觉着她生活作风很有问题。

这么想着，人已路过了石子小路，前方是大片的丁香树，还有晚开的丁香，被夜风吹得馥郁芳香。到了单元门，头顶月影一现，蒋璃只见一个隐约身形，没等反应过来，胳膊就被人猛地扯住，紧跟着被一股力量按在墙上。

蒋璃出于本能挣脱，对方却是用了狠劲，她抬眼一看蓦地怔住。

竟是饶尊。

她赫然心惊，抬腿踹过去，饶尊反应迅速，一个闪身避开她的进攻，连连后退了几步，站稳后盯着她，笑得很邪气："够狠的啊，真把我给踹废了，信不信我这辈子都缠着你？"

蒋璃后背贴在墙上，两人之间的距离尚算安全，但她仍旧警惕地盯着他，紧紧抿着唇。

"你至于这么防着我吗？"饶尊说着就要上前。

"别过来，否则我对你不客气了！"蒋璃冷喝。

饶尊也从她眼神里瞧见排斥和防备，停了脚步，收了笑："夏夏，如果我想要你难堪的话，刚刚你挽着陆东深胳膊出门的时候我就拦住你了。"

蒋璃微微眯眼，她没想到他在这待了这么久，喝道："饶尊，你就不能放过我吗？总是阴魂不散地缠着我干什么？"

"我想你了，过来看看你不行吗？"饶尊痞里痞气的。

"我和你之间的交情早就断了！"

大厅里灯火通明的，饶尊生得高大，生生挡了些许光亮下来，所以他的眼罩在暗影里，又或者是暗影入了他的眼，总之是彻底没了笑容。他盯着她许久，冷不丁问："他碰过你了？"

蒋璃有瞬间怔愣，但很快一如既往地冷淡警觉："是。"

饶尊的脸色阴沉了不少，几步窜前。

蒋璃躲闪得快，身子一闪躲过他伸上前的手，想着快速逃离，但显然这次饶尊不会纵着她了，先是截住了她的去路，然后大手一抓将她重新按回在墙上，她用劲他也用劲，两只手腕被他擒住，钳得生疼。

一来二去的拉扯间衣领就松了。

饶尊眼睛里噌噌冒火："凭什么？他有什么资格？"

蒋璃身子挺得直，挣扎不开也就不挣扎了。这三年来她对饶尊所有的惊恐都随着回京后的一次次见面变了性质，她躲他避他，如果可能老死不相往来，可现如今避无可避也只能迎头面对。

她说："凭他是我喜欢的男人。"

"你喜欢的男人？"饶尊冷嗤，"那你还是我喜欢的女人呢！"话毕以身为盾将她压得瓷实，脸就低了下来。

蒋璃惊喘间只觉得心口处火辣辣地疼，急了，发了疯似的用肩膀的力量顶他，意图将他撞开。她越是反抗他就越是咬得紧，她呼吸急促，厉声喝："饶尊，你浑蛋！"

"我是个浑蛋！"饶尊松开口抵着她，气急败坏，"我对你就该再浑蛋点！"

蒋璃的手得出空，一个抬手想扇他耳光，可意图刚起，饶尊就一把钳住她的手腕，咬牙切齿："还想打我？"

"松手！"

饶尊受不了她的眼神，冷得似冰，冰层之下又是对他满满的抗拒和惊惧，三年前的那天，她是第一次对他有了这种眼神，于是，她便离开了三年。

他松了手。

蒋璃得到了自由，连多余的话都不想跟他说，转身要走。

"我不会让陆东深如愿的。"饶尊在她身后冷喝。

蒋璃的脚步戛然而止，转头盯着他："商川的事是你搞出来的吧？"

"解约的事？"饶尊冷笑，"这种小把戏我饶尊不屑于做。"

"还有你饶尊做不出来的事吗？"

饶尊嘴角僵了僵："随你怎么想，陆东深摆我一道，我要么不反击，要么就会把他往死里整。"

"你要是敢对他下死手，我就敢对你下死手。"

“你怎么对我下死手？”饶尊双手插兜，伫立在那，高大压人。

蒋璃面色冷淡：“这三年来我在谭战身边没学会别的，让人见点血的本事还是有的。更何况我现在什么都不是，有句话说得好，光脚的不怕穿鞋的，别逼着我对你动刀子。”

饶尊眼里有一抹伤痛，极浅，很快就成了嘲讽：“你还真对陆东深死心塌地啊，你行啊夏昼，咱俩认识多长时间，你和他又认识多长时间？你对他了解吗？你对他掏心掏肺，他信你吗？”

“你什么意思？”蒋璃警觉。

饶尊抿着唇盯了她半天，末了开口，但压下了之前的情绪：“我来找你，是想让你有时间回去看看我爸妈。”

“伯伯伯母怎么了？”蒋璃一愣。

“没怎么，他们就是很想你，听说你回来了一直很想见你。”

蒋璃放下一身警觉，低垂着眼睑，落寞。

饶尊叹了口气：“就算你恨我怨我，我爸妈对你不赖吧，回去看看吧，大不了我不出现总行吧。”

蒋璃喉头酸胀，好半天说：“找时间我会去的。”话毕转身进了电梯。

饶尊站在原地久久。

翌日，环嘉影视就与商川合作有所欺瞒一事做出声明，声明中指出商川的无中生有，否认合作中存在任何性质的欺瞒和欺诈行为，并表明商川这么做不但违背了契约精神，还严重地诋毁了公司形象，提出商川解约行为属于无效，一旦单方面强行解约不但会吃官司，还会面临巨额违约金的赔偿。

从声明中不难看出环嘉影视的强硬态度，如果继续合作既往不咎，如果坚持解约那就直接走法律程序。

这条声明以公司官博的形式发出，一时间就上了热搜，成了热点话题。有人爆料说，一旦商川败诉，那赔付的违约金可够他几年翻不了身的。

蒋璃在看声明的时候，仿佛看到了陆东深在处理这件事时的神情和语气，以他的性子，宁可搭上时间也容不得一个明星跟他叫嚣和威胁。她心里急急切切，但怎么都联系不上商川，看来对方是有心躲她。

正打算再拨电话试试，茉莉就敲门进来了，见蒋璃在，忙回手将办公室的门关严。蒋璃放下手机："怎么了？神神秘秘的。"

茉莉凑上前小声说："我刚刚听秘书处讲了件事，说陈瑜一直守在总经理办公室，陆总开完会回了办公室之后她也跟着进去了。"

蒋璃又拿起手机，在手里来回来地倒："她进陆总办公室没什么奇怪的，当时配方拿去总部检验，最紧张的肯定是她，现在配方继续投入使用，但陆总自己又不用，她肯定要去问个清楚。"

"哪有这么简单啊，夏总监，你猜陈瑜进了陆总办公室后发生了什么事？"茉莉故意卖关子。

一听这话，蒋璃心里不舒服，挑眼瞅着茉莉："再跟我玩这种让我猜的把戏，信不信我让你连续加班几周？"

茉莉凌乱了，马上告知："秘书处的 Dora 送咖啡出来说，陈瑜跟陆总吵起来了。"

这倒是出乎了蒋璃的意料："吵起来了？亲眼看见的？"

"是呀，Dora 说当时陈瑜看上去挺激动的，但见有人进来也就收敛了些，Dora 出去关门的瞬间又听见陈瑜说话了，听声音不大高兴。"

这两人能吵什么？

陆东深肯定是吵不起来的那一个，但陈瑜也不是个惹是生非的人，虽说她迟迟无法释怀陈瑜偷了她的笔记，可从一定程度上来说陈瑜还是有点心高气傲的，尤其是在面对感情这件事上。

想了想问茉莉："俩人吵完了吗？"

"这谁敢去打听啊，连扒门边偷听都不敢。"

等茉莉抱着一堆文件出去后，蒋璃越想就越坐不住，起身去了总经理办公室。

没见到景泞，Dora 正巧从另一部电梯上来，瞧见蒋璃后忙打了声招呼，蒋璃问她办公室里的情况，Dora 一听吓得脸都白了，忙摆手："夏总监，你可千万别说是我传出去的啊。”

“放心吧。”蒋璃看了一眼紧闭的办公室，“你就告诉我陈瑜出来了没有。”

Dora摇头：“我不清楚啊，刚才我吓得都不敢待在这层。”

蒋璃叹口气，看来陆东深在员工们的心里威严得很，这么值得八卦的事竟没人敢来关注后续，走上前听了听，可压根儿就听不到里面有什么动静，许是陈瑜早就离开了。

她抬手就敲门，吓了Dora一跳，忙藏在她身后。蒋璃推开办公室的门，下一秒僵在原地。

陈瑜竟没离开，听见动静后扭头看过来。

四目相对的瞬间，蒋璃从陈瑜的眼睛里看到了歇斯底里的东西，被暂时的沉默压着，像是在压着一头兽。显然她也没料到蒋璃能进来，眼底滑过怔愣，紧跟着眼里的那头兽就释放了。

她倏然指着蒋璃，却是盯着陆东深的：“是不是就因为她？陆东深你告诉我，如果没有她的话你会不会娶我？”

有倒吸凉气的声音。

是躲在蒋璃身后的Dora，一探头正巧就撞见这一幕，吓得赶忙又缩头回去了。

陆东深是坐在办公桌后面的，手旁还摊着文件，他面色很平静，直到听见陈瑜这么一问，他才眉头皱了一下。

蒋璃这边还攥着门把手，经陈瑜这么一指才反应过来，赶忙道：“不好意思，那个……你们继续。”话毕快速关上办公室的门，脑子里一片空白。

两扇门成了分水岭，将一个世界分隔成两个。蒋璃靠在门旁，气喘得有点促，这两扇门的隔音果然做得很好。

Dora将怀里的文件抱得死死的，大有一副受了惊吓的模样，见蒋璃的目光落过来，一个激灵，马上做了保证：“夏总监您放心，刚才发生的事打死我都不会往外传的。”

蒋璃点了下头。

Dora凑上前小心翼翼地问："您没事吧？"

蒋璃摇了摇头。

Dora刚要走又被她叫住了："刚刚……陈瑜问了陆总什么？"办公室里的一幕现在落她脑子里都成了混沌。

"她问陆总如果没有你的话，会不会娶她。"Dora小声说，又问了句，"您怎么都不听一下陆总的回答呢？您真的没事吗？"

有事。

蒋璃进了电梯后才觉得自己心跳得厉害，等七零八碎的魂魄拼凑完整又重新回到身体里时，蒋璃觉得，自己其实是很想知道答案的。

/ 第八章 /

我一定会遭报应

蒋璃等来了电话，却是郘国强的。

赶到郘国强在北市这边的住所时恰好避开了晚高峰。

郘国强的夫人何姿仪病倒了，经郘国强的描述，自打何姿仪在亲王府撞见戏台上的身影后就吓病了，直到现在都卧床不起，不知找了多少医生都不见起色。

“法师，我是实在没辙，只能找你了。”郘国强说。

“可别。”蒋璃打住他的称呼，“既然你都知道我是陆门的气味构建师，就该明白当初我能治好你的原因，真当我会驱鬼除魔呢？尊夫人如果生理有病可以去医院，心理有病可以找心理医生，其实我帮不了太多忙。”

郘国强叹气：“医生们都看过了，没什么大病，但她就是成天躺在那病恹恹的，心理医生也来过不少，他们要真有办法，我还能麻烦你吗？之前你以气味给我吊命，现在就请你帮帮我夫人吧。”

蒋璃在他说话间已经将何姿仪观察了一番，她睁着双眼躺在床上，目光涣散，脸色苍白，不说话也没反应。她又环顾了一下四周，来回地踱着步，郘国强就跟在她身后像是做汇报似的描述何姿仪的近况，没一会儿有人敲门，是郘业扬进来了，见她来了之后朝她点了下头，说了句“麻烦了”。

蒋璃也点头做了回礼，走到何姿仪的梳妆台前，拿起只胭脂盒闻了闻，说：“论能用气味治人的，你们长盛不就有一位吗？卫薄宗他可是闻术协会的会长，本事比我强。”

“我只相信你。”郜国强说。

蒋璃诧异地看了他一眼，放下胭脂盒：“用人不疑疑人不用，既然你并不承认卫薄宗的本事，那为什么还要聘请他？”

郜国强面色略有尴尬，解释：“不是我不承认他的本事，他的确在专业上很强，可我的意思是，一些旁门左道的东西他就未必在行了。”说到这里，见蒋璃面色一凉，生怕她拂袖而马上拉住她，“我想说的是，你会些其他气味构建师不会的东西。”

“那不还是旁门左道？”蒋璃冷嗤，甩开他的手。

郜国强一时不知说什么好，倒是郜业扬开口：“夏总监别误会，我父亲这阵子为我母亲的事殚精竭虑，在言辞上不免有些词不达意。”

蒋璃倒也不是小心眼儿的人，嘴上说不管、管不了，但人就躺在她眼皮底下她岂有不插手的道理？将屋子里的东西大大小小排查了一遍，最后来到何姿仪跟前，坐下来，仔细观察了一番。

“尊夫人受到极大的惊吓，用民间的话说就是掉魂，中医的话讲就是失魂症，现代医学解释起来是脑神经元受到外界强烈刺激而发出非正常的电信号和化学信号，严重抑制其他脑神经元正常发射和传递信号。我能做的也就是调配些可以舒缓她神经的香料和一些口服级的草植，具体怎么用回头我会告诉你。”

郜国强感恩戴德：“我就知道你一定有办法。”

“尊夫人说亲王府的戏台上有鬼？”蒋璃冷不丁问了句。

郜国强重重叹气：“是她嚷嚷着见鬼的，我估计就是眼花了，当时起风，有些东西被风刮得乱跑都能看成人影也很正常吧。”

蒋璃“嗯”了一声，没再多说什么。

回公司的这一路上蒋璃都在想郜国强的话，何姿仪说戏台上有鬼，是眼花吗？这倒是让她想到商川手机里的视频了，同样都是在亲王府的戏台上，怎么就这么巧合？

司机瞧了一眼后视镜，问：“夏总监怎么了？”

“没事。”蒋璃回了句，手机在兜里震了。

接起，那边是陆东深低沉的声音：“怎么去部国强那儿了？”

蒋璃也没奇怪他的千里眼顺风耳的，她今天用的是公司的车，他想知道她的去向易如反掌。“今天如果没去部国强那儿，我还不知道那么多事呢。”

陆东深感到奇怪，蒋璃在这边刚要解释就听有电话插过来，看了一眼，蓦地坐直，赶忙对陆东深道：“先不说了，商川给我回电话了！”

马上切换通话。

商川在那头沉默了少顷后说：“你不是一直在找我吗？来剧组吧。”

剧组照比前几日松散了不少，估计是商川还没开工的原因，上次来随便走哪都是小跑着的工作人员。

蒋璃赶到的时候看到不少记者的身影，被拦在外面。她联系了剧组的人，从旁的小路顺利进去，剧组的人抱怨说，也不知道这些记者什么时候能散，都在这蹲了三个多小时了。

商川在化妆室，见蒋璃来了之后没回头，看着镜子里的她说了句：随便找地方坐吧。

蒋璃哪有心思坐，走上前开门见山：“为什么要解约？”

化妆室里没有旁人，商川也都还没上妆，不知是因为等她还是其他什么原因。商川闻言笑了笑，手里摆弄着一个头发贴片，答非所问：“你学戏的时候唱得最好的就是虞姬，现在戏词都快忘光了吧？”

蒋璃微微蹙眉。

他起身，将手里的贴片往她额旁一比量，轻声说：“怎么样？想不想再唱一遍虞姬？”

蒋璃将他的手拨开：“商川你别闹了，都什么时候了？你有什么话什么事不能跟我说吗？到底发生了什么事？”

商川松了手，将贴片扔到化妆台上，靠在那，似笑非笑地看着她不说话，蒋璃被他看得浑身不自在：“你有话就直说。”

“你让我有话直说，那你呢？”商川反问。

蒋璃一愣。

商川眼皮一挑：“夏夏，你爱过左时吗？”

蒋璃张了张嘴巴，好半天说了句：“当然。”

“是吗？”商川笑得诡异，“有多爱？还是你的爱都是有标准的，其实你更爱你自己？”

“你今天阴阳怪气的干什么？咱俩是第一天认识吗？”蒋璃不悦。

商川收了笑，低垂着眼，一瞬的寂寥：“我一直在找左时。”

蒋璃的心提了一下，许久后说：“就算这样，跟你解约这件事有什么关系？”

“当然有。”商川抬眼看她。

她不解。

商川重新坐下来。

他面前是面镜子，镜子里的脸白如蜡，才短短几日不见他竟又生生瘦了不少。他顺手拿过一支眉笔，轻声说：“现在想想，最后一次看你扮上虞姬都是十几年前了，那时候，师父和左时都说你是最美的虞姬。”他转身看向她，“来吧，我还真怀念跟你同台唱戏的日子了。”

“商川，这是剧组，你这不是在捣乱吗？”

“我还没开工呢，戏台那边当然空着了，这算不上是捣乱。”商川起身朝她走过来，“就当让我学习学习，我的虞姬扮相和功力可不如你。”

“戏词我早就忘了。”

商川眼里带笑：“你扮上了，我就告诉你解约的原因。”

蒋璃说：“演戏是你的职业，你这么做是不是太不尊重你的职业了？”

“对我来说，戏重如人生，怎敢儿戏？”商川眼里添了凝重的情绪，“既然环嘉死咬着合同不放，我也只能妥协，组里请来的老师，我却觉得不及你一半好。”

蒋璃叹了口气：“商川，我真的不行。”

“就当玩儿了。”商川见她态度松动，情绪好转了些，拉过她的手，“我很怀念从前的日子。”

从前的日子蒋璃何尝不怀念？

她是指左时还在的从前的日子。

那个时候，不论是商川还是饶尊，就是因为有了左时，他们的情谊才变得更加牢靠。商川温雅，左时智慧，饶尊不羁，她张扬，四个性格迥异的人却能在一起大口喝酒大口吃肉畅谈人生，怕是只有他们了。

后来……

就再也没有后来了。

没了左时，他们三人像是分别走到了三岔口的尽头，想走出去却再无出路。

铺底色、打红底、定妆扑胭脂，化妆师在给蒋璃画眉眼的时候惊呼：“姑娘的眼睛真是漂亮。”

蒋璃看着镜子里的自己，说：“跟专业演员还是要差上很多。”

“不，我画过不少演员，眼睛都不及姑娘的好看。”化妆师说，“你的眼睛里有阴有阳，有刚有柔，扮上男装英气，扮上女装媚气，这哪是人人都能长的眼睛呢。”

蒋璃笑了笑没说话。

束好头，穿好装，腰包、鱼鳞甲、风斗篷、彩裤、绣鞋一一配上，头戴如意冠，镜中的便是水眸迫人、妩媚多姿的虞姬。化妆师在旁啧啧道：“真好看，这才是真正的虞姬啊。”

蒋璃看着镜子有些恍惚。

似乎看见了一张张的老照片，却是五彩斑斓的。

戏台之上，她和左时咿咿呀呀，戏台之下，师父太师椅上端坐，手持戒尺，再旁边，白色梨花皑皑而飞，空气里都是清甜的气味。左时趁着走位的时候问她：“你以后要做什么？”

她手中的绣剑轻轻一抬，说：“不知道，但做什么都不做唱戏的，你呢？”

左时拦下她的绣剑说：“可能跟些花花草草打交道。”

“那师父的衣钵没人继承了。”她玩笑道。

左时拿眼悄悄瞄了一下台下：“我堂堂男儿哪能见天混在胭脂水粉里啊。”

师父就在台下用力咳嗽一声，戒尺在扶手上啪啪敲了两声：“认真走戏！”

“姑娘这边请吧。”

造型师将绣剑递给她，朝着戏台的后门方向一指。

戏台上灯火通明，空空荡荡，戏台之下也没人，像是一处被人遗忘的角落。蒋璃登上戏台，细细看着那雕梁画栋的台柱、绣线精致的帘幔，想到师父说，这戏台啊，就是唱戏人的一生。

人生如戏，戏如人生。想成为戏痴不易，想活得明白也是不易。

她踩着台上的灯影慢慢地走，戏词大抵都快忘光了，但曲调倒是记得清楚，在台上的走步、换步等等位置的变换她也以为忘了，可脚步像是填存了记忆，就这么一点一点地恢复了。

有太久没去回忆，怪她总是个逃兵，怀念一次就伤痛一次。

突然听到板鼓的声响，一声一声随着她的脚步。

乐师们在帘子后敲着鼓点伴着奏，声响从戏台扩散，引了周围几个工作人员上前。戏台之上，后帘一掀，伴着急促的鼓点，又一人噌噌亮相。

蒋璃定睛一看倒吸一口气，连连后退两步。

是霸王项羽，左时！

可这一声没能脱口，蒋璃的惊愕不过数秒，紧跟着认出项羽的扮相者——商川！

台上锵锵锵的声响引得越来越多的人前来，大抵都是剧组的工作人员，他们看着台上的虞姬啧啧称奇，私语间都是倒上一句漂亮的。

蒋璃没想到商川会扮上项羽，她以为不过就是场怀旧，像是从前，她彩妆上阵，他则在旁学着她的一颦一笑。

商川亮相而立，威风凛凛。

蒋璃却是心口一紧，商川这扮相迎面，真是像极了左时，就连眉宇间彩妆的弧度都跟左时一模一样。她脊梁骨微微泛凉，认识商川这么多年，竟不知他除了虞姬的扮相外还能绘上霸王项羽。

有一种预感隐隐而起，未等成形，项羽就开了腔：力拔山兮气盖世，时不利兮骓不逝，骓不逝兮可奈何，虞兮虞兮奈若何？

是四面楚歌那部分的选段。

在戏文中到了这部分该是虞姬献舞，为霸王舞剑，然后有近侍一报再报敌军四面来攻，最后虞姬拔剑自刎。

商川在唱这段时，字正腔圆姿态标准，眼神里也尽是悲切，可这悲切不像是壮志未酬，像是有怨、有恨、有不忍又有别离。按照戏文上来说，此时此刻项羽眼里不该有的就是别离，他会愤怨会不甘，但在这个节骨眼儿上，想到别离想到生死的人是虞姬而不是项羽。

蒋璃僵着，迟迟未动。

商川则步步逼近，再看向她时改了戏词：“哇呀呀，汉兵已掠地，四面楚歌声，君王意气尽，妾妃何聊生。”

前句“哇呀呀”是项羽的戏词，而“汉兵已掠地，四面楚歌声，君王意气尽，妾妃何聊生”这便是蒋璃要唱的戏词，商川却唱了。紧跟着戏本是虞姬欲要夺其腰间宝剑，项羽避开，虞姬再夺项羽再避，虞姬三夺项羽三避，直到虞姬谎称汉兵闯进来，趁项羽不备夺剑自刎。

可商川抢了蒋璃的戏词，她瞧得仔细，商川眼里又成了咄咄逼人。他手持佩剑，剑抬起时手臂微微抬高，就这么一个动作，像是冰锥倏地刺穿蒋璃的大脑，痛点炸开，伴着冰冷迅速扩散。

脑中那一丝光亮终于浮出水面，刚刚在台上被压下去的预感乍现，她不可思议地盯着商川，喃喃：“原来是你？”

这话盘旋在口，冲出来就只剩下微弱的气流，她甚至连自己的声音都听不到，紧跟着瞧见商川的目光一厉，眼睁睁地看着他扬起佩剑朝着她刺过来……

蒋璃木呆呆地坐在医院走廊的靠椅上，妆还没卸，只褪了烦琐的外披，着了件白色水杉长袍，披了件西装外套，束着的头饰也不曾凌乱半分。

这是离剧组最近的医院，挺小的县城医院，人不算太多，偶有经过的也都惊奇地盯着蒋璃。就像是从古戏词牌中走出的美人，教人忍不住注视，又教人忍不住心疼。

蒋璃觉得自己的魂魄丢了，丢在了戏台上。

只能记得当时商川向她挥了剑，那佩剑明明就该是把道具，可当剑锋透过戏服扎进她的皮肉时，她感到了疼，那一刻商川决绝的眼神落在她眼里，她觉得，商川是真想杀了她，用一把已经开了刃的长剑。

后来现场有多混乱她已经记不起来了。

她只记得自己跌坐在戏台上，血染了戏服。流了多少血她也不知道，只觉得很疼，心口疼得厉害。

有人在尖叫，有人在四处找人，她怔怔地看着商川，商川手持长剑居高临下地看着她。她双耳嗡嗡作响，几次都想问他一句：为什么？

三个字始终没问出来，似乎又有人上前来拉商川，可商川像是发了疯似的推搡对方，隔空向她吼："夏昼！你良心上过得去吗？你会遭报应的！"

不知道过了多久陆东深就赶来了，一路开车赶到最近的医院。

伤口在肩窝的位置，距离心口五指宽。护士在给她处理伤口的时候陆东深就站在旁边，隐约听见小护士说了句"先生请您在外面等一下"。然后是陆东深沉冷的回复："我是她的家属，赶紧包扎。"

小护士跟她说："还好只是皮肉伤，伤口不深，这几天别沾水了。"

好半天蒋璃才有了反应，嗯了声，这才瞧见陆东深一直没出去，看着她，脸色很沉。

陆东深去交费的时候，蒋璃就一声不响地坐在走廊处，耳朵里全都是商川的那句话。司机一直守着她，见她的样子后挺担心的，小声询问："夏小姐，您没事吧？是不是伤口疼？"

蒋璃抬眼，只觉得眼皮都很沉，看着司机良久问："他怎么来了？"

司机恭敬："咱们到剧组的时候我就给陆总打电话报了平安，估计没多久后他就往郊区赶了。”

蒋璃不说话了。

“说句多嘴的话，知道夏小姐受了伤，陆总比任何时候都着急，在陆总心里，夏小姐的位置很重。”

蒋璃无力地点了下头，她知道。

有急促的脚步声惊扰了短暂的安静，对方近乎是一路冲过来的，踩碎了一地的白炽光：“夏夏！”

蒋璃肩头一僵，再抬眼时饶尊已快步到了她跟前，见她肩窝处的白衫被血染红，心疼地蹲身下来，低声问：“怎么样？伤口深不深？”

蒋璃怔愣了好半天：“你……怎么来了？”

“我爱管闲事行不行？”饶尊眼里是又急又气的，咬着牙，“看我不整死商川那个兔崽子！”他是听说商川今天回了剧组，就想着看看情况，不想刚进组就听说了这件事。

相比饶尊的激动，蒋璃看上去很平静，少顷后说：“你走吧，我没事。”

“等他下次一剑穿心的时候才叫有事？”饶尊不悦，“我看看伤口情况。”话毕伸手要来碰。

“商川说我一定会遭报应。”蒋璃冷不丁开口。

饶尊的手僵在半空，末了，收回手，皱眉：“什么？”

“也许，他知道左时的事了。”

“不可能。”

蒋璃低垂着头，无力感似蜈蚣，爬上了脊梁钻入了血液。饶尊压低了嗓音说：“商川那头我来解决。”

“你想怎么解决？”蒋璃一激灵，盯着他。

警惕的眼神让饶尊受了伤，他皱眉：“夏昼你把我想成什么人了？我就是过去问问他到底怎么回事，你以为什么？我杀人灭口？”

蒋璃一字一句：“还有什么是尊少做不出来的事吗？”

饶尊气得起身，盯着她，恨不得把她活吞了。蒋璃也不示弱，与他对视，寸步不让。终究还是饶尊败下阵来，身体探下来，跟她说：“我已经跟你解释过无数次了，当时左时已经……”他止口，气息急切，使劲抿了抿唇，“算了，你爱信不信！”

“所以我的事你少管，商川的事也不用你插手。”

饶尊的下巴绷得很紧，看得出他被蒋璃气得够呛，一直隐忍着不发，刚要开口，就听不远处有人淡淡落下句：“尊少好雅兴。”

是陆东深交完费回来了，头顶的光拉长了他的影子，也衬了他眼里的波澜不惊。

饶尊挺直了身子，嘴上虽带笑，可笑不入眼：“雅兴这种事因人而异，换作别的女人，我倒也没这闲情逸致。”

陆东深走上前，大手看似很随意地搭在蒋璃未受伤的肩头上，看着饶尊：“也对，毕竟华力现在口碑直线下降，尊少收拾烂摊子估计也得一段时间，的确没那么多的闲情逸致。”

“陆总不显山不露水就盯紧了亲王府的那片地，真是让我刮目相看，谁说外资水土不服？我看陆总就挺深谙这里面的人情世故。”

陆东深微微一笑：“承让。”

“没敢承让，我可是拼尽全力要跟陆总你一搏的，来日方长，陆总到手的东西我都爱抢。”

陆东深不恼不怒，“来日方长。”

回了家，陆东深没马上离开，他打了几通电话，整个过程情绪都压得很低。

蒋璃窝在沙发里，长长的水杉裙摆倾泻而下，室内只着了盏落地灯，灯影描绘了她微微上挑的眉眼，染上沉寂时就平添了太多忧郁之美。

陆东深处理完电话后回了客厅，坐下后借着灯影看着她：“商川那边表示他是因为压力过大导致失手。”

蒋璃轻轻点了下头：“这样最好，我也不想因为这件事导致停拍，影响不好。”

“但是我会重新考虑天际跟他的合作。”陆东深说。

蒋璃摇头："你想让外界骂我一句红颜祸水？商川所做的一切都是为了左时，只是……"她真没想到商川会这么决绝。

陆东深没说话。

蒋璃抬眼看他："商川以为是我害死了左时。"

"事实上呢？"

蒋璃将心头的窒息感强行压下："事实上，左时是失踪了。"

陆东深朝前探身，胳膊支在腿上："一直以来关于左时的事，你不说我也不问，但今天你既然提了，那我就问一个问题。"

她看着他。

他一字一句问："左时还能回来吗？"

蒋璃描绘精致的红唇微微颤了一下："不，他再也回不来了。"

她于灯下，似一幅画，画卷美则美矣，但有悲伤从画卷中徐徐而来。她的脸、她的眼，都溺在悲伤的洪流中，压抑不住。

失踪了。

又回不来了。

这样的回答让陆东深沉默了许久，然后说了句："好。"

紧跟着是沉默。

这沉默绷着两人，像是隐藏了把锋利的刀，见血封喉。

蒋璃无力地靠在沙发上，半晌开口："商川，还是不要追究了。"

"这种事发生过一次就会有第二次。"

"事实上没有任何人能够证明当时他想杀我，而实际上他也没打算杀了我，否则他的剑会直接插进我的心窝。"

因为跟他面对面，所以只有她才看得清商川眼里的愤恨和压抑，如果在台下看这一幕，那就是商川在走戏时，失了手，分了神。

"既然他现在不提解约的事，如果天际就这件事挑起事端，天际的声誉就会很受影响。"

"商川提出解约，原因又闪烁其词，他这次已经给天际的声誉带来负面影响了。"

蒋璃凝眸沉思："今晚这么一折腾，我大抵也能猜出他解约的原因，估计是听人说了左时的一些事，其实他的怨气只在我身上而已，是我连累天际了。"

"傻话。"陆东深语气温沉，"商川心里有没有怨恨我不在乎，如果他是听说了一些事，那么他是听谁说的这才是我关注的。"

蒋璃一激灵，经他这么一说，她方才觉得这件事背后的复杂。

但如果这一切只是商川的任性妄为……

"也许，他只是有心试探……"话到一半蒋璃就摇头，"不对，这一次他绝对不是试探。我敢肯定，这件事背后的确有人操纵。"

"发生了什么事让你这么肯定？"陆东深问。

"亲王府。"

陆东深眉间一怔。

"商川在亲王府的戏台上拍到一个唱戏人的影子，无论是从身形还是走戏的姿态都像极了左时，他跟我说是左时回来了。"蒋璃眉间凝重，"我一直都想不通，直到今天我才知道，之前是商川假扮了左时，是他在装神弄鬼，目的就是想看我的反应。但今天他一改装神弄鬼的做法，直接跟我撕破脸，看得出他是将我判死刑了，这才短短几天？如果不是有人背后撺掇，就算商川怀疑也不会这么斩钉截铁。"

当时商川手机里的视频之所以让她失了分寸，就是因为项羽挥戟时手臂微微抬高，这是左时惯用的姿态，她想破了头都想不透视频里的人究竟是谁，直到今天商川站在台上她才恍然大悟，是她走入了死胡同，她因为商川只唱旦角，从未想过他也可以扮上项羽。

商川在挥剑的瞬间手臂也是微微高抬，就是这么一个动作，让蒋璃终于明白事情的前因后果。

她相信商川是有意为之，让她知道是他假扮了左时伪造了视频，这般歇斯底里和不顾一切，实则就是已经将她判定是害死左时的凶手了。

陆东深目光沉沉，如暮色降临。

少顷，他摸了烟盒，拎了根烟出来，却始终在拇指和食指间搓来搓去，那特制的烟草几乎都快被他搓松了方才叼在嘴里，打火机一闪，脸颊微微一偏点了烟。

亲王府项目进行到现在，虽说长盛和华力对外还是宣传势在必得，但明眼人都清楚目前的情势。华力不用多说了，在这次打名誉战中吃了个哑巴亏，就连饶尊都在医院里承认自己阴沟里翻了船；蒋璃之前一直不知道长盛为何没夺得先机，白天这趟“驱鬼”之行倒是给了她答案，当地政府要的就是个思想端正的企业来盘活亲王府那片地，结果竞标的公司先喊上见鬼了，这的确是大忌。

所以，这场商战之中天际拔得头筹。

商川跟环嘉影视有合作在身，环嘉影视的投资方是天际，同时商川又是H品牌的全新代言人，环环都跟天际脱不了干系，一旦这个时候出了差错，那将会造成非常恶劣的影响，到时候天际被斩断的就是亲王府那片地的开发权，一旦与政府项目谈崩，天际在国内的运营就会受影响，继而会造成在陆门总部的失利……

蒋璃越想越冷，都说能将人中伤的往往不是明刀暗剑，而是人言。假若她推断得分毫不差，那这人就是拿捏住了最关键的一牌，只要轻轻一推就形成了致命的多米诺骨牌效应。

所以，她能想到的陆东深何尝想不到？

烟雾模糊了陆东深的脸庞，原是清雅革气的烟草味，在他的沉默中就生生牵扯出些许诡异妖娆来。蒋璃想了想道：“如果是这样的话，商川今晚的行为更不能大肆宣传。”

“我想的却是另外一件事。”陆东深开口，“如果对方刻意激怒商川而导致他跟环嘉的解约，那对方的目的已经达到了，今晚又何必多此一举？要知道，商川今晚的举动完全让自己处于被动局面，至少他不能再理直气壮地跟环嘉提出解约。”

“可我觉得商川是迫于赔偿巨款的压力所以改变了主意。”

陆东深弹了烟灰，摇头：“他不是不知道天际的老板是谁，今晚这么发疯，就算达到跟环嘉解约的目的，也有损他的声誉。”

“可能，他就是觉得无法解约，所以干脆也收了装神弄鬼的念头，直接跟我撕破脸呢？”蒋璃给出了个理由。

陆东深吞吐一口烟雾，看她：“换作是你，你会这么做？”

蒋璃想了半天，摇头：“这么做的确得不偿失，但是，我想不出其他原因了，想从商川嘴里知道真相，更难。”这个理由的确荒诞，商川是成年人了，再不理智也不至于赔上自己的前程跟她殊死一搏吧。

“有些时候走到进退两难的局面时，顺势而上是最直接的办法，虽然险了些，却能挖出事情的真相。”陆东深说了句高深莫测的话，紧跟着又道，“这件事我会去查。”

蒋璃点头。

她看上去倦怠，从沙发上起来，经过陆东深时，他伸手扣住了她的手腕：“干什么去？”

“卸妆洗脸。”

陆东深没放手，将抽了半支的烟摁灭在烟灰缸里，换了手，拉她坐腿上。他环住她的腰，“我帮你洗。”

“那可不行。”蒋璃一口回绝。

陆东深微微挑眉，似有不解。

“你知道为什么戏剧演员在化妆时和卸妆时除了同行外都要避着人吗？”蒋璃觉得从这个角度看，他眉宇格外俊朗，尤其是鼻梁笔直高挺，比假的还要标准。她总会在心里时不时感叹一声，这世上怎么会有长得这么好看的男人呢？

“愿闻其详。”

蒋璃伸手摸他的鼻梁：“京剧演员在上底妆后整张脸都白得吓人，再漂亮的脸蛋都跟鬼似的，连眉毛都是白的，而卸妆的时候更是惨不忍睹，被行外的人看过一眼后估计对方都有心理阴影了，我可不想你有心理阴影。”

“我还没那么脆弱。”陆东深笑，“好看赖看的不过一张人皮，怎么也不及人性的丑恶。”

“这话说得直接。”

陆东深抬手一下下摩挲着她的脊梁骨："高度文明的社会，人也穿上了冠冕堂皇的外衣，但外衣之下什么样谁都不知道。"

"你这么一说倒是让我想起郜国强了。"蒋璃懒懒地靠着他，"白天在电话里我不是跟你说我发现了郜国强一些事吗，就是他和他老婆的事。"

陆东深这么一听，说："这是人家的家事你还关注？"

"他老婆从亲王府回去之后就一病不起，郜国强总觉得我能除魔卫道，我也去瞧了一眼，不像是装的，眼神涣散一看就是受到了极大的惊吓，当然，我要说的是郜国强跟他老婆的关系。"

蒋璃微微坐直，瞧着陆东深的眉眼说："一直以来外界都认为郜国强跟他的夫人感情很不错，两人在公众场合下也十分恩爱，但实际上，这两人的关系并不怎么样。"

"这种事你也能闻出来？"陆东深惊讶。

"我是观察出来的。"蒋璃道，"郜夫人的房间虽大，但上上下下里里外外的都只有她自己的东西，两人是分开睡的呀，住所里没有固定的男士拖鞋，这就挺让人奇怪的，难道郜国强回家还一直穿着外面的鞋子？多累啊，说明郜国强其实很少回家。再加上我之前不是给过郜国强一块老香吗，那老香的香气持久，哪怕不燃了，香气也能锁在空气里数月之久，我没在那个住所里闻到老香的气味，这更能说明郜国强都不怎么住在那里了。"

陆东深凝眉："这倒是让我挺意外的。"郜国强和夫人的感情那是公认的好。

"不过这种事也不算稀奇，这世上有多少成功人士商界政客假装恩爱的呀，不就是图个好形象？"蒋璃叹了口气，可又牵了伤口，皱了皱眉头，"郜国强的老婆也算是倒霉，我在想她是不是当时眼花看错了，或者真有人在装神弄鬼？比如说，那天她其实看到的是商川？"

陆东深眼睛里总是有混沌不清的黑，就像是宇宙深处坠着的黑洞，不动声色又能吞噬一切。他静静地听完蒋璃的话后，说："不管是商川还是其他什么人，能想到装神弄鬼，就说明已经穷途末路，这倒是不可怕了。"

蒋璃仔细品着他这句话，突然觉得还真是如此。

蒋璃这一晚上其实感觉到他情绪上的压抑，虽说有笑，但眼里始终沉沉，这种感觉让她不舒服。既然他看见了饶尊，那她再避而不谈也不是那么回事了，便道："他在医院里出现我也很意外。"

"错不在花蜜，而在对花蜜心心念念的蜜蜂上。"陆东深的手指探到她的衣领，水衣本就是内衫，领口轻轻一拉也就松动了，肩窝是包扎的伤口，再往下，是白脂肌肤。

"其实对于饶尊，我真的没什么好解释的，今天纯属巧合了。"

"今天之前呢？"

蒋璃眼波一顿。

陆东深抬眼看她："你有没有跟他见面？"

他眼里像是染了些笑，但又像是隐着危险，冷不丁地让她想到祈神山上的那头狼王，深沉得紧，让人不寒而栗。她从未想过骗他，可这一次她选择了不说实话。

"没有。"

陆东深的手贴紧了她的胸肋，顺着弧度，拇指轻抵那抹红得刺眼的痕迹，像是对方给他的挑衅。他笑："没骗我？"

蒋璃压着呼吸，看着他眼睛："没有。"

话音落下，她就觉得陆东深加重了手指上的力气，按在了她的心口上，疼得要命，都有恨不得将她心骨按碎的架势。她强忍着疼，抿紧了唇。

她知道这话像是自欺欺人，心口的那抹痕迹何尝不是她说谎的证据？可她清楚，一旦自己死不承认，那男人又何尝不愿意自欺欺人？

少顷，陆东深终于松手了。

她也暗自松了口气，心口火辣辣地疼。

"我给你卸妆。"陆东深的口吻又恢复了温柔平和，拉她跪坐在沙发上。

她点头，刚要收紧衣领，陆东深又道："别动，就这么等着我。"

蒋璃衣领不整，狼狈极了，低头，心口上多了印子。她觉得窒息，陆东深的手指像是按在她心上，他没说一句气话，更没对她发脾气，可越是这般温和，就越是让她透不过气又反抗不了。

好像是将她罩在了一个袋子里，渐渐抽离了空气，密不透风，直到，死亡。

北市入夏了。

两三场淅淅沥沥的春雨过后，成片的玉兰花就凋零了，雨水洗了大片翠绿的叶子来，很快，长街冗巷的青绿叶子就被阳光烤得蔫黄，标志着进入了少雨的夏季。

给陆东深单独使用的配方已出了成品，蒋璃怕假手于人再出什么问题就亲自上阵，抽换了陆东深办公室、休息室里所有的气味，从日用品到清洁用品都换成了全新配方，这才放心。

陆东深不在公司，听秘书说这几天出差了。她打了电话给景泞，景泞接电话时嗓音压得很低，跟她说，陆总在开会，又诧异她为什么不直接打电话给陆东深。蒋璃想了想说："还是别打扰他了，记得把他一日三餐都报备给我就行。"

虽说这两天陆东深还是会给她打电话，但蒋璃觉得，心口上的那抹痕迹成了彼此的膈膜。

那晚他待到很晚才走，就坐在她的床头看着她睡，沉默得让人揪心。

刚开始她怎么都睡不着，觉得心里发沉，后来，他一下下轻抚她的头，温柔宽厚的大手，使她有了睡意。只是迷迷糊糊间似乎听到了陆东深的一声叹息。

他吻了她，很轻，怕扰她清梦。

翌日醒来时陆东深已经不在了。

餐桌上有早餐。

牛奶杯下压着张字条，他留的，苍劲有力的字迹：卖相依旧不好看，但味道还不错。

她吃了口吐司，很好吃。

烤得松软，又多了她喜欢的奶香。

她的眼眶就红了，心里嘴里念着的都是，陆东深。

她知道她和陆东深之间是有问题的，恋爱中的问题，其他情侣间能遇上的问题他们都能遇上。

于是，两人都宁可避着问题视而不见，就怕窗户纸一旦捅破，情感架不住现实。

这几天蒋璃都住在气味实验室里，在给 H 品牌的香水配方做最后定型，这款香水关乎大中华区的销售业绩，而且，当初商川签下天际代言人合同的具象产品就是这款香水。

陈瑜对蒋璃的态度明显冷淡，几次提交报告的时候都不见人，直接将电子版发到她邮箱里，大有一副老死不相往来的架势。蒋璃其实一直在等，等陈瑜主动出现时问问她那天在办公室里发生的事，结果，这次陈瑜竟比她还能沉得住气。

入夜后，实验室这边就格外清静。

鲜有人烟的郊区，宛若一处避世之地，庭前院后偶尔还有蛐蛐声，有一处玻璃房，仰头就能瞧见满天星斗，这在北市实属不易。那一年她对谭战说，她特别喜欢陶渊明的那句“采菊东篱下，悠然见南山”。谭战就给她在沧陵辟出了一处清雅之地，但也不及这里足够清隐。

客厅有一整面墙都做成了屏幕，看个电影什么的绝对媲美影院里的巨幕。蒋璃切换了电视，换台的时候就瞧见了一则经济新闻，一年一度的酒店业界“奥斯卡”奖项中，国内地区的天际酒店形同一匹黑马从全球奢侈酒店中杀出重围，获得福布斯旅游指南的极高评级，其中酒店、米其林餐厅、法餐厅均获最高评定。

陆东深作为天际酒店的最高负责人参加了此次的颁奖盛典，而当天他又飞往美国，接受业界最受瞩目的全球最佳酒店金榜的评选典礼，天际同样作为新秀成为此次典礼最受瞩目的对象。

而今晚，天际集团又召开记者见面会，在公布天际酒店新开设香港店的同时，也宣布天际酒店与陆门全球旗下奢侈酒店同步，为 VIP 客户推出私人飞行项目体验，天际酒店私人专属飞机飞行体验及环境均由天际酒店设计师全程设计。而在睡眠环境上，天际则与席梦思继续合作，推出定制化床垫，每间房的隔音和噪声的处理上更是经由声学专家精密检测，房间的温度、灯光设计等等都将会满足不同宾客的需求。

与此同时，陆东深重点强调了酒店空间的气味管理，声明已特聘全球顶级气味构建师夏昼作为空间气味设计师，天际将会是全球最具人性化睡眠、遵循睡眠科学的奢侈酒店。

镜头前的陆东深异常出众。

只是件简约的白衬衫都托得他颀长潇洒，他言语并不多，温雅得体。

很显然，记者们都对气味管理有很深的兴趣，问的问题十之八九都跟气味有关，当然，问到气味自然就会问到夏昼，陆东深回答得可圈可点，也有问得稍露锋芒苗头的，但很快就被公关组的人给压下去了。

在问及新开设的香港天际酒店问题时，陆东深表示，天际酒店扩张不图快不图多，只求稳，香港天际已是筹备多年的事了，从合伙人的选择到酒店位置、建筑设计等等都需要一定节奏，不急躁不拖沓是天际的发展理念。

蒋璃怀搂着抱枕看着屏幕里的陆东深，总觉得他高大得很，许是跟他突然高调宣布她的存在有关，又许是跟这巨幕有关，他就似巨人般存在，似乎头悬光环。

她拿过手机，翻了微信。这阵子陆东深都不发朋友圈了，像是这几天的盛典，他更是在朋友圈里连提都没提，本就是个低调的人，估计是觉得没什么好炫耀的。

倒是不少同事转发了天际酒店的喜讯，出自品牌部的公关稿，但大家转得更多的是一张陆东深的照片，他坐在嘉宾席上，得体的衬衫笔挺的西裤，双腿交叠，一手搭在靠椅扶手上，他的脸在灯光中很是柔和，目光笃定，优雅从容，明明就是张普通照片，甚至都没用虚影效果，但周遭的人似乎都成了他的背景。

蒋璃忍不住转发了这张快被朋友圈刷爆了的照片，写了句：自信，是强者与生俱来的气质。

然后，越看这张照片越喜欢，干脆设了屏保。

刚设好，手指头还没离开屏幕，突然就有电话打过来了，“陆东深”三个字没闪过半秒，她的手指头一抖就给点开了。

“啊……”蒋璃叫了一声。

那头似乎被她的鬼叫逗笑：“啊什么啊？”

“没什么。”蒋璃重新窝回沙发里，懒得像猫。她是觉得这感觉挺微妙的，就好像全世界都在关注这个男人，而这个男人却只关注了她。“恭喜你呀。”

“恭喜？是要恭喜我这几天都没怎么有时间合眼吗？”

蒋璃想了想：“那恭喜我也行，被你这么一宣传，我安静的日子估计没了。”

“‘夏昼’这个名字早晚是藏不住的。”

她叹了口气，问：“你什么时候回来？”

“想我了？”他问。

她问这话原本的意图是打算提前给他备些缓解压力的代茶饮和更换的闻香，但他的嗓音低醇入耳时她才发现其实还真的挺想他的，就对着手机“嗯”了一声。

“嗯是什么意思？”陆东深低问。

蒋璃心里刺刺啦啦地窜甜，又有点不好意思：“就是想你了。”

陆东深在那头笑了，很轻，她听见了，这几日的阴霾似乎就一扫而光。他说：“我快回去了。”

“嗯。”

“囡囡。”

“嗯？”

那边沉默了。

等了一会儿都不见他说话，她以为是信号不好，就“喂”了声，陆东深开口了，嗓音听上去低低的：“没事，就是想叫你，听听你的声音。”

蒋璃窝心了。

“在你眼里我是强者吗？”

“当然。”她不假思索。

陆东深低叹：“其他人都可以这么看我，但我不希望你这么看我。”

“我……不明白。”

“因为我也有不自信的时候，更因为我只想做你的男人，而不是一个强者。”

蒋璃没料到他会这么说，愣住。

“从前在感情上我没强迫过任何人，但是你能跟我在一起，是我强迫来的，或者说是在你走投无路的时候，我乘虚而入。”陆东深轻声说，“所以囡囡，到了今天我想问你一句，你爱我吗？”

他的一字一句都像是鼓点似的敲在她心上，她的呼吸急促起来，心跳也乱了。

“不是因为感激，也不是因为崇拜，更不是因为习惯。只是因为你爱上我了，所以想跟我在一起，想依赖我，想信任我。”

“我……”

“你想好了再回答我。”陆东深低声打断她的话，“当着我的面，我要你亲口告诉我。”

这个念头缠了她三天，这三天，陆东深还在外地没有回来，也没来电话。景泞倒是敬业，每天报备，然后她就知道陆东深这三天就跟空中飞人一样，连在飞机上都要处理公事。

直到第四天，蒋璃一大早刚踏进公司就听到了天大的喜讯，亲王府那片地的开发权终于拿下来了。一块巨大的肥肉落口，全公司上下都跟着兴奋。

蒋璃也自是高兴，虽说早几日她就隐隐有这感觉，但今天这感觉算是彻底踏实下来了。

掏出手机刚要跟陆东深道一声喜，不想手机响了，一个座机号。

她接通。

那头是压抑的呼吸声。

“喂？”

“能来医院一趟吗？”手机那头声音低得令人发慌，“301 医院，特护病房。”

蒋璃赶到医院的时候，正巧一辆救护车呼啸而过，车顶急促晃动的红光血似的扎红了她的双眼。车门一开，救护人员快速搬抬病患，她心脏直突突，想都不想就冲上前问：“是饶瑾怀吗？”

没人搭理她，大家都七手八脚地顾着病人，在这个空当里蒋璃也瞅见了病人的脸，松了口气。

直奔特护病房区的护士站，蒋璃报上名字后，护士告知，病人刚从抢救室里推出来，目前在病房观察。

饶瑾怀，响当当的人物，军功章能挂满半扇身子的人，也是饶尊的父亲。

饶尊家学和政学都很渊源，饶尊的爷爷饶老毕业于黄埔军校，军官出身，生有两儿两女，均是名校高才生，又深受父亲影响从政，除了饶尊的小叔饶瑾宇。

华力集团就是饶尊的叔叔一手创办的，当年饶老得知自己小儿子弃政从商时很是不悦，没掏一分钱，要他自己去折腾。

饶瑾宇没有孩子，平时都是把饶尊当自己孩子看待，所以一心想把华力留给饶尊。

饶尊的学历自然不用说，念了父亲的母校又出国留学，成绩单十分漂亮，但也是热衷商业。饶瑾怀当然也是不高兴，同当年他父亲的做法一样，不给予任何人脉上的帮助。

蒋璃进病房的时候里面只有饶尊和他母亲乔臻在，乔臻出身书香门第，腹有诗书气自华，雍容大方，那床头的一束鲜花就是她准备的。

她剪了残枝，动作娴熟从容，阳光落在湖蓝色香云纱的旗袍上，也不知是肤色衬得那旗袍更高贵还是那一抹蓝托得她肤色更白洁，宛若她颈部的珍珠项链，润得亲近人。

果盘是饶尊准备的，切得精细，刀功丝毫不见马虎。他平日嚣张不羁，但面对父亲时就会格外收敛。

见到蒋璃后，乔臻愣住了，躺在病床上的饶瑾怀听见动静后转过头也愣了一下。

饶尊放下水果刀，走上前轻声说："我还以为你不肯来。"

蒋璃没看饶尊，走到病床前，干涩地叫了声："饶伯伯、饶伯母。"

"夏夏？真的是你？"乔臻放下花剪，走上前来拉过她的手，激动地左看右看，"我和你饶伯父就一直想着念着你什么时候能回家来，今天总算见着你了，好，能回来就好。"

从抢救室出来的饶瑾怀，脸色苍白，但精神状态尚好，说："坐下说话，别站着。"

蒋璃坐下后，饶瑾怀叹："你说你这个孩子，一走就是这么多年，都不想我们吗？"

"对不起。"

饶瑾怀真是又有点气还有点心疼，指了指她："你啊你。"

蒋璃生怕他动气，忙按下他的手："是我不懂事，您就别气了，我可问过医生了，您这次还是心脏的老毛病，以后都不能再激动了。"拿过果盘，叉了瓣苹果送到他嘴边，"听说您进了抢救室，我急得空手就来了，这块苹果当我借花献佛。"

饶瑾怀没急着吃，看着乔臻说："你瞧瞧，夏夏这张嘴到什么时候都像是抹了蜜似的，明明是她有错在先，倒是把我说的一点脾气都没有了。"

乔臻抿唇浅笑："人家孩子还举着苹果呢，你别光顾着激动了。"

饶瑾怀接过来，说："这真有个身体不适的时候啊，夏夏只要在身边我这心里就踏实。"

"是啊，夏夏啊，刚才我还跟你饶伯伯说呢，如果你在的话，这次也不能到了进抢救室这个地步。"乔臻感叹。

饶尊在旁抗议："爸妈，怎么说得我跟外人似的？"

今天他穿得周正，衬衫的扣子也是一丝不苟地系着，不像平时解开几粒那么不羁，在饶瑾怀面前，饶尊向来都很规矩。

他不说话还好，一说话饶瑾怀又是动怒："你还好意思说话？我问你，你找到夏夏之后怎么不带回家来？怎么就让她进了陆门进了天际了？"

"是是是，爸，我错了我错了。"饶尊赶忙道歉。

蒋璃听得真切，说："饶伯伯，您这次之所以住院不会是因为我吧？"

饶瑾怀重重叹气，乔臻拉过她的手轻拍了两下："你饶伯伯这段时间一直在忙工作，本没太过关注商圈里的事，直到看见天际集团召开的记者招待会，提到了你，我们这才知道你的去向。你饶伯伯想不开啊，这不，一着急一上火就进医院了。"

蒋璃一听这话，别说心里有多内疚了，饶尊在旁看着她，也不知道该说些什么。

"不管怎么样，你能回来就好了。"饶瑾怀想坐起身，有些吃力，蒋璃赶忙上前搀扶，饶尊也上前将床头往上升了升。等靠稳了，饶瑾怀问她："这些年你都去哪了？"

蒋璃将果盘搁置床头，轻声说："我啊，云游四海呗。"

乔臻一听这话心疼了："那肯定吃了不少苦吧？你说你这个孩子啊，以前哪吃过苦啊。"

"哎呀伯母，我哪有您说得那么娇气啊，这些年我收获可多了，以前是天天待在实验室里纸上谈兵，现在拿到手里的虽说都是野路子但很珍贵，书本上都没有的。"蒋璃不谈沧陵，不谈谭战，这一段岁月只想伴着时光在心头封存。

乔臻说："你对气味敏感，有天赋，就算不云游四海你也是块金子。"又叹气，"伯母也知道你心情不好，但既然你爸妈将你托付给我们了，我们要是照顾不好你那就是有违友人之托了。"

"伯母，我都不是小孩子了，而且这些年一直承蒙您和伯父的照顾，对我就跟亲生女儿一样，我很感激了。"

饶瑾怀靠在那，伤感："运城啊，可惜了。"

蒋璃心头几许苦涩，饶瑾怀口中的运城就是她的养父，夏运城。当年她被收养时她不知道原来她的养父是做官的，而当时养父也并没有崭露锋芒。养父为人低调，在她印象里却是总操心别人的事，后来她总听别人说养父是个好官，可她年龄小，又总往左家跑去学戏，并不清楚养父的政绩。

直到养父因为政绩不错又有民众口碑所以受人提拔，举家搬迁北市，那一年她才知道，提拔养父的人就是饶瑾怀。

养父是饶瑾怀最得力的手下，同时也是最能谈得来的挚友，而她的养母梅初也因是个饱读诗书之人跟乔臻一见如故，两家相处甚好。

直到，三年前养父母意外身亡。

饶瑾怀和乔臻只以为她的出走是因为养父母身亡，实际上，还有他二老不知道的事。

乔臻阻了饶瑾怀："老饶，你可不能再感春悲秋了啊，医生都说了要心情开朗。"

饶瑾怀呵呵点头："好，夏夏回来了这比什么灵药都管用。"说完不着痕迹地给了乔臻一个眼色。

乔臻跟饶瑾怀心意相通，自然明白他的意思，说："夏夏，你看啊，这些年咱们饶家上下所有能闻进鼻子里的气味都是你来管理的，我和你饶伯伯的身体也是由你一手负责。现在你进了陆门，那是个集团，规矩多不说，人情往来也复杂，你在里面哪能适应啊？还是回来吧好吗？如果你真想进集团工作，那好办啊，进华力就好了，有尊尊照顾你，我们也放心。"

说完，又抬眼瞅了瞅饶尊。

饶尊马上道："对，进华力吧，我能照顾好你。"

蒋璃抬眼，盯着饶尊的眼神就再无温柔可言，但也只是这么冷冷的一眼，转回头看向乔臻和饶瑾怀时又轻言轻语："伯父伯母，就算我不在饶家也可以负责你们的身体啊，你们啊就别担心了，我很适应现在的生活。"

饶瑾怀和乔臻对视了一下，饶瑾怀无奈。

分别了三年，自然有太多的话要说，饶瑾怀平日里是肃穆惯了的人，但面对蒋璃就跟个老小孩，一下午的检查都必须由她陪着。

做完检查，蒋璃又推着饶瑾怀去草坪透风。

透过病房的窗子就能看见草坪，不远处是蒋璃的身影，逗得饶瑾怀开怀大笑，饶尊伫立在窗前，正是夕阳西下时，这一幕，他很想留住。

乔臻进来取水杯，笑着说："瞧瞧你爸，自从你夏伯伯去世后，他好久没这么开心过了。"

饶尊刚要开口，手机铃声响了。

是蒋璃的，放在她随身带着的包里，乔臻听见后想着把包拿给蒋璃，饶尊却按住她的手。

乔臻不解。

饶尊在她的注视下拿过蒋璃的包，掏出了手机，乔臻一愣，饶尊下一秒接通了电话。

"囡囡，在哪？"

饶尊将包搁置一旁，踱步到了窗子前，看着夕阳下推着父亲缓缓散步的蒋璃，微微眯眼："夏夏在我这。"嘴角上扬，补上了两字，"正忙。"

"饶尊？"陆东深在那边嗓音微沉。

饶尊轻笑："还没恭喜陆总喜获政府项目。"

"承让。"

"失之东隅收之桑榆，陆总得了地，我则抱得美人归，也不算亏吧。"

"我向来欣赏尊少的自信。"

饶尊微笑："今天贵集团想必会很热闹，那种场合夏夏未必喜欢，所以，陆总见谅吧。"话毕掐断通话，紧跟着手机里的最后一格电也消之殆尽，关机。

窗玻璃上隐隐可见饶尊收了笑的僵冷面色。

乔臻是聪明人，虽没听个全概，也大抵明白是怎么回事。她在沙发上坐下来，从容优雅得很："妈问你一句话你要老实回答，夏夏是不是有喜欢的人了？"

饶尊咬了咬牙，转过身来面对乔臻："她只是一时迷惑。"

乔臻看着他，目光虽平和但也清澈得很。饶尊心里发堵，走上前坐下来，双臂搭在膝盖上，双手在脸上搓了搓："妈，夏夏是我的！"

"这世上有什么东西是一定要属于你的？"乔臻反问。

"妈！"饶尊侧过脸看她，"您和爸不是早就当她是儿媳妇了吗？"

"是。"乔臻没隐藏心思，"这个念头我和你爸的确早就有了，哪怕是现在这个念头也没变过，否则你爸爸为什么这么高兴夏夏能回来？刚刚妈妈问的话也算是明了了吧？可夏夏不回饶家，我当时就在想她是不是有喜欢的人了，果然是这样，这世上能让女人不顾一切的就是爱情。"

"我说过了，她只是一时——"

"是她一时迷惑还是你在自欺欺人？"乔臻轻叹，心疼地看着他，"你喜欢夏夏，我这个当妈妈的怎么能看不出来？可是啊，这种事做父母的也只能适可而止地帮你，难不成我们还能把夏夏关起来？她要是心里有你的话，怎么可能不回来呢？"

饶尊十指交叉，死命地攥着，良久后说："妈，以前是左时，他是我好哥们儿，我没法跟他抢，现在，我不想让了。"

乔臻摸了摸他的头，一句话问得真切："你这么伤神，是因为爱她，还是因为想要得到？"

饶尊微怔一下，但很快说："我当然爱她。"

"那你就更要尊重她的选择，如果她爱你，兜兜转转到了最后还会回到你身边，但如果她不爱你，你又何必鱼死网破？做不成夫妻做兄妹不好吗？"

"不好！"

乔臻摇摇头，拍了他一下。

半小时后，病房门开了，是蒋璃推着饶瑾怀回来了。饶瑾怀脸上一直挂着笑，看得出蒋璃逗得他着实开心。

饶尊上前接过轮椅，说："夏夏，今晚你能留下来陪爸妈吗？有你在，我放心。"

饶瑾怀一听这话很赞同："对对对，留下，我还想听你讲讲这几年经历的有趣的事呢。"

"伯父伯母，我……"蒋璃想留下来陪着二老，这原本就是应该的事，但她又不想跟饶尊搅和在一起。

见她迟疑，饶尊加了把劲："我晚上要回公司处理文件，爸妈只能交给你了。"

他知道她不愿意见他。

"夏夏。"是乔臻开了口，"刚刚好像是你公司打来的电话，你手机没电了，用尊尊的手机回过去吧，等你回完了电话再决定是否留下来。"

"妈！"饶尊又愕然又焦急。

蒋璃一听这话赶忙翻出手机，一看果真没电，又见饶尊这般态度，心中就明白几分了，脸色寒下来："电话给我。"

饶尊僵着不动。

"给我！"蒋璃喝道。

饶尊不情愿地掏出手机，蒋璃一把夺过来，说了句："伯父伯母，我去回个电话。"

饶尊急得直跺脚，紧跟其后出了病房。

饶瑾怀一头雾水："这是怎么了？"

"没什么。"乔臻将床头帮他放好，轻叹一声，"世间缘分本就强迫不得。"

医院走廊尽头，夕阳沉落，天际被暗沉吞得只着一丝金线。

蒋璃最终将电话打给了景泞，景泞一听是她，忙道："总算联系上你了，不管你现在在哪，记住，两个小时后晚宴正式开始，你一定要赶到现场。"

"晚宴？"

"一早集团就通发了邮件，你不会没看见吧？"

蒋璃一愣，邮件？她今天一整天都没看邮箱。

景汀那边有音乐声，许是已经在会场了，她择了一处安静地，声音压低："总之今晚的宴会很重要，天际酒店二楼宴会厅，千万不能迟到，亲王府那片地的开发权拿到手，总部很重视，董事长和几位重要股东已经抵达国内，都会参加今晚宴会。对了，还有季菲也跟着总部的人来了，看样子是专门冲着你来的。"

蒋璃只觉得心脏被人狠狠捏了一下，季菲，她终于来了。

"另外……"景汀迟疑了一下，似乎在组织语言，少顷说，"陆总现在的脸色很难看，也许，跟联系不到你有关。"

通话结束后，蒋璃觉得前几日的窒息感又来了，陆东深于人前何其优雅温谦，外人很难从他浅笑的眉眼里读懂他真正的心思，能让他变了脸色，哪会是单单联系不上她这么简单？

饶尊走上前，见她脸色苍白，心疼得紧，问她："怎么了？是不是伤口疼了？"

蒋璃低垂着眼："你叫我来，是因为早就知道今晚天际有宴会吧？"

"是。"饶尊没隐瞒。

"刚刚是陆东深给我打的电话，你接了？"

"是。"

蒋璃点点头，将手机往他身上一拍，转身就走。饶尊将手机揣兜，一把扯过她："夏夏。"

"饶尊！"蒋璃压低了嗓音但压不住怒火，咬牙切齿："我没想到你还能这么低劣！"

"你以为陆东深就高尚？那天晚上我去找你，你以为他不知道？他压根儿就不相信你！"

蒋璃盯着他，眼里近乎冒火："就算这样，那也是我和他之间的事。你放手。"

"我不放！我不让你去！"饶尊总有种感觉，就好像今晚冥冥中要发生什么事似的，他这一放就会彻底失去她，"你又不是很喜欢那种场合，干吗要委屈自己？"

蒋璃甩开他的手，一字一句："为了陆东深，我愿意。"

被白炽光铺陈的走廊如冗长的人生，她的背影洇在这片光亮里即将模糊，就如同要从他的人生里消隐一样，饶尊几步追上前，一把从背后将她抱紧，低低哀求："夏夏，别走，我求你了。我错了，只要是你不高兴的事都是我的错，别离开我。"

蒋璃一僵，心头千万酸楚，向来骄傲的尊少，何曾这般低声下气过？

"伯父的身体状况我最了解，我会负责，配方调好后我再通知你，这几天让他保证睡眠别受累。"她掰开他的手，终究还是没有回头看他一眼，多年交情，她不忍看他这样。

饶尊只觉得心口如同被千军万马碾过，窒息闷疼呼之欲出，他红了眼眶，冲着她的背影吼："夏夏，你回来！"

她再也回不来了。

其实他心里明白得很，她和他，再也回不到从前。

/ 第九章 /

恋人生死未卜，你要重结新欢？

蒋璃推开更衣室西侧衣柜柜门时，内嵌的几盏水晶灯一亮，里面的衣裙比星光还要夺目。一整排的晚礼裙，各色各款，出自全球名家设计之手，限量的、定制的都有。晚礼裙旁又设有暗格，每一处暗格里都有一款搭配手包，明星款、非卖款，等等。

有一款晚礼裙是用三维衣架支撑，赤炎的红，裙摆拖地，如烈焰灼烧。蒋璃轻抚裙摆，细细轻纱捻在手指似皮肤柔软，耳畔是曾经的欢笑言语："这件礼裙留着，以后咱俩谁坐上会长的位置谁就穿。"

一些过往凝固下来就成了痛，像是匿藏在脑细胞中的疾，时不时会窜出来折磨得让人痛不欲生。

蒋璃手指一挑，将悬挂旁边的那件蓝色晚礼裙摘了下来。

入夜后北市是座病了的城，血流不止又无法顺利畅通，如在高处眺望，就像是被时间的镰刀屠城。

蒋璃收拾好到了停车库后看了一眼时间，距离景泞告知的开始时间只剩下二十多分钟。从她的住所到天际酒店不算太远，但这个时间点，开车加堵车没有近一个半小时下不来。

蒋璃的目光从车子上方跃过去，车库的角落里停着辆车，用厚重的防尘布蒙着，那辆车被尘封了三年之久，哪怕是她回来的这些时日，她都不曾有勇气掀开来看上一眼。

她走上前，拽着防尘布的一角，掀开。

防尘布在空中扬起如浪的弧度，一辆黑色重型摩托现于眼前，依旧光洁如初，机身似黑曜石般耀眼，饶尊心细，这三年来没怠慢它，哪怕油量都是足的。

这般重型卡司，曾经是她的最爱，肆意潇洒地欢脱在北市的街头，像极了曾经不拘不束的岁月。

蒋璃跨了上去，礼裙的弧度多少限制了自由，但还好，足以让她发挥。启动了摩托车，霎时轰鸣声响彻了整个车库，如低音炮似的绝响，拉扯着她对这摩托车的熟悉。

她掖好了裙角，一手抚了抚车头，轻声说："久违了老朋友，我，夏昼回来了。"

今晚的庆功宴分两部分进行。

项目发布和晚宴。

项目发布部分是由媒体在场，进行全程跟踪报道，晚宴部分则不对外报道，媒体记者们可以留下，但不允许开机器偷拍。

发布会倒计时时，景泞又来请示了一下陆东深，询问是否正点开始。陆东深正在跟陆振扬和几位总部的老股东攀谈，其中一位股东听闻景泞的话后略感奇怪："是哪位嘉宾还没到吗？"

景泞无法作答，只等陆东深的决定。

陆东深抬腕看了一眼，又扫了一眼景泞，景泞何其聪明，自然明白陆东深这一眼的含义，不着痕迹地轻摇了下头。

陆东深眼里如暮色般低沉，转头看向问话的股东后唇角含笑："没有，大家都到齐了，父亲，几位世伯都先入座吧。"又叮嘱了景泞，"准时开始。"

景泞点头："好，陆总，一会儿发言的环节我再跟您确定一下。"

陆振扬和股东们出去后，景泞叮嘱会场司仪时间，然后摊开文件跟陆东深最终敲定发言流程。

他的目光落在文件上，心思却不在上面。

景泞的声音也似乎越来越模糊，直至飘到九霄云外。

上一次他也是这样久久等候，等到宴会快开始，等到宴会快结束。主办方是他合作多年的伙伴，笑着跟他说，你这出席个场合不带女伴的毛病得改一改了，总不能让人觉得你不喜欢女人吧，哪怕是场面上的女伴怎么着也得备一个。

其实他想说他带了女伴，只不过，被女人放了鸽子。

今晚……

夏昼，你的心思到底在谁身上？

或者真是他一头热，他希望她能来，希望她能明白自己的心思，希望她能当着面跟他说一句：陆东深，我爱你。

原来，等一句话跟等一个人一样耗尽心力。

一路穿行车海，蒋璃似深海的梭鱼，尽管引起众多抗议的鸣笛声。抵达天际酒店时，庆功宴已经开始十五分钟了。

门口有人泊车，门童瞧见一辆重型摩托赫然出现后吓了一跳，拼命打手势要蒋璃停到地下车库。

蒋璃扫了一眼车上的指示时间，手腕一转，猛加油门，摩托就跟猛兽似的，眼瞅着酒店大厅的门一开就极速地冲了进去。

身后惊呼声不断，偌大的酒店大厅都是摩托车的轰鸣声。

身后有人追，可蒋璃已顾不得，一咬牙，又是一个猛油门加上来，摩托车就噌地蹿上了旋转楼梯。

二楼宴会厅，近千平方米的面积，宾客们按照席位依次坐好。

景泞精挑细选，最后敲定了三十家媒体，不求多，只求权威有话语权。

陆东深作为天际实业的负责人亲自上台参与项目启动环节，与政府项目交接人当场签订合约后，领导们到台下入座，他要代表天际做发言词。

一身工整的西装，领带袖扣细节处都是一丝不苟，陆东深像是聚了所有的光芒于身，风度潇洒。

只是，他刚开口讲话不到半分钟，会场大门就被一股巨力撞开，伴着震天响的摩托车轰鸣声。

两扇大门缓缓而开，轰鸣声也随即落下。

宾客们都吓了一跳，纷纷回头张望，却被眼前这幕惊到。

台上的陆东深也愕然，在看清摩托车上的身影后，嘴角的弧度松动了。

两扇门开，中间是空着的通道，被灯光映得如深海般蔚蓝。

蒋璃的摩托车停在了门口，熄了火，下了车。身后很快追上来酒店保安，还没等嚷嚷，她将头盔一摘朝后潇洒地一抛，那保安就接了个正着。

她微微侧头，说了句："有什么事你们陆总担着。"

保安的嘴里快能塞下鸡蛋了。

蒋璃转过头，看着站在台上的陆东深，周遭太多目光，她挺直了脊梁，一步步朝他走过去。

记忆会更迭，大脑似精密仪器，总会悄无声息地用新的记忆覆盖旧的记忆。但都说，如果一幅画面里有了气味的留存，那就会刻在脑子里一生一世难以忘记。

空气中是美酒的气息，黏合着初夏之夜的暖香。

但也不及夏昼的香。

她宛若从海中央来，深蓝、蓝珀两色交织的晚礼裙衬得她皮肤莹白，似皎月，又似人鱼，很少人能驾驭这种色系的裙装，因为太过深邃的颜色势必要深邃神秘女子才能穿出它的美。一条黑色系带，将她的腰显得愈发盈盈一握。

可这礼裙绝妙于对襟的黑纱，垂于身体两侧，襟上有蔚蓝色宽带，带上是手工刺绣的花蕊，中式与西式的结合，这便在款款之中就多了潇洒。

陆东深于台上注视，总觉得天地间似乎被蔚蓝的海吞噬，她是深海之中的光亮。

这件礼裙是他上次为她定制的，当时设计师问他有什么诉求，他想了想说："媚，洒脱。"

设计师当时笑问，世上还有这般女子？

他笑而不语。

没遇上她之前，他也不相信这世上会有这样的女子，媚而不妖，洒脱又邪，女子的风情和男子的潇洒集聚一身。

礼裙做好后他就在想，这就是属于她的礼裙，有夏昼的媚情，有蒋璃的不羁。

现在这么看着她，总觉得这世上最难得可见的女子就这么从海中来、画中来，挟着属于她的芳雅。

这算是第一次见她穿裙子。

犹记在沧陵时，偶听蒋小天跟别人提到她：我们蒋爷啊那是不屑穿裙子，现在随便牛仔裤 T 恤衫都俊得很，穿上裙子了那还了得？可漂亮了。

当时他就在想，别看蒋小天一天到晚咋咋呼呼，但这句话说得倒是有眼光。

夏昼径直到了台上，丝毫不在意台下的窃窃私语声。

灯光如绵密的海浪，柔和地打落在台上的两人身上，一袭长裙的她，一身西装的他，煞是养眼。

陆东深手插兜伫立，看着她沉默不语。

夏昼朝前走了一步，陆东深岿然不动，任由她上前，目光始终落在她脸上。

她抬眼与他对视，问："陆东深，那你爱我吗？"

这般大有单刀赴会的架势令台下人阵阵惊诧，又有倒吸凉气的声响。媒体记者们眼睛都亮了，镜头如数对准台上，这是姑娘主动求爱的节奏？

陆东深的母亲秦苏在台下冷静地看着这一幕，她身旁坐着的陆振扬也未动声色。倒是几位股东，有的皱眉，有的沉着气，面色各异。

两人前面是支起的麦克风，原本是用作陆东深发言的，现如今，夏昼的这番话传得清晰，而陆东深接下来的回答也势必是要回荡全场。

他没避讳，甚至一丝犹豫都没有，只回了一个字："爱。"

场下惊诧声就如同海底暗流在撞击回荡。

夏昼眼里跳窜着的是惊喜是欢悦，她没理会台下的惊愕涌动，盯着陆东深的脸继续问："那你愿意这辈子都做我的男人吗？相信我保护我，不再有别的心思，也不再有别的女人。”

陆东深嘴角忍不住上扬，说：“愿意。”

台下彻底炸了。

陆门儿郎自小就在这森严的礼教下成长，自然出落得礼节周全，陆东深在外人眼里做事说话颇为周正。可今天，这般不合规矩的事竟也能发生，而且还是在这场很正式的庆功宴上。

记者们都跟疯了似的，边惊叹边举着摄像头，生怕错过任何一个细节。

夏昼抿唇浅笑，歪头：“你可想好了，有了我，你就不能再跟哪个女人牵扯不清，我眼里可容不下沙子，我不会像别的女人那样隐忍退让，逼急了我就会动刀子的。”

陆东深眼里有柔情：“想好了。”

夏昼心里暖得很，情不自禁地搂住他的脖子，在他耳边说：“我爱你。”

陆东深窝心。

“可是，怎么办呢？”夏昼把嗓音压得极低，“我闯进来才知道今天来了不少记者。”

陆东深被她逗笑，回搂了她，抬手拍了拍她的后脑勺：“太任性了。”

“我不管，你处理。”她把脸埋在他的颈窝，“景泞说你脸色不好看，我就想着千万别惹你生气，所以就火急火燎地来了。”

“好。”他沉笑。

台下有记者按捺不住：“陆总，这位是……夏昼？”

夏昼，外界了解得不多，但记者们相互一打听也就知晓，太富有传奇色彩的女子，如今，就站在台上。

陆东深松开了她，大方地亮相于众目睽睽之下，他说：“是，她就是夏昼，陆门集团新任气味构建师，目前全权负责天际国内的全部气味构建工作。”

台下一阵骚动，记者们跃跃欲试，七嘴八舌地把问题抛出了一大堆，场面大有失控的趋势。陆东深抬手阻了台下的躁动，转头对她轻声说：“跟大家打个招呼，剩下的我来处理。”

夏昼暗自深吸了一口气，灯光绚烂中她看见了几张脸，有让她熟悉的，有让她浅愕的。她上前，面朝麦克风开了口：“我是夏昼，就是大家所猜测、所听说的夏昼。很荣幸能够担任陆门集团气味构建师。我的事没那么复杂，不过赋闲了三年又回来了，我想关于这点，台下的一位老朋友最清楚。”

说到这，她顿了顿，目光穿过灯光落在宾客席上的白裙女子身上，轻轻一笑：“对吗，季菲？”

全场的目光都落在季菲身上。

人人都知道季菲，闻术协会副会长，年纪轻轻就一跃成为陆门集团的气味构建师，手底拥有六支最具权威的气味分析和调香团队，调香师分别来自全球各地，每一位都有奢侈品调香经验。很多媒体提到她，就会称她为最具嗅觉天赋的气味构建师，但也有媒体会加个前缀：继夏昼之后。

季菲端坐，任由众人目光在她身上打量，面对夏昼的隔空“问候”，她只是轻轻一笑。

大有四两拔千斤之势。

可记者们都不是第一天出来闯的，这其中的暗涌波浪哪会看不出。

有一张椅子始终是空着的，上面没贴名字，但像是景泞他们都很清楚，那位置是留给夏昼的。

果不其然，陆东深就带着她回到那张椅子上，他则坐在她身边。

台上司仪继续，媒体的关注又回到项目上。

在政府领导讲完话后，陆振扬作为集团主席压了轴。作为在诸多陆门同辈中杀出重围夺得主席一职、多年来通过或怀柔或强硬手腕来将陆门版图扩大一倍的成功男人，哪怕人近晚年也是风度翩翩。

他保持了极好的身材体魄，从讲话的力度到精神状态都不输给年轻人，眼角的纹路是岁月刻下的痕迹，却是与众不同的自信和神采。

“他就是你父亲？”夏昼轻声问。

“嗯。”

夏昼看了台上许久说：“你跟你父亲长得可真像，就连那份自信都相似得很。”与生俱来的东西就是骨子里带的，旁人学不来。

“我母亲也来了，晚宴的时候介绍你们认识。”

她手指僵了一下，他察觉，转头看她。她眼中略有不安：“他们能喜欢我吗？”

陆东深抿唇笑了：“有我在，别怕。”

发布会结束后陆东深和夏昼二人就被人生生分开，各自身边围了一圈人。等夏昼好不容易脱离人群的时候，竟觉得像是生生被剥了层皮。顺手从路过的服务生手里的托盘中拿了杯酒，趁着灯光稍暗躲到了僻静的位置喘口气，也顺带地调整一下状态。宴会开始时也是陆东深打算正式带她面见他父母时，想想她手心里就冒汗。

人群之外再去寻陆东深，他正在跟政府领导谈笑风生，身边有陆门的人、陆振扬和陆起白，还有几位商界上有头有脸的人物。

视线被白影遮挡。

这白影从容不迫，就像是她脸上的笑容。“好久不见了。”

是季菲。

夏昼没感到意外，她和季菲认识多年，相互太了解了。季菲了解她能当众给她难堪，她也知道季菲一定会找机会跟她攀谈。

“久吗？”夏昼晃了晃酒杯，“三年时间对你来说转瞬即逝，一辈子见不到我，你才敢称得上一句好久吧？”

季菲笑得不动声色：“你真是一点没变，还是跟从前一样牙尖嘴利。哦，也不是一点变化都没有，比如说以前的你虽然说不喜欢这种场合，但也能应付自如左右逢源，哪像现在这么力不从心？”

“你是知道我的，说话从不喜欢绕弯子，我和你之间还有叙旧的必要吗？”夏昼冷笑。

“何必声色俱厉？你看，大家的目光都还没放过我们呢。”

夏昼微微眯眼，不用季菲提醒她也看得到，远近不一的目光里，有一部分是落在了她俩身上，哪怕她和她远离人群。

她盯着季菲冷笑："我想经过刚才，这全场上下没人会认为你我情比金坚吧？所以声色俱厉又怎样？哦对了，我倒是想对你和颜悦色，临来之前我差点带来了那件礼裙，你我说过，以后谁坐上会长的位置谁就是礼裙的主人，我这一想，你离会长的席位还差上那么一截，所以就没带来唯一能让咱俩叙旧的物件。"

季菲的唇角微微僵冷。

"世事难料，连我这么一个不可能再回来的人都能站在你面前，你觉得卫薄宗会不会给你让出会长一职？"夏昼轻描淡写，酒杯抵在鼻尖闻了闻，"又或者，你俩双双下马都说不准呢。"

"你这是打算跟我斗到底？凭你现在？"季菲又笑了。

夏昼抿了一口酒，不动声色："不过就是两个贼，我有什么斗不过的，三年前我尚且都能把你踩在脚底下，三年后我更有这个本事。"

季菲轻轻一转身，挡住了身后投来的目光，正对着夏昼："看来你的老毛病又犯了，怎么，在里面还没待够呀？"

"季菲。"夏昼冷了目光，"当年你和卫薄宗狼狈为奸，偷走我和左时的心血，害左时出意外，你以为这件事就这么算了？"

季菲淡若清风地问了句："证据呢？"

夏昼抿紧了唇。

"如果你有证据的话就不会沉默三年，当然，你之所以忍气吞声还有个重要的原因。"季菲上前两步，离她很近，近到只用耳语，"你很清楚，真正害了左时的人不是我也不是卫薄宗，而是你。"她一把抓住夏昼的左手腕，"否则，你这一刀又该怎么解释呢？"

夏昼在气势上寸步不让："既然我能回来，就没打算再对你们退让，季菲，你和卫薄宗欠我的、欠左时的我都会一笔一笔讨回来。"

季菲眼里闪过一丝寒："那我也不妨提醒你一句，三年前我能让你说的话没人相信，三年后我照样可以。"

夏昼一字一句："好，就看看三年后的今天你们还有没有这个本事。"

季菲冷笑，不再多说一句转身离开。

夏昼攥着酒杯，面罩寒霜。

暗处有抹身影一闪而过，她敏感捕捉，那逃窜的背影像极了陈瑜。

每一场宴会都是一次刀光剑影，暗藏在西装革履衣香鬓影间，潜伏于推杯换盏谈笑风生里，对于这点夏昼比任何人都深有体会。

饶尊再浑蛋也说对了一件事，她的确厌恶这种场合，一张张看似温厚的脸，掩藏着的都是对追逐名利不择手段的卑劣人性。可季菲也说对了一件事，三年前的她，哪怕是再不喜欢，也会在这种场合里如鱼得水。

现在，她的功力竟退步了，只是简单地应付个季菲就耗尽心力，也不知曾经的她是怎么挺过这一场场人生戏的。

晚宴的开始就是应酬的开始，觥筹交错，利益与利益的对等交换，高高在上的身边总是人影不断，尚未爬得高的也利用这样的机会踮起脚尖努力往上够。

因为陆东深，夏昼免遭了这份罪。

通往贵宾室的路安静，房门被陆东深推开的瞬间，夏昼就觉得心脏蓦地跳进了嗓子眼处，上不来下不去，卡得她一时间头闷窒息透不过气。

陆振扬和秦苏在房间。秦苏轻声说了句："进来吧。"

夏昼紧张了，猛地揪住了陆东深的袖子，陆东深见状忍住笑，顺势牵过她的手走进来。

秦苏在侧边的沙发上坐，陆振扬正对面。相比秦苏的温和，陆振扬的面色看上去无丝毫起伏，他的视线始终落在夏昼身上，看不出喜怒来。

"爸妈，她就是夏昼。"私下场合，陆东深在称呼上就轻松了不少，一手攥着夏昼的手，一手揽过她的肩膀，"我的女朋友。"

没再强调她在公司的职务，就是一句简单明了的"我的女朋友"，像极了陆东深一剑封喉的行事作风。

夏昼看了一眼秦苏，又瞄了一下陆振扬，见对方还在打量着她，她马上把手从陆东深手里抽出来，清清嗓子开口："陆伯伯、陆伯母好。"

陆振扬只是清浅地"嗯"了一声，茶几上有茶，他端起茶杯，吹了吹茶面，秦苏笑了笑："坐吧，别站着了。"

陆东深伸手过来拉她坐，被她一手拍开，冲着他挤眉瞪眼的，见她在长辈面前如此跟他避嫌，他就忍不住上扬嘴角。可还没等坐下就听陆振扬开口道："夏小姐留下，东深，你先出去。"

陆东深眉心微蹙："爸，您有什么话就当面说吧。"

陆振扬喝了口茶，不疾不徐放下茶杯，也没抬眼瞅他："出去。"

"爸——"

"你爸还能为难夏小姐吗？"秦苏缓和气氛，起身上前轻推了他一下，"是你亲自带来的人，谁敢刁难？"

话虽这么说，但陆东深的性子哪会是任人安排的主儿，一把牵过夏昼的手，刚要开口却被夏昼给阻止了，她跟他说："你先出去吧。"

陆东深看向陆振扬时，目光里多了质疑和谨慎。

秦苏拍拍他："去吧，夏小姐被你带进集团入职的时候我和你爸就知道了，作为你的女朋友，我们当父母的自然要了解一下，作为公司的员工，我们做上司的也自然要了解一下吧？"

"去吧。"夏昼知道陆东深性格，生怕再闹得不愉快。

陆东深压了不悦，走到门口的时候压低了嗓音对秦苏说："妈，别为难她。"

秦苏绷不住笑，用力拍了他后背一下："真是有了媳妇忘了娘。"

室内只剩三人的时候，夏昼没由来的紧张，又觉得窒息，好像是只孤零零的鸟，想要扑棱翅膀飞走却无济于事。秦苏坐下，也没让她坐，任由她站在沙发旁。

倒是陆振扬，看了她半晌，说："没想到多年之后再相见，你入职了陆门，也成了我儿子的女朋友。"

夏昼咬咬唇："陆先生……"

秦苏在旁慢悠悠品茶，不动声色地看着眼前这幕。

陆振扬重重地叹了口气，朝着她一伸手："过来。"

夏昼用眼角余光扫了一下秦苏，见她没什么反应，就轻步上前，将手交给了陆振扬。陆振扬将她拉坐在身旁，这般近距离看她，下巴尤为尖细，他说："比以前更瘦了。"

夏昼抿着唇没说话。

"想到我是东深的父亲吗？"陆振扬问了句。

夏昼深吸一口气，叹于唇齿："东深跟您长得很像，之前我也想过，但今天见到您才真正确定。"

陆振扬微微点头："也就是说，东深并不知道你和我的事？"

夏昼抬眼看着他："是。"

秦苏在这边已抿完了一杯茶，又温热了水，给陆振扬杯子里添茶的时候轻声说了句："老陆，先让夏小姐喝口茶吧。"

又往旁边的空杯子里倒了杯茶，缓缓推到夏昼面前。

陆振扬招呼夏昼喝茶，她向秦苏道了谢，心里是对秦苏的感叹。

陆振扬是何等人？暂且不说他一手压住董事局里的风云诡谲，就单拿开疆辟土的魄力来说都不是寻常男人所拥有的，那能陪在他身边到老的女人更是何其厉害？

她多少听说过秦苏，非等闲之辈。

倒不说秦苏的家世背景如何，单拿她为人处世的冷静和周全就让人不容小觑。换作其他女人早就忍不住张口询问了，但秦苏只是等候，等着陆振扬主动开口相告。而陆振扬也没瞒秦苏，直接告知："她就是我之前跟你提起过的那个丫头。"

秦苏闻言微微一怔，然后放下茶杯，略有惊奇地问："就是她吗？"

陆振扬轻笑点头："是，就是她。"

夏昼吃惊，没想到陆振扬会在秦苏面前提及她。

秦苏笑看着她："你陆伯伯跟我说过，很多年前他回国办事染了重病，幸亏被一个丫头给及时救好了，要是再晚一些病情就会恶化。那时候我还在想，究竟是个什么丫头这么大胆，遇上病患不送去医院反倒用气味来吊命。东深还在沧陵的时候向总部给你提交气味构建师的入职申请，你陆伯伯一路开了绿灯，当时我也迟疑过怎么轻而易举地让人入职了陆门，今天算是都明白了。”

夏昼听了这话心里一激灵，陆东深还在沧陵的时候就筹划她的事？这人的心思还真重。她忙道：“其实当年是我鲁莽了，应该先送陆伯伯到医院才对，幸好陆伯伯身体底子好，经得起我那番胡乱的折腾。”

“哪有，当年幸亏有你。”陆振扬说，“也就是从那时候开始，我才知道气味构建师的重要性。”

夏昼摆手，十分谦虚。

“陆伯伯，那后来您儿子的病怎么样了，好了吗？”

一句话落下后她敏感发现陆振扬的脸色微微变了一下，而秦苏喝茶的动作也停滞了。

陆振扬很快扬笑：“已经好了，托了你的福。”

“陆伯伯客气了，举手之劳。”夏昼心里没底。

陆振扬喝了口茶，放下茶杯后笑呵呵说：“那个时候我是有私心的，想带你走，没明着跟你说，实际上是想带你回陆门任职。但后来一查你在为饶家做事，所以也就罢了。小夏啊，所以说这世间缘分妙不可言，多年之后不承想你还真入职陆门并且成了东深的女朋友。”

夏昼轻轻一笑，没多说别的，心中狐疑，他似乎逃避了他儿子的事。

秦苏在旁笑道：“所以说这世界还真是小，兜兜转转的总能再碰上。人人都说夏昼鼻子灵，是难得的天芳师，现在好了，加上季菲，我们陆门的人才也算是齐了。说到季菲我才想起，原来你跟她是多年朋友？”

夏昼轻描淡写：“算是多年不见的朋友。”

“是发生了什么事吗？”陆振扬眼睛尖，再想起刚刚在台上的气氛，任人看了都知道不对劲。

夏昼微笑：“也没什么，只是观点不同，我想在之前配方调换一事上陆伯伯您已经知道了。”

季菲说得对，当年事知道的人甚少，就连跟他们走得最近的饶尊都不知情，上哪去找证据？与其在陆振扬面前嚼舌根，倒不如她亲自动手，一点点挖出季菲的野心来。面对新仇旧恨这种事，她从不喜欢假手于人。

陆振扬还要盘问，秦苏开了口："这倒也是，朋友间最怕的就是做同行，暂且不说利益相争，就单说意见不统一一旦争吵起来也会伤了和气，这女人照比男人在处理这种情况的手段会差上很多，男人间对事不对人，但女人对事又对人。小夏啊，陆伯母多嘴提醒你一句，现在你入职陆门了，跟季菲还是要多合作大于多争执，有意见不怕，提交上头处理，上头再处理不明白还有董事会呢，总之，大家都是为集团服务。"

夏昼怎会听不出秦苏的苦口婆心，有些话陆振扬出于当年的情分没法说得斩钉截铁，所以秦苏就出面做了提点，她点头说："您放心。"

"当然了，你也不能受委屈，心里真不痛快的话你跟我说。"陆振扬补上了一句。

"陆伯伯言重了，能入职陆门是我的荣幸，哪里会有委屈。"夏昼大大方方的。

秦苏笑道："老陆啊，你是操心的命，东深能让她受委屈吗？刚刚临出门的时候都生怕咱俩为难了这孩子，之前配方的事董事会里掀了多少风浪，那不都是被你儿子一手给压下来了？"

陆振扬笑着点点头，再看向她时，有了叙旧的架势："怎么去沧陵了？我们难得见面，把你这些年新奇的事跟陆伯伯说说。"

夏昼避开谭战的那些江湖恩怨，只跟陆振扬讲些这几年来她在收集配方原料时的新奇经历，也是听得陆振扬和秦苏两人惊叹连连。

竟也不知不觉一小时过去了，直到秘书第四次进贵宾室提醒陆振扬还有不少人等着他时，他还意犹未尽。

秦苏开口劝说："现在小夏都是陆门的人了，你还怕她飞了？我相信这丫头鬼灵精怪的经历多着呢，来日方长吧。外面多少宾客，你总不能全都扔给儿子处理。"

等夏昼准备离开的时候，陆振扬跟她说："丫头啊，有件事陆伯伯要拜托你。"

"您说。"

"关于你后来为我儿子调配气味方子一事别让东深知道。"

为什么？夏昼差点脱口而出，但还是忍住，点头："好。"

等她出去后，秦苏放下茶杯，心急问："南深怎么了？"

陆振扬靠在沙发上，重叹了一口气："不是南深。"

秦苏一愣，好半天说："是北辰？"

陆振扬摇头："是北深。"

秦苏惊愕地看他："你……"

"北深的病需要跟外界隔离，当年他对陆家做过什么事你又不是不清楚。"陆振扬有些倦怠，"遇上夏昼之后我就在想，她能不能帮着缓解北深的症状，所以就让她帮忙配了些方子，但北深的情况属于先天遗传，虽能缓解但不能治本。"

"那怎么办？"秦苏道，"你总不能一直关着他吧？老陆，北深是活生生的人，你这哪是治病的方式？"

"北深骨子里的歇斯底里有多恐怖只有我才知道，一旦发病，会跟他母亲一模一样。"陆振扬眉头紧锁，"他是我儿子，我比谁都心疼他，现在我只能将希望寄托在何奈身上，但愿医学团队的新药能管用。"

"可这件事北辰有权知道，毕竟是他双胞胎弟弟，就算你有顾忌，那让东深知道又有什么关系？"秦苏不解。

陆振扬说："所有人都认为北深死了，这样也好，多一事不如少一事，也方便北深的治疗。"

夏昼出门的时候没看见陆东深。

穿过冗长的走廊，她有片刻的恍惚，想来真是浮生如戏，谁能料到多年前她随手救了的一个人会是堂堂陆门主席，而现在，她竟跟他的儿子相恋，而他的儿子，一次次救她于水火。

原来，人与人之间的相处也是一种偿还。

还没到宴会厅时，拐角就撞见了景泞。

见到她后，景泞说："正好，我原本就是来找你的，跟我走吧。"

"去哪？"

景泞没说话只是笑笑，带着她一路上了电梯。

出来的时候是客房区，这一层，是总统套。

“景泞？”

景泞在客房前停了脚步，房卡一刷，房门开了，景泞推开门，对夏昼说：“陆总现在脱不开身，他让你在房里等他。”

夏昼吃惊，抬眼一看，3601，这房间号怎么这么眼熟？

景泞临走前跟她说：“陆总已经吩咐餐厅主厨了，一会儿房间管家会送吃的过来。”刚要关门她又折回来，对夏昼笑道，“哦对了，陆总有洁癖这件事你很清楚对吧。”

“当然。”夏昼奇怪，“为什么这么问？”

景泞抿唇浅笑：“这套房间跟他的住所、休息室一样干净，我的意思是，陆总从没带哪个女人住过这里，你是头一位。”

一句意味深长的话，足够让夏昼进房间里花上大把时间来体会其中的暧昧。

景泞没诓她。

就算她从没进过这间套房，也能知道陆东深的确常年包了这里。不铺地毯、地面都能当镜子使，不见细软、无各种摆饰品，侥幸留下的必用品也是摆得整整齐齐，方向一致。

商川来了电话。

不过几天时间，他的声音听上去很倦怠。

他问及了她伤口如何，最后近乎是恳求：“你随便怎么恨我吧，只求你告诉我左时在哪里。”

夏昼攥着手机，窗玻璃上映着她的脸色苍白。她说：“商川，我不恨你也不怪你，左时失踪了，我也不知道他在哪。”

商川在那头久久沉默，最后轻声问了她一句：“恋人生死未卜，你要重结新欢？”

这句话似魔咒，一直贯穿入梦。

只不过换成了左时的声音，他血迹斑斑，一双漂亮的眼迸着对她的恨，他追逐着她纠缠着她，掐住她的脖子质问她，你为什么弃我于不顾？

夏昼惊喊了一声“左时”就从噩梦里醒来。

眼前是黯淡的光。

是夜色下的霓虹投落入窗，朦胧静谧。身下绵软，她竟不知不觉间睡着了。

呼吸间有男人的气息，来自盖在她身上的西服外套。

夏昼蓦地从沙发上坐起，又被坐在沙发旁的黑影吓得一激灵，但很快空气中浮动着的熟悉气息压下了瞬间的恐惧。伸手开了落地灯，光线柔软不刺眼，陆东深洇在光影里。

身上的黑衬衫衬得他那张脸的轮廓棱角分明，他转过头来看她，眼里像是匿藏着黑河，又或者被这黑染了色，不见底不见光。他抬手，食指插到领带扣里微微扯了一下，领带松了松。

他看着惊魂未定的她，问了句：“连我都认不出来了吗？”

夏昼摇头，心中迟疑的是刚刚有没有叫出左时的名字。

陆东深横过手臂，捏住了她的下巴，力度不轻不重，可跟平日的宠纵不同，让夏昼心里的鼓槌落地，看来她刚刚应该是叫了左时的名字，呼吸里是他指尖的气息，有浅淡的烟草味和酒气。

他在宴会上喝了酒，又在这房里抽了烟，烟丝缥缈间他耐心等着她醒来。

陆东深挑高了她的脸，她的脖子几乎仰直，他盯着她，问：“我是谁？”

“陆东深。”

他眯了眯眼：“继续说。”

“东深。”她任由他掐着自己的下巴。

“再念。”

她就再念。

他一遍遍命令，她就一遍遍念，直到十几遍，他目光里的暮色才稍稍缓和。他松开她的下巴，摸了茶几上的烟盒，叼了支烟点上，火光一溅，他唇角是锋利的弧度。

夏昼透过烟雾看着他的侧脸，不动声色间有着让人忌惮的威严。

她蜷起腿，双手环抱，良久后开口："东深，你误会我了。"

陆东深弹了下烟灰，再转头看她时，眼里的光柔和了些许："我和你之间没有误会。"

"你让我在这等你，不就是想听我解释吗？"她轻声问。

"我让你来房里，仅仅是因为今晚我会喝酒，开不了车送你回家，司机或代驾送你回去我又不放心，今晚你就睡这里。"陆东深抽了口烟，吞吐大团烟雾，"囡囡你记住，只要是你说的，我都信。"

夏昼盯着他，一时间心疼："那好，我说。"

不按常理出牌倒是让陆东深一愣，少顷他道："好，你说。"

夏昼清清嗓子："是，我刚才是梦见左时了，梦见他差点掐死我，你觉得这像是余情未了的思念吗？"

见他夹着烟静静地看着自己，她继续道："当然，你在意的并不是左时，陆东深这三个字甩出去是何等说一不二的金字招牌？当我告诉你左时回不来的时候，你其实已经不再计较我跟左时的过去。所以，今晚让你阴晴不定的是你父亲，毕竟公司里关于我的流言蜚语也不少。"

"我救过你父亲。"没等陆东深的任何反应，她就直截了当告知，"简言之就是在很多年前我去实验室的路上撞见了你父亲，当时他昏迷不醒，司机急得打了救护车可半天没到，所以我顺带手地就把他给治了。我是你父亲的救命恩人，如果不是我的话，你父亲可能早就没命了。"

陆东深闻言诧异，这是他没想过的原因。

"当时我并不知道他是谁。"夏昼靠在沙发上，"你父亲醒了之后对气味能治病一事十分感兴趣，经常会来我实验室聊天。他是个十分慈祥的老者，也十分博学多才，我很敬重他。我们接触了有一段时间，虽说我们彼此都没透露身份，但我从他的言谈举止中不难发现他应该是个挺厉害的人物，直到今晚，我才知道原来他是你父亲。你父亲是个感情不外露的人，今晚之所以把你支走，我想是不想让你知道他曾经生死一线吧。"

还有就是他另一个儿子的事。当然，她对这件事只能选择避而不谈。

那段时间她跟陆振扬相处很愉快，如晚辈与长辈，也如相见恨晚的朋友，陆振扬的气度和见识让她赞叹不已，她对气味的独特见解让陆振扬十分欣赏。但陆振扬每次来找她时都是天刚刚擦黑，她的实验室并非像现在这处似的远离人群，再加上陆振扬一看就是个有钱人，所以，周遭就有了不好听的声音出来。

曾经左时因为这件事质问过她，她自认坦荡跟陆振扬没什么，随便旁人说去。也想过带左时认识一下陆振扬，可陆振扬向来不愿见旁人，再后来她才知道陆振扬的真正心思。

他拜托她治疗他的儿子，并跟她说，因为他儿子目前的病症见不了人，所以只能口述病症让她来配方。

前前后后折腾了数月，最后一次见面时陆振扬说他要回美国了，并给她留下一张巨额支票做答谢，她婉拒，问及他儿子，他只是说还在观察。

就这样，数年过去，再见面竟是这般场景。

陆东深掐了烟，朝她一伸手："过来。"

夏昼靠了过去，藤似的缠入了他怀里，他压下脸吻她的额头，她抬眼瞧着他湛青的下巴："我知道有人说我曾经被富商包养过。"

"我不信。"陆东深搂紧她。

夏昼抬手抚上他的脸："关于我的事，你听说的不止这一件吧。"

陆东深拉过她的手，低头，呼吸落在她光洁的鼻梁骨上。他低低问："你还想跟我说什么？"

夏昼盯着他的眼睛："你有洁癖。"

陆东深微怔，忽而笑了："这不是什么秘密吧？"

"我的意思是，你从不碰别人碰过的女人。"夏昼言简意赅。

陆东深的大手绕到她的后颈，轻轻握住："谁跟你说的？"

"谁都可以跟我说。"夏昼说，"只要是对你还有非分之想的人。"

陆东深问："你想跟我说，你被别人碰过？"

"如果我告诉你，是呢？"

陆东深压下脸，狠狠吻上了她的唇。碾压、吞噬，甚至有点歇斯底里，大有能将人咬碎的决心。

许久陆东深才放过她，鼻尖贴着她的鼻尖，嗓音沙哑地说："你从前怎么样、做过什么、跟过谁我都不在乎，夏昼，你要给我记清楚，你以后的每一天都是我陆东深的。"

夏昼的呼吸一阵紧过一阵。

是前所未有的感动，也是从没拥有过的动情。她一直是盯着他看的，他眼里一切的不甘、强势、毁天灭地的窒息统统都被他压下，缠绵于耳的嗓音是痛苦，却也有沧海桑田的眷恋。

她环上他的脖子："你的爱让我诚惶诚恐。"

陆东深的唇息落在她的唇梢："别害怕，因为我给你的，你都要接受。"

"你不嫌我脏？"

陆东深看着她："在我这，你永远都是例外。"

夏昼主动吻上了他。唇齿缠绵。

由最初的绵绵细雨到大雨倾盆，皮与肉的厮磨却生出了滚烫，一直能烫进彼此的骨头里、血液中。

陆东深额头抵着她，嗓音愈发凸显沙哑的情欲："现在不让我走，一会儿再想让我走就不可能了。"

她腻在他身下，晚礼裙松散，春色挂于他眼，她的唇角和锁骨，是厮磨的红。她听了，心尖又被烫了一下，没说话，却拉着他不放手。感受他宽厚手心的温度，也如她眼里的温度炙热。

彼此着了火。也硌疼了她，庞厚的形状。

陆东深压实了她，气息似网，缠着她扯着她禁锢着她："今晚让我留下吗？"

夏昼烫红了脸，没摇头也没点头，就是再度吻上他的唇。

心似炸开，如万花筒，绚烂似景。

被动的一方成了主动，他抱着她进了卧室，将她放到床上的同时也迫不及待地寻上了她的唇。

夏昼陷入云端。

她闻到了他肌肉的阳刚气息，又觉得他的吻是酒，比高原的酒还烈，比沧陵的酒还要野，她想浅尝辄止却欲罢不能，不知不觉就被他一路牵扯着成了贪杯的人。

爱一个人应该是什么姿态？

夏昼总觉得该是一场阳春白雪，在漫长的生命轮转中增添了颜色。他们会在幽静的长夜里牵手，他的温暖和她的微笑都淹没在遥遥的街灯里，又或者在绚烂的烟花中，他亲吻她的发梢，她抬头能看见他眼里的万亩星河，却是只为她绽放。

从没想过还会是场火焰，熊熊燃烧，烈烈而生。生出的是涅槃后的情感，是通过彼此身体的厮磨、交融后所滋生的男女之情。从那一刻起，她和他就有了彼此，沾染了对方的气息，熟悉了对方最本来的姿态。

这场火所到之处寸草不生。

以至于翌日醒来的时候，夏昼觉得自己的筋骨还是断着的，不能动，动一下都是碾过的疼。

睁眼时并没看见陆东深。

床头压了张字条，她裹着大半张被子伸手费力去够，一抻动，全身骨骼都叫嚣着疼。

是陆东深留的字条：你睡得太久，实在不忍心吵你起来。下午出席个活动，尽快赶回，在房里等我。

睡得太久吗？

夏昼一看时间，竟是下午两点多了，得亏是个周末。

她重新瘫床上。

还有他的气息，沾在枕头、被褥上，与她的气息融合，衍生了一种叫作缠绵的气味。夏昼抱着枕头，忍不住笑了，这人的气息还真是奇怪，原来可以变幻莫测。

她喜欢陆东深的气息，尤其喜欢在床上的气息。

相比清雅冷淡，这阳刚猖狂的气息更让她心驰神往。

厅里，管家已送来了餐食，放在餐车里，静静地摆在阳光下。窗外的阳光很好，好到夏昼洗漱完足有心情吃下半车的美食，但她觉得更多原因是饿的，陆东深掏空了她的身体，她需要吃大量食物补回来。

她倒是明白陆东深让她在房里等他的原因了。

没有换洗的衣服，只有昨晚穿过的礼裙，裙子的拉链和腰间的丝带还被陆东深在昨晚给扯坏了。

柜子里有衣服，一水的男士衣物，是陆东深的。

翻出手机想要控诉，不想看到杨远发了条朋友圈，是陆东深今天下午出席活动的照片，西装革履神采奕奕，举手投足那叫一个成熟稳重，配了一句话：大陆总的体力和精力总是超出寻常。这句话后又加了个坏笑表情。

夏昼一直觉得杨远是个贱人，今天更证实了她的想法。

昨晚她高调示爱，这件事自然被公司上下议论纷纷，陆东深微信里没什么人，但杨远微信里可加了不少公司里的人，这句话啥意思鬼都知道！

可是啊，夏昼又觉得心里挺美，渗着蜜透着甜，就好像是得到了全世界最好的东西。

一不做二不休，既然杨远给她开了路，那她不做出点回应来怎么挡住日后的小妖精们？思前想后，她拍了一张窗外阳光从指缝里流泻的照片，发了朋友圈，写道：mark 一下。

窗外的风景是 3601 的风景，是陆东深带给她的风景。

折腾完，整个人又成了无骨动物倒在床上，盯着杨远朋友圈里那张陆东深照片，越看越欢喜。陆东深越是在人前正经，她越是能想到昨晚他的不正经。

刚发的朋友圈有留言，七嘴八舌的什么都有。

还有陆东深的一条，他竟也有时间回复她：醒了？

就这么两个字却让夏昼的心脏一缩，然后突突直跳，脑子里全都是昨晚的画面，明明就是两个文字，她却似乎听到陆东深在她耳畔说的这话，低哑缠绵。

手机一扔，掀被子盖脸，可一扭头看见床单，哀号一声。

陆东深回酒店时是午后三点多。

洗手间里有水声，他进门的时候就听到了，最开始以为她刚起床在洗漱，可管家离开后里面还有水声，这倒是令陆东深挺好奇的。

“你别进来。”里头是夏昼的声音。

陆东深抿唇浅笑，让他别进去他就能不进去了？人都是他的了，还有什么不能看的。想着，直截了当打开了门。

倒是没他想象中的热气氤氲香躯横陈的，夏昼穿着酒店的浴袍坐在浴缸旁，水流哗哗响，浴缸里竟泡着个白色床单。

见陆东深进来了，她脸一红：“谁让你进来的啊？快出去。”

陆东深饶有兴致，居高临下看着她：“你也不用这么贤惠替我省钱，酒店上上下下的工作人员是我花钱请来干活的，你把他们的活都干了他们做什么？”

夏昼瞪了他一眼，眼珠子都快瞪飞了。

陆东深被逗笑，弯身，手一伸挑了床单一角，那抹还没洗掉的痕迹落在他眼里，他笑得更是得意猖獗。

“别看了。”夏昼羞赧，一把夺过塞进水里，“还不是怪你？”

陆东深将她拉起来，一脸戏谑：“怪谁？昨晚是谁把自己说得身经百战的？”他从后面将她揽在怀里，低笑，“封是我开的，血是你留的，扯平。”

“得了便宜还卖乖啊？”夏昼推了他一下，没推开，没劲。

“之前我是没好意思问你，现在咱俩算是最亲密的人了吧？所以有些前账肯定要清算一下，譬如你之前的情人。我发现你心挺狠啊，毕竟是跟过你的女人，说送人就送人？商业策略？”

陆东深想了半天才明白她在说什么，一脸好笑地看着她：“你这种但凡逮到个姑娘就怜香惜玉的性子什么时候能收敛一下？”

“那我说的是不是事实吧？”

“哪有什么跟过我的女人？人云亦云的话你也信？商场上拼的是实力，我承认很多经商手段都有见不得光的时候，但拿一个女人来交换利益，暂且不说有多不靠谱，就单说合作也不长远。”

夏昼半信半疑地看着他。

“你这种眼神让我很受伤啊。”陆东深伸手敲了她脑门一下。

“跟我听到的大相径庭啊。”

“你是信别人还是信我？”陆东深笑。

夏昼倒是豪爽：“信你。”

自己的男人，不信白不信。再说了，就算是真的那也是过眼云烟了。

陆东深闻言，手一伸将她圈怀里。从她对他敌对、警惕、疏远到现如今的依偎在怀，总会让他心底温暖，他低头吻了她，说：“我只有你。”

短短一句话，却比山盟海誓更有分量。夏昼不是个矫情的人，也不是十七八岁的小姑娘，自然明白从他这样的男人嘴里说出来这般话往往就不用刨根问底了，陆东深性格使然，从不是个爱玩感情游戏的男人，所以这就是他的承诺。

夏昼搂住他的胳膊，脸贴着他的胸膛，良久后说：“东深你知道吗，我一出生就在孤儿院了。”

“我知道。”

夏昼抬脸看他。

“别这么敏感，我只是想多了解你一些。”陆东深怕她误会，而实际上她过往的资料的确难查，如果谭战不倒，想来他也没机会查到她的曾经。

“你都知道我哪些事？”夏昼问。

陆东深察觉她的身子紧绷，轻抚她的后背给予安慰：“你和商川都是在孤儿院长大，7 岁那年你被收养，商川被京剧大师左国堂收养，左国堂膝下有一子，应该就是你口中的左时。

“15 岁你随养父母定居北市，18 岁出国留学，专攻植物学，19 岁那年在国际相关学术杂志上发表文章，展现出超出常人的天赋，为此成为国际芳香协会、闻术协会最小的成员。

“20 岁被顶尖香水公司聘请为首席调香师，所调配的‘迷踪’香水一度成为该品牌的经典之作，但你那时以学业为重，又考虑养父母的职业，所以低调过日，全身心致力于气味构建工作，同年，闲来无事的你又利用你的鼻子帮着美国联邦调查局捎带地破了两宗连环杀人案，由此，夏昼这个名字就跟‘天赋异禀’这四个字结缘了。

“21岁你回国，主攻气味领域，但重点偏移到气味分析和重组，以研究领域为主，虽不活跃在一线，可在气味分离的技术上再行创新的本事是旁人没有的。那一年，国内对气味领域的重视空前提高，不知多少达官显贵带着重金三顾茅庐，有的想求一纸秘方，有的想求延年益寿，有的想高薪聘请你为其卖命，你越是低调，关于你能操控人命生死的传言就越多。当然，我也相信你是有这本事的。”

陆东深说到这顿了顿，看着她：“直到三年前，你的23岁似乎是一个分水岭，养父母离世，所有的荣光不再，人人都说你犯了命案逃逸，从那天起，闻术界再无夏昼。我试图去查三年前的事，但资料为零，只能说明两点：第一，当年涉及事故的人少之又少；第二，谭战是铁了心将你的那段经历给抹了。”

夏昼看着他：“原来你知道这么多事。”

“多吗？”陆东深捏着她的下巴，吻了她的唇角，“三年前的事也许是你最大的痛点，如果你不说，我也不会去查了，我说过，你以前怎么样我不管，我只要你以后。”

夏昼任由他的唇温一点点将她的唇角烫热，闭着眼，那一幅幅歇斯底里的画面似刀，扎得她心口生疼。见她皱眉，陆东深将她搂紧，在耳畔低语：“好了，别为难自己。”

“可是我想跟你说说左时和饶尊的事。”

陆东深抿唇浅笑：“你说我听。”

夏昼重新靠他身上，轻叹一声：“我很小就很喜欢左时，学戏的时候他替我挨了不少骂，领了不少罚。15岁之前，我、商川和左时关系最好。我跟着父母来北市定居之后就认识了饶尊，养父是饶伯伯的下属，两家走动很频密。我和饶尊刚认识那会儿谁都看不上谁，他是个左撇子，就是吃饭都能跟我手打手筷子打筷子的那种。直到我20岁那年跟左时重逢。让我没想到的是，左时就是华力集团聘请的气味分析师，而我那个时候也回了国，饶伯伯身体不好，我除了在实验室外，很大一部分时间都留在饶伯伯身边帮他调理身体。

“我不愁钱赚，之所以低调，除了养父外更多的是因为饶家，饶家举足轻重，住所要隐蔽，出入有保镖，会参加一些宴会，但有选择性。饶尊那个人平时傲得很，但对我和左时极为不错，尤其是跟左时很能谈得来，后来商川也因为我们认识了饶尊。饶尊喜欢我，也明里暗里跟我表白过，22 岁那年我和左时确定了恋爱关系，饶尊便不再提喜欢我的事。气味分离技术是左时手把手教我的，后来我改进了分离技术，提升了分离速度，我和左时也因为这项技术研究出了一个有关影响人类脑神经元的气味秘方，并提交到了闻术协会，谁知道秘方被盗……

“我和左时为了挽回损失决定再到原料地走一趟，饶尊当时并不清楚发生了什么事，一听我们要去的地方挺危险，二话不说就跟着一道去了，直到……出了事，我和饶尊之间也有了隔阂。秘方丢失、左时失踪、行业协会的质疑和口诛笔伐，再加上同年养父母的离世，一时间造成了我的精神坍塌。而将我从绝望里拉出来的人就是谭战，我想忘却前尘重新开始，谭战便给了我三年安稳的岁月。”

谭战曾经跟她说，不管再怎么逃避你终究不是蒋璃，总有一天你是要回去的。

所以，他在清毁了她的资料的同时却保留了她的身份证明，就锁在凰天的保险柜中，她也是按照谭战临死之前的吩咐到了保险柜中取东西时发现的。

谭战留给她最珍贵的不是财富，而是能让她清醒认识到自己是谁、从黄粱一梦中惊醒的证据。

夏昼说到这，沉寂了许久，抬眼看着陆东深：“所有人都说我跟男人们纠缠不清，我不在乎，因为嘴巴长在别人脸上，我管不了。可是遇上你之后我就怕了，我怕你在乎。商川是我的亲人，饶尊是我的朋友，谭战是我的恩人，而左时是我最愧疚的人，东深，你能明白我吗？”

陆东深听着窝心，将她搂近一些，唇落在她额上，低喃："傻瓜。"

她已经用最直接的方式来向他证明自己的清白，他怎会不明白她？只是，昨晚他的确没料到她会是第一次，暂且不说饶尊，能让她念念不忘甚至梦里喊着的左时，这般深情厚谊发生点水到渠成的事也正常，而谭战，将半条命都交到刀面上的江湖人，能为个女人上刀山下火海，死后还不忘为她铺路，若不是自己的女人能这么不顾一切？

现在想来，他也会像谭战似的不顾一切护她周全保她安稳，跟是否发生过关系无关，只关乎她是夏昼，这世上独一无二的夏昼。

"秘方的事跟季菲有关？"

夏昼思绪半晌："有关，但她很聪明，不会留证据。我跟她多年朋友，太了解她了，这一点上谁拿她都没办法，更何况她还有个卫薄宗。"

她跟季菲是大学同学，同一寝室又兴趣相似，感情最好，后来通过左时她们认识了卫薄宗，四人在同一领域都有着超出寻常人的敏感和专业，所以惺惺相惜。当时他们的实验室在郊区，每到桃花纷飞的季节，实验室外的风景最美，故此一日，他们四人在实验室院落的桃树旁拜了把子。

卫薄宗最大，排名大哥，左时老二，季菲凭着跟她同岁却是大年初一生日的优势夺了老三的帽子，夏昼很是郁闷，季菲就说："别郁闷了，姐请你吃桃。"

她对桃毛过敏，每一次季菲都会将桃子洗得一根桃毛都没有才交到她手里。

过往如云烟，而被利益出卖了的过往，是毒烟。

陆东深若有所思。

夏昼看着他沉默的眼，戳了戳他的嘴角："季菲不单单是陆门的人，她背后还有整个行业的力量，你最清楚这其中的利害关系，而且当年的事还有隐情，这个时候最不能轻举妄动。"

陆东深低眼看着她："听过这样一句话吧，让一个人彻底毁灭，就先让其无限膨胀。"

夏昼的嘴角抽动一下，没再说什么。

陆东深也看出她不愿过多谈及季菲，换了话题：“想过找你亲生父母吗？”

夏昼耷拉眼，半晌后摇头。听院长说，还是襁褓中的她就被扔在了福利院门口，她的亲生父母没留下只字片语。

“我不知道我真正的生日是哪天，也不知道自己真正姓什么。现在的生日是院长捡到我的那天，因为是在夏天，所以院长叫我小夏，也是巧了，我养父也姓夏，后来给我起名叫夏昼。养父母说，夏昼夏昼，夏日时的天明，热情朝气，这是他们的期许。”

说到这，她的嗓子哽了一下，咬咬牙：“所以，我为什么要找扔我的人？他们甚至连个姓都不舍得给我。”

“好了好了，不提了。”陆东深见状轻声安抚，像是哄孩子。

夏昼把脸埋在他的颈窝里，许久。

他任由她的姿势，只是，感觉颈窝有点温热时他的心口疼了一下。都说她潇洒自如，可现在，她何尝不是个心有遗憾和郁结的孩子？这世上有千般情万般爱，唯独父母之爱无人可取代，哪怕他爱她宠她，也取代不了血缘之情。

/ 第十章 /

因为我是你男人

景汀匿在昏暗中。

窗外耀得人眼发白的光亮被房间里厚重的窗帘遮挡，偶有缝隙，数万丈光芒就被捏成了线，迫不及待地钻挤进来，落在景汀紧攥着的手指，又折在奶白色的地毯上。

光线太弱，照不明坐在沙发上的男人。

只是洇在更暗处的身影，模糊的轮廓高大挺拔。唯一有光亮的是他指间的烟头，像是在幽暗中摇曳着的橙红色花朵，浅淡的烟丝从花心中伸展，又很快被暗光吞噬。

景汀却觉得，那像是只魔鬼的眼，盯着她，即使在黑暗中，这种监视也无所不在。

良久后，男人吞吐了一口烟雾，开口："亲王府那片地的开发权拿到手，陆东深靠的并不是他的报价。先是部国强因为他夫人的疯言疯语被踢出局，然后华力集团又顶上了雇佣商业间谍的帽子，这一件件的事发生的时机精妙绝伦，要是说背后没有陆东深在操纵，我不信。"

景汀使劲抠着手心："我不知道这些，所以，我解答不了你的疑问。"

"你背叛我了？"

"我没有。"景汀条件反射。

男人笑了："料你也不敢。"

景汀紧紧抿着嘴，手指松了又攥。

"陆东深没走低价这步，你说他是老谋深算还是对你有了怀疑？"男人问。

景泞呼吸急促："我不知道。"

"你不知道？"男人的眼如鹰，微微一眯，"陆东深身边的人，数你跟的年头最长。"

"可他从不相信任何人。"景泞说，"并不是所有事我都有权参与，就算是跟在他身边的老人，所负责的领域都不同，他从不会把所有事交到同一个人手里全权打理。"

男人冷笑："这的确是陆东深。"

"所以，你留着我没用，我对陆东深根本造成不了威胁。"

"谁说没用？"男人慢条斯理，"这次，我原本也没打算利用低价让陆东深出局。"

"你什么意思？"景泞暗惊。

男人笑出声："只是想试试陆东深的心思，果真是喜欢声东击西。"

"也就是说，你早就料到他能拿到那块地？"

"陆东深想要得到的东西，费尽心思也会夺到手，所以，他能摘下那片地的开发权，这一点都不奇怪。"男人弹了下烟灰，"这游戏，只有他拿到那片地之后才能玩，否则，没意思。"

"你到底想干什么？"景泞厉喝。

男人盯着她："你要知道我的想法？如果知道，你会不会去告诉陆东深？"

景泞死咬着唇，少顷后说："我不想参与这场你争我斗，所以从今以后，我不会再帮你做什么，至于做过的事我也不会对外透露，你我之间再无关系，你也别再找我了！"

话毕转身就走。

手刚搭上门把手时，手机在包里震动了一下。她掏出手机一看，脸色微变，手指一点，是一段火辣视频。

景泞觉得像是被人倏地扼住脖子，窒息、绝望，脊梁骨爬满了森凉，她转头，死盯着沙发上悠闲坐着的男人。他正摆弄手机，屏幕上的光亮映着男人的眉眼，俊美无俦，却阴凉危险。

“你是不是以为我不敢拿你怎么样？”他缓缓开口，“这段视频甩出去，我能全身而退，你呢？只要陆东深不信你，一旦把你辞了，这辈子你的职业生涯就毁了。”

“你够了！”

“怎么够？我是这场游戏的开发者，只有我才有权力说停或继续。”男人将手机扔到一旁起了身，任由手机里的视频播放。

声音如爪，抓得景泞耳膜生疼，她全身无力，踉跄地靠在门边。幽暗中，看着男人逐步逼近。

“景泞，别试图摆脱我，你没这本事。”男人贴上她，抬手摩挲着她的脸，“陆东深迷上了夏昼，这是个好现象，至少我们能摸到他的软肋了。盯着夏昼，尤其是近段时间。”

“我不要！”景泞反抗。

脖子下一秒被男人掐住，手指蓦地用力，景泞瞬间透不过气，一阵阵缺氧，只觉太阳穴在拼命蹿跳。他的唇几乎贴上她的唇，气息森凉：“你有资格跟我说不吗？”

景泞被掐得近乎断气，嘴巴微张却吸不进任何气流，她拼命推搡他，而他，最终也如愿松了手。景泞蓦地捯过来气，一个深吸气就剧烈咳嗽。

紧跟着她就被他压在门上，他忽而敛了阴凉，笑得很似温柔：“想我了吗？”

景泞怕极了他的阴晴不定，猛地推开他，可他的速度更快，一把将她反摁回房门旁的墙上：“你是我的，这辈子你都别想逃。”

大手一用力，扯了她的衣服。

夏昼再上班时，明显就感觉同事们看她的眼神不对了，她能做的就是挺直脊梁从这些异样的目光里走过，但去咖啡间的时候，还是隐约听见里面的同事小声说了句：“听说夏总监在陆总的包房里待了两个晚上呢。”

除了实验室那一摊事外，部国强夫人的方子也配比好了，命人取走后，她又记挂饶父的身子骨，就想着再根据他现阶段的身体状况配些药丸之类的。

一上午忙得不可开交，陈瑜称病请假，夏昼想着宴会那晚对她的冲击力也不小，就任由她了。

快中午时有人敲门。

她以为是茱莉也就没应声，忙着看从实验室那边传来的数据分析图。然后，头就被摸了一下。

她一抬头就对上陆东深的笑眼，哀号："你能不能别再摸我头了？我从小到大最烦别人碰我脑袋，我又不是宠物。"

陆东深始终含笑："中午我有应酬就不陪你吃饭了，让景泞带你吃些好的，别应付了事。晚上要跟董事局开会，但我会尽量压缩时间。"

"压缩时间干吗？"夏昼没反应过来。

于是乎，脑袋又被他摸了一下："陪你。"

"谁用你陪啊？"她倒是心花怒放，但嘴硬，"就你忙啊？我也很忙。"

陆东深纵容她的强词夺理，见她眉眼狡黠甚是喜欢，忍不住就蹂躏了她的脸，气得她一把推开他的手："烦不烦人啊？"

他笑得爽朗。

又掏出钱包，从中抽出张银行卡给她："密码是你生日。"

"哟。"夏昼如众星捧月似的捧着黑卡，"典型的霸道总裁爱上我的桥段啊，下一句你是不是要说，女人，这是给你的零花钱，随便花。"

"家里的卧室需要张地毯，我没时间，你去挑张自己喜欢的。"陆东深道。

夏昼一愣："铺地毯？你不是见不得地毯吗？"

"尽量适应。"

夏昼狐疑地看了他半天，说："我可不会选，万一选了你不喜欢的呢？"

"你喜欢的我就喜欢。"陆东深说，"你是女主人，选什么样式的你看着办就行。"

"谁是女主人啊。"夏昼又羞赧了。

陆东深笑了，捏着她的下巴，探身过来照着她的唇啄了一下，说："当然，这卡就是给你的，零花应该够了。"

"哎呀你快去应酬吧。"夏昼心里甜腻得很。

陆东深轻笑，挺起身子："我把司机给你留下，你随时吩咐他就行。"

夏昼点头。

等走到门口的时候，夏昼叫住了他："铺地毯的话你真没问题吗？好好的抽什么风啊？又不是养大型犬。"

陆东深慢条斯理："大型犬我是不打算养了，但我养了只猫，野猫，晚上睡觉不好好待我怀里，就喜欢往床底下钻。"

关门后许久，夏昼才反应过来，咬牙切齿：骂谁是野猫呢？

晚上快下班时夏昼收到了一张支票，金额不小，一串零十分惹人喜爱，她看了半天，一个电话打给了郜国强。

"法师，这就是我的一点小心意，你也别误会。"郜国强在那头解释说。

夏昼走到窗子前，看着脚底下的如织车灯，轻描淡写地说："给你夫人做配方就是随手的事，并不费我什么工夫，支票你收回，这笔钱我不会要。"

郜国强在那头连连劝说，夏昼的态度决绝，末了问了句："你说你夫人在亲王府见鬼，那鬼是在台上唱戏是吗？唱的什么戏？扮相是什么？"

那边回忆："回家后一直念叨是女鬼，还有……"

听出郜国强似有迟疑，夏昼追问他还有什么。郜国强在那头很快道："也没什么，就说那女鬼的水袖挺长，在戏台上飘来飘去的，内子估计当时就是眼花了。"

结束通话后夏昼就在想，如果是商川的话，为什么没像之前视频里那次扮项羽？但如果不是商川的话，那又会是谁？

百思不得其解。

窗外的天色未着红霞，入夏后天就长了，晚高峰始终如一。夏昼摆弄着手机，几番想着给商川去个电话，但又怕他在戏上打扰，思来想去就给他发了微信：商川，我们谈谈吧。

隔了五六分钟，那边回复：好。

夏昼想了想，定了时间和地点给他发过去。

她的确得跟商川好好谈谈了。

今天午休的时候她恍惚做了一场梦，梦里回到了师父的戏台上，他们三人在嬉戏玩闹。等睁眼后她就在想，如果将左时的事原原本本告诉商川，他会不会原谅她？毕竟从小到大的情谊。

出公司上了车，夏昼给了司机一个家居城的地址，听说是要去选地毯，司机笑呵呵道："夏小姐在陆先生心里的位置很重，他平时是见不得地毯的。"

夏昼笑着应声："是给他家选。"

司机从后视镜里看了她一眼："夏小姐是聪明人，就算是给陆先生家选地毯，那这地毯也是陆先生为夏小姐铺的。"

这司机心思多窍，眼睛毒，说话又滴水不漏恰到好处，让夏昼冷不丁想起饶尊之前说过的话。趁着前方堵车，夏昼跟司机有一搭没一搭地瞎聊，再不动声色地往重点上切。

"听说你夫人最近身体不大好？"

"最近老是嚷嚷着胸口疼不舒服，到医院查了也没查出什么来，这都是老毛病了，生孩子那会儿她是在美国，那边也不流行坐月子，所以每年天一热，她也跟着不舒服。"

"实验室里我配的温气香，回头你拿上些。成分很安全，主要就是理气止痛的吴茱萸，每晚燃上一刻钟，会减轻你夫人的疼痛。"

"真是谢谢夏小姐了。"司机感激得很，"之前其实就挺想咨询夏小姐的，但又怕麻烦了你。"

"没关系，你一直在为东深工作，这是我应该做的。"

司机道："夏小姐，你人真好。"

"老徐，你给东深开车多少年了？"

老徐笑呵呵的："陆先生在正式进入陆门工作的时候我就是他的司机了，十多年了。"

"看来他很信任你，所以回国也带着你。"

老徐忙道："是陆先生使惯我了，换成别的司机还得重新磨合。"

"你在东深身边这么多年，应该知道他很多事并且很了解他吧？"夏昼说。

这话挺直接，再笨的人也能听出端倪，老徐笑得有点不自然，模棱两可说："也不能这么说，我只是陆先生的司机，了解最多的也就是他的用车习惯。"

夏昼看着后视镜里的他："饶尊在我家小区那晚，是东深让你盯着我的吗？"

车速微微一滞，是突然踩了刹车，像是惊慌失措间的下意识行为，又像是因为前方路况不好而导致。老徐察觉后尴尬地说："这个……夏小姐是误会了吧。"

"老徐，你说现在谁才是东深的枕边人？"

"当然是夏小姐你了。"

"东深有多疼我，你也能看出来，能把他的家交给我，那就是奔着把我摆在女主人位置上去的，老徐，你是聪明人，别站错队了。"夏昼风轻云淡，"一来，我想通过你多知道东深的一些事并非要害他；二来，你也知我本事，我想让你在工作中出点差错是易如反掌的事。"

老徐聪明，马上道："是是是，夏小姐说得对，您放心，以后我会随时向你汇报陆先生的情况，另外那晚……其实陆先生只是关心你，不是不信任你，夏小姐千万别误会。"

夏昼靠在车座上，心里低叹，那晚的情况果真陆东深知道得一清二楚，还有那个吻痕，其实他早就心里有数了。陆东深给她的爱，就像是波澜壮阔的海，任她自在畅游，可越是宽广的海就越是危险，一旦浪起就会让人窒息。

他要的是全心全意的爱，容不得一点背叛，哪怕只有苗头，他都会将其扼杀在摇篮里。

家居城是预约制，到店后店员十分热情，将早就备好的顶级地毯一一摆出。

夏昼从来都不是一个爱逛街的人，逛街也只是冲着习惯穿的牌子去，这缘于她没什么耐性。但在挑地毯这件事上她可是耐性十足，从地毯的原料、织法、做工、工艺、花色等等都逐一了解明白。

这一挑就是一个多小时，直到手机响了。

是陈瑜打来的，十分不客气："蒋璃！你给我来！"

还敢这么嚣张了，夏昼也不客气："你有病啊。"话毕指了指左旁的地毯，问："这块的产地是哪里的？"

手机那头道："我是有病，你给我治？"

"你喝多了吧你！"夏昼随口一句。

陈瑜嗤笑："喝多了？呵呵，我是在喝酒，你敢来吗？"

夏昼一愣："你还真在喝酒？"

陈瑜在那头嘀咕了一句，许久，语气沉重地："蒋璃，我现在就想见你！"

赶到酒吧时天已黑，过了晚餐的点，夜生活才刚刚开始。一家不起眼的门脸，门前没停车位，挂着酒吧招牌般的霓虹招牌，如果从旁经过绝对不会引起注意，门梁旁只悬了一只很小的木牌，写有：Night。

夏昼找到陈瑜的时候，她正坐在沙发卡座上喝酒。

还不是酒吧上人的时候，周遭客人不算太多，零星就那么几桌，再加上别人都是成群结队，就只有陈瑜孤零一个，想很快找到她挺容易。

夏昼在陈瑜对面的沙发上坐下："你挺能啊，这种酒吧一看就是行家的窝，看来你平时没少光顾啊。"扫了一眼桌上的酒瓶，"你调香的本事虽说不是来自你的天赋，但也不能这么糟蹋自己吧？不知道酒精刺激嗅觉吗？"

陈瑜挑眼瞅了瞅她，没多说什么，转手拿了个空杯子，扔了冰块进去，添了小半杯的威士忌，推到她面前：“假酒太多，这里的酒安全。”

灯光下，陈瑜的脸颊只是微红，说话还有逻辑，看来还没太醉。

“叫我来干什么？”夏昼没动眼前的酒。

陈瑜轻笑：“陪我喝酒不行？”

“有话就说有屁就放，要不然我走了。”

夏昼刚要起身，陈瑜就慢悠悠地问她：“你说你到底有多少秘方？怎么总是被偷啊？”

听她这么一说夏昼就不急着走了，往沙发上一靠，左腿叠着右腿：“还真是你偷听我和季菲说话啊。”

“还用偷听吗？”陈瑜嗤笑，“我要真想对你动点什么心思，今天就不会叫你出来。”

夏昼微微眯眼看着她。

“我有时候在想，就算你是夏昼又怎样？还能有翻手为云覆手为雨的本事？可是，你能让东深那么死心塌地地为你，就连一向高傲的季菲都要忌惮你三分，我这才知道，原来当年的夏昼是这么个风云人物。”

“这番话听着不像是真心夸我。”

“在你心里，我跟季菲的行径一样，你早就视我为眼中钉，我夸不夸的有什么区别？”

夏昼思绪少顷欠身拿过酒杯。冰块半融化在琥珀色的酒液里，挂了一层薄霜在杯壁上，晃了晃酒杯，是冰块相互撞击的声响。

她说：“不一样。”

陈瑜不解地看着她。

“你充其量就叫小偷小摸，而他们……”夏昼抿了口酒，眼里是腊月的寒，“是大奸大恶，不容原谅。”

陈瑜愣了一下，好半天才说：“你也跟我说过，你不原谅我。”

夏昼好半天翻了个白眼，杯子跟陈瑜的碰了一下：“不是喝酒吗？喝啊。”

陈瑜浑浑噩噩地喝了大半杯。

“你不会跟我说你跟季菲的恩怨吧？”

夏昼手里把玩着酒杯，懒洋洋地：“你也不算笨。”

“你们的对话当时我也是零星听到一些，但我不关心这个。”陈瑜如实告知，抿了口酒，“我就是想提醒你，季菲背后是整个行业的力量，你对她的权势构成威胁，她不会就这么算了。”

夏昼慢慢地喝着酒，关于这点她从来都清楚。放下酒杯，她笑看陈瑜：“你这算什么？主动跟我示好？”

陈瑜给了她记白眼，冷哼：“我跟你示好？是，我是对不起你，但可不意味着姑奶奶我会卑躬屈膝，反正我在你心里都是罪人，再示好也没用！你的配方是牛，但这些年我也在不断地努力和奋斗吧？”

“那你今天找我来干什么？”夏昼好笑地看着她。

陈瑜沉默了半晌，然后一仰头喝光杯中酒，酒杯重重往桌上一放：“我已经想得很明白了，我放弃了。”

夏昼不解地看着她：“放弃什么？放弃治疗啊？”

“你能不能严肃点？”陈瑜不悦。

“不是，你这人说话有头没尾的，让我怎么严肃？”

“我是说陆东深！”陈瑜低吼了一嗓子，盯着她，恶狠狠的，“我不想再爱陆东深了，我累了、我放弃了，天下男人那么多，我干什么要在一棵树上吊死？”

夏昼笑了：“思想觉悟不错，我都高调跟陆东深示爱了，你再不放弃还想怎么着？”

“夏昼你可别得寸进尺，我放弃不是因为你。”陈瑜说完低低咒骂一句，“什么鬼名字。”抬眼看她，“难道你不想知道那天陆东深是怎么回答我的吗？”

“哪天？”夏昼问完这话后转念就想起那天在办公室的情景，马上反应过来，“哦哦哦，那天啊。”

陈瑜用怪异的眼神瞅着她：“我发现你这个人还真是心大啊。”

“心不大的话能被你偷了配方吗？”

陈瑜懒得跟她再提这个话题，又倒了酒，直截了当说："我问陆东深，如果没有你的话他会不会娶我，他说，不会。"

那天是她赌上了最后的尊严问了那么一句。

陆东深的语气虽轻，但态度斩钉截铁，他说："陈瑜，陈家对我有恩，我可以给你任何东西，但唯独婚姻不行。"

她压着搅劲的疼说："那我想要你的命呢？"

不过是句歇斯底里的话，也是将她逼到悬崖边再无力挣扎的话，她没想到，陆东深会很认真地告诉她："如果这世上没了夏昼，我的命随时还给你。"

夏昼闻言后，拿过酒瓶自顾自地添了些，长叹一声："所以说，陆东深娶不娶你跟有没有我没关系。"

陈瑜盯着她，其实她明白这点，只是，她不想告诉夏昼的是，陆东深早已视她的命为他的命。虽说当天陆东深在讲那番话时风轻云淡，可这其中的厚重深情哪是陈瑜体会不到的？

她咬咬牙："他可是为了我拒绝了陆门拒绝了部梓莘！"

"真的是为了你吗？"夏昼反问一句。

陈瑜噎住，死攥着杯子一饮而尽，许久后才开口："其实我一直都明白……我不想每天活在痛苦和嫉妒里，我不想每天都那么累，我想放下，但这又是一个几乎不可能的事。"

换作平时，夏昼很不待见她，然而今天听陈瑜这么说，一时间她倒是挺动容的。别管陈瑜之前做的事有多上不了台面，至少在爱陆东深这件事上她们的观念是达成一致的，爱陆东深很辛苦。

她永远忘不掉初次见面时他于古城街头伫立时的潇洒风度，一眼万年，那个时候她就知道，一旦招惹了这个男人，她的人生将会有着怎样的颠覆。

"你今天把我叫来，其实心里也明白，我帮不了你什么。"夏昼说，"爱情这种事，不是谁让给谁就能得到的。"

"我知道，而且依着你的性子，现在就算刀架在你脖子上你都不会让出陆东深。”陈瑜又是一口酒，自嘲地笑了，“我也不知道怎么了，就是挺想见你的，然后跟你说说我现在的痛苦。”

话到这，她抬眼瞧着夏昼：“挺有意思的吧，我失恋了，却要找情敌诉苦。这些年我光顾着爱陆东深了，现在回头一瞧，自己的交际一片空白，这不是我想要的生活。”

夏昼苦笑。

就算交际多姿多彩又怎样？曾经她也是呼朋唤友，曾经季菲跟她也是无话不谈，结果呢？人生尚且苦短，更何况被利益架空了的友谊呢？

其实夏昼心里明白得很，相比季菲，陈瑜坏得更真实，她不遮掩她过往的恶，也不掩饰对她的嫉妒，这样的人，反倒让夏昼记恨不起来了。

就这样，她跟陈瑜一杯接着一杯。

刚开始没什么话聊，彼此各怀心思，可架不住酒精的撺掇和搅乱理智的夜色，一来二去的两人就打开了话匣子。陈瑜讲到了从前，两人刚认识那会儿，带着酒醉嘻嘻哈哈地跟个孩子似的。

“你还记得你跟我说的花蒸沉香吗？结果我按照你的方法做出来的古龙涎香饼熏得我爸都快吐了！”陈瑜醉眼蒙眬，笑得花枝乱颤的。

夏昼也没少喝，她本来酒量就大，最后几乎是跟陈瑜抢酒喝。

“我怎么跟你说的？是不是告诉你凡生香，蒸过为佳？你好好蒸香了吗？”

“这件事咱得好好理论一下。”陈瑜来了倔脾气，虽说醉着，但关于蒸香的专业逻辑还是很清楚，“采沉香、降真香等同香的树脂香料跟偏好的香花放在一起，密封在甑子里，然后放入蒸锅上火蒸，顺序有错吗？我当时加了七味香花，结果蒸出来熏得人直流眼泪，你说，你是不是故意的？”

夏昼笑得前仰后合的，指指她，又指了指自己：“是我落了一句话，应该是，四时，遇花之香者，皆次次蒸之。”

这话如果说给外人听，定然不明白这其中的意思，但陈瑜出身医学之家，又有这么多年的调香经验，一听这话就明白了，哪怕是在酒醉之下。“四时香花次次蒸之？也就是说不仅要蒸一次，还要四季不停地上火去蒸？”

“是啊。”夏昼没心没肺地趴靠在卡座的沙发旁，笑得十分气人，“树脂类香料用香花来蒸的时候，凡是有香花开放的季节，就要拿着当令的花跟香料蒸上一回，一年下来，频频蒸过的香饼再拿来焚烧就会散发百花的香气了。”

早在宋代，这种“花蒸沉香”的方法就流行了，其中素馨花是蒸香的主力，加入如梅花、瑞香、茉莉、木犀等香花蒸制，不厌其烦按照时节变化蒸制出来的香饼就十分喜人。

哪怕切下米粒那般大小的，衬在铂金或银制成的隔火片上，由炉中微火轻轻熏烤就会气味分层，隐约可闻素馨花，然后是百花竞放的芳香，最后是沉香的主调，如果再有龙脑和麝香，那就会成为沉香的助力，让这主调的气味更加稳定。

陈瑜一听炸锅了：“你太过分了，这些你都没说，然后也没写进笔记本里！”

“要脸吗陈楠楠？你偷我笔记本，现在还来指责我没把方式方法写全是吗？”

陈瑜嚷嚷：“咱俩谁不要脸？你要脸你抢我的陆东深。”

“你偷我笔记本，我偷你男人，扯平了。”夏昼一挥手，“不对，陆东深也从来没属于过你啊……”

两人连喝带怼，都快不知今夕是何年了。

直到酒吧音乐鼎沸，人影在酒气中穿梭，夜生活拉开了帷幕，四处都是热闹。陈瑜去洗手间的时候，夏昼像是无骨的猫黏在沙发扶手上，闭了会儿眼睛，微微感觉四周都在转悠，睁开眼时，眼前是大片的灯红酒绿。

舞池中央立着一根管子，有领舞的姑娘在上面起舞，身姿妖娆，暴露在空气中的大半截腰身白得晃眼睛。姑娘留着短发，脸上半蒙红色纱巾，神秘又诱惑。

夏昼看着看着，心底深处涌出来一丝异样。

可究竟是什么感觉，一时间还琢磨不出来。很快，这种异样被没由来的想念给驱散了，她掏出手机，打开微信发了条语音过去，声音醉态又慵懒："深哥，你还在工作吗？"

等了片刻不见回复消息，她又发了条过去："深哥，人家想你了。"

石沉大海。

估计还在开会。

百无聊赖下夏昼才惊觉陈瑜去洗手间的时间有点长，该不会是昏死过去了吧？忙起身去寻，可没走几步就瞧见了陈瑜的身影。灯光忽闪间，她被两个大男人拉拉扯扯的，看样子是从洗手间出来后就被人给截住了。

半包式的卡座，跟她们所在的面积相仿，陈瑜就被他们强迫似的拖了进去。灯影迷乱，人如鬼魅浮生，在这种场合下，陈瑜的挣扎和惊叫都被淹没，微不足道。

夏昼重重叹了口气，嘟囔了句："还真会给我找麻烦。"

那张卡座旁还挨着一卡座，面积是其他卡座的三倍，靠在最边上，不受干扰的同时也不挡着卡座里客人的视线。夏昼路过的时候，不经意朝里面扫了一眼，有一男人众星捧月似的格外显眼。

竟是郜业帆。

夏昼冷笑，这败家公子心也够大的了，老妈在家半疯不疯的，老爹焦头烂额，他竟还有心思在这花天酒地的。

卡座里，陈瑜被拉扯着按坐在沙发上，对面坐着的应该是他们的老大，生得比那两人还强壮，赤着花臂，叼着烟，手里拿着酒，看上去流里流气，一见陈瑜后眼睛都亮了。

浓烈的酒气和烟味呛得陈瑜直咳嗽，挣扎着起身却被两人压得死死的。拉扯间，就听有声音切下来："三个大男人欺负个女人，有意思吗？"

陈瑜顺势一瞧，像是抓住救命稻草似的："救我！"

与此同时，三个男人的目光也落在夏昼身上，短发利落得很，简约的白衬衫、牛仔裤，于五光十色中甚是潇洒和风度翩翩。花臂男眯着眼仔细打量了一番，然后笑了："又来个小美女，穿得挺别致啊，老子喜欢。"

夏昼没怒没恼，在花臂男对面的沙发上坐下，往后一靠，右腿在酒台上一搭，左腿抬起叠在右腿上，痞气又邪气得很。“我朋友怎么得罪三位了？”

花臂男指了指湿了的裤子。

“那你想怎么着？”夏昼懒洋洋地问。

“这桌上的酒全给老子喝了，喝不完，你们就别想出这酒吧。”花臂男咋咋呼呼。

夏昼扫了一眼酒台，红的、白的、啤的，这群人喝得还挺全面。

她收回目光，看着花臂男：“到场子里玩，磕磕碰碰在所难免，三杯酒我领罚，我朋友跟你道个歉，人我带走，有意见吗？”

“小姑娘，话说得挺溜啊。”花臂男笑得一脸猥琐相，“你朋友不懂事得罪了我，这口气我可轻易咽不下，你得想出个能让我心服口服的办法来。”

“心服口服是吗？好办啊。”夏昼的脚微微一抬，用鞋尖一怼骰盅，“赌一把如何？你赢，酒台上有多少酒我就喝多少酒，你输，人我带走。”

经过这番折腾，陈瑜算是彻底醒了酒，攥了攥手心，濡湿。

花臂男上下打量了夏昼，笑得诡异，又抬眼瞅了瞅两名手下，两人笑得前仰后合，其中一黄毛嚣张：“臭丫头口气不小啊，敢跟我们熊哥较骰子？你也不打听打听我们熊哥的名号，响当当的赌桌圣手，你跟我们熊哥赌？赌不死你啊。”

花臂男一脸得意，笑起来，脸上的横肉都快把眼睛给挤没了。

夏昼不为所动，抬手示意了一下：“熊哥是吧？既然这样，那我就领教领教。”

熊哥一愣，然后眯眼重新审视她，原本想着左右不过个黄毛丫头，说几句重话就能乖乖上前赔罪，不想竟公然叫板？

熊哥冷哼：“想跟我赌，就凭着这桌子酒瓶子？小姑娘，筹码太低了。”

“那你想如何加码？”夏昼冷笑。

熊哥盯着她的眼神里多了流里流气：“要是你输了，你们两个今晚就跟我们走怎么样？丫头，这北市说大不大说小不小，道上的人如果想找你们点麻烦，还算是挺简单的事。”

夏昼含笑，竟丝毫没有犹豫："好啊。"

陈瑜一听这话，倏然攥住了夏昼的手腕，又听夏昼慢悠悠地追问一句："但如果熊哥你输了呢？"

"我们熊哥会输给你？"黄毛笑得十分嚣张。

就连熊哥都像是听到笑话似的："那你想怎么样呢？"

"简单啊。"夏昼笑得牲畜无害的，"留下根手指给我可好啊？"

这话让俩手下收了笑，许是没想到看似柔弱的姑娘能扔出这么个条件来。熊哥脸部肌肉抽搐了一下，盯着夏昼："什么？"

夏昼收回腿，身子前倾，对上熊哥的眼睛："既然加码，不玩点真格的多没意思，熊哥要是输了，那就切根手指头下来给我。"话毕，她顺过果盘上的水果刀，狠狠扎在瓜皮上。

熊哥看着眼前明晃晃的水果刀，又看了看夏昼，她眼睛里有隐隐的狠，这是在道上混的人才能察觉出的狠。半晌他哼笑："好啊，我倒要看看你有什么本事。"骰盅往两人中间一放，"想怎么玩儿？"

夏昼说："来个最简单的，五骰，看点数比大小。"

"好。"

两方拉开了阵势，俩手下在旁助威，夏昼只有陈瑜，她也知道现在这种情势她们已经被架上下不来了，就只能硬着头皮压了心惊胆战，想着一旦夏昼真输了，那她也能保留点体力拉着夏昼一起跑。

夏昼不知道陈瑜的心思，撸了袖子，手拿骰盅，于忽闪的光影里摇了骰子。熊哥也在摇，将夏昼摇骰盅的样子看在眼里就心里明了了，原来这丫头还真有两把刷子，骰盅摇得十分娴熟。

两人同时扣盅，一时间气氛紧绷。

黄毛叫嚣："你完了我告诉你，我们熊哥要么不晃骰子，要晃就是五个六！你还想要熊哥的手指头？不是我吓唬你，骰盅一开你就等死吧！我就把话撂在这！我也把我的右手撂在这，熊哥要不是五个六，都不用断熊哥的手指头，直接剁我的手！"

夏昼没理会黄毛，冷笑："你的手下还真聒噪。"

话毕开盅，二十九点。

黄毛一看乐了，少一点。

夏昼朝着熊哥示意了一下。

熊哥得意扬扬："小丫头，你就等着陪我们玩儿一晚吧。"紧跟着开了骰盅。

黄毛第一个凑上前，定睛一看，先是愣住，然后哭丧着脸说："熊哥，我只有左手的话能在您这做点啥不？"

熊哥低头一看，脸色都变了。

原本放在果盘旁的备用刀片不知什么时候竟跑进了他的骰盅里，经这么一搅和完全影响了他的发挥，骰子的点数摇得那叫一个凌乱。黄毛在旁抱着头："熊哥啊，两个一点，剩下的三四五，您要是摇出个二也行啊。"

熊哥倏然盯着夏昼，咬牙切齿："死丫头，你出老千！"

"出老千？熊哥，问题出在你骰盅里，愿赌服输吧。"话毕拿起盅里的刀片朝着熊哥的小手指猛地一划，出手十分利落。

只听歇斯底里一声叫，却是出自黄毛，冲着夏昼就死命喊："敢切我熊哥的手指头？你活腻了！今天你别想走出这个门！"

"给我闭嘴！"熊哥抱着手指头，血顺着指缝往下淌，手指头没掉，对方只是划伤了他的手指。可周遭都已经注意到了这边，一时间面子上挂不住，狠声喝道："死丫头出老千，还想走？你们两个给我上去抓住她们！"

俩手下扑上来了，夏昼刚要摆开架势硬拼，不想眼前晃来一道身影，懒洋洋地："堂堂个爷们儿，愿赌服输，出尔反尔不好吧？"

夏昼定睛一看，愣了。

竟是邰业帆那个败家公子。

这是怎么个意思？还打算来个英雄救美是吗？他似乎忘了自己在沧陵赌场的时候如何输得血惨了。

邰业帆身后还站着几个人，刚刚跟他一起喝酒的，个个看上去都不好惹。熊哥见这架势有点𡿨了，冲着夏昼嚷嚷："怎么着，还找帮手了？"

还没等夏昼回答，邰业帆上前一把推开熊哥，痞态十足又不客气：

“影响你爷我喝酒了不知道吗？你再给我嚷嚷个试试？”

熊哥也是明眼人，眼前站着的这几个人非富即贵，未必是他能得罪的人，一时间没了动静，俩手下眼见老大都不吱声了，自己就更不敢上前嘚瑟。

部业帆转头看向夏昼，目光在陈瑜身上停了一下，问她们：“有事没事啊？”

夏昼哼笑：“承蒙败家公子仗义出手。”

部业帆不屑：“要不是你救过我爸，你以为我爱管这闲事？赶紧走吧。”

一场剑拔弩张就被部业帆给化解了，简单粗暴，以强压强。

待几人离开后，熊哥一屁股坐在沙发里，气得直哆嗦，黄毛赶忙帮他处理伤口，边处理还边说：“幸亏手指头没掉。”

熊哥刚要咒骂，对面就坐下了一人。

是刚刚在台上跳舞的女人，面纱依旧未摘：“伤怎么样了？”

熊哥马上说：“皮外伤，一个臭丫头能有多大的劲儿？”

女人却笑了：“一个臭丫头？你的手指头能保住是因为她压根就没想切，你以为，沧陵的蒋爷想要一个人的手指头是难事吗？”

熊哥一听愕然：“什、什么？姑娘是说刚才那丫头是、是蒋爷？”

“是啊。”女人朝后一靠，“果然是跟过谭战的人，身上那股子狠劲儿是藏不住的。”

熊哥抹了一把额头上的汗。

“把刚刚的事再跟我讲一遍。”女人说，“尤其是她的行为举止，一样不能落。”

跟陈瑜等人告别后，夏昼出了酒吧就往西侧马路停车方向去，刚一拐弯就瞧见了陆东深。他靠在车门上抽着烟，浅灰色衬衫没系领带，车尾还泊着辆车，应该是公司的车，他自己开过来的。

见她出来了，陆东深掐了烟，扔在旁边的垃圾桶里，然后双手插兜伫立在夜色下等她。

不知怎么，夏昼心里一阵欢愉。

也许是在酒吧里面对着那位熊哥“尊容”太长时间，再看到陆东深后就觉得惊为天人举止温雅，满眼睛都是舒服，真可谓是没有对比就没有伤害。

她加快脚步上前主动搂住了他，仰头巧笑：“陆先生不是忙得连微信都没时间回吗？怎么突然本尊现身了？”

陆东深一手搂住她的腰，一手拔了她额前发：“听说某人在里面都快跟别人动刀子了，我再不赶过来怎么行？一旦真见了血，总得有人收拾烂摊子。”

夏昼笑得更欢实：“后援就是守在酒吧门口啊？”

“听说我女人还搞得定。”

夏昼将他搂紧：“东深东深，你可真好。”

微微偏头，目光落在不远处的司机身上，眯眼，死老徐，阳奉阴违啊，挺会传话啊。那头，老徐正好要抽最后一口烟，冷不丁对上夏昼的眼神，吓得手一抖烟头就掉了，许是理亏，忙赔了笑，拾了烟头扔进垃圾桶后走上前。

陆东深命老徐开公司的车回去，临走时，老徐又是一阵殷勤询问：“夏小姐需要解酒茶什么的吗？如果有需要的话我去给你买。”

“老徐好像挺怕你。”回到车上后，陆东深替她系好安全带，说了句。

夏昼得意扬扬：“那是，我巾帼不让须眉的。”

“能让一个特种兵出身、跆拳道黑带高手对你毕恭毕敬的，你也是厉害。”陆东深笑道。

夏昼差点被自己的口水呛到，咋舌，老天，这老徐这般能耐呢，怪不得只要有老徐在的话，陆东深都不带保镖。真要是动起手来，她还真未必有胜算。

车子一路前行，很是缓慢，前方长串红灯。

“以后不准去酒吧，还有，除了我在身边，其他任何时候都不准再喝酒了。”陆东深稳稳地控着方向盘，语气轻，说的话对夏昼来说却是极具打击性。

夏昼不干了："陆东深你过分了！"

"我是你男人，对你提出的任何要求都不过分。"陆东深四两拨千斤。

"我喝酒又没误事，再说了，我什么酒量你不知道吗？能把我喝倒的人寥寥无几。"夏昼据理力争。

"你的确没误事，但你能惹事，尤其是为了女人，你什么英雄情结都出来了。"

夏昼盯着他的侧脸："这话说得没良心啊，陈瑜爱你不成抑郁买醉，她就在我眼皮子底下被人调戏，你说我能不管吗？"

"你能赴约谈判，这件事在我看来就很离谱。"陆东深接得四平八稳，"再说，酒吧里都有保安，你单枪匹马就跟对方动刀子，万一吃亏怎么办？"

他虽言语锋利，但态度温和，她觉得，这些话从他嘴里说出来，再听进她耳朵里都是甜蜜。夏昼主动靠近他，谄媚："谁说我能吃亏啊，不是还有深哥您罩着小的嘛。"

"嗯，嘴甜。"陆东深腾出只手捏了把她的脸，笑道，"再叫一声，用你在微信里的语气。"

夏昼是何等人？暂且不能用"见风使舵"来形容她，但至少是识时务者为俊杰，有些时候不涉及大是大非，她就会见人说人话，见鬼说鬼话，她最是在行。

于是，她甜着小嗓腻着小音又叫了句："深哥……"

陆东深很是受用，眉心舒展。

与商川的见面约在晚上。

听说今天是最重要的一场戏，所以夏昼也没着急，只等着他下戏后约谈。

忙到了大下午，才见陈瑜来公司。她脸色看上去不大好，挺苍白，见到夏昼后也没打招呼，闷着头回到了办公室。

夏昼也正巧瞧见她，一路跟了过去，敲了门径直进了办公室，将手里的文件扔给她："H 品牌旗舰店的空间气味调查出来了，百分之九十的客户表示进店后闻到的气味不错。"

"哦。"陈瑜恹恹地接过文件。

夏昼双臂环抱，饶有兴致地看着她。见她半天没出去，陈瑜抬头问："还有什么吩咐？"

夏昼上下打量着她，十分故意，看得陈瑜浑身不自在："看什么？"

"不像你啊。"

陈瑜一激灵："什么不像我？"

"你紧张什么？"夏昼笑得半阴半阳的，"我的意思是，搁平常你若知道客户有这么高的满意度一定会跟我耀武扬威，毕竟 H 品牌旗舰店的空间气味管理是你主责，怎么今天这么淡泊名利了？还没醒酒？"

"哪有啊，我这不是还没反应过来吗？"陈瑜拿过文件，翻看了一番，"现在我有了这个成绩，你就不会瞧不起我了吧？"

夏昼撇嘴笑，一针见血："昨晚是部业帆送你回的家，不会发生什么事了吧？"

陈瑜的住所跟她南辕北辙，倒是同部业帆一个方向，所以昨晚部业帆也算是义薄云天了一次，主动说送陈瑜回家。当时陈瑜因为酒吧的事吓得腿都在抖，脑袋也处于短路状态，所以就跟着他走了。

陈瑜一听，噌地站起："你别瞎说！"

"哟，我还没说什么事呢，你怎么反应这么大？"夏昼一脸邪笑。

快出办公室门时，夏昼回头瞅了她一眼，冷不丁问了句："你真的没事？"

陈瑜拄着下巴，慢悠悠地说："你再不待见我，咱俩毕竟昨晚有过力战群雄的经历，也算是共患难了吧，你至于这么盼着我有点什么事吗？"

夏昼也就没继续追问："哦对了，H 大中华区限量版香水的气味抽样报告尽快交给我。"她看了一眼时间，补上了句，"下班之前吧。"

气得陈瑜牙根直痒痒，等办公室门关上后，低咒："真是跟什么人学什么样！"

与商川见面的地点最后约定为亲王府。

对于夏昼来说，她正好借此再去看看那片被陆东深夺下来的地，更重要的是，部国强夫人遇鬼一事她后来越想越蹊跷，如果部夫人当时撞见的是商川，那商川吓唬她的目的是什么？

但如果不是商川，那背后这个人又是谁？当时是陆、部两家连同相关领导考察，就偏偏发生了闹鬼事件，这件事看着偶然，但怎么瞧着都像是一场精心布局。

夏昼不敢深想，她情愿部夫人看见的是商川，因为如果不是商川，从最后获利人来看，最有可能一手策划此事的人，就是陆东深。

晚八点，夏昼就驱车赶往亲王府。

在此之前她告知陆东深今晚临时有事不能共餐，陆东深虽没多问，但那意思是要老徐跟着，夏昼婉拒，并坦言告知陆东深，她是跟商川见面，冰释前嫌。具体见面地址她没提，因为一旦涉及亲王府，陆东深很轻松就能猜得出她是冲着闹鬼事件去的。

为此陆东深有些不悦，虽说商川目前还是天际最有分量的代言人，但前后闹的这两次事件已经让他不满。夏昼叹气说："他只是对左时的失踪耿耿于怀，也认定了我是凶手，我想把当时我们遇险的事跟他一五一十交代明白。"

陆东深了解夏昼，也深知她的脾气，就同意了。

去亲王府的路上接到了饶尊的电话。

也没什么紧要的事，就是询问她明天上午是否有时间，他父亲出院，希望她能陪同，路上可以陪他父亲说说话。

夏昼呛了他一句说："明天你不在场我就有时间。"

饶尊没好气地说："明天我开一天的会，哪有时间跟你见面让你气我？"

夏昼说："好，那我去，但要是让我见到你，我转头就走。"

气得饶尊牙根痒痒。

"有件事我要问你。"夏昼直入重点，"亲王府那片地在竞标前，陆部两家曾经跟着相关领导去考察，你为什么没去？"

那头冷笑："小爷我还需要走那程序？我跟那边什么关系？不过就是一声招呼的事，要不是陆东深手段太卑劣，那片地就是小爷我的了！"

夏昼没说话。

隔了好久，饶尊才叹气："这只是其中一个原因，那天我爸的身体不大好，所以我没去公司。"

夏昼是知道饶尊的，平日跋扈，但绝对是个很有孝心的人。

其余的话也没多说，挂了电话后夏昼在想，怎么看都不像是饶尊找人在装神弄鬼。

入夜后的亲王府多了大家闺秀的端庄、沉静、安逸和不问世事。

周围方圆几条长街都已经圈上了天际的 Logo，老旧的建筑都在逐步进行翻修。这一带因为亲王府闹鬼传言已经十分荒败，可在商人们眼里这就是一大块肥肉，以旅游街概念全新打造亲王府一带，将会重新盘活这一带的金融和经济，那入手的利益可想而知。

亲王府将会在保留原有建筑外进行重点翻修开发，具体用途夏昼不得而知，但能肯定的是绝不会再做封闭式处理，最有可能的，会像是恭王府那样对外开放。

在陆东深的商业帝国里，这片地的蓝图究竟怎样她不清楚，甚至不大清楚这片地到底能在他心里占据多重要的位置，或者，只是作为陆门其他产业进入国内的踏脚石。

亲王府的街里还有工人在作业，有运水泥的车经过，司机探出来头告诉她，这是施工地不能进。

夏昼也就嗯啊答应了。

亲王府还没动，许是要排在最后。路过了泥泞，进了亲王府就是另一个寂静的世界。

泉水仍旧淙淙，叶儿依旧沙沙，雕梁画栋，幽静长廊，看着眼前的一切，夏昼不知怎的就一激灵，总觉得这整个府邸太过鲜活，就好像有人居住，时刻都能有主人从深宅之中走出来。

商川还没到。

夏昼在长廊徘徊，一间屋子一间屋子去查去看。上次她来得匆忙又走得匆忙，没仔细端详这府邸，现在走下来方才觉得真是大到离谱，比恭王府的面积还要大上一圈。现在看来《浮生》的剧组可真是下了血本，果真是对照实际建筑进行一比一还原，等戏杀青后，也是可惜了那赝品。

戏台之上，带幡飘扬，在夜风中看着倒是诡异。夏昼仔细打量，怎么看怎么都像是招魂幡。

夏昼在戏台下面站了良久，总算看出哪里不对劲了。

要说剧组在郊区搭建的亲王府是一比一也不尽翔实，同样的戏台，高度不一样。亲王府的戏台要高上不少，一般戏台也就三四米高，再讲究点的能有六米左右，可目测这亲王府戏台高度应该在八九米，足有三层楼的高度，而剧组的戏台虽高，但也没这么高，估计是考虑到演员的安全问题。

夏昼不解，这府邸原本的主人什么癖好？怎么把戏台架得这么高？怎么看戏呢？上次来她压根儿就没注意到这点。

她环顾一下四周，目光落在对面阁楼上一下子就明白了。

古代小姐们都是大门不出二门不迈，平日里能打发时间的项目少之又少，看戏就成了她们最津津乐道的。但古时戏子都以男人为主，所以有的府邸老爷是禁止府中女眷直接跟戏子碰面的，都从阁楼观看，这也就能解释戏台高悬的原因了。

部国强夫人就声称在这里见鬼。

她拾级而上，穿到后台。

后台陈破，相比前面更是寂静，哪怕脚步再轻，耳朵都能捕捉到声音。咚咚咚的，夏昼吓了一跳，仔细辨听才反应过来是自己的心跳声。

戏柜是上好的木头打造，只是岁月更迭，破损的破损，蒙尘的蒙尘，里面竟然还有戏服，武行花旦挺齐全。

有项羽的行头。

《霸王别姬》这折戏是经典，所以有他的行头也正常，这也方便了商川上次在戏台上装神弄鬼吧。

其他的行头也都出自耳熟能详的戏曲，但……

夏昼的目光落在一件行衣上，白绸长袍，斜襟宽袖，上面刺着蓝色飞鹤，栩栩如生。她从衣架上摘了下来，料子实在，很有手感。

摸了摸行衣一角，她心里蓦地动了下。

没灰尘，还有极清浅的香在空气中浮动，再仔细去辨，那香气就隐约断了。

气味太弱，换作旁人闻到的也就是后台的灰尘味，但怪她鼻子太敏锐，只是香气难以捕捉。

她觉得更像是体香，而且还是古代体香。

古人擅香，能将香气用到登峰造极的地步，哪一处都离不开香。古人制香讲究的是纯粹原料，而且制作工艺讲究的是时间，以蒸、煮、烘、晒为主要手段，所以香气十分纯粹和稳定。

今人制香的工艺大大提升，各种先进仪器提高了制香的效率，可与此同时，也失去了手工制香的纯粹。

所以，对于夏昼来说辨别起来不算费劲。

改变体香不是什么难事，长期以香为伴，身上的气味自然也就发生改变。当然，这一点只有古香能够做到，像是现如今的香水很难达到这一点，精油倒是多少能有改变体味的功能，可不能断，一旦断了，肌肤之理本身的气味又会覆盖。

夏昼百思不得其解时，隐约听见一声叹息。

幽幽的，出自一个女人。

“谁？”夏昼警觉。

一道白影忽悠一下闪过，在不远处的拐角。她赶忙追了出去，那身影影影绰绰的，在七拐八拐的长廊间穿行。府邸光线不好，暗影里那影子就显得亦真亦假。

她一路紧跟，直到出了戏台范围，追到了府邸庭院，没了人影。就像是突然消失了似的，又或者，如从未出现过。

夏昼僵在原地。

潮热的夏夜，她竟觉得后背阵阵发凉。尤其是后脖子，就好像是，有人在她脖子后面吹气。

她蓦地回头，身后空无一人。冷不丁想到在沧陵时老辈人说的话：后脖凉，鬼绕梁。

遇鬼？她不相信。可心底有个感觉愈发清晰，也顺带想到昨晚在酒吧看见那女子时的感觉，一模一样。

她觉得，那女人，很像她自己！

这念头刚闪过，她就忍不住打了个寒战，紧跟着手机就响了，吓了她一跳。

又是饶尊。

夏昼气得咬牙："尊少爷，你很闲吗？电话一遍遍打！"

"夏夏。"饶尊的口吻很严肃，"还记得你之前收到过的手帕吗？你说是左时的那条。"

夏昼一怔："怎么了？"

"我手底下的人刚刚查到，用手帕吓你的人就是商川。"饶尊的嗓音很低，"你记住，千万不要再跟商川接触了，他已经丧失了理智，太危险了。"

"什么？"夏昼心口一紧，从那个时候起商川就已经不信任她了？

倏然一阵凉风过，夏昼全身一凉，这风哪像是夏夜里的？更像是来自井底最深处的冷风。

今天，她约了商川见面。

如果前后几次事都是商川搞出来的，那今晚……她一旦对商川和盘托出，商川会不会对她下毒手？正想着就听到一声歇斯底里的惨叫。

听方向，是戏台。

夏昼忙掐断通话，朝着戏台方向跑去。

戏台被月光映得惨白。

等夏昼赶到时，倏然心惊。

原本跟她约定见面的商川，此时此刻就在戏台下面，躺在血泊之中。

/ 第十一章 /

我只想保护你不受到伤害

商川从戏台坠落，当场身亡。

夏昼作为唯一一个涉案和报警人员被带回了警局。

审讯室里，警方反复盘问她与商川见面的目的，夏昼一个字都回答不出来，整个人都是蒙的，她的人在警局，魂却留在了王府里，眼前晃荡着的还是商川鲜血淋漓的模样。

“那么多见面地点，你们为什么选在亲王府？”

“你说你是听到声音才赶到戏台，在此之前你在哪儿？在做什么？”

声音落在夏昼耳朵里，有了回响，渐渐又成模糊。她盯着警员警帽上的警徽，眼珠子一动不动，脑中的画面是曲径幽幽的长廊，女人的身影在雕梁画栋间影影绰绰。她一路紧跟，从戏台到庭院，如果穿过庭院就是府邸大门……

隐约间听到有人说了句：经现场勘查和法医最终鉴定，已经证实商川坠下戏台纯属意外，又因台下木桩年久失修，所以商川坠台时额头撞击尖锐木桩导致致命伤势，失血过多而亡。

“夏小姐？”

夏昼脑中所有的画面倏然抽离，冷不丁回过神，对上警员的目光。

警员对她的态度不大满意，敲了敲文件：“这是刚送过来的鉴定报告，夏小姐，你也算幸运。”

夏昼的目光落在那份报告上，许久缓缓道：“不，这不是个意外，绝不是。”

“夏小姐是想到了什么？”

“是个阴谋。”夏昼喃喃，“商川是他杀，一定是他杀。亲王府里除了我和商川还有第三个人在，是个女的。”

“你亲眼见到？”

“是。有个女的，一定是藏在亲王府里的，商川的死跟她脱不了干系。”

警员看了她半天，说了句“稍等”后出了审讯室。

她所在的空间寂静一片，似乎喘口气都能听见。在这段空白期里，夏昼的脑中反复出现商川的模样，当时在案发现场时震惊悲恐过后，她第一反应就是重新排查戏台，可空无一人。究竟是什么人，在害了商川后竟逃得无影无踪?

现在周身孤零，只有她一人，莫大的悲伤如萋草铺天盖地而生，她这才意识到，商川没了，跟她一同长大的伙伴、那个在福利院整天跟在她身后不停叫姐姐的商川没了，从此在这个世上，她又失去了一个亲人。

凄楚在胸腔里奔腾、撞击，喉咙堵得透不过气，鼻头酸了一次次又被她压了一次次。三年前人人都说她冷血，也都说她手上沾了血，三年后，她的眼泪更不能往下掉，她要留着力气来查清楚这件事。

警员再次进来的时候告知她，现场已经经过反复搜查，没发现其他可疑人员。“当晚有运水泥车的司机经过，他表示除了看见你进入王府外再没看见其他女人进出过。”

很快房门又开了，进来一人，在那警员的耳畔低声说了句什么。

警员闻言后抬眼看了她一眼，等助手离开后，他道：“你可以离开了，但在结案前，我们会根据案情需要再去找你，这期间如果你想起了什么请随时告诉我们。另外，虽说夏小姐目前没有嫌疑，可这件案子仍旧疑点重重，所以这段时间夏小姐不能出境。”

陆东深来了警局，保释了夏昼。

当然，作为亲王府商业旅游街的承接者开发人，在商川这件事上也要对警方有所交代，择日，警方也会对他例行问话。

见到陆东深后，夏昼才觉出脚软来，陆东深扶住她，在她后背轻轻拍了拍："没事，没事了。"

办完手续，从警局出来后天际已经翻了鱼肚白，一线光亮匿在大团的暗影里，半明不暗的清晨因为盛夏，空气也不那么清爽了。

陆东深亲自开车，一路前行。

有赶早班的人，途经的大巴站都排着长队，队尾则淹在阴影里看不见。

众生皆苦。

哪怕是站在光环之下的商川，也避不开这凄苦的命运。

陆东深一手控着方向盘，一手攥着夏昼的手。她的手很凉，从警局到上车，这一路上车影匆匆人影更迭，她的手却始终焐不暖。连同她的脸色，似宣纸，青白得很，唯独那眉那眼是漆黑色，唇都不着红晕了。

"什么都不要想，回家好好睡一觉。"他轻声说，"这几天就在家休息吧，公司先不要去了。"

夏昼的手心是他手的温度，明明温暖，但总抵不过心底一股股冒出来的寒气。她哑着嗓子开口："你怀疑过我吗？"

"怀疑什么？"

"怀疑是我杀了商川。"

陆东深目视前方："我相信这件事跟你无关。"

"可是，我有影响对方自杀的本事。"

前方红灯，陆东深放缓了车速，转头看了她一眼，攥着她的手劲稍稍加重了些，像是他的态度："你的本事我很清楚，你的性格我更了解，你视商川为亲人，哪怕之前商川伤过你，你也绝不会对他下狠手。"

"如果是我想杀人灭口呢？"夏昼冷不丁说。

红灯漫长，像极了苦痛又绵长的人生。

陆东深没说话，只是方向盘一打，车子就快速地滑到了右转车道，引得后面车辆频频按喇叭抗议。他择了辅路，又拐进了一条僻静的胡同，停了车熄了火，转过头来看着她。

"左时已经死了吧？"良久后，他一针见血地问。

这一次夏昼没顾左右而言他，回答："是。"

"商川怀疑是你害死了左时？"

"是。"

"事实上呢？"陆东深盯着她的脸，"左时的死跟你有关，对吧？"

夏昼的脑筋一跳一跳地疼，过往的一幕幕如走马观花闪现，她缓了胸腔的胀闷，开口："是。"

她怨恨过饶尊，当时做出了错误的决定导致他们三人遇险，但她更恨她自己。这些年她一直在逃在躲，她看见饶尊更像是瞧见阎罗，她是怕饶尊吗？不，她怕的是曾经，怕的是那一段让她痛不欲生的经历。

"商川不止一次装神弄鬼，就是想找出我害死左时的证据，无计可施之下以一折子戏为由刺伤了我。左时的事是个秘密，一旦被他查出苗头对我极为不利，所以我约他出来，以告知真相为饵，趁他不备，利用气味让他看见幻象，引他跌下戏台。"

陆东深看着她："很有说服力的杀人理由，但这不是你。"

"陆东深，这是出于你的感性。"

陆东深靠在车座上，轻叹一口气："那就从理性出发，往往越是看上去像是真相，就越不是真相。"

夏昼悲凄，蜷起腿，脸埋在膝盖上，许久后才闷闷地说："我没杀左时，但有些事我没办法说出口，我也没杀商川，可一旦有人拿着左时的事来做文章，我百口莫辩。"

陆东深摸着她的头："你还有我，我不会让这盆脏水泼你头上，而事实上，背后的人步步为营，下了这么一大盘棋，目标未必是你，如果有心害你，你今晚的身份就是嫌疑人了。"

夏昼蓦地抬头。

"你冷静下来想想，左时的事除了你和饶尊外，还有谁能知道？"陆东深问。

夏昼很肯定地说："不可能有谁知道了。"

"你说商川不止一次装神弄鬼，可以判断他在装神弄鬼的时候只是怀疑你，直到，他把你刺伤。”

陆东深一下下摸着她的后颈：“我猜想，那时候应该是有人告诉了他什么，所以他一怒之下毁约，不想跟天际、跟你再扯上任何关系，但事后他多少有些理智，至少没听取他人的一面之词，否则他那一剑会要了你的命。”

夏昼的呼吸微促：“商川向来都是小心谨慎的人，他绝不会意外坠台，更不会自杀。背后的那个人也许就是凶手，难道……”她蹙眉，“是那个女人？亲王府里有个装神弄鬼的女人，并且我怀疑，当时邰夫人那天看见的根本不是商川，而是那个女人。”

“什么样的女人？”

夏昼仔细回想：“看不清长相，但穿着白色行衣，身上的气味很独特，我在酒吧里看见个女的，蒙着面纱跳舞，感觉跟那女鬼挺像。”她顿了顿，眉头皱得更紧。

“到酒吧去查一个人倒是不难，就看对方目的是什么了。”陆东深说。

夏昼思量：“在酒吧里我看见的是短头发，亲王府的是长发，但身形我认得，虽然说夜里黑视线不佳。还记得我当时查过在江山图面前的那个人吗？”

“我看过视频，那人的确在身形上跟你有几分相似。”

夏昼点头：“我怀疑，在江山图动手脚的人、酒吧的人和亲王府出现的人，都是同一个人。”

“江山图里到底有什么？”这是陆东深第二次问她。

夏昼咬咬唇，良久后说：“还记得我跟你说过的那个秘方吗？就是我跟左时联手研究出来的那个秘方，其中有一味原料叫作泫石，是只存在于大漠深处的罕见石料，经过地壳变迁数亿年才形成，所以很多时候要靠机缘才能得到。这种泫石之所以神奇和珍贵，是缘于它能分泌出一种鲜红的液体，像血似的艳丽。这种液体有挥发性气味，但极淡，嗅觉普通的人压根儿闻不出来。古代画匠们有寻到泫石的，会将它分泌出的石液用作颜料，据说能保持千年不褪色，可在气味构建师的眼里，这泫石的石液是不可多得的气味提取原料，对人的脑干细胞有一定的干预功效，所以，也是我和左时那个秘方里最重要的原料。”

陆东深终于明白了，怪不得在沧陵时她对江山图那么感兴趣。

“江山图里有一处山脉就是用了泫石石液涂绘，当时沧陵天际酒店因江山图受损所以找来修复师做临时修缮，我想，当时就是那个假装修复师的人盗走了泫石的石液。”

夏昼逐一分析，这也是当时她看见江山图后勃然大怒的原因。

“后来秘方丢失跟季菲、卫薄宗有关，现如今没什么配方是能用得上泫石的，而且也没多少调香师和气味构建师知道泫石，所以，那女人能不能跟季菲她们有关系呢？能用上泫石的就只有我和左时的秘方。”

“你们当时研究这秘方要用在什么地方？”陆东深问。

“病患。”夏昼不掩藏，“我们研制的秘方能麻痹病患的痛觉神经，尤其是癌症患者，能减轻他们在病痛和化疗时的痛苦，这是一项创新的配方技术。”

陆东深思索少顷：“陆门旗下的确有生物科技，但据我所知，气味构建师并没有参与其中。”

“泫石不好找，估计也是导致那秘方迟迟不能推市的原因。”

夏昼使劲咬着下唇，都咬得泛白，直到陆东深伸手挽救了她的下唇，她这才松牙。“可是我想不明白，如果那人跟季菲有关，泫石的石液已经到手了，她为什么还要追到北市来，甚至出现在亲王府？”

陆东深思维缜密，给她拨了云雾：“所以囡囡，你钻进了一个死胡同。”

夏昼不解地看着他。

他拉过她的手，把玩着她的手指：“季菲的确看上去嫌疑很大，但如果是她的话，那她的目标绝对只是你，她任职陆门，站在高位享受荣华富贵，自然就要保住这份尊宠。她不是傻子，应该很清楚如果以商川的死为工具除掉你，那代价未免太大了，天际利益受损会影响陆门，她杀敌一千自损八百？说不过去。至于你说的那个女人，如果真是季菲的人那也一定有其他目的，当然，这一切都是你的推断，毕竟，那女人究竟是谁我们要查。”

“你这么一说……”夏昼的眉头拧成麻花，“我突然觉得，当时在王府的时候我一直在追着她跑，现在仔细想想，她更像是要把我从戏台引开……”说到这，她目光陡然一惊，“杀死商川的人不会是她。”

“所以，商川的死跟给他消息的人脱不了干系。”陆东深十分冷静地分析，“季菲也好，你说的那个女人也罢，也许只是这起案件的迷雾弹而已，而那人的目的，只是天际，只是我。”

夏昼看着车窗外，天际那晦涩不明的光线终于挤破暗光，万里云层如鱼鳞般铺开，红得似血。早霞不出门，晚霞行千里，车窗外绵延开的云层虽壮观，但这一整天并非会是个好天气。

像是眼前的事件，看似简单明了，但拨开风平浪静的云层，背后将会是一场诡谲难测的风云变幻。

“目前来看，商川是天际的形象代言人，他出了事，天际的利益的确受损。”

她也强迫自己冷静下来，只要思维转到正轨，自然就能摸到多米诺骨牌效应的关键。“他是一线巨星，当时跟天际撕毁条约的时候，他的粉丝一度疯狂攻击天际，现在他在拍戏过程中身亡，恐怕天际就要遭受巨大的公关危机，粉丝众多人言可畏，哪怕这件事跟天际毫无关系，粉丝们也不会放过对天际的口诛笔伐。”

“如果商川死于他杀，那对方敢动他自然就想到利用粉丝群起而攻之，所以，对方一定会让商川的身亡跟天际扯上关系，这样才能将天际推向万劫不复。”陆东深一手搭在方向盘上，手指有一下没一下地敲打。

夏昼扭头看着他。

云层的红霞洒落进来，有一些入了陆东深的眼，粼粼微波里宛若藏了一片海，深不可测的海。“你出于对商川的了解，断定他不可能是意外身亡，我出于这些年历经的人心险恶利益更迭来断定他也不是意外身亡。之所以说天际一定会被扯上关系，是因为对方把这一步步棋都下得十分精准。”

夏昼的脑子向来跟鼻子一样灵，尤其是跟着陆东深的节奏走，她自然也能查出端倪。“你的意思是，我将会是那根导火线？”

“不是将会，你已经是了，避无可避。”陆东深向来看得远，“一桩坠台事件，你参与其中却又因是意外坠台将你摘了出去，看上去像是虚惊一场你很幸运，实际上是场无妄之灾。你刚刚说得没错，如果对方有心引导，商川的死就会出自你的蛊惑。

“三年前能在气味界占据一席之地的夏昼，三年后能在沧陵得到全城民众敬仰的巫医蒋璃，想要无声无息解决掉一个人难吗？你现在又是天际最重视的人，所以，想要天际扯上关系，商川必然就要死得像是意外。

“如果对方将商川的死直接造成跟你有关或将罪证直接嫁祸给你，那很显然是种蠢笨的做法，毕竟你是我的人，你杀了商川会直接影响天际利益，没人会蠢到认定这是事实。商川如果看上去死于意外就不同了，所有人会认为你想无声无息解决掉商川还不想让天际牵扯进去，这样一来，更容易给你定罪。”

夏昼觉得后背阵阵发凉，接着他的话开口：“商川毁约之后我去剧组找他，然后发生了戏台刺伤事件，现在看来，这完全都是一环套一环的阴谋。当年事能被挖出来多少不得而知，但最直接的爆发点就是刺伤事件，外界会认为我是因为怨恨在心所以伺机报复。天际的气味构建师是如此行事乖张的人，粉丝必然将矛头全都指向天际。”

说到这，她转头盯着他：“所以，一旦事态是朝着我们今天所判断的去走，东深，到时候无论怎样，你都要对外做出个表态。”

“什么表态？”

“与我彻底撇清关系。”夏昼十分决绝，“只有这样，天际才不受牵连。”

陆东深看着她，皱眉：“胡闹。”

“我所谓的撇清关系只是表面的。”

“那也不行。”陆东深眉间深蹙，“女人家家的，别一天到晚净出馊主意。”

“怎么就成了馊主意？”

陆东深严肃：“无论什么时候，我都不会牺牲你的利益。”

没有那么多情意绵绵的话，也没有绚烂的山盟海誓，可夏昼心里像是掬了暖流，她觉得，陆东深的这句话是发自内心的。

陆东深攥着她的手，语重心长："这件事也许我们只想到了其一，对方还有什么目的，我们只能见招拆招，所以囡囡，别那么快下结论，更不要替我去做决定，明白吗？"

夏昼一激灵："你认为还有什么是我们没分析出来的？"

"对方既然下了步大棋，那就十有八九能猜到我们会想到这些，但仅仅就是这些吗？"陆东深说，"商川在亲王府出事，那对方肯定是要拿着亲王府做文章，但只凭着商川意外坠楼、粉丝对你的猜测而群起攻之？我认为不会这么简单。另外，你说的那个女鬼也是关键，但未必是跟整件事的策划人有关，然而，对方聪明地利用了这一点。"

"如果是拿着亲王府做文章，那最后谁是获利者谁就是幕后主使了。"

陆东深微微眯眼："也不一定，也许，亲王府的事仅仅是个开始。"

夏昼听了这话后心中不安，以往觉得零星点散毫无关联的事，现在想想都像是被一根隐形的线串着，拎起一头，其他的全都被牵动。

她能想到的就那么几个人，外界最可疑的是邰家和饶尊，内部最让人提防的就是陆起白，其实陆东深对这几人自然心里明镜似的，只是，怀疑归怀疑，证据呢？

"我想再去看一眼商川的尸体。"夏昼半晌后说，"一来我想看看能不能找到什么线索，二来商川是孤儿，他的尸体最后无论交给谁来收都不合适，除了我。"

陆东深思索少顷："商川的葬礼天际来负责，这件事我希望你越少参与越好。"

"我想确定一件事。"夏昼摇头，"别把我置身事外，东深，你了解我，这不可能，而且我未必帮不了你，你别把我想得太软弱无能了。"

陆东深无奈："我只想保护你不受到伤害。"

"这三年来我懂得了一个道理。"夏昼眼里是坚决，"人若不想受到伤害就要主动出击，我不想做被动挨打的那一个。另外，如果那个女鬼真跟季菲有关系，那这里面的事可就不单单针对你了。我想，三年前的账总要清一清才行。”

翌日，网络上果然起了风浪。

商川坠台身亡事件像是长了脚爬满了整个网络，川粉们纷纷震惊，一时间商川拍戏身亡上了热搜，各种帖子、热点和话题纷纷建立，微博、朋友圈近乎被刷屏。

网络社会，在烦躁盛夏，芝麻大点的事都能引起吃瓜群众围观，更何况是一线巨星陨落的大事。国内的舆论向来诡异，往往涉及民生的社会问题经发酵再如何严重，都抵不过一则明星出轨事件的热度。

商川事件的热度无事件可取代。

像是偶然，可太偶然就成了刻意。事件随着每一分钟的游移在不停发酵，所有人的反应都跟当年得知张国荣跳楼时的一样。

天际第一时间召开了记者见面会，陆东深委派景泞主持，环嘉负责人协同，参与见面会的还有剧组主创人员，导演就商川意外坠台一事深表遗憾。

网络上沸沸扬扬时，陆东深亲自驱车带着夏昼到了尸检所。

商川事件还没盖棺定论，因疑点重重，所以商川的尸体在做进一步的检验。夏昼知道这个时候她是没资格进入尸检所的，所以昨天才会百般央求陆东深，她相信他总会有办法打通一些关系。

进了尸检所果真没人拦着，有位戴着黑框眼镜乍一看跟哈利·波特似的大男孩出来跟警卫打了招呼，警卫放行后，那大男孩跟陆东深说：“教授已经到了。”

夏昼没明白他嘴里的“教授”是什么意思，陆东深也只是点点头没多说什么。

穿过长长的走廊，头顶的白炽灯虽亮，但惨白得让人脊背发凉。“哈利·波特”将他们带到最里面的房间，两人刚进去，最里间的门就被推开了，走出一个男子来。

跟陆东深一样颀长的身高，清瘦，摘下口罩后，那张脸俊逸非常，夏昼盯着这男子的脸总觉得有点眼熟。待“哈利·波特”走上前，男子将工作服脱下交到他手，对着陆东深叫了声大哥时，夏昼这才恍悟。

怪不得看着眼熟，他眉宇间跟陆东深很相似，只是多了些许清冷的气质。陆东深给她介绍：“这是我二弟陆北辰，人类学法医。”又跟对方介绍了自己：“我的女朋友夏昼。”

夏昼与陆北辰握了手，却觉得陆北辰看她的眼神多了一丝怪异，或许，只是她敏感了。

主理商川的法医不是陆北辰，夏昼知道这是陆东深动了私人关系。陆北辰转头对“哈利·波特”说了句：“语境，为夏小姐准备无菌服。”然后又看向她，说，“死者的伤势一目了然，夏小姐还有什么疑点？”

夏昼思索少许，说：“我需要再看看才能下定论。”

等夏昼在语境的陪同下进去后，陆北辰若有所思。陆东深眼睛何其尖，开口：“你想说什么尽管说。”

陆北辰看了他一眼，然后走到窗子前将排风系统打开，摸了烟盒，拎了两支烟出来，跟他示意了一下，陆东深踱步上前，靠在窗棂旁，没接他的烟，掏出自己的烟盒：“抽我的吧。”

烟雾徐徐，如钩。

陆北辰吞吐烟雾，浅笑：“这烟不错。”又朝里面看了一眼，“胆子也大，毕竟尸体不是所有人都能入眼的。”

陆东深笑而不语。

“你们没来之前我仔细查看了死者尸体，之前的法医报告没问题。”

“连你也没看出端倪？”陆东深微微蹙眉。这段时间陆北辰正好在国内，他昨天思来想去还是给陆北辰去了通电话。他这个二弟是出了名的尸译者，死者任何一丝痕迹都逃不过这个二弟的双眼，所以他特意请陆北辰再来看一看。

“死者致命伤在额角，从现场勘查的情况和死者坠台的角度来看，的确属于意外。”陆北辰十分肯定，“所以，这位夏小姐究竟有什么本事能推翻我的结论？”

陆东深思量片刻，说："也许，是气味。"

"气味？"陆北辰微微挑眉，"死者生前如果吸入有毒性气体，无论是在鼻腔还是气管都能发现痕迹。"

"这世上能杀人的未必是有气味的气味。"陆东深抽了口烟，吐出，"对于气味的研究，她是专业，我只是瞎说。"

陆北辰将手中的烟举起，对着阳光，看着丝丝缕缕的烟雾："这人，的确是利用气味的高手。"他放下烟，转头看着陆东深，"所以，这是不是你移情别恋的理由？"

陆东深弹了下烟灰，轻描淡写："以前，从未有过情。"

陆北辰看了他半晌，恍惚："果然，是我一直误会了。"

"北深找得怎么样了？"陆东深没继续这个话题。

陆北辰眼神黯淡了下来，抽了口烟，吐出大团烟雾，摇摇头。陆东深抬手拍了拍他的肩膀："总会找到的。"

"但愿吧。"

两人一来二去聊了十多分钟，末了，陆东深跟他说："你身上流着的是陆家血，不管发生什么事你摆脱不了陆家人的身份，所以，丑媳妇终归要见公婆的。"

陆北辰扬眉头："不明白你说什么。"

"千里迢迢回国，又费尽心思摆脱北辰基金，你以为你大哥我眼瞎心盲是吧？"

陆北辰微抿了唇，半晌后道："你管得可真宽。"

陆东深语重心长："没办法，长兄如父。"

陆北辰还要说什么，夏昼就从里面出来了，将身上的无菌服脱了交还给语境，她的脸色看上去挺凝重。两人一前一后上前，陆东深轻声问她："发现什么了？"

夏昼欲言又止。

陆北辰见状后说："夏小姐，虽然我不负责这起案子，但还是要提醒你一句，如果你有任何发现都要及时跟警方沟通，这样，对案情很有帮助。"

“我知道，但我还需要去一个地方，见一个人才可以。”夏昼道。

陆北辰微微蹙眉。

陆东深闻言后没多问，再次拍拍陆北辰的肩膀：“今天辛苦你了。”

手要收回的时候，陆北辰按住了他的手腕，微微用了力气，没说话，看着他的眼神却多了一丝质问。

陆东深笑了笑，压低了嗓音说：“是，我相信她。”

等两人离开后，陆北辰问语境：“她碰过尸体吗？”

语境道：“没有，她就是在很仔细地查看尸体，离得很近。”

陆北辰看着两人离开的方向，若有所思。

这厢，夏昼上了车，坐稳后，陆东深横过来手臂给她系了安全带，她转头看了一眼尸检所，随口说了句：“你这位二弟虽然心脏不大好，但怎么看都不像是有精神隐疾。”

陆东深的手一滞，夏昼见状道：“一烟对一人，我给你定制的烟草是根据你的身体状况而调配的气味，你抽着自然会觉得心情舒爽。你二弟只抽了半支就掐灭在烟灰缸里，说明这气味并不适合他。香烟成分吸入人体内会迅速形成全新体味，你二弟抽过烟后有一种苦味，人体五脏对应五味，心脏不好的人往往味苦。”

“他出过车祸，心脏会有影响。”

夏昼了悟。

“可你说的精神隐疾？”

夏昼愣了一下，瞧着陆东深真是不知情的模样，便道：“哦没事，我只是随口一提，瞎说的，别放在心上。”

她意识到说走了嘴，当时陆振扬千叮咛万嘱咐不要在陆东深面前提及有关他弟弟的事。

陆东深狐疑地看着她。

她深吸一口气，迅速转移了话题：“走吧，我想去剧组一趟。”

剧组停工整顿，却相比上次商川毁约罢工时要热闹。商川的众多粉丝自发组织来了剧组，后援团的会长们更是高举“我们要求真相”的条幅示威，更有甚者将花圈和招魂幡摆了一长排。

亲王府因被警方封锁，他们只能来这里表达愤怒。除了粉丝外，还有一干媒体记者，伺机候着剧组的主创人员及这里的负责人。主创人员还在记者招待会上，不过可想而知，会场外也会守着里三圈外三圈的粉丝。

陆东深明智，方向盘一打车子转了弯，绕开了纷扰，从后街转过去。等到了安全处，他停车熄火，打了通电话到公司，通知公关组立刻调派一组人来处理剧组这边被围攻的情况，务必做好安抚工作。

夏昼盯着车窗外搭建的王府红墙，威风气派，果真就是浮生如梦。

陆东深通完电话后，伸手攥了攥她的手，她的手指依旧冰凉，就像是尸检所里的温度。他微微用了力，说：“走吧。”

商川进组后就一直跟大家住在一起，不像其他一线大腕，要么多个剧组乱窜，要么就必须最好酒店伺候着。在这个圈子里，商川是出了名的有艺德的演员，除了这次接了《浮生》剧本后情绪有些反常外，这些年他都是兢兢业业，敬重前辈提携后生，在组里从不摆架子，有时候还会帮着工作人员忙前忙后，像是隆冬酷暑，帮着组里扛机器搬重物那都是常有的事。

所以，他所住的房间也没什么特殊的，普通单间，跟所有人一样。日常用品摆放得十分整齐，桌上放着剧本，是翻开的，里面花花绿绿，看得出商川十分用功。摊开的那页是最后一场杀青戏，也是全剧最重要的一场戏。

夏昼看着这场戏被认真标注，是商川的字迹，清晰熟悉。悲哀像是场倾盆大雨倏然袭来，甚至都来不及收敛就令她红了眼眶。心口堵得难受，恨不得朝着心窝来上一刀才能好受些。她说：“东深，我太难受了。”

三年前的无妄之灾磨光了她对这人世间所有的期许，三年后她以为自己能清风拂袖，可商川的死明明白白告诉她：你始终是个凡人，是凡人就脱不开生老病死、怨憎恨、爱离别、求不得。

陆东深走上前，将她环于怀，宽慰道：“总会过去的。”

夏昼攥着他的衣角，借此来平复这场剜心之痛。她额头抵着他的颈窝，他耐心安抚。许久她才平复，眼角的余光扫过一角抽屉，它比其他几个拉开了些许。她松开陆东深，上前打开抽屉。

里面有两本书。一本是雨果的《悲惨世界》，另一本是东野圭吾的《大雪中的山庄》，其中《大雪中的山庄》的书页比较旧，看样子是经常翻看。

夏昼将书翻开，一张照片悄然而落。

陆东深拾起照片，是张合照，照片里左边的男子是商川，右边的男子长得十分清俊，亦如翩翩公子。

夏昼抬眼看到，轻声说："是左时。"

他微微点了点头，照片一翻，目光一滞，然后眉头就轻蹙一下。夏昼见状拿过照片，看了一眼照片背后，有一行字：既见君子，云胡不喜。

夏昼也是一愣。

陆东深将照片上的字迹跟剧本上的对照一下，半晌后说："看来商川为了左时要跟你拼命也是事出有因，果然，有情饮水饱。"话毕，将照片放回到书里。

夏昼不是接受不了这种事，只是觉得即使这种事再多也不会发生在自己身边，现在想来商川再看见她后的种种态度和表现，如今就这么一句云胡不喜全都解释清楚了。

良久后她将书放回抽屉里，说："所以，在查清楚左时的事之前，他怎么可能允许自己出意外？"

"你在找什么？"陆东深问。

夏昼说："一种气味，只有找到了才能证明我的判断。"

气味难寻，尤其是微弱的气味，陆东深相信夏昼想找的气味比微弱还要微弱，要不然凭着警方又或者陆北辰就能查出端倪。陆东深很想帮她，让她描述一下气味，她思量半天，说："你还记得鬼八子吗？就照着那个气味找吧。"

这简直是为难了陆东深。鬼八子他是经历过，一次在祈神山，一次在冬祭，照夏昼曾经的说辞，鬼八子平日里没什么气味，遇潮湿才有极淡的气味出来。之前的两次都是因为或潮湿或遇酒，这才能闻出端倪来，现在如果不遇潮湿，单凭着他的鼻子铁定找不到鬼八子。

“你怀疑有人给商川使用幻草？”

“不会这么简单，而且这段时间商川都在喝缬草和蜂蜜花制成的代茶饮。”

夏昼敲了敲杯子，里面有一个茶包，还没泡水，说明商川在打算倒水时遇上了什么紧要的事。“代茶饮里的缬草是幻草的克星，所以幻草对商川不起作用。”

“你的意思是，鬼八子还有其他用途？”陆东深不解。

夏昼沉默片刻，凝重点头：“是。”

具体什么用途夏昼就没明说，许是也不想浪费时间，陆东深跟着她一起屋里屋外地找了许久也没有发现。又从商川助理手里要了保姆车的钥匙，上去仔细搜查了一番，毫无发现。

问及助理商川最近的情况，助理一一罗列，无非就是看剧本走剧之类，末了提及之前有人找过他，几番描述，夏昼和陆东深确认是郜业扬无疑。陆东深二话没说去打了电话，五分钟后他回来，跟夏昼说，郜业扬一早就被警察带去问话，他承认见过商川，只因他母亲一直是商川的粉丝，所以他替他母亲要签名。再者，案发当天郜业扬有不在场的证据。

线索刚起就断了。

夏昼觉得前面挡了一堵墙，很厚，推不动砸不倒。陆东深毕竟是大风大浪过来的人，拉过她的手，说：“走吧，再陪你去亲王府看看，趁着今天风浪还不大，估计到了明天，你想让我陪你去我都没时间了。”

夏昼心口一窒，点头。

从郊区折腾到市区已经入夜，车窗外又是星月长河霓虹闪烁。在剧组有了意外发现后，夏昼在车里一路都在沉默，陆东深有时候趁着红灯或拐弯时看她一眼，总会瞧见她红了眼眶又强压下去，等快到市区时，陆东深拉过她的手，攥了攥：“在想什么？”

夏昼目视前方的灯火阑珊处，许久后说：“东深，你知道吗，这些年我为了搜集原料走遍险境，有好几次都是九死一生，所以我能深深明白这世上万事万般的好都不如能活着好。商川有他的私隐，落在他身上就会成为笑谈……”

她哽了声音，止住了话。

陆东深轻叹一口气，摸了摸她的头：“是，生存最残酷，但只要不想认输的人都在选择活着。”

晚餐选在胡同深处的一家私房菜馆，是景泞一早就预订好的。整个餐馆只接待他们一桌客人，从餐厅经理到主厨都兢兢业业。满桌菜肴琳琅满目，夏昼却是吃得心不在焉。陆东深的手机则是响了又响，同一整天一样，有些电话他视而不见，有些电话他起身去接。

不用想也知道是公司的事，事态发展到了晚上，网上已经五花八门什么言论都有了。

亲王府安静，就连周围施工的胡同都停工了。

远远地就能看见警戒线，警戒线外竟也拉着辐条，是商川粉丝们的杰作。府邸外的岔路口摆放了一只火盆，火盆里有燃灰，被风吹得只剩了灰底，洋洋洒洒的纸钱胡乱飞舞。

没警察守着，两人钻过了警戒线。临进门前，夏昼的余光扫到了一张黄纸，是贴在门缝旁的，黄纸上红字斑斑，像是一道符。

陆东深也瞧见了，眉头一皱，伸手就要去扯，被夏昼给拦下了，说：“这是一道杀鬼咒。”

“你认得？”陆东深多少感到意外，在他看来这更像是个恶作剧，随便什么人乱画的，没想到会有来头。

夏昼摸了一下符文，然后闻了闻，说：“你忘了我在沧陵是巫医了？离不开符咒来做幌子，所以闲暇的时候研究了些。这道符上的符文是用混着朱砂的鸡血画的，从符头、符窍和符脚一气呵成的架势来看，这张符咒一定是请专业人士来做的。”

陆东深毕竟不在国内长大，听了这话后说了句：“简直是荒唐。”

夏昼却冷不丁问了句：“可为什么要用杀鬼咒呢？”

陆东深本来就不信这些东西，自然回答不了她的话。夏昼也没指望他能给出答案，喃喃：“如果有人这么坚信咒符一说，那这个人想杀哪个鬼？商川？还是亲王府里之前就流传着的鬼？”

这个问题无解。

夏昼将杀鬼咒小心翼翼地解下，收好。

一脚迈进亲王府大门时，忽而一阵阴风吹过。

盛夏之夜，却有这么一道风，像是从残枯的雕花窗子里钻出来的，又像是无缘无故而起，吹得人骨都发凉发麻。王府上下暗得紧，周遭施工的夜灯全都熄了，整个王府像是被巨大的阴影罩着，只能凭着月光行走。

戏台是案发现场。

陆东深打开手机的照亮模式，戏台下的地面上还有已经干涸了的血迹，夏昼瞧着那一大摊血，就像是谁给了她一刀子似的疼。疼进皮骨，又钻进了心里，撕扯着她的冷静。

“走吧。”陆东深恰当地出声，伸手将她拉走。

戏台之上一切如旧，果真是丝毫打斗痕迹都没有，也没有任何破损的新痕迹，从地面上画着的坠台姿态来看，的确怎么瞧怎么都觉得商川是意外身亡。

“我不明白，那天商川为什么要上戏台？”夏昼不解，“照理说他那么关心左时的情况，来王府第一件事就应该马上联系我才对，怎么还能有闲情逸致上戏台？”

陆东深思索半晌，道：“也许，他是被什么人引上了戏台。”

被人引上戏台？夏昼冷不丁想起了那个女鬼，但转念一想时间对不上，当时她是被那女鬼一路从戏台引开到了庭院，如果商川也瞧见了那女鬼，不会瞧不见她，她当时看得很清楚，戏台上根本没人。

从戏台到后台，夏昼查得仔细。

空气里有浮尘味，是年久失修的气味，呛鼻。

“当时我就是在——”夏昼的话倏然止住，连同脚步。

陆东深警觉。

“东深……”夏昼的声音压得极低，抓紧他的手腕，“有人。”

她示意的方向正是后台的休息室，也是那晚她撞鬼的地方，她还记得，那里除了有诡异的行衣，还有不属于现代人的体香。

陆东深将她拉到身后，手机的光亮投向休息室的门口。

光线穿过游离在空气中的浮尘，由强转弱，落在门口处就是极淡的光。休息室的门没关，光线打不了那么远，所以里面看上去黑漆漆的，像是团墨似的，又像是怪兽的大口张着，只待他们一靠近就将其吞噬。

陆东深微微眯眼，黑漆漆的屋内和门外的边界像是有什么东西，他缓步上前，光束就愈发接近。

夏昼紧跟着他，目不转睛地盯着不远处，小声道：“怎么好像是……一双脚？”

的确是一双脚。

鞋尖露在外面，整个人却匿在屋内的黑暗里，就像是藏在门边静候着他们，光线只打在了皮鞋的一角上。

陆东深示意她止步，朝前一步步靠近，冷喝：“什么人？”

寂静的环境，这一声让夏昼打了个冷战。借着光线她看过去，那双脚还在，一动未动。

后背像是蜈蚣爬过，多脚、森凉。

她没待在原地，快步跟上，一把扯住了陆东深的手。陆东深反手牵了她的手，攥了攥，给予她安全感。就这样，两人一步步靠近休息室，可那双脚的主人仍旧没离开。

陆东深被动化主动，一个疾步冲前，手机光线照着里面一转，紧跟着整个人僵住。夏昼跟在他身后，照着他打过去的光束抬眼一瞧，倒吸了一口凉气。

休息室门边竖着衣柜，衣柜旁站着一人，似靠非靠着柜子，却紧合双眼，脸色苍白，像是睡着了，又像是死了。

然而，让夏昼倒吸凉气的并不是这人的姿态，而是这人！

竟是饶尊。

夏昼好半天才定下来神，第一反应就是去探饶尊的鼻息，少许她松了口气，还好。

可为什么会这样？

她上前，鼻子刚要凑近饶尊的脸就被陆东深一把拉了回来："干什么？"

夏昼道："他这样应该算是昏着不醒了，我得看看怎么回事，把他弄醒啊。"

"既然人还没死，那就直接叫救护车。"陆东深的态度十分干脆。

夏昼刚听着这话觉得没什么，可越品就越觉得有异样，于是就挑眼盯着陆东深。陆东深被她看得有些不自在，摸了摸鼻子，嘟囔了句："你又不是医生。"

"他现在这个样子，医生来了还真未必有办法。"夏昼推了他一把，"什么醋你都吃啊？都什么时候了，查真相最重要。"

"不就是把他弄醒吗？"陆东深看了饶尊一眼，轻描淡写地来了句。

夏昼抿唇："是，既然你小心眼，那你就代劳吧，按他人中穴，估计能醒。"

"不必那么麻烦。"陆东深哼笑一声，抬手照着饶尊的后脑勺就猛拍了一下，力道不小，饶尊整个人就趴倒在地。

何姿仪悠悠转醒的时候，郜业扬终于松了口气，郜国强坐在不远处的沙发上看报纸，听见动静后，将报纸放到茶几上，起身上前。

"妈。"郜业扬轻声唤道。

何姿仪的目光有点木，好半天眼球才转了转，观察了好半天周遭的环境，这才有了反应，开口时声音几许沙哑，她问郜业扬自己怎么了。郜业扬如实相告，何姿仪听了后，目光落在站在床边的郜国强脸上。

郜国强问她："感觉怎么样？有哪里不舒服？"

何姿仪摇摇头，挣扎着起身，郜业扬忙搀扶，将床头掖高。何姿仪靠在那，少顷后说："业扬啊，你先出去。"

郜业扬怔愣少许，然后照做。

室内安静。

郃国强重新坐回沙发上，看着何姿仪："这次你能这么快醒过来还多亏了夏小姐，等你身体恢复了，总要登门道谢的。"

何姿仪答非所问："当初，你为什么要竞投亲王府那片地？"

"那片地是长盛在内地发展的加持，但被你给搞砸了。"郃国强的嗓音转冷。

何姿仪才刚刚苏醒，脸上没什么血色，闻言后目光一凉，反问："难道我这些天昏迷不醒不是拜你所赐？郃国强，我在亲王府撞鬼到底是怎么回事？这么多年了，你还一直忘不掉她对不对！"

"够了。"郃国强面色严肃，"已经过去多少年的事了，你有完没完！"

郃业扬从何姿仪房间里出来时正好撞见刚进门的郃梓莘，长盛在亲王府项目里失去竞投资格后，郃梓莘就将重点落在杭市项目上，死咬着天际的江南春不放，大有摆好车马一决雌雄的架势。她擅左右逢源，所以在杭市项目上为长盛赢了不少彩头，多少能拉回长盛在亲王府项目上栽进去的面子。

见到郃业扬后，郃梓莘将挎包往沙发上一扔，直截了当问："商川死之前你见过他？"

郃业扬坐到沙发上，不紧不慢地说："这又不是什么私隐的事。"

"你到底在干什么？商川的死跟你有没有关系？"郃梓莘一针见血地问。

郃业扬点烟的动作顿了顿，抬眼看她："你是疯了？我是你大哥，你怀疑我？如果我真有问题还轮得到你在这咆哮，警察早就把我带走了。"

"这件事最好跟你没关系。"郃梓莘语气冰冷，"长盛经不起你们这么折腾！"

饶尊醒来的时候是在车子的后座上，车子一路前行已经远离了亲王府的范围，街上的光影斑驳地落在车窗上。他的姿势不是很好，身子斜栽着，一手抓住前座试图起身，岂料车子一个猛地转道，他身心不稳摔下了车座。

听见一声闷哼，副驾驶的夏昼转过头："你醒了？"

饶尊觉得头昏昏涨涨的，但前座陆东深的声音听得倒是十分真切，他慢条斯理地说了句："抱歉，刚刚临时并道。"

饶尊好不容易爬起来坐好，死盯着后视镜里陆东深的脸："我看你是成心故意。"

夏昼一个头两个大，这两个大男人好歹都是很有身价的成功商人吧，现在掐得就跟孩子似的，无理取闹外加不可理喻。

"你怎么会在亲王府？发生什么事了？"她没让这俩人继续呛嘴。

饶尊许是头疼，一个劲儿地按太阳穴："跟商川朋友一场，他死得离奇，所以我进王府看看能不能查到点什么。"

车子开得不大稳，他的身子乱晃，于是没好气地朝陆东深嚷："你会不会开车？"

"不想坐，下车。"陆东深十分不客气。

夏昼抓了抓头发："后来呢？先说正事，颠几下你能死啊？"

"我还真以为今晚我活不成了呢。"饶尊凑上前，两手分别扒着前排两车座，"我见鬼了！轻飘飘的一个白影，一路给我引到戏台的后面，剩下的事我就全都不知道了。"

见鬼？夏昼一怔，怎么连饶尊也见鬼了？

"夏夏，你看见我的时候我怎么了？"他抬手搭在她的肩膀上问。

下一秒陆东深就横过来手，将他的手拨开，风轻云淡地说了句："你半死不活，像个僵尸似的戳在那一动不动。"

饶尊不悦。

夏昼恰时来了句："还真是，看过僵尸道长吧？当时你就像被符咒控制的僵尸，笔直地站在衣柜旁，吓死人了。"

"中邪？"饶尊低咒，"小爷我不信！"

"你在失去知觉前闻到过什么气味没有？"夏昼问。

饶尊回忆："好像是……很大的发霉味，不对，有点臭味，像是乡下的什么牛粪马粪的味儿。”说到这一个激灵，“不会是对方给小爷我闻了什么动物粪便的味儿吧？活腻了吧？敢对小爷使阴招，小爷我一把火烧了亲王府，管他是人是鬼的都无处藏身！”

这话说得嚣张，但像极了饶尊的性格，夏昼早已习以为常：“饶尊，你的意思是说，你在失去意识前是先闻到了发霉味，然后是臭味是吗？”

饶尊没好气地说：“应该是吧，不记得了。”

“那你就使劲想。”夏昼不乐意了。

听这语气，饶尊也不便再甩脸子，清清嗓子，自己给了自己一个台阶下：“那个……我想了一下，能确定，先是发霉后是臭味。”

“没有香味？”

饶尊又回忆了一番：“好像，那个女鬼出现的时候隐隐有点香气，挺奇怪的香气，不是香水味。”

夏昼若有所思。

“夏夏，我没意识的时候还真是站着的？”

“嗯。”

饶尊吓了一跳：“什么东西这么厉害？”

“一种叫马蹄草的植物。”夏昼分析说，“很不起眼的植物，跟杂草一样生长在高海拔的石缝里，却只在严寒里开花。这世上鲜少有开花不香的植物，马蹄草就是其中一种。它非但不香还臭，一株能盛开四到五簇花蕊，盛开时就会散发一股类似马粪的气味，枝叶和根茎捏碎后会有白色汁液，汁液闻上去像是发霉，但实际上不是发霉味，是花期前期的气味。根、叶、花都可入药，小剂量的成分可抑制癫痫，如果大剂量吸入就会在一定时间内僵化人的四肢。当然，这只是我的初步分析，毕竟马蹄草并不是流通市面上的常见植物，更不会有什么人会用那种东西制香，我没见过也没接触过，也是早年在乡野采集原料时听别人说过一嘴。”

饶尊听得目瞪口呆。

陆东深刚刚虽说跟饶尊不对付，但更多的是占有欲在作祟，现在言归正传，他也没再针锋相对。“也就是说，马蹄草只有僵化四肢的作用？那意识不清呢？”

“能让人失去意识的气味有很多，可以混在马蹄草里，应该是气味很弱或是被马蹄草的气味遮掩。”夏昼轻声说，“咱们进去的时候并没有闻到异味，说明对方在使用气味后又很快将气味驱散，看来是个对气味十分擅长的人。对方只做控制却没杀人，说明饶尊的闯入只是打扰到了对方。”

“又或者……”陆东深的目光落在她脸上，“对方是跟你下战书呢？对方知道你会来，也知道你是气味高手，弄这么一出就想知道你的本事到底如何。”

夏昼想到之前发生的种种，突然觉得陆东深的话不无道理。

饶尊在那头听得一头雾水，忙打断他们：“不是，你们的意思是，我做了诱饵？”

“撞上门的诱饵吧。”夏昼下了个结论，“也许对方正绞尽心思来试我的深浅，正好你上门了。”

饶尊的脸色又难看了。

“跟你想在商川身上找的气味一样吗？”陆东深直截了当问。

夏昼摇头：“我觉得，是两拨人。”

车内陷入安静。

许久后，饶尊开口：“有个问题我特别不明白，两位贵人可否为我解答一下？”

陆东深从后视镜里看了饶尊一眼，没吱声，夏昼转头看他：“你问。”

饶尊摸了摸后脑勺：“既然对方没有伤害我的意思，我这脑袋怎么涨乎乎地疼？”

/ 第十二章 /

一场浮生一场梦

翌日，网络大爆炸。

商川的粉丝将矛头直指天际，毕竟作为天际的形象代言人，商川的离奇死亡引来诸多不满，就算在前一天已召开记者见面会，但网友们对天际的口诛笔伐不减反增。

天际陷入危机。

网络上流传了各种商川死亡版本，但不管哪一版，天际都成了代罪羔羊。

除了一条。

在众多流言蜚语中，一则诡异传言悄然出世，然后迅速在网络里蔓延——

亲王府闹鬼事件由来已久。

戏子被亲王所杀、小妾自戕化魂这个版本一直在网上流传，夏昼平日里并不在意这种民间传闻，唯一听得齐全的还是当时朵亚嘴里说的，后来她上网查过，果真是人人谈到亲王府都会想到鬼宅，提及鬼宅也都会跟那个小妾有关。

她的魂魄被锁在亲王府，永生永世出不来，怨和恨随着岁月轮转时光推移而蔓延到亲王府里的一砖一瓦，无法转世的身影、空灵缥缈的戏曲声，都是勾住活人的钩子，将那些误闯入王府的生魂吞噬。

可今天在网上蔓延的传言并不是戏子和小妾，而是有关《浮生》首版电视剧在拍摄时的一件尘封往事。

《浮生》最后的结局是，玮生痛失所爱从唱了半生戏的戏台上一跃而下，以死告终。当时剧组将这场戏也安排在了最后一场，也就是最初玮生的扮演者吴重的杀青戏。可就在那一场戏里，演员吴重竟假戏真做，从戏台高空坠下后没做任何措施自杀身亡。

当时剧组选用的戏台恰恰就是亲王府中的戏台。

这件事被封锁，那个年代信息不发达，所以当时观众们不知道，原来当初在电视屏幕上看见的结局就是吴重的结局。

多年之后，《浮生》重拍，却不想，《浮生》的结局又重现。

商川坠台身亡，跟吴重的死法一模一样。

更邪门的是，两人都是在同一场戏中身亡，当时也本该是商川的杀青戏，戏中的结局是从戏台跳下身亡，可那天助理找遍了剧组都没瞧见商川，不承想，商川死在了亲王府的戏台之下。

一场沸沸扬扬混沌不清的传闻，在经过一晚上的沉淀后就会形成清晰的思路，这个思路就是：商川重蹈了吴重的覆辙。

数年前，吴重从亲王府的戏台上跳下身亡，数年后，商川也跑到了亲王府坠台身亡，同样都在夜深，同样都吻合了玮生的最后命运。他们为什么会离奇坠台身亡？为什么偏偏就在那一场戏中死亡？网友们纷纷说，那是亲王府里的冤魂作祟！

那冤魂就是在戏台上自缢的小妾，是她带走了吴重和商川，因为《浮生》的故事像极了她的悲惨人生。

可很快就有人转了风向，说那冤魂其实是吴重，他满含冤屈自杀身亡，就跟传言中那个小妾的魂魄一样怨气太重无法投胎转世，所以害死了商川。

后者的说辞得到了众多网友的支持，毕竟亲王府小妾一事是口口相传，但吴重化身玮生报复日后扮演玮生的主演一说更有理有据。这源于一个匿名网友发出来的帖子。

那帖子将当年拍摄《浮生》电视剧前后的事讲得一清二楚。

《浮生》这部剧在当年首次改编时一度陷入资本短缺，后来制片人拉来了港资，这才挽救了《浮生》夭折的命运。有了资本整个主创团队也就迅速地运作起来，并请了当时最有星途的年轻小生吴重来做男主角。

吴重是个美男子，从现如今仅存的零星影视片段资料来看这点毋庸置疑，虽说这些影视资料转化到网络上都十分不清晰，但也多少能够看出他清朗的眉眼来。

而当时最初选定的女主角名气远大于吴重，在接《浮生》之前就已经家喻户晓，可就在她进组后半个月突然接到遣退的消息，女主角被生生换了人。

据帖子里所描述，原来某天那位投资人到剧组探班，随同他一起的还有他的女儿。那姑娘长得也是花容月貌的，平日里眼睛都是长到天上去了，什么都见过就是没见过拍戏，所以到了剧组样样都好奇。可毕竟小女孩心性，没多久就嚷着没意思太枯燥，压根儿就看不进去扮着青衣的吴重在戏台上的咿咿呀呀。

可当吴重洗去一脸油彩换上男装时，那姑娘就一见钟情了。

于是没过两天，剧组突然通知更换女主角，补位的竟是投资人的女儿。吴重震惊，但作为新晋小生也不能多说什么。

大小姐哪会演戏？但碍于资本，导演可真是亲力亲为，那姑娘倒也聪明，虽说没有演戏功底，但学起东西来很快，屏幕前演技青涩的她倒是挺吻合剧中府邸小姐浮瑶的形象。

吴重当时也没多想，只认为这是大小姐想过过戏瘾。而那个时候，饰演瑋生的吴重需要大量的戏剧镜头，剧组为他专门请了个梨园老师。一次，梨园老师染了风寒就派了自己的学生前去帮忙辅导，不想，吴重在见到梨园女弟子后就迷上了她。

自小唱戏，举手投足都是风情，据说，那个女戏子名叫阮英，长得十分漂亮，尤其是那身段都可以捏出水来，一来二去就把吴重迷得颠三倒四，导戏的时候必须有她相伴。

两人生了情，甚至在剧组里同榻而眠交颈相卧。很快，投资人就召见了吴重，吴重这才恍然大悟，原来他将自己女儿安排成女主角的目的就是要他俩谈恋爱。

吴重自是不从，他已心有所属怎会移情他人？投资人恼火，再加上女儿寻死觅活的，便拿着阮英来威胁吴重。吴重没办法，只能明面迎合背地里想办法，终于在某月的一个深夜，也就是在最后一场杀青戏前，吴重带着阮英私奔。

吴重的出逃落实得十分周全。

一来可以跟心爱的女人在一起，二来最后一场杀青戏了，组里真要是找不到他也可以安排替身，他觉得最起码也对得起剧组的工作人员了。

两人一路逃亡，千里迢迢，翻山越岭，到了一处与世无争的小山村里。

没有人认识吴重是谁，毕竟那个年代别说网络了，就连电视机也不是每家每户能有的。

他们住进了一户人家里。

那户人家，姓郜。

一则有板有眼的帖子在网络炸开后，天际及环嘉官网、官博等渠道全部沦陷。商川今时今日的地位哪是当年那位叫吴重的小生可比的？当年信息传达有限，主演自杀后也并未引起太多水花，可商川不一样，他拥有着全国众多粉丝，每人一口唾沫星子都能把天际给淹了。

粉丝们开始有组织地集中在环嘉影业和天际办公楼下，甚至挂出了要让商川沉冤得雪的条幅，哪怕是之前天际已携手环嘉对外召开过记者见面会也无济于事，粉丝们就跟疯了似的进行围堵和网上发酵，指责天际作为商川所签约的主演和形象代言人的甲方公司不作为，甚至在之前因毁约一事刺激商川的情绪和包庇凶手。

一时间引来了不少媒体记者的围攻。

天际包庇凶手，这是粉丝们集中攻击的一点。

谁是凶手？

他们直指夏昼。

之所以夏昼再次被卷了进去，这还要源于那个帖子，因为，那个帖子并没完结。

话说小生吴重为了逃避投资商和剧组里的人，为了能够跟心爱的女人在一起，两人逃到了一处世外桃源之地，所落脚的人家姓部。这部家在当地也算不上是大户，只是守着一片地过活的父子两人。吴重恰恰就看上了这家的人口稀少，便于他的藏身生活，大户的人家未免会人多嘴杂。

部家老父心善，见两人风尘仆仆的就加以收留了。

吴重虽说是个演员，但挺能吃苦耐劳，跟着部家儿子一同下地耕种，做起粗活农活来毫不含糊，一来二去就跟部家儿子相交甚好。一个僻静的小山村来了陌生人自然引来别人关注，部家声称吴重是远房亲戚投奔至此，所以村民们也没多加怀疑。

一个前途无量的小生为了爱情藏匿于穷山僻壤之地，这在常见版本里很容易推算结局，例如吴重受不了艰苦的生活离开阮英，再例如时间一长吴重就后悔了终日抑郁。可事实上，吴重和阮英过得十分幸福，两人没多久就拜了天地。每天吴重跟着部家儿子日出耕种，晚上搂着老婆热炕头，这与世无争的生活让吴重和阮英都很踏实。

可好景不长，这样的日子大概过了小半年，终于有一天一群人闯进了村子抓走了吴重和阮英，两人平静的生活被彻底击碎。

原来是那位有背景的投资人派来的，虽说吴重认为最后一幕杀青戏可以找替身完成，但对于投资了巨款的他来说也是损失，必须将吴重抓回来完成这部电视剧的拍摄，更重要的是，自从吴重走了之后，他女儿终日抑郁寡欢，见爱女如此，他哪能咽下那口气？

吴重被抓回来了，要么按照合同毁约条款来走，意味着他要搭上巨额赔款；要么好好拍完这部戏，并且配合剧组出席每一场的宣传活动。吴重思来想去只能选择第二条路，但他提出要求，他只拍戏，关于感情的事他概不顺从，他对外声明自己已经结了婚。

投资人自然先要为自己的钱包考虑，便同意了他的要求。

一切进行得顺风顺水，然而就在吴重准备跳台那场戏前，他接到了一个噩耗，阮英出了车祸！

原来，投资人做足了准备，在吴重拍最后一个镜头时派人绑走阮英，借此想要威胁吴重签下之后的戏，而戏中的女主角只能是他的女儿。岂料那些人破门而入时阮英警觉，仓皇而逃，那些人紧追不舍，阮英一个慌乱就被车给撞死了。

阮英死后，吴重如同行尸走肉，在沉寂了数天后重新登台完成最后一个镜头，只是让所有人没想到的是，他悄悄解开了安全扣，以现实中自杀的方式来完成戏中聿生的最后一幕。

这帖子所讲的事十分让人信服，令众多网友猜测纷纷，而帖子给出了一个结尾：原来当年投资人能顺利找到吴重并非偶然，这其中牵涉了有人告密！

没有告密者，就没有之后的阮英和吴重纷纷离世。

告密者无非就是贪图权势财物，人性在面对金钱诱惑时彻底坍塌。

告密者，就是郃家儿子！

帖子到这里就完结，却给了众人一个意味深长的结尾。

当年的告密者，如今是否健在？

除此之外，商川之死更像是吴重魂魄附体，枉死之人心含怨气，势必要拉着活人陪葬。商川死前与夏昼起过争执，更重要的是，商川是接到夏昼的相邀才去的亲王府，出事怎会跟夏昼脱得了干系？

果然就如夏昼之前推断的那样，她是沧陵蒋璃的身份被扒出，连带的那些以“邪术”治病的过往也被拎了出来。传言越来越邪乎，说她其实会降头术，能将商川杀害后全身而退，这种哪会是常人的本事？必然是使用了邪术召唤了吴重的冤魂，害死商川。

搁平常，这种说辞荒诞至极，但众口铄金积毁销骨，那些汹涌而来分析亚洲各大邪术和招魂鬼灵的帖子说得头头是道，如此，再荒诞的事也言之凿凿了。

夏昼被众人视为不祥、视为妖人，有人甚至还拿着谭战死前的那场冬祭说事，说她在冬祭之时竟能召唤天地邪灵，使得全场民众都不得动弹。

网上在传得沸沸扬扬时，天际也在跟媒体打名誉战。夏昼去找陆东深，遇到她的同事们都小心翼翼地赔笑，却离得她八丈远。看见景泞时，景泞的手机在不停地响，不用多想都知道是媒体。

景泞没避讳她，待她如平常，跟她说，陆总一直在开会，这件事陆门总部很恼火，还有……她忧心忡忡，跟夏昼补上了句：政府那头陆总也得给个交代。

夕阳西下时，网上的舆论继续发酵，热度只增不减，夏昼的照片几乎挂满了页面。三人成虎，这场言论之灾如同一把把刀子，伤得人血肉模糊。

夏昼没去打扰陆东深，这件事一出，来自市政的、来自市场的和来自陆门的压力一并压在他肩上，他有多忙，她知道。

夏昼刚进小区的时候被物业值班人员叫去了，给了她个纸箱子，有点分量，她晃了晃，紧跟着就听见里面传来嘀嗒声。吓了物业人员一跳，赶忙道："不会是什么危险的东西吧？"

像是从计时器里发出的声响。

夏昼不敢轻举妄动，一来她从没在淘宝或其他购物网址上留住址，二来能给她送礼物的外人少之又少。物业人员见她迟疑，二话没说拿过她手里的盒子，让她站远点，拿过拆信刀小心翼翼地划开纸箱上的胶带。

盒子打开，嘀嗒声就更明显了。拆开包装盒，物业人员打开一看终于松了口气。是只坐式钟表，黄色表盘，红色数字，红色指针。

"这……"物业人员迟疑。

夏昼仔细打量了这钟表，她明白送钟表不吉利，但更不吉利的是这钟表的颜色。

黄底红字，是符咒。

就在这时，整点到了，钟表突然"当"的一声，钟身的两扇小门紧跟着弹开。

"小心！"夏昼一个及时将物业人员推开。

说时迟那时快，一把锋利的匕首从弹开的小门里飞了出来，劲力十足地扎进了对面墙壁上，座钟落地而碎。

物业人员一时间没缓过神来，僵在桌旁半天不得动弹。夏昼走上前，将匕首拔了出来，看了一眼后脸色冷了。匕首不大，刀面打磨光滑，上面用红漆刻着四个字：贱人去死。

陆东深从市政出来后，遥遥望向天际，那里是快被黑暗吞噬的残阳，暗红一片，衬得路边远近枝叶都泛着血色。他没让司机马上开车，落下车窗，燃了支烟，斜前方是漫漫长街，晚高峰交织着霓虹乍起的鲜亮，蔓延了整个北市城。

杨远没回自己的车里，打开车门钻了进来，少顷，冲着他一伸手："来支烟。"

"抽你自己的。"陆东深没搭理他。

杨远讨了个没趣，摸出了自己的烟盒，点了烟，狠抽了一口，又狠狠地吐出烟雾，说："我看那个老冯就是拿着鸡毛当令箭，之前咱们投标的时候他就鼻子不是鼻子脸不是脸的，现在徐秘书长出差在外，他倒是趁机添乱了。"

"这个时候就算徐秘书长在，他也未必敢保我们这单。"陆东深理智分析。

亲王府那片地的市政负责人是徐秘书长，冯副书记是项目辅助。天际出事后，徐秘书长迟迟没露面，所有跟天际的对接都是由冯副书记来做。冯副书记是官场老油条，锦上添花是不可能了，大有落井下石之势。

杨远抹了把脸："这件事如果要老冯去拍板，咱们铁定完蛋，还是得尽快联系徐秘书长。"

陆东深吐了个烟圈："如果对方有心要躲，即使找到也是一样的结果。现在，尤其是市政的人，没人会跟天际站在一起，明哲保身的道理这些人更懂。"

杨远一惊："你的意思是……"

"政府对亲王府那片地有监管权，合同刚签就出了这种事，天际名誉受损，政府恐怕会重新考量这次合作。”陆东深弹了下烟灰，目光落在长街霓虹灯影上。

杨远咒骂了句：“有徐秘书长的态度搁那摆着，也难怪老冯会跟咱们打太极。天际现在陷入口水战，信誉度一降再降，董事局那头也给你施压了吧？你这么——”

“说重点。”陆东深道。

“辞了夏昼，问题迎刃而解。”杨远一针见血。

陆东深转过头来看着他，眉色不惊。

杨远不大自然地咳嗽了两声：“当然，这是权宜之计，等以后风平浪静了你再给她弄回来。现在商川的那群粉丝就想要个交代，你这么一味护着，不但会让天际陷入囹圄，董事局那边也会质疑你的办事能力，而且他们会对夏昼更有意见。”

“问题解决不了就拉个女人出来扛雷是吗？”陆东深的语气虽平稳，但沉得压人。

杨远嗤笑：“你以为你家那位是娇弱女子扛不起来雷呢？论能耐，好多男的都能被她踩在脚底下，再说了，这次的事是因她而起吧？既然这样，总得有个态度才对。”

“她的态度我来表。”陆东深语气轻淡。

杨远咬牙：“陆东深，你是不是中邪了？你就这么相信她是吧？万一她就是专门来祸害你的呢？你被她坑了都不知道！”

陆东深掐了烟，慢悠悠地说：“我乐此不疲。”

天边泼墨的时候，景泞敲了酒店房间的门。

男人给她开门时，他的背后是大团阴暗，那微弱的光亮是穿过玄关进了客厅靠近落地窗的地灯发出来的。景泞紧张地咽了口水，僵硬地站在门口，男人手一伸将她拉进来，房门在身后关上。

景泞的心口一紧。

男人摘下她的帽子和口罩，在幽暗中笑看着她。景泞没看他，但也能觉察他咄咄逼人的目光，脊梁又僵凉几分。男人挑起她的下巴，看着看着，就压下脸。

景泞刚要扭开脸，男人低低命令：“别动。”

景泞压着气：“现在这个时间你要我来天际酒店，你疯了？”

“怕什么？”男人摩挲着她的脸，“现在天际上下一团乱，谁还有空关心总经理的助理跟哪个男人睡在床上？”

“你到底想干什么？”景泞的手指深陷掌心，他说得对，她一步错步步错，然后，就在这条通往死亡悬崖的路上越走越远，再也回不了头了。

男人伸手托高她的脸，似有戏弄：“大晚上的，你进了我的房间，你说我想干什么？”

这一次景泞没歇斯底里，她眼神冰凉，一字一句：“陆起白，你明白我在问什么，商川这件事跟你有关吧！”

荧亮的光落入陆起白的眉眼，他松了手，冷笑浮在唇梢，回到沙发坐下，悠闲地点了支烟，烟雾之下，他的俊脸隐约可见。“景泞，你太高估我了。”

“是高估吗？”景泞冷眼相对，“我以为这种幕后操手的角色最适合你了。”

是她的错。

不是她双脚迈错了步子，而是她的心偏离了航线。

初见陆起白是在陆门的会议桌上，她随同陆东深参加会议。那场会上，陆东深几乎是力压群雄，以最有力的数据和筹备多年的整合资源说服董事局开疆辟土。陆东深无疑是最耀眼的，他野心勃勃头脑清晰，全场之上无人能有他的魅力。

除了一人，陆起白。

他风度翩翩，一张俊脸十分惑人，所有股东都在提出质疑，他却站在陆东深这边，不是巴结讨好，而是有理有据字字珠玑，那一刻她才恍悟，陆家儿郎没有一个是浪得虚名的。

她不但记住了他，还觉得在心底最深处涌现出一种东西来，这东西名叫：一见钟情。

人人都说，陆家儿郎轻易碰不得，一旦碰了就会爱上，一旦爱上就会万劫不复。明知陆起白是蛰伏在黑夜里的兽，他骨子里流淌着的从来都不是风花雪月，可她还是一头栽里面了。

只是她没有未卜先知的本事，从不知道在遇上他的那一刻起，她未来的人生就是一片火场，她永远遭受灼心之痛。第一次在他床上悠悠转醒时，他吻着她的唇说："景泞，从今以后你是我的人。"

陆起白吐了一口烟雾，笑："我看你是聪明过头了，商川出事天际遭殃，我也是陆家的人，这对我有什么好处？"

景泞透过烟雾盯着他的笑眼："生物科技。"

陆起白微微眯眼，看着她，好半天勾起嘴角："什么？"

"你怎么可能心甘情愿给陆东深打下手？江南春的项目太小压根儿就填不饱你的胃，陆门的生物科技才是你最大的目标，其中利润有多大可想而知。"景泞嗓音寒凉，"在国际上，支持陆门最大的三个产业柱分别是能源、生物和军火，能源早些年被陆东深截了胡，他野心大，目前军火动不得，但视线早就落在生物科技上了，你当然不会坐以待毙，能够到生物科技的最好垫脚石就是天际！"

烟丝在陆起白指间摇曳，细白得像是能勒断喉管的线，一点点伸到景泞的身周。他盯着她，不怒反笑："继续说。"

景泞拳头紧攥："在陆门，你几乎能跟陆东深平分秋色，手底下的四家子公司稳赚不赔，却心甘情愿来天际寄人篱下。看上去像是被董事局赶鸭子上架，实则是寻找契机转战内地市场。陆东深面对内地这么大片市场自然不会放过，亲王府那片地对他来说不过就是打通关系的踏脚石，只要成功，他就能利用天际目前在国内的资源顺理成章地嫁接陆门的生物制药。这就动了你陆起白的蛋糕，陆门最大的生物制药工厂在你手里攥着，你缺的就是生物制药的分销权，本来凭着你手底下公司的业绩，生物制药整条产业链也算是你的囊中之物，但经过陆东深这么一搅和，这十有八九的把握就成了悬而未决。

"亲王府那片地是政府的烫手芋头，对于企业来说却是赢得政府合作的最佳开山石，政府想要合作的企业无非要满足两点要求，一是资本雄厚，二是信誉度高，这也是天际能脱颖而出的原因。可天际一旦失了信誉，引得民众不满，舆论漫天，这对合作来说是灭顶之灾。当然，一个项目没了毁不掉天际，但能毁了它在国内的声誉，陆东深的能力也会遭受质疑。此消彼长，一旦陆东深受阻，国内生物制药工厂的事也会泡汤，正好给了你喘气的机会。"

她的声音很脆生，在只有彼此两个人呼吸的房间里铿锵有力，一字一句揭开了陆起白有可能的心中所想。

可陆起白闻言并未恼羞成怒，他饶有兴致地看着她，许久后弹了下烟灰，开口道："景洐啊，我突然觉得把你放在他身边可惜了。"

景洐警觉地盯着他。

陆起白抽了最后一口烟，掐灭烟头，起身，景洐下意识退了半步，他就朝前迈了半步，她再退，小腿抵到沙发，一个不稳跌坐，他就逼上前，掐住她的下巴，命她仰着头。

"这么聪明的女人一旦背叛我了可不好。"

景洐忍着下巴的疼："商川的事果然跟你脱不了干系！"

陆起白压下身，将她一点点逼到沙发角落，笑了："陆东深得罪太多人，有些事不用我亲自动手都有人迫不及待。景洐你记住，人在局中远不及身在戏外更有意思，站得高自然就望得远，看戏除了能看热闹，还能将一切人和事运筹帷幄。关于这点陆东深最擅长，只可惜，因为一个夏昼他就不得不深陷棋局，想要脱身，太难。"

景洐心口一凉，陆起白这番话像是回答了她的问题，可更多的是在暗示陆东深这次身陷囹圄的征兆。

"陆起白，你会遭报应的！"

陆起白的唇在她颈间游走，低笑："有你相陪，有报应又怎么样？"

夏昼窝在床上研究那把从钟里飞出来的匕首时，门铃响了。她看了一眼床头的时间，十点十五。

将匕首往睡袍兜里一揣，趿拉着拖鞋到了玄关。门外的人很有耐性，门铃按得不疾不徐，她看了一下猫眼，赶忙开门。

是陆东深。

他进了客厅后坐在沙发上，看来是真累了，将手表一摘放在茶几上，头仰靠着合上眼，也不说话，就像是回到自己家似的随意。

夏昼揣摩他今晚上门的意图，虽说她跟他是相拥而眠过，可两人之间还保留着彼此的独立空间，同居这种事谁都没提出，陆东深这人脸皮虽说有点厚，但贸然跟个女人同居这种事，像他这种有洁癖加强迫症的人估计不会做。

她绕到沙发后面，手指搭在他的两侧额角，轻轻揉按。陆东深没睁眼，但眉间的纹路松开了不少。室内的灯光没开到最亮，浅淡的鹅黄色，落在他的眼角眉梢，深邃的轮廓让人看了心动。

她忍不住低头吻了他的眉心，问他："舒服些了吗？"

"嗯。"

夏昼绕回到沙发上坐下，将他拉躺下来，让他枕着自己的腿。他睁眼笑看着她："不嫌沉？"

"闭眼睛别说话。"

陆东深抿唇浅笑，听话。

她轻轻按着他的头，缓解每个穴道。说来也是可笑，这招还是她当初跟陈瑜学的，她是中医世家出身，那双手能把人按得通体舒爽。

良久，她问："今晚你是打算住我这吗？"

陆东深没睡着，但放松了精神，说："不，还得回公司，趁着等个电话来你这待会儿。"

"你这样不好。"夏昼说。

他睁开眼："忙完这阵我好好陪你。"

"我不是这个意思。"夏昼轻叹，"我知道你现在担着的不仅仅是天际，跟国外业务往来时涉及时差问题，所以你会经常失眠。我是觉得有些事你真的不用那么亲力亲为，你就算是铁打的身子也得休息啊。"

陆东深脾气好，轻声说：“认识你之后，我的失眠状况已经改善了不少，起码能睡个整觉，现在只是特殊时期而已。”

“我是怕我的努力全白费。”夏昼嘟囔。

陆东深拉过她的手拍了两下：“把我公文包里的那封信拿出来。”

夏昼照做。

将信封拿出来，她看了一眼，说：“我还以为景泞会明天交给你呢。”

“自己撕了。”陆东深舒服地靠了靠，重新闭目养神。

“啊？”

“啊什么啊，赶紧撕。”陆东深轻描淡写，“没我的允许，不准辞职。”

夏昼手捏着辞职信，跟他摆态度讲道理：“谁没事喜欢闹辞职玩啊，而且我还是你当初三叩六拜请回来的，光是这一点就够我在你面前耀武扬威一辈子的了。但现在的情况不是不允许吗？所有的矛头都指向我，我倒不如先提交了辞呈堵住大家的嘴，然后再查清楚商川的死。”

“傻。”陆东深为她的长篇大论就做了一个字的点评。

夏昼将辞职信放到一边，双手抱住他的脸，低下头：“骂谁呢？信不信我把你的嘴咬成香肠？”

陆东深睁眼，伸手一捞，脸一仰就吻了她的唇，她轻咬了他的舌以示抗议，他才放开她，说：“不能辞职，你一辞职名声就毁了。”

夏昼怔怔。

见状，陆东深低笑，问她怎么了。

夏昼低下头，轻轻贴上他的脸，说：“东深，你真好。”

有生之年遇上他，是她最大的幸事，他将她捧在了手心，不但给她现世安稳，还小心翼翼呵护了她的尊严。他的好是润物细无声的，从不刻意怎样，却处处以她为重。

她本就跟他是两个世界的人，一个心在江湖，一个身在战场，她自在洒脱，讨厌迂腐不喜欢被管束，他持重严肃，做事喜欢步步为营运筹帷幄。有时候她就在想，不论怎么看她跟陆东深都走不到一起去，可是现在，就走到了一起。

陆东深喜欢她这般主动亲近，眼里就变得温柔："囡囡，你的心思和顾虑我都明白，但名声对女人太重要了，所以，你得乖乖听我的话。"

她抬头，看着他的眼睛，明亮坚定。

他又说："利益驱使人心叵测，这是我从小看着父亲一步步在陆门立足时就明白的道理，避不开躲不掉，只要踩进这片鳄鱼池，棘手的状况就会层出不穷。所以，像是今天这种情况没什么，你要做的就是听我的话，思想压力别太大。"

夏昼不是喜欢在一个问题上反复拉扯的人，听了陆东深这番言语后，她想了想说："我想替你分担。"

陆东深抿唇浅笑，玩着她的手指头："你活得没心没肺就是最大的分担。"

少许，夏昼说："让我不辞职也行，你得答应我一件事。"

陆东深挑眉。

"商川的尸体不能马上殡葬，从尸检所出来后需要停放几天。"夏昼道。

陆东深闻言诧异，坐了起来，看着她。

她拉过他的大手，跟他手指绞缠："东深，你也是知道我的，我不喜欢坐以待毙。如果商川的死跟气味有关，那法医再能耐都未必查得到。你看你弟弟本事大吧，他同样没看出尸体的端倪来。"

"你的意思是，尸体停放几天就能看出问题？"

夏昼点头："在老一辈的殡葬传统里都有尸体停放七天之说，那个时候科学不发达，所以停放七天就成了大家认为的头七回魂，后来，随着懂处理尸体防腐技术的人越来越少，尸体停放的时间也就由七天缩短为三天，到了现在甚至会马上推进火化炉。实际上这是古时候寻找死者死因的最后手段，古代验尸仪器有限，在疑团最终解不开的时候，只能观察尸体停放后的变化。商川的死既然用现代技术查不出来，那唯一的办法就是继续停放。"

陆东深思虑："尸检所那边也在查，相当于，也在停放吧？"

"不一样。"夏昼说，"在尸检所，尸体需要冷藏，可真正停放尸体是不能冷藏的，要用特殊的棺材和特殊的药物维持尸体不腐烂，这样才能看出尸体的变化来。商川如果当时被气味所害，那气味随着时间推移就会在尸体上留下痕迹，这在冷藏环境下是办不到的。”

陆东深提出了疑问：“你真这么肯定商川不是意外？”

“嗯。”

“通过这种办法一定能查出问题？”

夏昼思量：“只有百分之五十的把握。”

陆东深抬手将她的发别在耳后，轻叹：“囡囡，你在冒险。”

“商川的尸体后天就出尸检所，不出意外的话法医那边还是找不出问题来，这很正常，他们能辨明伤，想查暗伤这种事只能剑走偏锋。不能再拖了，否则尸体一推进火化炉就什么都查不到了。”夏昼眉色忧虑。

“你要知道，我并不想让你过多参与这件事。”

“可是我已经参与了。”夏昼靠在他身上，“我现在已经被商川的粉丝推到风口浪尖上了。”

“这是两码事，现在你只要不理会不回应就行。”陆东深皱眉，“一旦你要碰商川的尸体，那意义就变了。”

夏昼环住他的脖子，跨坐在他腿上：“我不喜欢被冤枉，也不喜欢受委屈，东深，你就当我任性吧。”

陆东深无奈叹气：“什么叫当你任性？你就是太任性了。”

夏昼贴近他，笑：“那我就是这样了，你还喜欢吗？”

陆东深盯着她的坏笑，目光又落在她微敞的浴袍间，喉结滑动一下，咬牙：“妖精！”

压下她，猛地咬住她的脖颈，她笑着呼疼，正推搡间，搁置茶几上的手机响了，是陆东深的。

夏昼忙替他拿过手机，双手奉上十分谄媚。陆东深眼里都是暗流汹涌，深吸几口气，平复了泛滥的情欲后接了电话。

夏昼刚想离开就被他扣住腰，夏昼抿唇浅笑，保持着跨坐他身上的姿势，趴靠在他怀里。

耳边是陆东深的心跳声，头顶上是陆东深低沉的嗓音。

是杨远的电话，她隐约听到那头说，华力实业正在暗吞BOG国际能源股。

夏昼心中一惊，BOG是陆东深手底下的能源公司，听说是在前年上市，国际走势一片大好，没想到华力声东击西，竟然将视线转到BOG上了。

这个时候，在国内亲王府商业区出问题，国际能源又受狙击，夏昼担忧，抬眼，瞧见的是陆东深微抿的唇和绷紧的下巴。

少许，听他说："继续让他吞。"

夏昼倒吸一口凉气。

通话的时间不长，陆东深惜字如金，杨远在那头听到他的决定后问了句："你确定？"他回答："确定。"

前后只有两句话，但夏昼嗅到了风雨将至的气息，他太过平静反而让她心里没底。将手机扔一边，陆东深将头埋在她的颈窝，低语："这个杨远可真会找时候。"

气息扑落时胸口刺痒，她抱住他的脸，防止他得寸进尺："饶尊想干什么？"

陆东深抬眼看着她，眼里是深幽幽的光，似悬崖最深处的黑暗，缠得人透不过气。夏昼舔舔唇，不大自然地补上句："我又不是关心他。"

他抬手，拇指抵在她唇上轻轻摩挲："华力财雄势大，新能源在国际上又备受瞩目，他自然是得插上一手。这两年华力连续收购了英国和法国两家老牌能源公司，在能源开发上跟长盛能打成平手。目前两家是竞争关系还好说，可一旦他跟长盛联手，对陆门旗下的能源产业就会构成威胁。"

"饶尊心高气傲，如果在长盛身上讨不到好处，他宁可生吞长盛也不会将蛋糕让出来，所以照目前来看共赢不可能。"夏昼轻声说。

陆东深压下她的脸，似笑非笑："别提他，也不准这么了解他。对了，从明天起你搬到我那住。"

"啊？"夏昼瞪圆了眼，"为什么？"

"为了你的安全。"陆东深道，"我今天过来的时候，物业跟我说了你收到快递的事，以防万一，你还是跟我住在一起吧。"

夏昼无语，这物业还真把他看作男主人了，什么事都说。“一看就是商川的粉丝干的，不理会就行了，我这么一搬走不就显得我心虚吗？”

陆东深从扔到床头的浴袍口袋里拎出那把匕首来：“虽说是把没开封的刀子，但已经可以判定为伤人事件了。商川的粉丝疯狂，你的住址已经暴露，保不齐下次还会闹出什么事，所以，搬过来跟我一起住最稳妥。”

“这个小区也是高防护啊，快递送不上来，大不了我以后不接快递了呗。”夏昼还没做好跟他同居的心理准备，总觉得还没到水到渠成的地步。

陆东深摇头：“下次未必是快递，商川的事闹得沸沸扬扬，你住在这里就危险，听我的话。”

“那……”夏昼总觉得不大好意思，虽说她喜欢跟他腻在一起，可这跟同居是两码事，想了想，“我先去你那避避，等风头过了我再回来。”

陆东深看着她笑，少许使劲一揉她的脑袋，一锤定音：“明天我让景泞来给你收拾，你什么都不用管，下班乖乖回我那就行。”

夏昼噎了一下，还要收拾东西啊……

陆东深雷厉风行，翌日景泞就抓了公司的几名保镖做了小时工，又派了搬家公司来。家里在有条不紊地收拾时，网络上的负面情绪继续发酵，围绕着夏昼曾经在沧陵巫医的身份和吴重鬼魂说事。

曾经出卖吴重的郜家人多次被提及，有人开始暗指当年走通消息卖友求荣的人就是如今长盛集团董事长郜国强。这并非空穴来风，一则是因为郜姓，二则是因为郜国强的老婆何姿仪。

何姿仪的背景不难扒，在早年的香港电影里，出品人一栏频频出现“何至超”一名，经网友深扒，何至超就是何姿仪的父亲，而第一版《浮生》的出品人也恰好就是何至超。

但郜国强早年经历就少了些，网上能找到的无非是出自他的一些专访，提及早年辍学后就远赴外地打工，从零工做到零售，然后凭着对销售的热忱一路前行，后来开始做进出口贸易，主要枢纽站就是香港，也就是在那时与何姿仪相遇相爱。随着市场形势大好，郜国强与国际贸易往来更加密切，公司一再盈利并且成功上市，郜国强将总部搬迁国外，并更名为长盛集团。

网上便有人质疑他的经历，如果吴重一事是真，那部国强的成功就掺杂了不少阴谋，而长盛能在短短时日达到上市规模，很多人认为这是跟何姿仪的背景分不开的。

流言四起，一下子就扯了两家集团进来，可想而知声势浩大。

夏昼来部家的时候，何姿仪在花园里剪花，一壶花果茶煮得清雅飘香。

“都是自家种的花卉，喝起来放心。”何姿仪一袭淡青色家居裙穿得秀气，脸色红润了不少。

夏昼轻轻闻了一下花果茶香，果真是纯净得很。“的确是好茶。”她抿了一口，入口香甘，道，“部太太对气味很有研究？这个花果茶气味配比构成很讲究。”

除此之外，上次去她房间，化妆台上的护肤品也是定制的，气味独特，跟她的气质吻合，那气味可不是一般调香师能调出来的。

何姿仪拿过罗扇轻摆了两下，天气微热，偶有清风拂面，扇子的风就带了几许香气，她说：“夏小姐是内行，我这次能醒过来也是托了夏小姐的福，所以我哪敢在你面前谈研究？长盛的气味分析师想来夏小姐也认得，卫会长在气味学上有一定的造诣。”说到这，她用罗扇轻抵了抵唇，笑道，“可我觉得夏小姐更胜一筹，卫会长啊还是太循规蹈矩，我听说了夏小姐在沧陵为国强治病的事，更觉得夏小姐是隐世高手。”

“隐世高手谈不上，不过就是野路子多了些，跟卫会长比登不了大雅之堂。”夏昼心里明镜似的，只是没想到卫薄宗能这么亲力亲为。

环视了花园四周，这处宅子落到现在的确不常见了，处于繁世却又能隐于世，光是这花园占地面积就不小，四方围墙阔了蔚蓝天色，园中郁郁葱葱百花齐放，就算盛夏，处在这里也是清凉无汗，哪怕是财力雄厚的陆东深也未必能有机会寻得这么好的一处宅子。

“这座宅子的确买得值当，搁到现在就是天价了。”夏昼起身，信步踱到一株梨树前，想来春季的时候最美，梨花满天飞。“但我觉得部先生早年未必有这眼光吧？”

何姿仪也是个聪明人，听出夏昼的言外之意，放下茶杯："跟夏小姐也算一见如故，所以没必要在你面前藏着掖着。我知道你在怀疑网上的流言蜚语，认为国强起家是靠了我们娘家，更怀疑他就是当年的告密者，实际上这只是巧合。我父亲当年的确投资了《浮生》，可吴重当年是深陷角色出不来最后跳台自尽，哪有像网上杜撰的那些事？这其中是本末倒置了，我嫁了部家在先，那些无事生非的人就拿着部姓编了这么个故事。"

末了她又叹道："都说人生如戏戏如人生，这当演员的啊有时候痴梦一生，走不出角色也是常有的事，先是吴重后是商川，一场浮生一场梦啊。"

浮生一场梦一场，谁人又不是痴恋于世间爱恨情仇迟迟不醒呢？

坐在车里，夏昼的脑子里反复转着这句话，何姿仪三言两语解释了网上的流言蜚语，虽撇得干净，可她还是觉得不对劲，至少在商川一事上她跟何姿仪达不成一致。

正想着手机响了，是助理茱莉打来的，火急火燎，夏昼听完一惊，命司机马上掉头回公司。

天际的气氛诡异，从上到下，夏昼一进公司就感觉到了。

赶到会议室的时候，正巧会议室门被推开。

先是出来两名保镖，然后饶尊从里面出来，旁边跟着助理，助理的手里抱着一摞文件。在饶尊的身后是天际的高层领导，里面烟雾缭绕，夏昼打眼一瞧只能看见陆东深洇在青白色烟雾里的身影。

饶尊穿得规整，衬衫西裤的挑不出丝毫挑衅的姿态来，可脸上的傲气昭示着他的目的已达成。

见她气喘吁吁地站在门口，他走上前戏谑地笑："我还以为这次你不会站在风口浪尖上，至少，会像三年前一样跟只鸵鸟似的躲起来。"

夏昼与他逆光而站，盯着他笑得不阴不阳的脸："饶尊，你这算是鹬蚌相争渔翁得利吗？"

饶尊抬手敲了敲助理手里的文件："或者可以说，螳螂捕蝉黄雀在后。"

夏昼脸色一僵。

陆东深从里面走出来，光影逆在他阔拓的肩膀上，眉色间看上去有些倦怠，他大有送客之意，饶尊却在众目睽睽之下戏言：“想当初谭战不能自保，陆总趁机截了夏小姐，现在，似乎风水轮流转，就不知道到了最后陆总肯不肯割爱了。”

夏昼神色一惊，喝道：“饶尊，你别胡说八道！”

“我对夏小姐的心思，众所周知。”饶尊没理会她，目光落在陆东深脸上，似笑非笑的。

夏昼攥了攥拳头，饶尊这招真是扒了陆东深的尊严和脸面。

陆东深的脸色也不好看，眉间僵冷，沉沉地说了句：“尊少慢走，不送。”

饶尊嚣张，不紧不慢，踱步到夏昼跟前，压低嗓音对她说：“在内地，陆东深想跟我斗还差得远，夏夏，你跟错人了。”话毕扬长而去。

夏昼呼吸急促，再抬眼，陆东深已转身回了会议室，沉默的背影令人心疼。

夕阳冲天的时候，景泞打了电话过来，小声告诉夏昼，陆总已经开完会了。夏昼扔下大半杯的花茶，赶忙奔了总经理办公室。

项目部刘总监从办公室里出来时瞧见了夏昼，重重地叹了口气。她敏感地问怎么了，刘总监知道她跟陆东深的关系，也没做隐瞒，说：“陆总彻底停了亲王府项目组的工作。”

夏昼心里一哆嗦。

办公室里的烟草味不轻，夏昼进来的时候，陆东深手旁的烟灰缸里插了不少烟蒂，好在他抽的是定制款。

见她进来，他起身开了窗通风，眉间落有沉暮，她知道他很累，饶尊走了后他就一直跟高层们开会，临进门的时候景泞悄悄告诉她：“陆总的心情不是很好，你说话的时候注意点。”

“饶尊怎么来了？”夏昼思量许久，与其拐弯抹角不如直截了当，饶尊出现、项目断停，糟心的事已成定局，安慰无济于事。

陆东深站在窗子前，转过身来看着她，逆光之下他的眼睛奇黑，他没瞒她：“他接手了亲王府的项目。”

虽说在心里已隐隐有了预感，但这话就这么板上钉钉地听在耳朵里，也着实让夏昼猛地一激灵：“合同不是已经签好了吗？市政那边怎么可以出尔反尔？”

陆东深踱步到办公桌旁，弹了烟灰在烟灰缸：“当时天际、长盛和华力三家公司角逐，在公司财力和实力都不相上下的情况下政府选定了天际，目的就是看重天际的信誉。现如今，亲王府闹鬼传言在天际接手后非但没遏制反而沸沸扬扬，自然会引来市政的不满，虽说是签了合同，但从当初规定的条款来看，天际已经属于违约。”

夏昼心里一阵阵发紧，接手亲王府，这原本就是政商两届互惠互利的事，至少对天际在国内继续开拓市场有极大帮助，可现在闹到翻脸，天际落在政府眼里的声誉就可想而知。

再说回饶尊，虽然当初华力因疑似窃取商业信息一事失去了竞标资格，但现如今，商川一个坠台事件同时牵扯了天际、长盛两家企业下水，这就给了华力绝佳的反攻机会。当然，国内的企业和入驻国内的外企不止这三家，可饶尊凭着在国内的资源和人脉，在这个关键时期夺回亲王府项目是易如反掌的事。

一环紧咬着一环，风水轮流在转，商界风云变幻如此之快让人措手不及。

她问：“总部那边什么意见？”

陆东深眉宇深沉，没说话，只是将烟头摁灭，然后一点一点将仅存的烟身捏碎。夏昼从他的沉默里看出端倪来，心里更是没底了。

亲王府那片地当初在总部眼里就备受争议，现在项目没了，又搭上天际的声誉，可想而知接下来的风浪有多大。他之所以暮色沉沉，不仅仅是自己身陷桎梏，就连当时力保他的陆振扬也会举步维艰吧。

“东深，其实是有办法的。”她尽量压着对未知的惶惶不安，紧着嗓子说。

“是有办法。”陆东深抬手摩挲着她的脸，手指微凉，让她激灵了一下。“饶尊提议项目两家共同开发，但他的条件是，你。”

夏昼蓦然心惊。

陆东深扣过她的后颈将她拉近，仔细端详着她的眉眼。她亦局促不安地看着他，他眼里的墨色似天地间阴云，层层叠叠压下来让人透不过气。

“看得出他是真喜欢你，不惜拿利益来换。”他似笑非笑，语气听上去不像是在生气，可又让人悬着紧张。

“东深，我……”

陆东深的拇指抵住她的唇，令她噤了声。他将她拉至怀中，低头寻她的唇，气息温存：“只可惜，我也喜欢。”

似烟花骤然炸开，姹紫嫣红令人欣喜，夏昼忍不住圈住他，主动吻了他。

下一秒他化被动为主动，与她唇齿厮磨。

许久，陆东深放开她，下巴抵着她的额头，呼吸缠着她的发丝，也绞疼了她的心，她低喃：“可是这样一来你怎么办？”

他嗅着她的发香轻声说：“兵来将挡。”

夏昼更是难过，虽说陆东深的决定令她感动，可这么一来他就把自己推到了绝境。

“商川的尸体不准再动了，我已经签了火化书，商川的葬礼天际会出面安排。”他在她头顶上说。

夏昼一愣，抬眼看他。

“我知道你有你的打算，但现在华力全权接手亲王府，商川这件事就算闹得再大也会因为天际的退出而告一段落。”陆东深搂着她的腰，低叹，“你在这场纷争里能全身而退是再好不过的事。”

夏昼抿了抿嘴，说：“我知道你是为了我好，可是东深，你不能这么不相信我，商川的事我说能查出来就一定能查出来，只要给我时间。”

“事实上不会所有事都要给你时间。”陆东深跟她讲道理摆利害，“你要知道，有很多真相不是用来挖的。你跟商川的感情我能理解，但查明真相也要审时度势，现在这个阶段最适合商川的就是入土为安。”

“那网上的流言蜚语又怎么解释？很显然这不是一拨人做的，煽动粉丝情绪、大肆宣扬商川受巫医蛊惑的是一拨人，扯出部家和吴重恩怨的是一拨人，利用商川是主演和天际代言人身份来诋毁天际信誉、将部国强拖下水的又是一拨人。虽说网络暴力大多数都来源于商川的粉丝，但很显然这是操控舆论的人有意为之。最后逼得你交出亲王府的项目，背后之人目的昭然，我不信你看不出来，为什么还要纵容？”

“这件事当然不会就这么算了，毕竟牵扯天际的信誉和口碑，可是你不要插手了。”陆东深十分清醒，“饶尊做事有他的手段，接了亲王府，至少在一定程度上护你周全。当然，我也有我的私心，你继续查势必要跟他牵扯不清，我不想你太接近他。”

夏昼仰头，咬牙：“饶尊自己都说了，他是黄雀！什么护我周全？他就是自尊心作祟，在亲王府这个项目之前，他哪吃过那么大的亏？天际和长盛需要攀借政府项目步步高升，华力是本土企业，他哪还缺个亲王府？他伺机报复！”

“既然看得这么明白就不要去找他。”陆东深沉稳答话，“说白了他在等你上门。”

夏昼道：“东深，你得相信我。”

陆东深叹了口气：“好了。”

他的态度摆明了一锤定音，不再允许她查下去，她心里憋得慌，不仅因为商川，还为了天际无端背上的黑锅。她还想据理力争，可见他脸色似乎不大好看就忍住了。

景泞敲门进来，许是瞧出办公室的气氛有异，开口时十分谨慎：“陆总，董事局会议。”

陆东深点了下头，待景泞出去后，他说：“我先去开会，有什么事晚上回家再说。”

夏昼使劲咬了咬嘴，唇被她咬出一排白印子。

陆东深走到办公室门口又转身返回，微微侧脸盯着她脸上的神情，说：“今晚回我那，记住了吗？”

她没说话，也没看他。

他半天等不到她的回答，末了低叹，揉了揉她的头出了办公室。

到了晚上，华力接手亲王府项目开发一事就被传出来了，停工了几日的亲王府一带又开始了热闹，工程车一辆辆地来，一群身穿带有“华力”字样工作服的工人开始入驻，将属于天际的 Logo 逐一替换。

网上大多都是幸灾乐祸，说天际什么的都有，粉丝们在网上给商川举行了祭奠，自然是将这股子怨气撒在夏昼身上，但风头大不过吴重事件。陆东深说得没错，饶尊的接手多少平复了些许网友的不满，至少网上骂她的没有继续发酵。

大家都在翘首期待，看看华力要怎样面对吴重魂魄一事。

夏昼临进家门的时候接到了饶尊的电话。电话那头的他，嗓音懒洋洋的，铁定又不知在哪风流快活。“夏夏，做人不能太自私，陆东深为了你都能丢项目，你就不能为他做点事？”

“做点事？饶尊，你说话什么时候喜欢拐弯抹角了？你不就想让我跟你吗？”夏昼压着不悦，冷言。

饶尊笑道：“不行吗？我比陆东深更知道你想要什么，我也比任何人更了解你。”

“是吗？”夏昼冷笑，“那你猜猜看我现在想做什么？”

“把我千刀万剐。”

“知道就行。”夏昼咬牙，“你每次都跟东深杠，手段卑劣让人不齿，你还敢把我放在身边？你以为我的刀子生锈了是吧？”

“牡丹花下死，做鬼也风流。”饶尊不怒反笑。

想要激怒饶尊，容易也不容易，跟饶尊一样，他了解她，她也对他的性子十分了解，乖张不羁、任性而为。只要踩了他的颜面他一准暴怒，但如果心情大好，哪怕她说了再恶毒的话，他都无所谓。

像是现在。

所以夏昼聪明地不跟他多费口舌，他打电话过来无非想看她怒喝崩溃，她再继续话赶话燃了情绪，岂不就是如他所愿？夏昼清清嗓子：“饶尊，你今天在陆东深面前那么说，不就是想让他和我心生芥蒂吗？我这个人眼里容不下半粒沙子你也是知道的，咱们新仇旧恨一起算。”

“好啊，我家大门常打开啊。”饶尊一副不紧不慢的死样子。

夏昼二话没说掐了通话。

气得手指发抖，她想着，如果饶尊此时此刻就在面前，她肯定会一脚踹下去，踹他个生活不能自理。

开了房门，室内新风系统自动开启，有徐徐风流，轻若羽毛拂面，还有她亲手调配的清香。

一腔怒火瞬间殆尽。

入眼是自动燃亮的夜灯，光线十分柔和，宛若一抹白月光，透过整面的落地窗，夜色皎然现世安稳，所有的喧嚣和纷杂也似乎一并被这夜色收敛了。

月光与夜灯交织，这个夏夜就显得清凉，绵延入室，是上好的木质光泽，仿佛沉淀了岁月。夏昼忍不住笑了，也是打心眼里佩服陆东深的强迫症，他竟整体换了地面，抛了惯用的大理石，改成木地板了。

她的东西被景泞收拾得妥帖精细，衣帽间里，她的鞋子、衣帽等排放在陆东深的右侧，尤其是她众多的礼裙安置稳妥，按照颜色、款式、长短逐次排列。

搬进来跟陆东深同住是个考验，她要随时迁就他的强迫症和洁癖，像是景泞这般精细置放，完全就是考虑了陆东深在生活上的矫情。

她的洗漱用品被景泞安置在一个白色的置物筐里，花花绿绿的，上面放了一张小字条：这些都是跟陆总的洗漱用品不搭的，比如说形状、颜色或大小不统一的，你看着更换一下。

把景泞留的字条攥成团扔进垃圾箱里，三下五除二地将筐里的护肤品安置好，心里念叨着："这么贵的东西打死我都不会扔的，所以你就忍着吧。"

进了卧室，夏昼一怔。

床榻下铺了一张雪白的地毯，是前阵子她订好的，这么一来，卧室的色调就明朗了很多。

抬眼，偌大的床上多了个枕头。

两个枕头一张被子。

看着看着，夏昼竟觉得口干舌燥，脸颊发烫了。

/ 第十三章 /

咱俩能结婚吗？

董事局视频会议结束后，陆起白没马上离开，坐在他对面的杨远言不由衷地说了句："恭喜了，陆副总。"

陆起白温润如玉："杨副总客气了，江南春脱离天际独立发展，在外人看像是好事，但在我看风险还是很大，我要向大哥和杨副总学习的地方还有很多。"

"我哪敢教你啊？"杨远笑呵呵的，"江南春的业绩一路直上，这才几个月的工夫，国际评星和口碑就能碾压天际了，为此能让总部开了绿灯，陆副总做生意有一套。"

"说起来江南春不过小打小闹而已。"陆起白起身，看向陆东深，"江南春后续的品牌开发项目策划书稍后我送到办公室，你过目一下。"

"刚刚你在董事局会议上已经阐述得很清楚，我签个字就行。"陆东深道。

陆起白轻轻一笑："还是看仔细的好。"

等陆起白出了会议室，杨远咬牙切齿地说："他就是个倒霉催的，踩着你的业绩青云直上，江南春跟天际一分家相当于挖走了天际一半的资源，还要做品牌扩建？你这个堂弟真是闷不作声就玩了一手好牌啊。"

他摸了烟盒，拎了烟出来，往嘴里一叼："跟你说啊，这陆起白咱们不能不防，他才回国几天啊，就把集团上下笼络得七七八八了，这两次开会的情形你没看见啊？公司高层有几个可都心活了，酒店管理人才虽说不少，但能达到天际酒店用人标准的可不多，江南春跟天际分家，他陆起白最容易从天际挖人。”

陆东深烟雾吞吐，沉默不语。

杨远拖了椅子坐得离他近一点，烟灰缸往面前一勾，弹了烟灰：“你啊，美人怀英雄冢，我发现你自打遇上夏昼之后就开始瞻前顾后了，以前所向披靡的劲儿哪去了？我就说那个女人是祸水，现在的情形看出来了吧？我现在都在怀疑……”

陆东深转头看他：“怀疑什么？”

杨远迟疑了片刻道：“我都怀疑她跟你在一起是不是有什么目的。”见陆东深一皱眉，他马上解释，“你不得不承认她很敬重谭战吧？谭战的死跟你多少都有点关系，你觉得她不会因为谭战的死报复你？在你认识她之前，咱们天际可没这么多事，你把她带回来之后呢？瞧瞧这一桩桩一件件的，都是把你往死里逼。”

说到这，他又十分严肃地问了陆东深一句：“你跟我说实话，当时你出手整谭战是不是因为她？”

“谭战不除，沧陵天际就没一席之地，这点你很清楚。”陆东深淡淡说了句，当然，到了现在他心里就明白得很，其实在那个时候他就想要得到她，得到她的前提就是让谭战失势。

“你对夏昼的误会太深，她是个明事理的姑娘，谭战当时已经走投无路了，我要怎么救？”

杨远哼哼笑：“陆东深，你忘了咱俩同学多少年了是吧？我不了解你吗？你向来想得深远，没错，谭战当时是被逼到悬崖边了，但搁着一般人是好死不如赖活着，哪怕是在监狱里待着。可谭战铮铮铁骨，你会想不到他能自杀？既然能想到他最后选择自杀你还无动于衷，这不就是间接杀人吗？夏昼是个很聪明的人，我能想到的事她会想不到？所以，你觉得她留在你身边是因为爱你还是因为恨你？

“先前的事我就不说了，就拿商川这件事来看，好端端的人怎么就坠台了？连你弟陆北辰都查不出端倪来，能这么杀人于无形的我还真想不到除了她能有谁。舆论指向她的时候，没错，她是给景泞留了封离职信，可她想不到你会不允许吗？她就是算准了你能不顾一切保她所以才肆无忌惮。我真是越想越觉得，你掉进她精心设置的陷阱里了。”

陆东深弹了烟灰：“说完了吗？说完了你就赶紧拨个项目组给陆起白，他那边不是急着用人吗？”

“陆东深你疯了？”杨远一怔，“他挖你墙角你还主动送上门了？你知不知道你现在的处境？外面有饶尊那头狼，公司里有陆起白这只狐狸，国内生物制药建厂的事都被董事局搁浅了，你还帮着他扶摇直上呢？”

陆东深浅笑：“你也说了天际人心浮动，哪怕我有一万个不情愿，也不能在气度上输了陆起白吧？想走的人留不住，所以干脆就让他走。”

杨远盯着他：“你到底想干什么？”

“杨远，做生意这种事讲究的就是你来我往，有些事可以杀伐决断，有些事只能以退为进。”陆东深抽了一口烟，吐了烟雾，意味深长，“国内形势跟国外不同，锋芒太露势必吃亏。”

杨远还要刨根问底，陆东深的手机响了。杨远憋了气，起身将烟头掐了，敲了两下桌子：“什么以退为进，我看你就是被夏昼磨了心性！”

陆东深笑笑不语，等他出门后接了电话。

是景泞，告知：“陆总，部国强住院了。”

夏昼又陷入了冗长的梦里，黑沉沉的夜，似怪兽吞噬了明亮。唯一的光亮是实验室里的灯，刺眼得很。

“左时，秘方里有一味提取物不对，临床有了排斥反应。”

“反应明显吗？”

“目前只是轻微排斥，但我不知道——”

“所以，这只是个别案例。”

“我们需要上报给协会会长。”

“不行，一旦上报，我们这项实验就会停，这么多年的心血就白费了。”

“左时你疯了？会死人的！”

“相信我，我能调整好配方，不能上报，明白吗？”

迷迷糊糊间，夏昼觉得唇角温热，蓦地睁眼，眼前匿在暗影里的眼眸温阔柔和，驱散了梦境里的寒凉。

“你回来了。”她压下心头的荒芜，伸手圈住他的脖子，微微偏头看了一眼墙上的时间，嗔怪，“这么晚啊。”

陆东深任由她吊着自己的脖子，低头又吻了一下：“我以为你会闹脾气不回来呢。”顺势将她拉起，圈在怀里，脸埋在她的脖颈轻叹，“一回家就能看见你，真好。”

夏昼也觉得挺好。

在陆东深回来之前，她坐在客厅沙发上环顾四周，这里并不是她陌生的地方，她精心布置过，也留宿过，感叹过这房子的面积，可惜过这里缺少了烟火气。但从今天开始，她就住进了这所房子里，心情不跌宕起伏是假的。

她要跟陆东深同床共枕了，每一个清晨睁眼就能看见他，这是最亲密关系的体现。她从未跟其他人同居过，哪怕是女人，她有点担心，两人的相处过于亲密会不会适得其反？

一切的顾虑都在陆东深这一抱中烟消云散。

让她知道他很需要她，很紧张她，是啊，入夜后霓虹乍起之时，他回了家，她迎上相接，这就是生活里最温馨的模样。

从容、淡定、自然而然，这不就是他和她相处的模式吗？

夏昼做了晚餐。

两菜一汤，一荤一素，不多不少，营养均衡又够两人吃的量，温度刚刚好，菜香又混着米香。

这让陆东深受宠若惊。

在他觉得，像是夏昼这个年龄的小姑娘还是喜欢闹脾气的，可今晚她的反其道而行让他喜爱万分。

当然，他故意忽略掉再次像被核武器炸过的厨房，虽说每吃两口饭他心里就像是被猫抓似的火急火燎。

“明天我让景泞订个管家过来。”他说，“以后家里不能总用钟点工。”

夏昼眼珠子一转：“不用不用，现在还不需要，先用着钟点工定期打扫房间就行，剩下的我来做。”

陆东深狐疑地看着她，她笑嘻嘻的：“有了管家，你的毛病就永远改不了了。”

他就知道！

陆东深的眼睛又往厨房方向瞄，头皮发麻，赔笑：“我认为，没必要把时间浪费在这种事情上。”

夏昼拄着下巴，面带微笑地看着他，小嗓音嗲得连她自己都起鸡皮疙瘩：“深哥哥，一家人在一起一个做饭一个刷碗，这才叫烟火气，是我跟你过日子，又不是跟管家过。”

这话说得强词夺理，但倒是说进陆东深的心坎儿里了，咬咬牙：“行，那就都依你。”想了想又道，“或者您老歇着，以后下厨房的事还是我来？”

心想着这样一来至少他在吃饭的时候不用总吊着心。

岂料夏昼一脸嫌弃：“你做饭？可拉倒吧，我还想多活两年呢。”

陆东深听着尴尬，给她盛了碗汤，为自己据理力争：“我只是没时间学，回头我跟我二弟学几手，他的厨艺还是不错的。”

“陆北辰？”

“嗯。”

夏昼甩了一身鸡皮疙瘩：“不要，他身上全都是来苏水的味，想想就没胃口。”

陆东深莞尔。

夏昼喝了口汤，美滋滋地自夸：“我这汤啊，简直了，天上有地上无的，陆东深，你说我做饭怎么这么好吃呢？”

陆东深忍着笑：“是啊，怎么就这么好吃？也许是传说中的天赋吧。”

一句话说得夏昼可美了，眉开眼笑的，吧嗒两下嘴：“我也喜欢你穿家居服，好看，不像是西装革履，冷冰冰硬邦邦的。”

陆东深抿唇浅笑，慢悠悠地喝汤，以前他用餐的时候很怕吵，但现在觉得身边有个嘴甜的小姑娘果真是不错的选择。

“不过我最喜欢看你什么都不穿。”夏昼甩了句。

一口汤没咽稳差点儿呛到陆东深，他抬眼瞧她，她也是纯心故意，见他出糗甚是欢心。他放下汤匙，拿过纸巾不紧不慢地擦了擦嘴：“死丫头，好了伤疤忘了疼是吧？”

夏昼赶紧闭嘴，闷头吃饭。

陆东深嘴角藏笑，抬手给她夹了菜。灯影下，她的脸颊有微微的红，印在白皙的肤色上甚是惹人喜爱。他心头摇曳出一种难以言喻的感觉，是温馨是感动，像是有细细的绒毛骚动心尖。

今晚注定不同，从此以后他的地盘里就多了一个她，这种日子他从前不曾想过，而今晚之后他会格外珍惜。

“哎，陆东深。”餐桌没安静多久，夏昼又一嗓子叫出来。

陆东深抬眼看她。

“你说咱俩现在还是谈恋爱吗？”

“不是谈恋爱你当我跟你在过家家？”陆东深一脸无奈，喝了口汤又道，“所以平日里别总陆东深陆东深地叫，叫自己男朋友有这么直呼姓名的吗？刚才深哥哥不是叫得挺甜吗？以后就这么叫。”

夏昼甩了两胳膊的鸡皮疙瘩：“那也得看我心情。”

陆东深笑了笑，他也没指望她能柔情似水。

“那我问你件事呗。”夏昼一手托着碗，吃得不正经。

“问。”

“咱俩能结婚吗？”夏昼冷不丁地抛出个炸弹。

陆东深却稳稳接住这炸弹，没惊没讶，回答得自然而然：“能。”

夏昼眼睛亮了：“什么时候？”

陆东深饶有兴致，拿了纸巾给她擦擦嘴：“你这是打算跟我求婚？”看她对跟他结婚这种事如此有兴趣他就放心了。

夏昼拉着他的手，说：“咱俩得统一一下口径，要不然我会在我同学面前丢脸。”

“什么同学？”陆东深一愣。

“我中学的同学聚会。”夏昼抱着饭碗贱切切地坐在他身边，“是这样的，你也知道我不合群，以前这种同学聚会我从来不参加的，但今年人家三催四请的，我想可能是网上亦真亦假的传言，拉我想打探个究竟呢。所以，还不如大大方方过去，省得让那群人胡说八道。”

陆东深十分不解：“有必要吗？”既然都不是什么谈得来的同学，何必浪费时间在他们身上？

“当然有必要。”夏昼抱住他的胳膊，“大家都想看我笑话，我得跟他们证明一下我很幸福。”

陆东深哭笑不得：“囡囡，幸福是活出来的，不是做给别人看的。”

“我知道我知道。”夏昼将下巴抵在他胳膊上，仰头看他，“我的幸福不就是你吗？”

陆东深一激灵，警觉地看着她：“你的意思是，让我陪你参加同学聚会？”

“嗯！”夏昼得寸进尺，搂过他脖子，腻歪着，“聚会要求带家属，咱们反正都要结婚，你是我未婚夫，这算是最正当不过的家属了。”

这话又是往陆东深心里钻，他抬手捏着她的下巴，微微眯眼：“你说我是你的什么？”

“未婚夫啊，不是吗？”夏昼笑脸相迎。

这个称谓让陆东深听着十分顺耳，抿唇浅笑，满意地“嗯”了声：“既然是同学会，你也不能没有表示。这样，你选聚会地址，一切费用我来掏。”

“不用。”夏昼听闻这话心里高兴，拉过他的手把玩着：“有做东的同学，咱们只管参加就行，别弄得太显摆了，我那些个中学同学虽不及我在国外留学时同学发展得好，但也算是或事业小有成就或嫁得不错，个个也都清傲得很，我就不给他们添堵了。”

陆东深挑眉看着她，似笑非笑。

夏昼迎上他的目光：“他们这次找上我，一是想证实网上传言是否真实，二是想瞅瞅我身边的良人什么样。同学会，说好听的那叫祭奠青春，说不好听的就是暗自攀比。”好在当初她公开示爱这件事陆东深尊重了她的意见，禁止媒体刊登，所以这次网络攻击只给她扣了个不详的帽子。目前来说，知道她和陆东深关系的只有内部人，外界并不知晓。

陆东深将她的手拉下来，圈住她的腰：“囡囡，你告诉我你想做什么？”

她说的话他是赞同的，同学聚会这种事只有到了五六十岁的时候才纯粹，现在像她这个年龄，关系好的同学平日里就频频来往了，哪还用得着大张旗鼓？不过就是各自怀揣目的罢了。

她是个心思剔透的姑娘，早就看透了这点，所以从不参加这种聚会，这次一反常态，肯定是有她的目的。

夏昼靠在他身上，想想就乐：“这次啊，是老天爷都在帮我呢。”然后开始耍赖，“我不管啊，就当你答应了。”

陆东深早就知道打从那声“未婚夫”开始，自己就被她带沟里了，轻叹一声，没说话，但态度明显是答应了。

夏昼见状忍不住笑：“你别紧张，没参加过同学会吗？”

“算是几个要好的老同学聚会吧。”陆东深道，“其中就有杨远，你知道的。我跟他同学的时日最长，从读本攻硕再到念博，除了他还有几个谈得来的同学，如今也算是生意合作上的伙伴，想想上次聚会应该是在加拿大，我们包下来一个岛，很安静。”

陆东深是个学霸这件事她早就知道，耶鲁大学的高才生，能跟他做同学的后来又有生意往来的不难想都是非富即贵，但她也没什么好自卑的，她所在的艺术院校在国际排名也很靠前，算是能跟陆东深旗鼓相当。

她像是树懒似的黏在他身上，喃喃：“想想还是在学校的时候最有意思，那时候我比其他留学生打的工要轻松很多，拉斐尔夫人是我公寓的房东，她住在另一个城市，又上了年纪不方便来回跑，所以我就帮她看房子，这样租金也就免了。说实在的，拉斐尔夫人找上我是她的幸运，公寓可老了，我刚住进去的时候屋顶还漏雨，愣是被我修好了，还有老旧的管道、地板等等，你也知道在国外人工费多贵啊，所以都是我自己动手修的，后来就越住越舒服。我上次跟同学的聚会还是我决定回国，大家为我送行，就在我的公寓里，一群人开派对热闹极了。”

陆东深很少听她说起以前，见她眼里有光，心中动容，人人都把巫医的帽子扣她头上，董事局一次次逼着他将她辞退，就连杨远都质疑她进入天际的目的。他们都没看见过这样的夏昼，率真洒脱，在念及美好时又是百般留恋让人心疼。

其实他一直都知道，像是夏昼这种性格的姑娘压根儿不属于勾心斗角尔虞我诈的商场，她怀念学生时代，留恋沧陵，哪怕是过往的奢贵在她眼里都是过往云烟，他就明白，她属于天地间、属于江湖，她有着一颗自由流浪的心，却被困在套子里不能出来。

是他自私，硬是将一只野生的豹子圈起来当家猫来养，可放任她离开他身边可能吗？陆东深很清楚，不可能。他宁可给她造一片森林和天空，也不允许她离开他半步。

晚饭过后冲澡的时候，夏昼打开浴室门朝里面探了脑袋。

陆东深全身上下就围了条浴巾，性感的人鱼线若隐若现。他站在镜子前，抚了一片氤氲，恰好瞧见夏昼的身影闪过。

很快，夏昼又朝着里面看了一眼。

陆东深对着镜子浅笑，问她：“怎么了？”

夏昼顶着一头湿发进来，问他：“我的那些护肤品跟你的格格不入，看见了吗？”

“嗯。”陆东深将她拉过来，扯过干毛巾给她擦了擦发梢。

“你能适应吗？”夏昼看着镜子里的男人问。

陆东深的手大，一条毛巾盖她头上一胡噜几乎将她揉得地动山摇的，“不适应也得适应，从进了屋子到现在，我的眼睛都快练出来了，麻木了。”

夏昼抬手揭开毛巾，一脑袋头发乱糟糟的，反手抱住他，“你可真好。放心，我发誓我不会让你太难受的，尽量保持整洁干净，咱俩尽量都往正常人的标准线上走。”

怀中软玉自然带香，惹得陆东深有些把持不住，低头就咬了她一口：“说谁不正常？”

夏昼笑着缩脖。

少顷，她问了件事：“听说邰国强去了趟亲王府后就住院了？”

陆东深也没奇怪她知道这件事，点了下头，继续给她擦头发。他接到电话的时候也是纳闷，后来得知邰国强竟私下跑去了亲王府，出了亲王府就一头栽倒，司机将他送到了医院。

“心脏机能受损，暂时是脱离危险了，但还在重症室观察。”

夏昼看着镜子：“所以我刚才说，这次是老天在帮我们，只不过，我真没想到邰国强终究没逃过这一劫。”

陆东深手里动作一停，转过她的身子：“你到底想干什么？”

“东深，现在亲王府的项目已经落在饶尊手里了，这么一来我做什么都不会忌讳，他不是能嘚瑟吗？不是想让我过去求他吗？”夏昼冷笑，“我会让他哭着来求我，让他后悔接手亲王府！”

陆东深打量着她，不语。

“之前我退让是因为继续查下去会给你招来更大的麻烦，现在情况不同了。”她道，“邰国强住院对我来说就是个契机，也恰好饶尊那个败家子接手了亲王府，再加上这次的同学会……”

说到这，她搂紧陆东深的脖子，笑得奸诈：“唱戏谁不会啊？这次，我给他们唱场大戏。”

网络的风向标起了变化。

一则则重磅的明星性丑闻事件被放到了网上，牵连了几名当今红极一时的一线明星，一时间多少冲淡了商川坠台、吴重回魂的发酵话题。

而那些仍旧执着于要为商川讨说法的粉丝骇然发现，即使他们再想发帖长篇大论，上一秒搁到网上下一秒就被删除，背后有股力量在禁言。

一时间反抗的情绪只能在微信朋友圈或私人微博中发泄，有影响力的大V们全都被禁了。

不难看出饶尊手段劲辣，背后的人脉资源又是四通发达，一方面想李代桃僵，另一方面又铁腕压下不利言论。

与此同时，华力的工程队在亲王府那一带如火如荼地施工，又很快召开了媒体见面会。市政领导参加了此次见面会，政商两界其乐融融，这与天际因为亲王府一事声誉受损并影响陆门在国际上的股价现状大相径庭。

在强压下，不利的舆论似乎少了些。

可刚平静没两天，突然有人爆出部国强住院一事，并强调是因为住院前夜闯亲王府。

长盛集团在这次亲王府项目上栽了个跟头，所以一直以来关于部国强的行踪都处于保密状态，尤其是这次住院。可一经网络曝光，关于吴重的话题又被炒热，这一次不但是商川的粉丝，就连路人粉们都开始质疑部国强的入院是否是现世报。

而这个话题的苗头饶尊还没来得及扑灭，紧跟着又一消息爆出：原本打算入殓的商川尸体不翼而飞！

震惊整个网络圈。

人人都在谈论这件事，就如茶余饭后的蔓延，纵使再费心禁言都无济于事。

当然，警方第一时间出面辟谣，声称商川尸体不是丢失，而是被家属签领。

可民众们更喜欢锦上添花的东西，例如，吴重借尸还魂一说。

华力好不容易压下的舆论再次重提，而且这次跟之前不同，之前是有组织地进行完整帖的发送，现在变成了讨论，几乎是全民众的讨论。帖子好控，但悠悠之口又怎能堵得过来?

就在网络再起烽烟时，夏昼已经打扮得美美地去参加同学会了。

陆东深虽从早忙到晚，但到了约定时间还是信守承诺地出现在夏昼面前，只是一身衬衫西裤让她不爽，将一早就备好的休闲装扔给他。

陆东深休闲装不算太多，这源于他没什么休闲场合能换掉西装革履，认识夏昼之前，他仅有的休闲装是用来打高尔夫的，但球场之上谈的也是生意，认识夏昼之后，他那几身休闲装就成了偶尔陪她逛街购物走超市的战服。

夏昼给他选了一身特别平易近人的装束，白 T 恤牛仔裤，陆东深人高马大，骨架子极好，这么简单的搭配落在他身上却是格外养眼。

事实上，当陆东深跟着夏昼到了聚会地点，他才明白夏昼诡异笑容背后的含义。

聚会地点选了处北市数一数二的馆子，以地道的涮锅为主，馆子上方悬着块乾隆爷亲笔题词的匾额，堪称老字号。

正是饭口，用餐的人多，排队的人更多。一进去就能闻到牛羊肉飘香，一楼散座，二楼卡座，三楼包厢。陆东深对大夏天吃火锅这种事十分不理解，夏昼为他普及：吃顿热火朝天的火锅，喝几杯冰镇啤酒，这才是夏天里的畅快淋漓。

陆东深惊悚地看着散座的客人，桌上炭锅冒气，中央空调呼呼直吹，他悄悄问夏昼："这里除了火锅还能吃什么？"

"只有火锅。"夏昼笑眯眯地挽上他的胳膊说，"陆公子，你也该体验一下人间烟火了。"

推开包厢的门，里面一片欢声笑语。

包厢很大，加大的圆桌摆了两张，目视有二十多人，桌上下锅子的菜肉摆了整齐，就差上锅，桌子中间一大窟窿。

夏昼是最后到，一进来大家都瞧见了她，纷纷上前打招呼，有高分贝的女同学热情洋溢，甚至上前拥抱，一口一个宝贝地叫，然后眼珠子落在她身边的陆东深身上："这位是？"

桌上一多半都是女同学，自然都把注意力放在陆东深身上，夏昼快速环视包厢一圈，饭桌上还真有西装革履的男士，人模人样地看着挺精英，但品相照比陆东深是差了不少。

心中暗叹，人比人可真是比死人。

夏昼刚要隆重介绍陆东深，他便抱着回了句："我是她未婚夫，大家幸会。"

饭桌上一阵惊呼。

夏昼抿唇浅笑，也不过多介绍了。

等落座后，有女同学嬉笑："亲爱的，行啊你，不动声色就要结婚了，还钓上这么一位优质男。"

夏昼偏头瞅了一眼陆东深："老天抬爱呗。"

陆东深只是浅笑，不说话。

桌上的气氛发生了变化，夏昼没来之前，大家围着彼此带来的家属侃侃而谈，夏昼来了之后，所有人的目光全都落在了他俩身上。

这次同学会攒局的是夏昼的班长，姓沈，生得白净，戴着金边眼镜很是斯文，在座的同学们仍旧亲切地称他为沈班长，毕业后考了公务员入了市政大厅出入境工作，年纪轻轻也是很有前途。许是受工作环境的影响，说话多少带点官腔，可对夏昼很热情，见她来了马上招呼服务生上锅子。

杨副班长从医，自小学舞蹈的缘故，一股子傲，带了家属。她对夏昼嬉笑，又含沙射影的："还是沈班长最疼夏夏，必须得等着她来才开席呢。"

当着陆东深的面，有点挑衅的意思，其他同学只是笑笑跟着打岔，没像杨副班长那么明显。

夏昼挎过陆东深的胳膊，笑道："你知道吗，我们这位沈班长啊打小就有英雄情结喜欢照顾弱小，我初中的时候个子矮啊，他就总帮我擦黑板，但他那时候个头也不高，所以每次擦黑板就一蹦一蹦的，逗死了。我们人人都喜欢沈班长，尤其是杨副班长，每次见他帮着别的女同学干活都气得哭鼻子呢。"

一句话又给顶了回去，杨副班长脸色不大好看，连同坐在她身边的家属。

陆东深早就习惯夏昼的伶牙俐齿，伸手捏了她鼻子，笑道："原来是被从小就照顾惯了的。"话毕目光环视在座，嘴角上扬，"囡囡脾气很大，稍不顺心就给我甩脸子瞧。"

"囡囡？"有女同学嬉笑，"夏夏你好福气，被……"她看了一眼陆东深，"您贵姓啊？"

陆东深含笑道："免贵姓陆。"

"被陆先生当女儿来宠呢。"说话的女同学就是刚刚熊抱夏昼的那位，嗓门儿大，但一看就是爽快人。

夏昼笑着给陆东深介绍："她是我们班的学委，超级学霸，在休斯敦大学拿了双学士学位，我们都叫她眼镜王，初中的时候数她戴的眼镜框最大。"头一偏目光落在她身边看上去不大起眼的男士身上："眼镜王，你男朋友？"

眼镜王笑哈哈的："是啊是啊，你叫他大卫就行，是理财顾问，你有闲钱记得找大卫啊。"

之前估摸着大家都相互介绍过了，所以大卫朝着夏昼和陆东深点了下头，说了句幸会。

锅子端上来了，是加大了的老式炭锅，两桌子人看着直惊呼。服务生一身中式服装，胳膊上搭了条白褡裢，腔调十足，为诸位介绍了一番。等服务生离开后，沈班长看向夏昼说："听说你在国外待了不少年，怀念这口儿了吧？今天点的可都是地地道道下进锅子里好吃的东西。"说到这又看向陆东深："陆先生不是北市人吧？不知道能不能吃得惯这些。"

陆东深说话周正咬字标准，偶有留洋的发音，所以别人一听就知道他不是本地人。他微笑："客随主便。"

锅子等开的时候，沈班长开始针对陆东深"盘问"了："陆先生在哪儿高就呢？"

陆东深温文尔雅："高就谈不上，目前从事酒店餐饮行业。"

"是打工还是？"

陆东深唇角藏笑，转头看向夏昼："算是……管理层吧？"

夏昼轻咳两声忍笑，点头："嗯，严格来看你算是管理层。"又敏感发现桌上其他同学打量陆东深的眼神，她心里明镜。陆东深极少面对媒体，他这张脸就算桌上有人觉得眼熟，怕是也不会把他跟天际总经理联系在一起。

"哦，那也挺不容易，酒店餐饮这行竞争很激烈啊，不好做。"沈班长误解了两人的意思，又笑看夏昼，“早知道你有这资源，咱们同学聚会搁到陆先生上班的地儿啊。”

杨副班长道：“沈班长，人家是打工赚钱的，你招呼着一帮人过去这不明显要人开绿灯吗？收你钱吧，夏夏的面子过不去，不收你钱吧，人家又没法跟老板交代，这不为难人吗？”盯着夏昼补了句，“是吧，夏夏？”

夏昼用胳膊怼了一下陆东深，笑问他：“哎，能给我们开绿灯吗？”

陆东深纵容她的纯心故意，温柔道：“既然是你的同学，当然可以。”

“哎呀，夏夏，你好福气啊。”眼镜王一脸羡慕。

其他同学也是随声附和的。

沈班长没迎合，指了指咕咕而开的锅子，道：“大家边吃边聊吧。”

初中班不像大学，大家几乎都是本地人，虽说多年后天南海北的哪都有，但对家乡的味道还是执着，老北市炭锅就是承载了这些人的学生时代的记忆，热气氤氲间全都是熟悉的香气。

一群人大呼小叫的，啤酒瓶子挨个传，久别重逢的同学，还有跟大家很快混熟的家属，聊什么的都有，又提到一位王姓的同学，夏昼问及为什么没见他人影，杨副班长一脸不屑：“咱班就出了他那么一个跑八卦的，谁愿意搭理他？做什么不好啊？去年我还让我老公帮他介绍工作呢，结果人家根本不领情。”

杨副班长的老公姓周，是做会计的，所在公司是四大会计师事务所之一，说起话来自然腰杆子硬：“人各有志，像我们这行也不是什么人都能进来的。”

沈班长冷哼一声，看向夏昼又轻言细语了：“别听杨副班长瞎说，他给我打电话了，说今天得空了就过来。你也知道他最爱凑热闹，像是今天这场合肯定要到。”

夏昼点头，又凑近陆东深，咬着耳语：“还说别人八卦呢，这一桌子十有八九都是八婆。”

陆东深忍不住笑了。

两人落在旁人眼里就是恩爱黏糊，看得周遭眼睛都红。果不其然，正如夏昼分析的，大家说来说去又绕回他俩身上，谈及夏昼目前从事的气味行业，好奇的人多，故意引话的人更多。

夏昼侃侃而谈，将自己的本事说得天上有地上无的，渐渐地，一屋子的人都听她在扒瞎。陆东深始终不语，旁人听得目瞪口呆连连称奇时，他只是含笑，然后不动声色地用公筷夹好菜，再换成自己的筷子把烫好的肉、菜夹到她盘里。

这些自然而然的动作看在男同学眼里可能不觉得什么，但女同学敏感，哪怕是眼镜王那种粗线条的姑娘都忍不住开口："俊男靓女坐在一起就是养眼啊，不过陆先生，您一口都不吃吗？"

经过眼镜王这么一说大家才反应过来，从锅子开了到现在，陆东深除了跟大家喝了几口酒外，一口都没吃火锅，面前的盘子干干净净的，连蘸料都还是整齐地摆在那不曾动过。

沈班长瞧见后奇怪地问："陆先生是吃完过来的吗？"

夏昼转头看了一眼陆东深，忍不住笑了。陆东深不着痕迹地看了她一眼，跟大家说："是，我早饭吃得晚，大家随意，不用管我。"

"是啊，他专门为我服务就行了，大家吃吧吃吧。"夏昼四两拨千斤。

听得其他女同学又是一阵羡慕："夏夏，你的命可真好。"

只有杨副班长没附和，眼睛一斜瞪了一眼身边人，身边人马上会意，也给她夹了一块肉。

一场同学会，不但是同学间相互较量，就连家属都不甘示弱，在为杨副班长夹完肉后，会计男开始反扑了，目标自然是陆东深。

"陆先生上班的酒店规模大吗？一些小酒店还好，大型的酒店那叫一个麻烦，我们组之前接手过一家七星级酒店，财务做得那叫一个乱糟糟，在我们专业人士眼里那就叫作瞎扯淡。"

看似询问陆东深，实则压根儿没给他时间开口，明显是在彰显自己的优势。等他喋喋不休完毕后，陆东深给夏昼夹了一筷子菜，拿过湿纸巾不紧不慢地擦了擦手："哦？周先生接手过哪家酒店？"

"我们接手的可是国际酒店，WH，当时听说那家酒店有意进军国内，但后来就没消息了。”会计男笑道，“估计是折在策略上吧。”

陆东深笑了，放下湿纸巾：“WH 是北美老牌星级酒店品牌了，前两年的确有进军国内的打算。但国内市场复杂，所以暂缓了计划，又结合国内形势成立全新子品牌做了前哨。至于周先生刚才说的财务问题，我倒是听到了不一样的版本。”

会计男挑眉：“陆先生听说了什么？”

所有人都瞧着陆东深。

他道：“当时 WH 的确委托四大会计师事务所其中的一所做审计业务，但估计是该事务所临时抽调的项目组资质不够，所以没过多久 WH 就撤回了委托，也是考虑到会计师事务所的延时性和良莠不齐，WH 在成立新品牌不久后就高薪招揽了 KPMG、普华永道、德勤等事务所的精英人士成立自己的会计中心部，专为自家品牌服务。”说到这，他笑，“没想到周先生就是当年那个项目组的，很可惜。”

会计男闻言后脸面挂不住了，陆东深的话在座的都能听明白，有人已经偷着笑了。

杨副班长马上打圆场：“哎，那都是多少年前的事儿了，现在我们家老周不是学徒了，自己带项目。”又笑看着陆东深，“就不知道陆先生所在酒店的规模，如果能够上四大事务所，可以找我们家老周。”

陆东深不紧不慢：“很抱歉，我们有自己的专业组。”

杨副班长一愣，会计男想找回面子，清清嗓子道：“也是，一般规模的酒店用自己的会计就够了，选会计师事务所太大材小用了。”

陆东深笑而不语。

夏昼碰了碰他，示意了一下自己的空盘，陆东深嘴角笑容扩大：“想吃什么？”

“嗯……毛肚吧。”夏昼说，“煮毛肚的时间不能过长，七上八下啊。”

陆东深一挑眉。

夏昼抬手上下一比画：“七上八下。”

陆东深恍悟：“好。”

逗得其他女同学哈哈大笑："陆先生怎么像是没吃过火锅似的？"

没等陆东深开口，夏昼就替他为大家解惑："大家见笑啊，他是个香蕉人，国内美食他得慢慢适应。"

其实大家从他说话的方式和发音也能听出一二，沈班长是走仕途的人，眼睛自然不白长，打从刚照面他就觉得这陆东深身上有不同于常人的气质，经过一番谈话，他觉得此人更不简单，更重要的是总觉得有点眼熟。就问："我们还一直不知道陆先生在哪家酒店呢。"

陆东深将烫好的毛肚夹给夏昼，回得简单："天际。"

"天际？"有人惊呼，"就是前阵子在亲王府项目上闹得沸沸扬扬的天际？夏夏，你不是也在天际吗？你俩是同事？"

其他人也是好奇。

这时，一直没作声的大卫开口了，迟疑："难道您是……天际集团总经理陆东深先生？"

他之所以默不作声是在观察，从见着陆东深觉得眼熟到后来他提到酒店业行情，直到他爆出天际，大卫才敢把他跟陆东深联系到一块儿。

所有人都惊愕地看着陆东深，包括沈班长，唯独夏昼，闷头吃东西。

陆东深给她夹菜的动作没停，也没觉得是件多么大不了的事，说："是。"

席上有倒吸气的声音，开始了骚动。

大卫一怔，反应过来后马上起身，绕到陆东深身边，伸手："陆先生，真是有眼不识泰山，幸会幸会。哦，我之前还跟您的助理联系过，但您贵人事多，肯定也不知道这件事。"

陆东深放下筷子，没起身，伸手相握。

"那时候也是我不自量力，想着能接下陆先生的项目那再好不过了。"看得出大卫也是有礼节的人，虽恭敬但不谄媚，笑道，"但后来才知道陆先生的资金都通过陆门专业人员打理，那都是国际一顶一的理财顾问，所以我就不敢再班门弄斧了。"

陆东深浅笑："来日方长。"

"好好好。"

如果没有商川事件，大家也许只知天际不知陆门，毕竟这几年天际在国内发展的动静不小，除了天际实业下的地产、商超和住宅外，天际酒店就像是一匹自带主角光环的黑马杀出重围，并在诸多国际酒店品牌林立的一线城市站稳脚跟发展迅速。

而陆门，虽说旗下的产业盘根错节，投资的范围更像是蜘蛛网似的密集，但旗下太多知名产业都以独立名为主，很少扣上陆门的帽子，所以除非是圈内人或对商业感兴趣的人才会去关注。如陆东深刚刚所提及的 WH 酒店，那就是早年由陆门全资收购的品牌，在收购前 WH 已是有着百年历史的老品牌，在北美的知名度足够，但经营者缺乏管理意识和运营经验，所以导致老品牌面临资金短缺的局面。

陆门收购后保留了 WH 的品牌名称，投入大量资金进行品牌重塑，一度成为北美最赚钱的酒店之一，而那个时期陆东深就任 WH 总经理，为 WH 赚了个钵满盆丰。为此，WH 的确有入驻国内市场的打算，后来经过市场调研后决定在大中华区成立天际作为 WH 的子品牌，如此会更好地跟国内市场进行有效沟通。

而在天际实业集团总经理的人选上，陆门最初选择了有着丰富酒店管理经验的王董，可因沧陵一事，最后调任了正打算对生物制药放手一搏的陆东深。

像是这种七拐八绕的产业，陆门旗下不少。所以，商川一事将天际实业的情况报道个透彻，也连带地将它背后的陆门也牵连了。

可虽是如此，一个航母般的集团副总、天际的总经理赫然出现在这张桌子上，着实让人惊愕。

会计男脸色尴尬，天际实业其实是他们会计师事务所一直想要争取来的客户，但都听说天际实业的负责人神龙见首不见尾，哪怕是在这次的纷争中也不曾频频跟媒体互动，正面照更是少之又少。

没想到，眼前这个不动声色就能将人说得丢盔弃甲的人竟是陆东深。

那些之前摆架子的、看热闹的都沸腾了，餐桌上有从商的同学或家属，全都端着杯子过来给陆东深敬酒，一时间陆东深身边围满了人。

最后是夏昼受不了了，把每一个敬酒的同学都往外推：“差不多行了啊，今天是同学会又不是商务宴请的，干吗啊这都是？”

沈班长也忙帮腔：“对啊，大家的热情陆总都领了啊，赶紧回去坐着吧，真要是有什么合作散了会后大家再聊。”

有的同学散了，有的同学压根儿就装听不见，非得要敬上一杯酒才算完。

你来我往，众人说笑间包房的门就开了，闯进来一男子的声音：“我没来就开席，太过分了同学们！”

是那位王姓同学，叫王传，国内数一数二的娱媒记者，许多明星爆料、奇闻八卦都是他一手操作，被圈内人称作“王扒皮”。长得倒是清朗，穿得随意，斜挎着个黑包，许是赶着来的，一脑袋汗。

众人纷纷拿他取笑，尤其是杨副班长一下子来劲儿了，说他瘦了太多，是不是天天翻人明星垃圾堆累得之类的话。

王传也不生气，嘻嘻哈哈地跟她瞎贫，看到夏昼后更是兴奋，隔着人影就跟她打招呼：“夏夏！我可见着你这个大名人了，快让我抱抱！”

眼镜王拍了他一巴掌：“瞎说什么呢，人夏夏的未婚夫还在呢，小心把你撕吧撕吧扔外面去，明天就出头版头条，叫知名娱记口无遮拦遭毒杀！”

“夏夏要结婚了？你——”王传的话说到一半就瞧见了陆东深，怔愣了好半天，突然像是发现新大陆似的冲过来，一把握住陆东深的手，语无伦次的：“陆总？是陆总吧！您、您好，我叫王传，我、我在一次记者见面会上见过您，只可惜离得有点远，今天终于近距离看见活的了……”

“王传你怎么说话呢？我家老陆之前一直不喘气呗？”夏昼可心疼陆东深的手，忙从王传的手里拯救出来，那么修长好看的手被人捏来捏去的，她都要收费了。

“两位好事近了吧？”王传不敢跟夏昼太随便了，笑道，“传闻说陆总有个很紧要的女朋友，原来真是我们的夏姑娘啊。”

网上沸沸扬扬，有人也八卦了沧陵巫医跟天际总经理关系匪浅，但这种帖子很快就被埋了，并没爆开。

而王传说话直接，他本来就是媒体出身，挖消息听八卦是他的本职工作。

陆东深没什么好避讳的，揽过夏昼的细腰，含笑看她："这话还得问你，打算什么时候嫁给我？"

听得夏昼心脏怦怦直跳，耳根子都有点发烫。

王传见缝插针，忙摘了个空杯子倒酒："咱说好了啊，二位婚礼的时候一定要请上我，陆总，赏脸喝一杯呗。"

"哎，王传，陆总喝酒有节制，人凭什么要赏你的脸？"有人笑道。

王传那也是长袖善舞的老油条，能浸泡媒体圈这么久也不是等闲之辈，高声道："陆总不喝的话，那这杯酒我就只能敬夏夏同学了，一杯不喝我就敬一杯，十杯不喝我就敬十杯。"

夏昼哪会怕他？双臂一交叉环于胸前，十分潇洒："听这语气是想把我灌醉啊？难点儿。"

"来，试试呗？"

借着同学之情耍着赖皮，还让人不好说什么，其他同学想这么做也倒是不敢，唯独就等着王传开了先例，他们好趁着酒劲儿跟陆东深套套近乎。但都忽略了夏昼，这几年她在沧陵那是练就了千杯不醉万杯不倒的本事，正要赤膊上阵，酒杯就被陆东深夺了过来。

"逞什么能？"他低语，自然是不舍得让她顶酒，便跟王传干了一杯。

其他人见状心里就有底了，跃跃欲试，于是，递到夏昼跟前的酒杯一一被陆东深截下，生生喝了好几瓶啤酒。

沈班长招呼着："别只顾着喝酒啊，大家吃菜、吃菜。"

王传紧挨着陆东深，扫了一眼桌子："哟，这是不符合陆总的胃口啊？菜单拿来咱再点些别的，陆总看看想吃什么？"

先是劝酒，现在是劝吃，一群人热热闹闹的，夏昼瞧见了陆东深的为难，一拍他的胳膊："哎呀，你十点不是还有视频会议要开吗？"看了一眼时间，"赶到公司也差不多了。"

陆东深会意，故作恍悟，忙起身跟大家道歉，众人遗憾，尤其是王传死活不想陆东深走，毕竟这么条大鳄摆在眼前，那得有多少料可以挖？而其他人想要借酒拉近关系，从他手缝里拉点生意的念头也泡汤了。

临走的时候陆东深问夏昼："你的手机是不是在我车上？"

夏昼这才发现自己没带包上来，陆东深道了句糊涂蛋，把自己的手机推到她跟前，叮嘱："快散的时候打给我，我如果过不来就让司机接你。"

"好。"夏昼笑得绵软。

等陆东深离开后，诸多女同学羡慕："他可真心疼你啊，就这么把自己手机给你，也不怕你发现点什么隐私。哎，你平时看他手机吗？"

地下停车库安静。

陆东深一路下了电梯，揉着发疼的额角回到车上。耳边的聒噪渐渐散去，他没启动车子，开了音乐。

是首交响乐，有气势磅礴，也有绵绵柔长，音符如水，恰似万里星河，这曲子是陆家老幺陆南深作的。

陆南深，天生天养的音乐奇才，认乐谱比认字还要早，三岁的时候曲子听过一遍就不忘，一首陌生的谱子从头看过一遍抬手就能弹。

他最小的弟弟，陆家人的骄傲。

也是陆门之中唯一一个不受争议的后辈，许是他远离商界，许是他本身就招人喜爱。

当时把这首曲子作好送给他的时候，南深说："哥，你车里别放其他音乐啊，侮辱我的音乐，这可是我花了两晚上作出来的曲子。"

他好笑地说："才花了两个晚上作出来的曲子你拿给我听？当你哥试验品是吧？"

南深不可一世："我花了两晚上作出来的作品，别人花两年都作不出来。"

陆东深向来喜欢南深的自信，当然源于他的实力。

夏昼的小包静静地扔在副驾上。

就是个简单的亚麻袋子，据她自己说是某天瞎逛的时候路过一个蛋糕店做活动送的。想他家里的衣帽间里放了数不清的名牌包，今儿出门她可着省事儿，竟就扯了这么个布袋子出来了。

手机和钱包放在袋子里，陆东深拿了出来。在一起这么久，他极少碰触她的隐私，如钱包，如手机。钱包里花花绿绿的，贴着各种小玩意，陆东深看了忍不住笑，夹着一张合照，两男两女。

他都认得。

卫薄宗、季菲，夏昼靠在一个眉星目朗的男人肩上，是左时。

陆东深不嫉妒是假的。

钱包里的钱不多，用夏昼的话说就是，现在谁还带钱包啊，都手机支付了。陆东深还是习惯银行卡或现金，掏出自己的钱包，大钞一股脑地装进她的钱包里。

手机没有密码，点开，她设了他的照片做屏保，是张裸着上半身躺在床上睡觉的照片，一看就是偷拍的。陆东深哑然失笑，也只有她有这么大的胆子了。

快速地拟了条微信发过去，他微微放低车座，养神休息。

这厢，夏昼吹得天花乱坠，给同学们讲述各类有关气味的奇闻逸事，不管是她亲身经历还是道听途说，统统都揽到了自己曾经的光辉岁月里。

听得大家伙都忘了吃火锅了。

王传忍不住问她："你的意思是，你能为商川招魂？"

夏昼刚要开口，手机在她手旁震了一下，拿起一看是陆东深发来的微信：我在车里等你。

笑了笑，回答了王传的话。

"当然，我能驱邪自然也能招魂。"夏昼拍着桌子，十足的大将之风，"《汉武帝内传》中曾记载这样一种香，能使死者复活，乃灵异之香，非中原香料所能及，当为众草之首。说的就是返魂香。这返魂香可引见先灵，提取精粹便可招魂。返魂香在众多香典里反复被提及，到了汉武帝时期倒是换了个名字，叫作蘅芜香。话说李夫人死后武帝十分思念，一日李夫人来梦中与他相会，身携异香，武帝醒来时香气始终依附衣枕之间，足有月余不散，这一段在《拾遗记》中就有记载。"

杨副班长笑得有些不屑："网上说你的那些个本事我可不信，招魂？

这世上哪有魂魄？另外，你刚刚说的那些事乍一听是挺诡异的，但我认为都有科学可依。”

夏昼往后一靠，似笑非笑：“难道你没听过科学的最高境界是神学吗？古往今来多少的科学家最后都皈依了宗教？杨副班长，你没见过的不代表它不存在，医学上有太多解释不了的难题，不是吗？”

“你先别理她。”王传赶忙道。他就是紧追着商川这条线的，谁能挖到更多消息谁就能登头条，现在都是抢消息的时期，总算逮到一个近水楼台的机会，不管夏昼说什么，对于他来说都是劲爆八卦。

“你倒是说说看怎么个招魂法？”

“招魂仪式繁杂，说了你也不懂。”夏昼四两拨千斤，只拣重点的说，“老祖宗说过，人死之后七天是回魂夜，所以商川的尸体需要停放到第七天，到了头七当晚，我自然有办法召回他的魂魄。当然，现在网上都说吴重是借尸还魂，不管到最后召回来的是谁的魂魄，都有利于问出真相。吴重和商川既然都是枉死，那魂魄不会轻易离开人世的。”

夏昼这话说得太玄乎，搁在现代人脑袋里是不大相信，但她之前铺垫了好多诡异之事，已经把气氛托到那了，所以在座的女同学们听着这话都在瑟瑟发抖，开始了半信半疑。

王传追问：“可是商川的尸体不是丢了吗？虽说警方出来辟谣……”

夏昼笑着指了指自己。大家恍悟，尤其是王传，震惊地看着她：“在你那儿？”

“当然。”夏昼不掩藏，“没了尸体我还怎么招魂？那尸体是介质呢。”

“可你怎么保存尸体？”有女同学搓着胳膊问。

“简单啊，存放阴凉之处，然后尸体的嘴里含上我配的古方丸，能避免尸体腐化。”夏昼说到这，故意压低嗓音，“到时候只要守灵第七天，夜深人静，魂魄乍现。”

有女同学已经吓得惊叫了，眼镜王也是一哆嗦：“夏夏，你别说得这么吓人行吗？”

“以前灵媒做的事都是这种，有什么好怕的。”夏昼顿了顿，“当然，万一招来的是吴重的魂魄，怨气肯定重，我得做好万全准备。”

王传听着眼睛都亮了：“我陪你一起守灵吧，万一遇上危险我还能保护你。”

“你保护我？”夏昼笑了，一把抓起他的手腕，一个用力，疼得王传哇哇大叫，她松手，“还是算了吧，生人勿近。你都不是我的对手，更何况那晚来的可是怨灵。”

王传龇牙咧嘴揉着手腕：“不能给我贴点符啥的？”

“男人身上阳气重，会影响回魂。”夏昼一句话驳回。

王传怏怏。

有胆小的女同学问：“夏夏，你不怕吗？万一是恶灵多危险啊？我有个东北的亲戚，他们那边还流行跳大神呢，好像也是能招魂，听说可吓人了。”

夏昼跟她示意了手腕处的刺青：“我这只眼睛可大有来头，是早年入藏的时候特意文的，转世活佛给开的光，恶灵见了都会避让三分。”

“真的呀？”女同学们惊愕。

杨副班长要凑前看清楚，夏昼及时收回手腕，这人是学医的，离近自然会发现端倪。

杨副班长没看清，嗤笑一声：“你今天可真是让我大开眼界，没想到咱们同学之中竟出了个神婆。你倒不如操心一下自己的事，之前媒体把你夸得天上有地上无的，却把一桩命案扣你头上，有这时间把自己洗白多好。”

这话一出，同学们全都噤声了，察言观色。关于三年前的传言他们也是口口相传了，只是在桌上没好意思提，杨副班摆明了是因为会计男遭怼，所以将怨气撒在夏昼身上，直接戳了三年前的事，借此想打击夏昼的盛气。

夏昼何等心理素质，想当年在沧陵什么大风大浪没经过，还差这点风言风语？她不怒反笑：“如果三年前我真杀了人，今天你们也看不见我坐在这。”

说着她身子微微前探，盯着杨副班长：“你可千万别小瞧神婆，正所谓夜路走多了会见鬼，像是你们做医生的不会次次都手术成功吧？你怎么能保证你值夜班的时候身后没跟着找你偿命的魂魄？”

她眼睛里有妖异的光，如鬼魅，似笑非笑时让杨副班长忍不住打了个寒战。

有男同学忍不住了，问："你这么折腾陆总乐意吗？他信这些？"

"他信不信不重要，重要的是支持我就行。"夏昼故意将话说得气人，"他很疼我的，我想做什么就做什么，他不会阻止。"

会计男终于找到泄愤口，冷哼："都说陆家儿郎不喜女色，看来传闻也不可尽信，英雄难过美人关啊，可惜了堂堂个天际总经理，竟相信这些乌七八糟的事。"

"你都恨不得给我扣个祸国殃民的帽子吧？"夏昼笑问。

会计男哼笑："祸国殃民倒是不至于，但一个男人太痴迷于一个女人，以至于被这个女人牵着鼻子走，势必会影响事业发展，甚至会毁了天际。"

夏昼眼睛一挑，笑看着杨副班长："看来你老公想得挺明白，杨副班长你可要小心了。我家老陆不同，他是爱江山更爱美人。"

气得杨副班长脸色发青。

吃吃喝喝近十点，终于散了局，有人喝得败兴，有人说得尽兴，前者诸如杨副班长，后者是夏昼。

沈班长执意要送夏昼回家，被她以司机已经在路上为由婉拒，末了，沈班长大着舌头跟她说："夏夏啊，日后有什么需要我帮忙的尽管吱声啊，你知道的，我……"

夏昼没让他说完，连连说"好"。

同学们各自散去，开车来的也叫了代驾。

等确定人都走光了，夏昼这才一路狂奔到地下停车场，思绪也如炸开的万花筒，肆意绚烂。

陆东深的车子停在最角落里，择的是处僻静地方，打远就瞧见车窗开着，陆东深的一条胳膊搭在外面，手上夹着烟。

想到数个小时他就在车上这么等着自己，夏昼心头涌上万般幸福，似暖流在血液中流窜。她快步上前，打开车门钻进车子里。

陆东深在通电话，用她的手机。停车场是声控灯，远远的尽头是昏暗，亮着的灯也不刺眼，透过前挡风玻璃落在他的眉心，是严肃凝重。

见她上了车，他将烟头掐了，换手拿了手机，腾出另一只手拉过她的手有意无意把玩。夏昼没出声打扰，这个时间通电话，不用想也是陆门那头。

只听他说：“爸，厂房的问题在国内和印度解决最合适，尤其是国内。只要……”

那头打断他的话，他的神情越来越凝重。看得出，目前的情势对陆东深很不利。

等通话结束后，陆东深将手机还给她，一改刚刚浓眉微蹙的模样，含笑问她：“聊得怎么样？”

“一切都顺利。”夏昼凑近他，心疼地抚了抚他眉间的纹路，“你是不是傻呀？其实你真可以回公司或回家的，在这等这么长时间多累啊。”

“累倒是不累，在车上当是醒酒了，散散火锅的味。”陆东深说到这摇头，“我真是想不通为什么会有人喜欢吃火锅，一群人在一个锅里搅来搅去。”

“所以啊，我给你买了粥，你晚上什么都没吃，又喝了那么多酒，胃哪能受得了？”夏昼将身旁的袋子拎到跟前，一份瘦肉粥加两小碟菜，清淡又有营养。

陆东深没想到她会特意买了粥，还热着，闻着很有食欲，心中动容，见她拆了一次性餐具，又用湿纸巾反复擦了擦，便接过来道：“我自己来就行。”

口口声声嫌弃他有洁癖，但还是照顾了他的洁癖。

“说说你的计划吧，演了这么一大出戏，我猜想那个叫王传的人是你的目标吧？”

“是，也不是。”夏昼一脸的高深莫测，“王传在场当然是锦上添花，他是娱媒，不用多费口舌都能给我做免费宣传。但如果今天他没赶来也不要紧，在座的都是八婆，只要有适当的帖子一发出，她们肯定会煽风点火，到时候我这位巫医为商川招魂一事就会迅速传播，未来几天大家都会讨论这件事。”

陆东深几口喝完了粥，扣上了餐盒："这种剑走偏锋的招也只有你能想得出来。"

夏昼帮他一起收拾，又给他递了水："只有这样才能引出背后的那只狐狸。"

"饶尊不会坐以待毙。"陆东深打开车门，将装好的垃圾扔进不远处的垃圾桶里，又站在那漱了口，回到车子里补上了句，"他在那片地上倾了不少财力进去，容不得你瞎胡闹。"

"他肯定会气急败坏，但我也不怕他，不是还有你吗？"

她嘴巴甜，引得陆东深浅笑，揽过她的头吻了一下："行，我听组织安排。"

"那你得有心理准备，接下来会有人骂你被狐狸精迷了眼惑了心，会有人质疑你的能力，反正估计什么难听的话都有。"夏昼黏着他说。

"我认了。"陆东深笑，"我就是被你迷了眼惑了心。"

夏昼脸一红，推搡了他一下。他身上还有酒气，以防万一，换成她开车。

临出停车场时，陆东深问她："一定要七天守灵？"

街灯晃了夏昼的眼，是坚定的光亮，她点头："对，必须守灵。"

陆东深思量片刻，问她："需要我做什么？"

夏昼笑得别有深意，陆东深看在眼里心里也就明白了，这丫头不坏则已一坏惊人，不定又憋着什么坏招呢，关于这一点，倒是十足的江湖痞气了。

果不其然，她娇滴滴地叫了他一声："深哥哥，你的作用可大了，这次让你做黄雀怎么样？"

陆东深转头看着她，微微眯眼："有这么大的把握？"

"放心。"夏昼腾出手拍了拍他的肩膀。

陆东深笑而不语，牵过她的手。车子上了正街，他才慢悠悠地开口，一派慵懒："对了，以后别接触你们的沈班长。"

"为什么？"

"因为他喜欢你。"

/ 第十四章 /

你敢娶，我就敢嫁

景浵这两天心神不定，做事也频频出错，干脆请了病假。

天际失了亲王府项目风雨飘摇，一场场董事会开下来，每一次陆东深都面带倦容，跟着他开会的总是杨远，以往是她陪着。

她总有种预感，陆东深怀疑她了。

出电梯的时候右眼跳了一下，她的心也跟着跳了一下，该不会是，跳灾吧？

走廊隐约有烟草味，淡淡的，像是爪牙似的一点点绵延至呼吸，太过熟悉的烟草味让景浵心脏猛烈一缩。

陆起白站在走廊的尽头。

烟已过半，手指间的烟头隐隐光亮，算是他全身上下唯一的亮点。

景浵僵在原地，呼吸渐渐急促，哪怕只是隔空对望她都能感到莫大压力。见他掐了烟头朝这边走过来，她的手指一紧，超市的袋子被攥得沙沙响。

"你怎么来了？"她语气里有警觉。

陆起白看了一眼她手里的购物袋，似笑非笑："你想在走廊里跟我叙旧？不请我进门？"

景浵头发丝都要竖起来了，不管是在国外还是国内，陆起白都从未登过她的住所，今天就这么突然出现在家门口，她的心也跟着吊在半空。

"你有什么事就在这说吧。"

陆起白状似无奈叹气："好吧。"

见他妥协她刚要松口气，下一秒他就伸手掐住她的下巴，脸压了下来，左臂环紧她的腰。

她惊喘挣扎，他却用了力气，甚至狠咬了她的唇。她疼得钻心，又敏感发现电梯上方的数字在攀升。

有人上来了。

景泞生怕是同层的住户更是奋力挣扎，可奈不过陆起白的力气，他的吻汹涌如兽，最后她呜咽恳求用力点头，他这才放开她。

电梯门恰好开了，还真是同层的住户，跟她住隔壁，挺热情的一个阿姨。一眼瞧见陆起白后笑着对景泞说："是男朋友呀？"

景泞尴尬，本想说是同事，陆起白却温和含笑地跟隔壁阿姨打招呼，一反刚刚的阴鸷。

"小伙子长得真帅，个头也高，不错不错。"

等进了家门，景泞咬牙切齿："陆起白，现在天际和江南春分了家，陆东深涉足生物制药的计划也被搁浅，你该得到的都得到了，目的也达成了，还想怎样？"

陆起白端详着她的脸，笑得不阴不阳的："看来没生什么病。"

景泞一愣。

他过来只是想看她是否生病了？但这念头也只是一闪而过，阴晴不定如陆起白，哪会这么好心关心她？

果不其然，陆起白冷笑，伸手摩挲着她的脸："怎么？不忍心看着陆东深失势？景泞，你爬上我床的那一刻已经没资格心软了。"

"闭嘴！"景泞难忍。

陆起白蓦地掐住她的脖子，手指一用力，声色俱厉："谁允许你这么跟我说话？"

景泞这次没挣扎，她情愿他掐死自己算了。陆起白终究松了手，她脚一软瘫在地上，大口呼吸。

"我要回总部述职。"陆起白又恢复了平静，踱步到窗子前，燃了支烟，“你可以考虑一下替我工作，江南春我会交给你打理。”

景泞扶墙而起，盯着他：“我不会离开天际。”

陆起白沉了嘴角，少顷后吸了口烟，吐出大团烟雾：“国内丢了亲王府项目得罪了政府，国外能源快被饶尊啃光了，生物制药这块蛋糕又没落进他的口袋，董事局现在对陆东深非常失望，收回他手中的经营权是早晚的事。景泞，别说我不疼你，你现在还能全身而退。”

景泞冷笑：“给你工作？我宁可没了工作也不会替你卖命。”

“好，我也不逼你。”陆起白吞吐烟雾，微微眯眼，“你愿意留在陆东深身边也行，过两天我会交给你一份资料，你向来聪明，知道该怎么做。”

一股子寒气钻进毛孔直灌心底深处，景泞胸口起伏：“你又想做什么？”

“毕竟堂兄弟一场，我也不想看着陆东深太难堪，他一切的灾难全都是从认识夏昼开始的，他不忍心甩掉那个包袱，那我就帮他一把。”

景泞才不相信他的鬼话：“你想让陆东深彻底翻不了身？”

“我喜欢你的聪明。”陆起白悠闲地靠在那，手一松，烟头落地，光亮的皮鞋轻轻一踱，“星星之火可以燎原，我这人不大喜欢留后患。”

“我不会做！”

“你会做的。”陆起白笑。

“我不想一错再错，陆起白，你别再逼我了！如果你真把我逼急了……”

“把你逼急了又怎么样？”陆起白饶有兴致。

景泞眼睛里冒火：“我就跟你鱼死网破！你不让我好过，我也不会让你逍遥！”

“跟我鱼死网破？景泞，话说得别太死，你以为我逼你就范就只有那些视频和照片？”

景泞手一哆嗦：“你什么意思？”

陆起白踱步到照片墙旁，目光清冷地看着上面的一张张照片，有全家福、她的单人照，最多的是两人合照。他抬手摘掉一个相框，景泞一怔，紧跟着他就松了手，相框落地应声而碎。

“陆起白！”景泞快步上前。

陆起白弯腰，修长的手指拨开碎玻璃，捡出里面的照片。照片里一个巧笑盼兮的女孩子依偎着景泞，两人眉眼间很相像。

“听说你妹妹在剑桥快毕业了，长得挺漂亮，前途无量啊。”他笑得漫不经心，目光落在照片里的景泞，她笑得开心，这笑容是他从来没见过的。“如果我没记错的话，你父母离异各自成家，只有你跟你妹妹相依为命。”

莫大的恐慌将景泞笼罩：“你别打我妹妹的主意！”

陆起白将打火机一揿，火苗跳窜，合照里女孩的脸就被烧了窟窿。“那还得看你啊。”

景泞疯了，冲上前要去夺：“陆起白你个禽兽！”

陆起白将打火机一扔，扣住她的肩膀就给她按在照片墙上，相框哗啦啦掉了一地。

“所以你斗得过禽兽吗？”陆起白压下脸，几乎贴上她的唇，一字一句，“你要听话，否则，你身边的人都会因为你而遭殃。”

商川事件闹得几家企业不得安宁，尤其是天际，所以像是今晚这般片刻安宁对夏昼来说都是奢侈。她没明着问陆东深，在背地里从杨远和陆东深的贴身司机着手，知道陆东深如履薄冰的现状。

所以，她在心头默念商川的名字：如果你真是枉死，那这次你就显灵帮我一把。

身旁的男人呼吸平稳，夏昼以为他睡着了，抬头一瞧，不承想他在一动不动地看着她，若有所思。

夏昼直发毛：“你不会在想怎么折磨我吧？”

“夏昼。”陆东深没顺着她的话打趣，抬起她的下巴，目光亦如他念她的名字一样严肃认真，“商川的事情处理完，你就嫁给我吧。”

夏昼怔愣。

虽说她觉得她和他结婚是确定的事，毕竟陆东深在此之前承诺过，但她和他相处的时日尚短，还没到谈婚论嫁的地步。再说，他们陆家情况复杂，商川一事陆家长辈势必对她有所不满，她又是洒脱惯了的人，真的能跟陆门上上下下和睦相处都是个问题。

“问你话呢，想什么呢？”陆东深抬手给了她个脑瓜嘣。

夏昼没顾着捂脑袋，认真地问他：“你确定？”

陆东深盯着她，咬牙：“你认为我会把婚姻当儿戏？”

人生苦短，对爱上她这件事已经掏空了他所有的情感，如果要他再去费尽心思爱另一个人，估计也是不可能的事了。遇上对的人，结婚是早晚的事，既然她就是他决定要娶的人，那么为什么还要等？

夏昼是了解他的，大是大非面前他必然是要考虑清楚才下决定，步步为营是这个男人的本能，自然会想到她所担忧的事，却还是坚持结婚，说明他认为有能力摆平一切。

这么想着，心口泛起蜜样的甜来，勾住了他的脖子：“行啊，你敢娶，我就敢嫁。”

陆东深没料她这般爽快，还以为她会有小女孩扭捏心态势，必要他三叩六拜的，见她目光澄澈十分坦然，心中对她的喜爱就更甚了，翻身将她压下来，又燃了战火。

夜色深沉的时候，饶尊悄然潜入了亲王府，只身一人，悄无声息。

商川坠台一事成功将天际拉下马，他坐收渔翁之利，可紧跟着就出了邰国强夜闯亲王府后的昏迷事件，这件事势必是捂不住的，一旦发酵，亲王府又会被扣上闹鬼的帽子。

所以今晚他来了，想看看这里面藏着的到底是人是鬼。

为了不打草惊蛇，他换上轻便的衣物，早年他还没接手华力的时候喜欢跟着夏昼走南闯北，早就练就了身轻如燕的本事。亲王府的府门沉重，年久失修，从正门进势必会有响动，所以他翻墙而入，动作十分敏捷。

周遭静得很，真是一入王府隐世隔绝，府墙之外的夜下车嚣全都被隔得干净，就跟他上次来的情况一样。这次他要格外小心，毕竟上次中过一次招。

戏台还是他主要排查的对象。

快步登上戏台，高悬的戏台之下黑魆魆的，就像是有无数看不见的冤魂在拥挤着听戏。他返身入了台后，那处休息室里一定藏着什么猫腻。

脚步再放轻都能听见自己的呼吸声，这里静得异常，他高度集中精力，小心翼翼地呼吸。

可就在快要靠近休息室的时候，就像是从外面，又或者是天地之间突然响起声音。那声音缥缈，回荡在戏台周遭。

"入我相思门，知我相思苦，长相思兮长相忆，短相思兮无穷极……"

是有人在唱戏，出自哪里不清楚，只觉戏文凄楚，影绰间透着无穷尽的悲凉。

饶尊一激灵，反应过来后马上就折身冲了出去。

戏台上空荡荡的，不见人影，就连鬼影都没有，那唱戏的声音也随着他现身在戏台上而戛然而止。

空寂。

就跟他刚刚来时一样，偌大的戏台上下都丝毫不见动静。

现如今的北市城已经进入了盛夏，就算入夜，风吹在脸上都潮湿闷热。一到这个季节，声响最欢的就是蝉，只要周遭有梧桐老槐，一入夜就会吵得人脑仁疼。

亲王府是上了年月的老地界，府邸前后自然少不了老树，有的老树的年龄甚至比这亲王府还要大。饶尊是老北市人，打小也是经常串胡同找朋友玩的，对老北市城的一草一木极其有感情，所以接手亲王府项目后他就决定要保留这些老树不受砍伐。

而此时此刻，他伫立在戏台之上，耳朵周遭捕捉不到一丝声音，这里像是被凝固了四季，连蝉鸣声都没有。

绕尊觉得后脖子发凉。

似乎，盛夏的风都抵不过这一股子寒。

陡然，眼角的余光扫到一抹白影，就跟那晚一样，于戏台之下影影绰绰。他直接冷喝："谁在那儿？给我站住！"

他快速蹿下戏台，朝着那抹白影过去。

那白影竟没像那晚似的逃窜，一直在曲径长廊处飘忽不定。饶尊一个热血上头就冲了过去，可上前定睛那么一瞧才发现，竟只是一件戏服，悬在横梁之下，随着偶尔的夜风轻摆。

饶尊一股怒火冲上头，想着这是他的地盘，却被对方不知是谁的人耍得团团转，恨不得将其碎尸万段。一把扯下戏服，那戏服上竟有隐隐的幽香，很清很淡，可绵长得很。

人对刺激性气味会有本能的排除和规避反应，对芳香性气味也会有本能的接受和不设防。当那幽幽之气顺着饶尊的呼吸冲上大脑时，他才冷不丁反应过来，心里咯噔一下。

手一松，一阵不知从哪钻出来的邪风乍起，落地的戏服竟飘走了，他刚要去抓，就听见有人在笑。

饶尊顺着笑声看过去，长廊尽头站着一个女人，月光将她身上的长袍映得如银光似白雪，衬得她那张脸也格外白皙，但只露了眉眼，唇鼻被她微微抬起的宽大水袖遮住了。

他微微眯眼，这一次能确定就是实实在在的一个人，不是戏服不是幻觉。他疾步冲上去，那女人竟也没走没逃，任由他一把扯住她的胳膊，紧跟着她长臂一伸就圈住了他的脖子。

女人身段软得似水，肌肤又凉若凝玉，就那么腻在他怀里，身上一阵阵冷香。饶尊只觉得呼吸急促，全身血液都在沸腾，好像是有团火在体内燃烧，抓着女人的手也渐渐松了劲。

月下，女人的眼里似有媚波，凝视着他的脸时隐隐发亮，饶尊刚要将她推开，她便放下水袖，怀中的脸就完完整整地落入他的眼里。

月朦胧，女人的脸亦似真似假，饶尊只觉得芳香入鼻，这香气让他上瘾，让他贪恋，他盯着她，恍惚间就是他日夜思念的女人。

“夏夏？”

女人没应声，抬手轻抚他的俊脸，温柔又多情。

冲上头的是万马奔腾的情感，是抑制不住的激流，似乎能从胸腔里一倾而泻出，又似冲出牢笼的困兽。他压下脸情不自禁吻她，只觉她的唇也是微凉糯软，他恨不得一口将她吞了。

紧跟着一阵钻心的痛。

撤开唇低头一瞧，一把匕首生生地扎在他的肩头上，很快，血就顺着锋利的刀刃浸湿了衣衫。

再抬眼定睛一瞧，怀中女子早已远离他的范围，又变得影影绰绰，不知是人是鬼。

“夏夏……”饶尊头筋一挑一挑地疼，最后成了剧痛，倒地不醒。

夏昼为商川招魂一事如炸开的火苗迅速在网络的各个角落蔓延，她公开承认是自己领走了商川尸体，作为他在这世上最近的亲人，她要向商川的所有粉丝证实自己跟他的死无关。

这件事引起了轩然大波。

有人在质疑这无非是场炒作，有人则对招魂一事深信不疑，商川的粉丝们更倾向于后者。招魂一事如潮涌，引来各方专家的讨论，话题花样百出。

而爆出夏昼要为商川招魂一事的人就是王传，他在同学会上拿到了第一手资源，便根据这个由头大肆宣扬。

朋友圈转发最快，夏昼的那些个看热闹的同学功不可没。

夏昼出面首肯这件事极为重要，落实了招魂一说，非但如此，她声称招魂地点将设在亲王府。

一下子牵扯了华力集团。

这场声势浩大的舆论一出来，压力最重的当数陆东深。陆门股价因天际一事本身就闹得风雨飘摇，如今在外界看来又信奉神灵一说邪气得很，开盘更是受了重创。

陆家长辈们连续十二通电话催促陆东深阻止夏昼的荒唐行径，可陆东深始终死按着强令不放，他的意见是，与其关注商川一事，陆门倒不如尽快放出利好消息。

何为利好消息？

陆东深明里暗里剑指生物制药工厂全面扩大范围一事。

可陆门的长辈们则认为陆东深被女人迷了眼惑了心，扩建工厂一事必要慎重再慎重，如此，陆东深和陆门长辈们就处于僵持状态。

他俩的关系也不再是内部的秘密，网上疯传着的也是这样：企业巨子被巫医所惑，搭上江山只为博红颜一笑。

对于夏昼来说，网络纷争越大对她越有利，杨远和陈瑜都坐不住了。杨远把她叫到办公室的时候态度十分不客气，看她的眼神就跟看妲己似的，夏昼没容他多说话就道："你有本事就让陆东深来阻止我，没本事的话就闭嘴。"

陈瑜忧心忡忡，追着她问："蒋璃，你到底要干什么？别人说你是巫医你就认了啊？非得朝着歪门邪道走？"

连在国外的季菲都打来了电话，冷笑道："怎么，你还会巫术吗？"

她笑得没心没肺的："季菲，会巫术谋害了商川这个话头，不还是你在网上挑起来的吗？"真当她是傻子吗？当时网上几股声音里，只围着她的声誉进攻的人想都不用想就是季菲。

兵来将挡，水来土掩，招魂一事势在必行，毕竟这件事得到了商川粉丝们一致的"期待"，哪怕亲王府已不是天际的势力范围。

就在她亲力亲为准备招魂仪式物品时，饶尊身边三名五大三粗的保镖强行将她带到华力集团总经理办公室。

饶尊的脸色铁青得很，咬牙切齿地质问："你是疯了还是替陆东深报仇呢？"

饶尊能找上她，她丝毫都不惊讶，夏昼甚至觉得就算自己被强行掠走也再正常不过，这就是饶尊。

如果哪天饶尊突然变得客客气气温和有礼了，那她才会感到惊讶，会认为饶尊肯定受了什么刺激或脑袋被门挤了。

既然早就有心理准备，夏昼在态度上也就不那么歇斯底里。"网上言论虽说五花八门，但统一的信息都是，我夏昼，要给商川招魂，就这么简单。”

饶尊恨得牙根痒痒，指着她的手都在颤：“你行啊，亲王府现在是落在我口袋里，你就这么糟蹋我是吧？什么招魂？我认识你多少年了，你要有这本事还好了呢！”

“商川死在亲王府，就算你有一千个一万个不乐意，亲王府都是解决事情的最好场地。”夏昼轻描淡写，“当然，你现在是亲王府的老板，这件事本该知会你一声，但后来一想，知会不知会的也没什么区别，所以就不浪费口舌了。”

饶尊一听这话更是气不打一处来，走上前，眉头皱得都能夹死只苍蝇：“什么叫知会不知会的也没什么区别？”

“在亲王府里为商川沉冤昭雪是民心所向，难道你还能不同意？”夏昼一语中的，冷笑，“现在年轻的粉丝们都不是吃素的，如果不是因为这一点，你也不可能在陆东深手里讨到便宜。”

饶尊的脸色更沉了：“什么沉冤昭雪？商川的死警方已经说得明明白白。”

“商川是被人害死的。”夏昼凑近他，一字一句，眼神里凛着寒光，“谁害死了商川，我一定不会让他好过！”

她近在咫尺，让饶尊冷不丁想起亲王府的遭遇，夜色下那张脸影绰婉约，像极了夏昼，可仔细去想又不像。

见他一动不动地盯着自己瞧，她眉心一蹙，伸手就给了他肩膀一下子，力道不小：“招魂一事势在必得，遇鬼杀鬼遇佛杀佛，你要是发洋贱去拦，别怪我对你下狠手！”

饶尊捂着肩膀连连后退了两步，额头上的冷汗就下来了。

夏昼见后疑惑：“至于吗？我是用了劲儿，但也不会让你表现得这么夸张吧？”

饶尊没吱声，一手撑着桌角。

夏昼这才感到不对劲儿，刚进门的时候他脸色发白，她还误以为他是被她气的，现在他脸色不但发白还发青，额上的冷汗更是豆大地往下滑，一看就是跟她刚刚的手劲没关系。

她上前，质问："你受伤了？"

饶尊没好气："用不着你管，反正我就算死了你也不会心疼。"

夏昼懒得跟他废话，一把扯开他的领口，衬衫的扣子崩落了大半，他肩膀上的纱布赫然在目，甚至有殷红正在慢慢渗透，马上就能沾了衬衫。

"谁伤的你？"她蓦然心惊。

伤口不浅，说不准伤筋动骨了，否则他不会疼得这么厉害。在沧陵的日子，她为谭战的手下们处理过不少伤口，大大小小的都见惯了，所以打眼一瞧就能看出深浅来。

可让她震惊的是饶尊受伤，这简直就是太荒诞的事了，暂且不说他的身份，出门前呼后拥的，哪怕他落单了也能抵挡一阵子，再不济他还会跑啊，逃跑是人的本能，更何况他之前还玩过跑酷拿过奖杯的，逃跑不在话下。

饶尊的脸竟然红了，许是太白的缘故，忍着疼扯过衬衫，将大半个裸体遮住："跟陆东深都学坏了吧你，大白天的扒男人衣服，像话吗？"

"要不要脸？你以为我稀罕对你耍流氓？"夏昼针锋相对，"我还真要谢谢把你伤着的那个人，真是为民除害了。"

饶尊被她气得嘴唇直哆嗦："我要不是眼花把她看成你也不至于受伤！"

夏昼一听这话知道这里面有事，连忙追问。饶尊也没想瞒着她，就将夜闯亲王府被袭一事完整交代，末了，说："你以为我不想你在亲王府折腾是怕损了业绩吗？我是担心你会遇上危险。"

夏昼若有所思，对他的话充耳不闻，好半天问："你是闻到气味后才看见的那女人？"

饶尊点头："看来对方也是擅长利用气味的高手。"他前后两次都折在气味上。

夏昼眉头深锁："你听到了戏文，对方在唱什么？"

饶尊回忆了半天，摇头："就是听见了相思门相思苦什么的，我不懂戏，也听得不大清楚。"

夏昼一激灵，喃喃："入我相思门，知我相思苦，长相思兮长相忆，短相思兮无穷极……"

“对，好像就是这个！”饶尊脸色严肃，“你怎么知道的？”

“明白了。”夏昼微微眯眼，少顷，笑得瘆人，“原来啊，真没想到这只鬼能追这么远出来。”

见饶尊一脸震惊，她直提重点：“你最先中的应该是鬼八子，先别问我什么是鬼八子，太专业了跟你解释你也听不懂，总之就是能散发迷惑人的气味，能让对方看到心中所想，所以，你看着她很像我这是你的错觉。后来，我估计你十有八九是闻了魅香，简言之就是情趣香水之类的，但使用得比较高级，让你动了情。”

饶尊愣了半天愤恨不已：“她都用魅香了不就是冲着干柴烈火去的吗？捅我一刀子算怎么回事？”

这点夏昼解释不了，想了想说：“也许，她就想趁机除掉你呢？怕你反抗？”

“除掉我干什么？”

这话也是问得刁钻，是啊，平白无故地伤饶尊干什么？

“可能是想让你重演商川悲剧，坐实闹鬼传言？”

“她的目的是什么？”饶尊紧接着问，“还有，她为什么一定要在亲王府里？”

这其实是一个问题。

弄清对方有着什么样的目的，就能解释了她在亲王府中频频出现的原因。是人做事都有目的，哪怕对方真是只鬼，也会有它留恋人世间的执着。

现在夏昼敢肯定，出现在祈神山上的那个白衣女鬼、盗走江山图矿石原料的人、在酒吧里出现又神秘消失的女人，同在亲王府中神出鬼没的是一个人。

擅气味。

能将气味运用自如又不被对方察觉，气味协会里屈指可数。季菲远在美国，卫薄宗又是个男人，其他的几位冒尖的气味分析师也不会有闲情逸致干这事儿，那还能有谁？

难道，是一位“隐世”高手？

夏昼想得脑筋一窜一窜地疼，脑中走马观花，将前后的事再连起来一点点分析。

陡然，她脊梁骨一阵发凉！

她好像，的确是漏掉了一个重要线索。